W9-BEQ-424

L'AVIATRICE

Paula McLain

L'AVIATRICE

Traduit de l'anglais (Etats-Unis)
par Isabelle Chapman

ÉDITIONS FRANCE LOISIRS

Titre original : *Circling the Sun*

Édition du Club France Loisirs,
avec l'autorisation des Presses de la Cité.

Éditions France Loisirs,
123, boulevard de Grenelle, Paris.
www.franceloisirs.com

Le Code de la propriété intellectuelle n'autorisant, aux termes des paragraphes 2
et 3 de l'article L. 122-5, d'une part, que les « copies ou reproductions stric-
tement réservées à l'usage privé du copiste et non destinées à une utilisation
collective » et, d'autre part, sous réserve du nom de l'auteur et de la source, que
les « analyses et les courtes citations justifiées par le caractère critique, polé-
mique, pédagogique, scientifique ou d'information », toute représentation ou
reproduction intégrale ou partielle, faite sans le consentement de l'auteur ou de
ses ayants droit ou ayants cause, est illicite (article L. 122-4). Cette représentation
ou reproduction, par quelque procédé que ce soit, constituerait donc une
contrefaçon sanctionnée par les articles L. 335-2 et suivants du Code de la propriété intellectuelle.

Published in the United States by Ballantine Books, an imprint of
Random House, a division of Penguin Random House LLC, New
York.
Ballantine and the House colophon are registered trademarks
of Penguin Random House LLC.

© Paula McLain 2015
© Presses de la Cité, un département place des éditeurs 2015
pour la traduction française.

ISBN : 978-2-298-11052-4

Ceci est une œuvre de fiction mettant en scène des figures historiques, certaines célèbres, d'autres pas. Les événements et les propos échangés sont les produits de l'imagination de l'auteur et ne doivent en aucun cas être ramenés à une quelconque réalité. Lorsque des personnages historiques sont cités, les situations, les incidents et les dialogues sont fictifs et dépourvus de toute intention de changer la nature purement imaginaire de l'ouvrage. Pour le reste, toute ressemblance avec des personnes existant ou ayant existé ne saurait être que fortuite.

*A ma famille – avec tout mon amour et ma gratitude –
et à Letti Ann Christoffersen, qui a été ma Lady D.*

« J'appris à observer, à mettre ma confiance dans d'autres mains que les miennes. Et j'appris à partir à l'aventure. J'appris ce que tout enfant imaginatif a besoin de savoir – qu'il n'existe pas d'horizon si lointain qu'on ne puisse survoler et dépasser. Voilà ce que j'appris immédiatement. Mais presque tout le reste me parut plus difficile. »

Beryl MARKHAM, *Vers l'ouest avec la nuit,* Phébus, coll. « Libretto », p. 199.

« Nous devons laisser notre marque sur la vie tant que c'est en notre pouvoir. »

Karen BLIXEN

Prologue

4 septembre 1936
Abingdon, Angleterre

Mon Vega Gull bleu paon aux ailes d'argent est le plus beau de tous les oiseaux des cieux, et c'est moi qui le fais voler. *Messenger,* car tel est son nom, a été conçu et construit avec beaucoup de soin et de savoir-faire dans le but d'accomplir l'impossible – la traversée d'un océan en un seul vol téméraire, cinq mille huit cents kilomètres de houle noire et de néant – et de m'emmener à son bord.

C'est au crépuscule que je grimpe dans le cockpit. Des orages pèsent depuis des jours sur l'aérodrome et le peu de lumière qui filtre est parcimonieuse et brouillée. La pluie tambourine sur les ailes de l'avion et le vent souffle de travers, pourtant on m'assure que je n'aurai pas meilleur temps de tout le mois. A vrai dire, la météo est moins un problème pour moi que le poids. Le Vega Gull est équipé d'un train d'atterrissage spécial capable de supporter la charge additionnelle d'huile et de carburant. Des réservoirs ont été montés sous la voilure et dans la cabine où ils entourent mon siège comme des murs. Ils sont équipés de robinets que je peux atteindre de deux doigts pour passer de l'un à l'autre à mi-parcours. Il faudra que j'attende

13

que l'un se vide complètement avant de le fermer et d'ouvrir l'autre, afin d'éviter une poche d'air dans le circuit. Le moteur s'arrêtera sans doute pendant quelques instants, mais repartira. Je dois compter là-dessus. Je dois compter sur pas mal d'autres choses aussi.

Le tarmac est couvert de flaques aussi grandes que des petits lacs à la surface blanche d'écume. Il souffle un vent impétueux contraire à ma route sous une couche de nuages menaçants. Ils sont venus, quelques journalistes, quelques amis, assister au décollage, mais l'humeur est sombre, sans aucun doute. Tous ceux qui ont conscience de la véritable nature de ce que je m'apprête à entreprendre essayent de me décourager. Pas aujourd'hui, disent-ils. Pas cette année. Le record à battre n'aura pas changé lorsque le beau temps sera de retour – sauf qu'au point où j'en suis pas question de reculer. Je range le petit panier de victuailles, glisse la flasque de brandy dans la poche latérale de ma combinaison de vol et m'insère tant bien que mal dans le cockpit comme dans une seconde peau. J'ai avec moi une montre prêtée par Jim Mollison, le seul pilote qui ait tenté la même liaison aérienne et s'en soit sorti vivant. J'ai une carte sur laquelle est dessinée ma route au-dessus de l'Atlantique, d'Abingdon à New York, chaque centimètre d'eau glacée à survoler y est indiqué, mais pas le vide, ni la solitude, ni la peur. Ce sont pourtant là des choses tout aussi tangibles, et il faudra bien que je passe au travers. Tout droit à travers les turbulences et les trous d'air nauséeux, pour la simple raison qu'on ne peut pas tracer une route qui contourne

14

tout ce qui vous effraie. Vous ne pouvez pas vous dérober à une partie de vous-même, et heureusement ! Il m'arrive de penser que seuls les défis que nous relevons nous révèlent à nous-mêmes, et nous changent aussi – un kilomètre et demi de piste et neuf cent cinquante kilos de carburant ; de noirs escadrons de nuages convergeant de tous les coins du ciel et la lumière qui baisse de minute en minute. Je ne peux pas traverser tout ça et rester la même.

Je maintiens le cap et tiens le manche fermement. Je passe en bringuebalant bruyamment devant les spectateurs et leurs appareils photo, puis devant une série de marqueurs qui mènent au drapeau rouge, le point de non-retour. J'ai mille cinq cents mètres de piste et pas un centimètre de plus. Il n'y arrivera peut-être pas, évidemment. Après tous ces préparatifs, le soin, le travail, les efforts pour rassembler mon courage, je me dis qu'il est possible que le Gull reste collé au sol, plus éléphant que papillon, et que je vais échouer avant d'avoir même commencé. Mais, d'abord, je vais donner mon maximum.

Au bout de deux cents mètres, la queue de l'avion se soulève, pesamment. Je pousse les gaz, luttant contre la gravité, cette force effrayante, et perçois plus que je ne vois le drapeau rouge qui se rapproche. Les gouvernes prennent vie et le nez se lève. Voilà l'avion en l'air – droit comme une flèche. Papillon, finalement. Nous grimpons dans la lumière mourante, avec la pluie qui asperge l'échiquier vert et gris de Swindon. Devant moi s'étend la mer d'Irlande, dont les eaux sombres se

15

disposent à me happer le cœur. Le scintillement, ça, c'est Cork. La forme bossue et noire là-bas, le Labrador. J'écoute les sanglots continus du moteur assidu au travail pour lequel il a été construit.

Mon nez fait des bonds, je fonce à travers les paquets de pluie, grimpant à pleine puissance malgré les secousses imprimées par la tourmente. Je suis maîtresse de mes réflexes, ainsi que de ma machine, mais au-delà il y a une chose plus mystérieuse et essentielle : mon ambition depuis toujours d'écrire mon nom dans le ciel au moyen de cette hélice, de ces ailes tendues de toile laquée, pendant trente-six heures dans le noir.

C'était il y a deux ans, le défi m'avait été lancé dans le brouhaha d'une salle de restaurant, entre les murs lambrissés de cèdre du White Rhino à Nyeri. Dans mon assiette, j'avais un tournedos au poivre, des asperges aussi fines que mes auriculaires et, dans nos verres à tous, un vin de Bordeaux à la robe grenat. La petite phrase avait été lancée au dessert par J.-C. Carberry :

— Personne, ni homme ni femme, n'a encore traversé l'Atlantique à partir d'ici, d'est en ouest, le sens le plus périlleux. Qu'en dites-vous, Beryl ?

Deux ans plus tôt, Mollison avait manqué un grand saut analogue, nul n'imaginait qu'un avion puisse réussir pareil exploit, mais J.-C., qui était riche à ne savoir que faire de son argent, avait l'âme d'un Magellan ou d'un Peary. Et voilà qu'il avait devant lui l'immensité sans bornes d'un océan, des milliers et des milliers de kilomètres d'air glacé vierge, bref une nouvelle « frontière », et aucun avion.

16

— Voulez-vous tenter le coup ?

Les yeux de J.-C. étaient deux agates. J'ai soutenu leur éclat en regrettant que son épouse, Maia, ne soit pas des nôtres, ravissante, toute de soie blanche vêtue, coiffure crantée à la perfection. Hélas elle était morte quelques années auparavant au cours d'une simple leçon de pilotage dans les environs de Nairobi, un jour sans vent ni surprise côté météo. La première tragédie aéronautique à nous avoir frappés de près, mais non la dernière. Ils étaient nombreux, ces fantômes bien-aimés dont le scintillement nous parvenait des profondeurs du passé et dansait sur les bords de nos verres à vin, nous rappelant combien ils avaient été audacieux, combien magnifiques. Inutile de me rafraîchir la mémoire. Je ne les avais pas oubliés – et je ne sais comment, à l'instant où j'ai croisé le regard de J.-C., j'ai eu envie de les rapprocher encore plus de moi.

— Oui, lui ai-je répondu.

Et il a répété sa question.

Les dernières lueurs du couchant ne tardent pas à se dissoudre aux confins effrangés du ciel, et il n'y a plus que la pluie et l'odeur du kérosène. Je vole à six cent dix mètres au-dessus de la mer, une altitude que j'ai l'intention de maintenir pendant les deux jours qui viennent. La masse nuageuse a avalé la lune et les étoiles – le noir est si total que je suis bien obligée de me fier uniquement à mes instruments, battant des paupières pour chasser de mes yeux la fatigue qui m'empêche de lire les cadrans mal éclairés. N'ayant pas de radio, je

17

trouve apaisants le ronronnement et la puissance de mon moteur et la force du vent de quarante nœuds contre le nez de l'appareil. Les clapotis de carburant dans les réservoirs me bercent eux aussi, jusqu'au moment où, quatre heures après le départ, mon moteur commence à avoir des ratés. Il crache et siffle puis s'arrête. Silence. L'aiguille de l'altimètre tourbillonne à une vitesse vertigineuse. Je suis dans une sorte de transe, mais mes mains, elles, savent ce qu'elles doivent faire, même si mon esprit est engourdi. Il suffit que je tourne le robinet pour engager le réservoir suivant. La machine repartira. Forcément. J'avance une main dont je m'efforce de calmer les tremblements et mes doigts cherchent l'inverseur en argent. Il se produit un *clic* rassurant, mais le moteur reste muet. Le Vega Gull continue à perdre de l'altitude, trois cent trente-cinq mètres, deux cent quarante mètres. Plus bas encore. Les nuages s'écartent brièvement pour me laisser voir les scintillations terrifiantes d'une eau écumante. Les vagues se soulèvent vers moi, le ciel insondable me pousse vers elles. Je tripote de nouveau le robinet en m'efforçant de ne pas céder à la panique. Je m'étais préparée à tout, mais y a-t-il une seule personne vraiment prête à mourir ? Maia l'était-elle quand elle a vu la terre voler à sa rencontre ? Denys l'était-il en ce jour abominable au-dessus de Voï ?

Un éclair soudain électrise l'air autour de mon aile gauche qui s'illumine comme à Noël – et une sensation de déjà-vu m'étreint, comme si je m'étais déjà souvent trouvée dans cette situation. Peut-être ai-je toujours été précipitée dans ce violent plongeon tête la première vers moi-même. En contrebas, les flots irrités attendent sans pitié, et pourtant c'est vers le Kenya que voguent mes pensées. Ma vallée du Rift – le mont Longonot et les bords déchiquetés du cratère de Menengaï. Le lac Nakuru et le pâle flamboiement du plumage des flamants roses, les hauts et bas escarpements, Kekopey et Molo, Njoro et la pelouse miroitante du Muthaiga Club. C'est là-bas que je vais, même si je sais que c'est impossible – à croire que l'hélice découpe l'épaisseur du temps, tout à la fois me propulsant vers l'arrière et vers l'avant, éternellement, ouvrant pour moi le chemin de la liberté.

Oh ! me dis-je en chutant dans la nuit, aveugle à tout le reste. Je rentre chez moi.

Première partie

1

Avant que le Kenya soit le Kenya sur une terre vieille de millions d'années et pourtant d'une certaine manière encore neuve, seule la plus majestueuse de nos montagnes portait ce nom. On la voyait de notre ferme à Njoro, dans le protectorat britannique d'Afrique de l'Est, dressant au bout de l'immense plaine dorée ses pics durs aux cimes desquels les glaciers n'avaient pas complètement fondu. Derrière nous, la forêt Mau était bleue, drapée dans des écharpes de brume. Devant, la vallée du Rongaï s'abaissait en pente douce, dominée d'un côté par l'étrange cratère de Menengaï, que les indigènes appelaient la Montagne de Dieu, et de l'autre par la lointaine chaîne des Aberdare traversée de collines ondulées bleu-gris qui au crépuscule se teintaient de violet vaporeux avant de se dissoudre dans le ciel nocturne.

A notre arrivée, en 1904, la ferme se résumait à six cents hectares de brousse inculte autour de trois huttes primitives.

— Quoi, c'est ça ? s'était exclamée ma mère dans la lumière vibrante et irisée. Tu as tout vendu pour ça ?

— Il y a des fermiers qui s'attaquent à plus difficile, Clara.

— Tu n'es pas un fermier, Charles !

Sur ces paroles, elle avait fondu en larmes.

Mon père était en réalité un cavalier. Il connaissait le steeple-chase, la chasse à courre et les chemins équestres bien peignés du Leicestershire. Mais, alors qu'il lisait les prospectus proposant des parcelles à vendre pour une bouchée de pain, une idée avait germé si bien dans son esprit qu'elle y avait pris solidement racine. C'est ainsi que nous avions quitté Westfield House, ma maison natale, pour parcourir plus de onze mille kilomètres, au-delà de Tunis et de Tripoli, par-delà le canal de Suez, en fendant les flots gris d'une mer aux vagues parfois si hautes qu'on ne voyait plus le ciel. Nous avions débarqué dans le port de Kilindini, à Mombasa, au milieu des odeurs d'épices et de poisson séché, puis pris le tortillard de Nairobi, avec la poussière rouge qui soufflait par les fenêtres. Je buvais des yeux le spectacle, enchantée comme je ne l'avais jamais été. Où que nous allions, c'était un endroit unique au monde.

Nous nous sommes installés en nous efforçant de gagner du terrain sur la nature sauvage, qui cherchait tout aussi vigoureusement à reprendre ses droits. Notre propriété n'avait pas de limites apparentes, et encore moins de clôtures. Nos huttes n'étaient même pas pourvues de vraies portes. Des bandes de singes colobes aux longues franges soyeuses s'amusaient à entrer chez nous en soulevant la toile de jute qui protégeait nos fenêtres. L'eau courante ? Il n'en était même pas question. Lorsque nous prenait l'envie de soulager un besoin naturel, il fallait sortir, et la nuit braver toutes sortes de dangers invisibles, pour suspendre son derrière au-dessus d'un trou, en sifflotant pour tenir la peur à distance.

Lady et lord Delamere étaient nos voisins blancs les plus proches, à un peu plus de dix kilomètres à travers la brousse. Ils avaient beau être baron et baronne, cela ne les empêchait pas d'habiter une *rondavelle* en branchages et boue séchée. Lady D. dormait avec un revolver sous son oreiller et avait conseillé à ma mère d'en faire autant, sauf que ma mère avait dit non : elle refusait de tirer sur des serpents ou du gibier. Elle refusait de transporter tant bien que mal de l'eau sur des kilomètres pour prendre un malheureux bain et de vivre pendant des mois loin de tout. Loin de la société de ses semblables. Sans possibilité de garder les mains propres. La vie était trop dure, un point c'est tout.

Au bout de deux ans, ma mère réserva une place sur le bateau pour l'Angleterre. Mon grand frère, Dickie, partait avec elle – de constitution fragile, il ne résisterait pas beaucoup plus longtemps, selon ma mère, au climat africain. Je n'avais pas encore cinq ans quand ils embarquèrent dans le train bi-hebdomadaire de Nairobi, équipés de malles, de mouchoirs et de chaussures de voyage. La plume blanche piquée dans le chapeau de ma mère trem-blota quand elle m'embrassa en me recommandant d'être courageuse : j'étais forte, je n'avais rien à craindre. Elle me promit de m'envoyer une boîte de réglisses et de bonbons d'une confiserie de Piccadilly, que je n'aurais à partager avec personne.

Je regardai le train s'éloigner sur les lignes en-core noires des rails, n'arrivant pas à croire tout à fait qu'elle partait vraiment. Même quand les derniers wagons tressautants furent avalés par les collines jaunes, et que mon père se tourna vers moi, prêt à retourner à la ferme et à son travail ; même à cet instant je me disais qu'il s'agissait d'une erreur, d'un terrible malentendu qui ne tarderait pas à se dissiper. Mère et Dickie débarqueraient à la station suivante, ou rebrousseraient chemin une fois à Nairobi et seraient de retour le lendemain. Voyant qu'ils ne revenaient pas, je continuai quand même à les attendre, à tendre l'oreille vers le grondement lointain du train, un œil sur l'horizon, le cœur en suspens.

Pendant des mois, ma mère ne donna plus signe de vie, elle n'envoya même pas un télégramme, puis la bonbonnière arriva. Pesante et portant un seul nom – *Beryl Clutterbuck* –, écrit à la main par ma mère. La seule vue de cette écriture, de ces pleins et de ces déliés si familiers, me mit les larmes aux yeux. Je savais ce que signifiait ce cadeau, je ne pouvais plus me raconter d'histoires. Prenant la boîte dans mes bras, je filai dans une cachette et, en tremblant, croquai quantité de ces bonbons durs saupoudrés de sucre jusqu'à ce que je les rende dans un seau.

Plus tard, incapable de boire le thé que mon père avait préparé, j'osai finalement exprimer ce que je redoutais le plus.

— Mère et Dickie ne vont pas revenir, n'est-ce pas ?

— Je ne sais pas.

Il me glissa un regard peiné.

— Je ne sais pas.

— Elle attend peut-être que nous allions la retrouver.

Un long silence s'ensuivit, puis il admit que c'était possible.

— C'est ici chez nous maintenant. Je ne suis pas encore prêt à abandonner. Et toi ?

Mon père me demandait de faire un choix, et ce choix n'était pas simple. Sa question n'était pas : « Resteras-tu ici avec moi ? » Cette décision-là avait été prise des mois plus tôt. Ce qu'il voulait savoir, c'était si j'étais en mesure d'aimer autant que lui la vie au Kenya. Si je pouvais adopter ce lieu, même si elle ne revenait jamais, même si je n'avais plus jamais de mère.

Que lui répondre ? Autour de nous, les placards à moitié vides me rappelaient les objets qu'ils avaient contenus et qui n'étaient plus là – quatre tasses à thé en porcelaine à bordure dorée, un jeu de cartes, le collier de perles d'ambre que ma mère adorait. Son absence était encore si manifeste, si douloureuse. Je me sentais vide et perdue. Je ne savais pas comment m'y prendre pour oublier ma mère, pas plus que mon père ne savait comment me consoler. Il me fit asseoir sur ses genoux – sa petite fille tout en bras et en jambes et d'une propreté douteuse. Nous restâmes un moment sans rien dire. A l'orée de la forêt, les cris des damans semblaient faire écho à notre désarroi. Un de nos lévriers dressa l'oreille puis se rendormit tranquillement au coin du feu. En poussant un gros soupir, mon père me souleva en me tenant par les aisselles, piqua ma joue d'un baiser et me posa par terre, sur mes deux pieds.

2

Miwanzo en swahili signifie « commencement ». Mais parfois il faut d'abord qu'il y ait une fin, que le rideau tombe et que les lumières s'éteignent, avant que cela commence vraiment. Le départ de ma mère a été tout cela pour moi, même si je ne m'en suis pas rendu compte sur le moment. Je suis restée longtemps perdue, blessée et horriblement triste. Mes parents étaient-ils encore mariés ? Ma mère nous aimait-elle ? Est-ce que nous lui manquions ? Comment avait-elle pu me laisser ? J'aurais pu me confier à mon père, mais je ne savais pas de quelle manière lui faire part de la détresse qui me rongeait le cœur, et il n'était pas tellement tendre comme père.

Puis il se produisit un événement. Plusieurs familles de Kipsigi vivaient sur notre propriété, dans la forêt Mau comme en dehors, dans des huttes de torchis entourées de palissades épineuses appelées *boma*. Sans que je leur demande rien, ils devinèrent ce dont j'avais besoin. Un ancien me souleva dans ses bras en murmurant une litanie de paroles magiques et me suspendit cérémonieusement un cauri autour de la taille. Il se balançait au bout d'une lanière en cuir, à l'image du coquillage fermé que j'avais entre les jambes, et devait me protéger contre les mauvais esprits. C'est ainsi qu'ils procédaient à la naissance d'une fille. J'étais celle de leur *Bwana,* une petite Blanche, mais comme l'ordre des choses n'avait pas été respecté il fallait le redresser. Aucune mère africaine n'aurait abandonné volontairement son enfant. Surtout que j'étais en bonne santé, ni infirme ni maladive. Ils s'employèrent par conséquent à effacer ce premier départ malencontreux et à m'en accorder un deuxième sous le nom de *Lakwet,* signifiant « toute petite fille ».

Maigre, les genoux cagneux, coiffée d'une tignasse de cheveux blonds presque blancs, sous ce nouveau nom, je ne tardai pas à devenir plus costaude. A force de dévaler la colline derrière laquelle se trouvait le village kip, j'avais les plantes de pieds dures comme du cuir. Des coins de la propriété qui m'avaient jusqu'ici effrayée ou intimidée me devinrent aussi familiers que les peaux de zèbre sur mon lit. Lorsque le jour se couchait dans des lueurs rouge sang, je me glissais sous ces peaux et observais le *boy* qui entrait pieds nus en silence dans ma chambre pour allumer la lampe-tempête. Parfois, la flamme qui s'élevait brusquement en sifflant effrayait les scinques, qui filaient se cacher dans les murs, leurs corps de lézard produisant un bruit de bâton frottant contre de la paille. Puis venait la relève de la garde, les insectes de jour – frelons, guêpes et andrènes –, blottis dans leurs nids d'argile à l'intérieur des murs arrondis de ma chambre, cédant la place aux criquets qui se réveillaient en raclant leur instrument sur un rythme inimitable. Je pouvais attendre une heure à regarder les ombres se tordre sur les caisses de paraffine retournées qui me servaient de meubles jusqu'à ce que leurs contours deviennent flous. Je restais à l'écoute des sons jusqu'à ce que la voix de mon père se taise. Dès que je ne l'entendais plus, je me coulais par la fenêtre ouverte dans la nuit d'encre noire afin de rejoindre mon ami Kibii, autour d'un petit feu crépitant sous le toit de sa hutte.

La mère de Kibii buvait en compagnie d'autres femmes une infusion trouble d'écorce et d'orties. Elles ne se lassaient pas de se raconter comment le monde avait été créé. C'est là que j'ai appris à parler le swahili, passionnée par ces histoires... Comment l'hyène était devenue boiteuse, comment le caméléon avait acquis sa patience ; comment le vent et la pluie avaient jadis été des hommes et comment ces hommes ayant failli à une tâche avaient été bannis du ciel. Ces femmes, elles étaient ridées et édentées ou bien aussi lisses que l'ébène polie, avec des bras et des jambes souples et musclés sous le morceau de tissu clair enroulé autour de leur corps, la *shuka*. Je les aimais et j'aimais leurs légendes mais, plus que tout, je voulais être comme Kibii et les autres *totos* qui s'entraînaient pour devenir des *morani*, des « petits guerriers ».

Les filles dans le village étaient cantonnées dans les tâches domestiques. J'avais la chance de bénéficier d'un autre statut, d'autant plus rare que je n'avais à me plier ni au rôle traditionnel des filles de la famille de Kibii, ni à celui dévolu aux petites filles blanches de mon milieu. Pour l'heure, en tout cas, les anciens m'autorisaient à m'exercer avec Kibii à jeter la lance, à chasser le phacochère, à marcher sans bruit ; nous mettions nos pas dans ceux d'*arap* Maina, son père et le chef guerrier du village. Je n'avais jamais vu un homme aussi fort et dépourvu de peur. Il m'a appris à fabriquer un arc et à tirer des pigeons, des jaseurs et des étourneaux au plumage d'un bleu resplendissant. J'ai aussi appris à me servir d'un fouet en cuir de rhinocéros et à lancer un casse-tête en bois avec assez de précision pour tuer. Je suis devenue aussi grande que Kibii, puis plus grande, courant aussi vite que lui dans les hautes herbes dorées, les pieds veloutés de poussière.

Kibii et moi sortions souvent marcher dans les ténèbres, poussant au-delà de l'herbe fraîchement fauchée qui entourait la ferme, au-delà des graminées humides qui mouillaient nos hanches, au-delà de Green Hills et dans la forêt qui nous attirait dans ses profondeurs. La nuit, il y avait des léopards. Mon père les appâtait avec une chèvre et nous attendions tapis au sommet de la citerne d'eau, hors d'atteinte. Dès que la chèvre se mettait à trembler en sentant le fauve, mon père épaulait son fusil et priait le ciel pour ne pas rater son coup. Le péril guettait de toutes parts, mais nous parvenions à déchiffrer tous les bruits, les cigales et les grenouilles arboricoles, les damans, qui ressemblent à de gros rats mais qui sont en réalité des lointains cousins des éléphants. Parfois on les entendait au loin, les éléphants, écrasant la brousse sur leur passage, mais ils avaient peur de l'odeur des chevaux et s'approchaient rarement. Dans leurs trous, les serpents vibraient. Les serpents arboricoles s'élançaient vers le sol du haut des arbres, fendant l'air comme des cordes, quand ils ne progressaient pas lascivement sur l'écorce lisse des branches de l'acajou.

Pendant des années, j'ai vécu des nuits parfaites avec Kibii et des après-midi tranquilles à chasser ou à monter à cheval. Petit à petit, par la grâce des machettes, des cordes, des pieds et de la sueur humaine, la nature vierge céda du terrain à des champs cultivés. Mon père planta du maïs et du blé. Les moissons furent abondantes. Avec l'argent qu'elles rapportèrent, il acheta deux locomotives à vapeur dont personne ne se servait plus. Une fois installées et boulonnées au sol, ces machines constituèrent l'organe central de notre minoterie. Et la piste menant à Green Hills Farm devint la route vitale de Njoro. Depuis le sommet de notre colline, au-delà des champs en gradins et des hectares de maïs, on apercevait un défilé de chariots tirés par des bœufs roulant presque à touche-touche pour nous apporter du grain à moudre. Le moulin tournant vingt-quatre heures sur vingt-quatre, le nombre de nos employés doubla puis tripla, agriculteurs kikuyu, kavirondo, nandi et kipsigi, ainsi que des Hollandais qui menaient leur attelage en faisant claquer leur fouet au-dessus de leurs bestiaux. Les abris de tôle furent démolis et une écurie sortit de terre, suivie par plusieurs autres, les box flambant neufs se remplissant de litière fraîche et des plus beaux pur-sang d'Afrique, d'après mon père ; les plus beaux pur-sang du monde.

Je pensais encore quelquefois à mère et à Dickie juste avant de m'endormir, bercée par le chœur sonore des bruits de la nuit. Jamais ils n'envoyaient de lettres, du moins pas à moi. M'essayer à imaginer leur vie quotidienne était une gageure. Notre ancienne maison avait été vendue. Où qu'ils aient élu domicile, les étoiles et les arbres devaient être très différents de ceux de Njoro ; la pluie aussi, comme l'intensité et la couleur du soleil l'après-midi. Tous ces après-midi et tous ces mois où nous étions séparés.

Peu à peu, le souvenir du visage de ma mère s'estompa, les choses qu'elle avait dites, les jours que nous avions passés ensemble. Et j'avais beaucoup de jours devant moi. Des jours dont la suite s'étendait à perte de vue, plus loin que je ne l'aurais voulu, plus loin que la plaine arrêtée par le vase brisé de Menengaï ou la cime bleue du mont Kenya. Il valait mieux regarder de l'avant et repousser la pensée de ma mère dans les marges de mon esprit, où elle ne pouvait plus me faire de mal, et quand il m'arrivait de retrouver la mémoire c'était plus simple de me dire que son départ avait été un mal nécessaire. Et puis il fallait que je m'habitue à des choses difficiles : ce fut la première épreuve de Lakwet.

Sans conteste, ma place était ici, à la ferme, au milieu de la brousse. Je faisais partie des acacias, des fractures de l'escarpement, des collines meurtries sous leur épais couvert végétal, des vallées profondes, des hautes graminées qui rappelaient le blé mûr. C'était là que j'étais née à la vie, ma seconde naissance, la seule véritable. Ici j'étais chez moi, et, même si un jour tout cela allait me filer entre les doigts comme de la poussière rouge, tant que mon enfance a duré, ce paysage fut pour moi un paradis sur mesure. Je le connaissais comme ma poche. J'étais faite pour lui.

3

Le son de la cloche de l'écurie ébranlait chaque jour le calme matinal. Les poules secouaient leur paresse, les oies, leurs plumes poudreuses, et tous, les *boys* et les garçons d'écurie, les jardiniers et les bouviers, s'éveillaient en même temps. J'avais, un peu à l'écart de celle de mon père, ma propre hutte en torchis que je partageais avec mon cher Buller, un chien bâtard aussi laid que loyal. Dès qu'il entendait la cloche, Buller passait un moment à gémir doucement et à s'étirer là où il était couché, au pied de mon lit. Il venait ensuite caler sa grosse tête carrée sous mon aisselle. Je sentais contre ma peau sa truffe fraîche et les cicatrices en demi-lune qu'il avait sur le front. Il y avait un nœud de chair dur à la place de l'oreille qu'il avait perdue une nuit où un léopard s'était coulé dans ma hutte et avait essayé de l'emporter dans les ténèbres. Buller avait égorgé le fauve avant de rentrer en boitant à la maison couvert de leur sang à tous les deux, héroïque certes mais aussi à moitié mort. Mon père et moi l'avions soigné et remis sur ses pattes. S'il n'avait jamais été un beau chien, il était désormais grisonnant et assez sourd. Nous ne l'en aimions que davantage : le léopard n'avait pas réussi à lui entamer le moral.

Kibii m'attendait à la fraîche dans la cour. J'avais onze ans et il était un peu plus jeune que moi. Nous étions l'un et l'autre devenus les rouages d'un mécanisme bien huilé. Les autres petits Blancs des alentours étaient en pension à Nairobi ou même en Angleterre, mais mon père ne parlait jamais de m'envoyer là-bas. L'écurie était ma salle de classe. L'entraînement des chevaux commençait dès le lever du soleil. J'étais toujours présente, Kibii aussi. Ce jour-là, il m'accueillit en faisant des bonds dans les airs comme si ses jambes avaient été des ressorts. Moi aussi je pratiquais ce genre d'exercice, d'ailleurs je sautais aussi haut que Kibii, mais pour le battre je savais qu'il fallait ménager mes forces. Kibii sautait, sautait, sautait, et s'épuisait. J'attendais ce moment pour m'y mettre… et je gagnais.

— Quand je serai un *morane,* dit Kibii, je boirai du sang de bœuf et du lait caillé au lieu de la tisane d'orties des femmes, et alors je courrai aussi vite qu'une antilope.

J'enchéris :

— Je pourrais être un grand guerrier.

Dans son beau visage ouvert, ses dents étincelèrent : il éclata de rire comme s'il n'avait jamais rien entendu d'aussi drôle. Quand nous étions petits, il me traitait d'égal à égal, peut-être parce qu'il avait l'impression que c'était un jeu. Mais, après tout, j'étais une fille, blanche de surcroît. Aussi, de plus en plus souvent, je me heurtais à son scepticisme désapprobateur. Il s'attendait peut-être à ce que je renonce à rivaliser avec lui avant que nos chemins divergent définitivement. Mais moi je n'avais aucune intention de rendre les armes.

— Si j'étais initiée comme il faut, je pourrais, insistai-je. Je pourrais m'initier en secret.

— Et à quoi ça servirait ? Qui saurait que tes exploits sont les tiens ?

— Moi.

Il rit de nouveau et se tourna vers la porte de l'écurie.

— Lesquels on sort aujourd'hui ?

— Papa et moi, on va chez les Delamere inspecter une poulinière.

— Alors j'irai chasser, répliqua-t-il. Et on verra bien qui revient avec la meilleure histoire à raconter.

Une fois Wee MacGregor et Balmy, le cheval de mon père, sellés et bridés, nous voilà partis au soleil levant. Au début j'étais préoccupée par le défi que m'avait lancé Kibii, puis, au fil des kilomètres, alors que le jour effaçait la nuit, je me mis à observer ce qui m'entourait. La poussière que nous soulevions sur notre passage s'infiltrait sous les mouchoirs que nous avions noués sur la nuque pour nous protéger la bouche et le nez. Une poudre fine et argileuse, ocre rouge ou plutôt rousse comme le pelage d'un renard. Elle ne nous lâchait pas plus que les aoûtats qui s'accrochaient à tout, semblables à des particules de piment rouge. Il valait mieux ne pas penser à ces parasites contre lesquels il n'y avait rien à faire. Ce n'était pas non plus la peine de penser aux fourmis blanches dont les colonnes carnassières sillonnaient les plaines, ni aux vipères, ni au soleil, qui parfois cognait si fort qu'on avait l'impression qu'il cherchait à vous aplatir ou à vous manger vivant. Ce n'était pas la peine, pour la simple raison que tout cela faisait partie intégrante du pays.

Au bout de cinq kilomètres, nous atteignîmes une petite vallée étroite où le sol formé de boue séchée ressemblait à un réseau de veines parcheminées. Elle était traversée par un pont d'argile qui semblait absurde puisqu'il n'y avait pas une goutte d'eau dans le lit de la rivière. On aurait dit l'épine dorsale d'un énorme mammifère qui se serait couché là pour mourir. Nous qui comptions y abreuver nos chevaux... Il y aurait peut-être un point d'eau plus loin, peut-être... Pour nous changer les idées, mon père se mit à parler de la poulinière des Delamere. Il ne l'avait pas encore vue, mais déjà il fondait sur elle de grands espoirs. Il était toujours en train de bâtir des châteaux en Espagne en rêvant à notre prochain poulain – et, forcément, moi aussi.

— Un abyssinien, mais d'après Delamere la jument est rapide et robuste.

Mon père n'élevait en principe que des pur-sang, mais à l'occasion il trouvait une perle dans une autre race de chevaux.

— Quelle est la couleur de sa robe ?

C'était toujours la première question que je posais.

— Elle est palomino doré clair avec une queue et une crinière blanches. Elle s'appelle Coquette.

— Coquette, répétai-je en savourant les sons heurtés des syllabes sans savoir ce que le mot signifiait. C'est un nom prometteur.

— Tu crois ? dit-il en riant. On verra bien.

Lord Delamere était pour moi, comme pour tous ses intimes, D.[1] tout court. Un des pionniers les plus importants de notre colonie, son instinct en matière de fertilité des sols ne trompait pas. Sa soif de parcelles paraissait sans bornes, comme s'il voulait engloutir la totalité du continent et le mener tambour battant. Nul n'était plus ambitieux que D., ni plus forte tête, et quand il aimait il aimait totalement : la terre, les Massaï, la liberté, l'argent. Pour lui, l'échec n'était pas une option. Plus les risques étaient grands et plus les chances de succès minimes, plus il était content.

Il racontait d'excellentes histoires et, quand il parlait, il mimait et gesticulait avec de grands mouvements des épaules et des mains qui soulevaient ses cheveux roux en bataille sur son front. Jeune homme, il avait parcouru plus de trois mille kilomètres à travers le désert de Somalie avec pour seule compagnie un chameau colérique. Et il s'était retrouvé ici, sur les hauts plateaux. Cela avait été un coup de foudre. En retournant en Angleterre afin de réunir les fonds devant lui permettre de s'installer ici, il avait rencontré, et épousé, la malicieuse Florence, la fille du comte d'Enniskillen.

« Elle ne se doutait pas une minute que j'allais la traîner jusqu'ici par les cheveux, se plaisait-il à répéter.

— Comme si tu pouvais me traîner où que ce soit, répliquait souvent lady D., les yeux pétillants. Nous savons tous les deux que c'est l'inverse. »

---

1. A prononcer *di*. (*Toutes les notes sont de la traductrice.*)

Après avoir veillé à ce que nos chevaux aient à boire une eau bien méritée, les Delamere nous conduisirent jusqu'au petit paddock où Coquette broutait avec plusieurs autres juments poulinières et quelques pouliches et poulains. Elle était la plus belle, sans aucun doute, avec sa robe dorée, son encolure longue et son superbe poitrail. Ses jambes se terminaient par des paturons et des boulets bien proportionnés. En nous sentant approcher, elle redressa la tête et se tourna vers nous pour nous regarder en face, comme si elle nous mettait au défi de lui trouver la moindre imperfection.

— Elle est magnifique, soufflai-je.

— En plus, elle le sait, commenta gaiement D.

Ainsi que beaucoup d'hommes corpulents, D. suait à grosses gouttes, ce qu'il prenait avec autant de bonne humeur que le reste. Alors qu'il s'essuyait la tempe avec un mouchoir de coton bleu, mon père se baissa pour passer entre les lattes de la clôture : il voulait inspecter de plus près la beauté.

J'ai rarement vu un cheval effrayé par mon père. Coquette ne fit pas exception à la règle. Elle parut sentir tout de suite qu'il était le maître de la situation, et le sien, même si elle ne lui appartenait pas encore. Elle remua les oreilles une fois et souffla par ses naseaux de velours mais, sinon, ne bougea pas d'un pouce, tandis qu'il l'examinait en laissant courir sa main sur son crâne, le bout de son nez puis plus doucement sur son garrot et sa colonne vertébrale, ses doigts tâtant, vérifiant qu'elle n'avait ni bosses ni creux. Sur ses reins et sa croupe, il ralentit encore son exploration, les doigts agiles. On aurait dit un aveugle. Il palpa ses ravissants membres postérieurs, ses cuisses, ses genoux, ses jarrets et ses canons. Je m'attendais à ce qu'il se relève ou à ce qu'il fronce le sourcil. Cependant l'examen continua, dans le plus grand silence, mon espoir grandissant à mesure. Quand je le vis se placer devant elle, les mains sur ses joues rondes, le suspense était à son comble. Si quelque chose lui déplaisait maintenant, alors qu'elle avait jusqu'ici fait un sans-faute, mon cœur allait se briser.

— Pour quelle raison souhaitez-vous vous en séparer ? s'enquit-il auprès de D. sans quitter Coquette des yeux.

— Comme toujours, pour une question d'argent, répondit D. avec un discret reniflement.

— Vous le connaissez, intervint lady D. Les nouvelles lubies poussent les anciennes dehors. Il n'y a plus que le blé qui compte, les chevaux doivent partir.

« S'il te plaît, je t'en supplie, dis oui », pensai-je très fort.

— Le blé ? dit mon père en se détournant de Coquette pour revenir vers nous en ajoutant à l'adresse de lady D. : Vous n'auriez pas une boisson fraîche à nous offrir ?

Je mourais d'envie de courir empoigner la crinière blonde de la jument et sauter sur son dos pour partir chevaucher seule à travers les collines – ou rentrer avec elle à la ferme, où je l'aurais mise dans un box secret et gardée au péril de ma vie. Elle avait déjà gagné non seulement mon affection, mais celle de mon père – je le savais ! –, même s'il n'en laissait rien paraître. Il retenait ses émotions derrière une barrière infranchissable, ce qui faisait de lui un merveilleux négociateur. D. et lui allaient passer la journée à établir un accord sans jamais se dire quoi que ce soit directement, chacun cachant à l'autre ce que représentait pour lui de gagner, ou de perdre. A mes yeux, c'était exaspérant. N'empêche, il fallut bien les suivre à la maison, où les deux messieurs s'attablèrent autour de cocktails – à base de whisky de seigle et de jus de citron pressé – pour discuter sans rien se dire et marchander l'air de rien. Je me jetai à plat ventre sur le tapis devant le foyer et entrepris de bouder.

Les Delamere avaient beau posséder plus de terres et au moins autant d'employés à Equator Ranch que nous à Green Hills, D. n'avait guère apporté d'améliorations au confort spartiate de leurs deux grandes *rondavelles* en torchis au sol de terre battue. Des fenêtres sans vitre, des rideaux en toile de jute en guise de porte. Toutefois, lady D. les avait meublées de toutes sortes de meubles et d'objets qui étaient, c'est elle qui me l'a dit, dans sa famille depuis des siècles : un grand lit à baldaquin en acajou avec un couvre-lit brodé splendide, des tableaux dans des cadres dorés, une longue table de salle à manger en acajou avec chaises assorties, un atlas broché à la main dans lequel j'adorais me plonger à chaque visite. Mais ce jour-là, j'étais trop inquiète pour contempler des cartes, incapable de faire autre chose que de rester couchée à plat ventre sur le tapis à cogner l'un contre l'autre mes talons poudreux et à me mordiller les lèvres en espérant que l'affaire serait bientôt réglée.

Finalement, lady D. vint s'asseoir auprès de moi. Après avoir étendu sa jupe de coton blanche

41

devant elle, elle s'appuya sur ses mains. Elle n'était ni maniérée ni naïve, ce qui me plaisait bien.

— J'ai des biscuits, si tu veux.

— Je n'ai pas faim.

Je mentais : j'étais affamée.

— Chaque fois que je te vois, tu es plus extraordinairement coiffée, dit-elle en poussant l'assiette de biscuits vers moi. Mais quelle teinte ravissante ! Un peu comme Coquette, en fait.

Elle avait fait mouche.

— Vous croyez ?

Elle acquiesça.

— Tu ne voudrais pas me permettre de te coiffer un peu ?

Je n'étais pas d'humeur à me tenir tranquille, néanmoins j'acceptai. Elle avait une brosse en argent aux poils tout doux que je m'amusais à caresser. Chez nous, il n'y avait plus rien de féminin, ni soie, ni satin, ni parfum, ni bijoux, ni houppette pour la poudre. La brosse était pour moi un objet exotique. Pendant que lady D. me coiffait en fredonnant, j'attaquai les biscuits. Il ne resta bientôt plus que quelques miettes sur l'assiette.

— Comment t'es-tu fait cette terrible cicatrice ? me demanda-t-elle.

Je baissai les yeux sur la boursouflure qui dépassait de mon pantalon court : c'était seulement une partie, certes la plus laide, de la longue balafre qui remontait jusqu'au milieu de ma cuisse. Il est vrai que c'était impressionnant.

— En luttant avec des *totos*.

— Des *totos* ou des phacochères ?

42

— J'ai battu un Kip, j'ai réussi à le flanquer par terre par-dessus mon épaule. Il a eu tellement honte qu'il s'est vengé en me sautant dessus dans la forêt. Il m'a coupée avec le couteau de son père.

— Quoi ?

Elle avait une voix paniquée.

— Il fallait bien que je lui coure après, non ? dis-je avec ce que j'estimais être une juste fierté. Si vous le voyiez maintenant, il est dans un état pire que moi.

Lady D. soupira. Je voyais bien qu'elle était choquée. Sur le moment, cependant, elle ne dit rien. Je me concentrai sur la brosse qui me tirait les cheveux et frictionnait mon cuir chevelu. C'était si bon que j'étais à moitié endormie quand mon père et D. se levèrent enfin et échangèrent une poignée de main. Je bondis sur mes pieds au risque de retomber sur les genoux de lady D.

— Elle est à nous ? m'écriai-je en me précipitant vers eux.

— Clutt est une vraie hyène quand il s'agit de négocier, déclara D. Il s'accroche et refuse de lâcher. J'ai cru qu'il allait l'avoir pour rien.

Mon père rit avec lui et lui donna une tape sur l'épaule.

— Vous ne trouvez pas Beryl jolie comme un cœur ? leur lança lady D. debout derrière moi en posant une main sur le haut de ma tête. Je croyais presque que j'allais trouver un nid de mésanges derrière une de ses oreilles.

Mon père devint rouge. Il s'éclaircit la gorge.

— Je crains de faire une piètre nounou.

— Vous n'avez rien à vous reprocher, fit observer D. d'une voix rude en prenant la défense de mon père. Cette fille est en pleine forme. Regarde-la donc, Florence. Elle est forte comme un cheval.

— Ah, oui, mais qui voudrait d'un cheval pour fille ?

Cet échange pétillant d'humour me donna une curieuse sensation de vertige. En nous remettant en route une heure plus tard, une fois les derniers détails réglés concernant le paiement et la livraison, je voyais bien que mon père était aussi désarçonné que moi. Nous chevauchâmes en silence tandis qu'un soleil rouge s'abaissait dans un ciel plat. Au loin, un « diable de poussière » entra en tournoyant comme un derviche dans un bosquet de flamboyants, provoquant l'envol d'une bande de vautours. L'un d'eux vola au-dessus de nos têtes. Son ombre passa si lentement sur nous qu'un frisson me parcourut.

— J'avoue que ça me dépasse quelquefois, dit mon père une fois le vautour en allé.

Je compris qu'il parlait de la réaction de lady D. devant ma cicatrice et le désordre de ma tenue. Je savais que « ça » désignait sa fille : moi.

— Je trouve qu'on se débrouille très bien, le rassurai-je en flattant l'encolure de Wee MacGregor. Pour moi, tout est parfait.

Il ne prononça plus un mot. A cette proximité de l'équateur, nous n'avions pratiquement pas de crépuscule. Le jour se changeait en nuit en quelques minutes, mais ces couchers de soleil étaient de toute beauté. Autour de nous, les hautes herbes jaunes ondulaient à perte de vue ainsi qu'un océan. Çà et là elles s'entrouvraient sur un terrier de tamanoir ou un trou de phacochère, ou bien concurrençaient les spires noueuses d'une termitière, mais elles se refermaient toujours. La brousse sans fin était une illusion tenace – on aurait pu continuer ainsi pendant des années et des années, portés par la houle des graminées, toujours plus loin, pour l'éternité.

4

Coquette fut d'emblée la chouchoute de la ferme. Comme aucun de nos chevaux n'avait cette belle robe dorée, les *totos* adoraient s'approcher d'elle et la toucher. Elle était comme lumineuse. Nul doute qu'elle portait chance. Pendant quelques mois, tout se passa bien, elle s'acclimatait parfaitement. Mon père commença à réfléchir à l'étalon avec lequel on pourrait la croiser pour obtenir le meilleur résultat possible. Pour un éleveur de chevaux, la saillie est un sujet grave. Avant même de savoir lire, je savais que tout pur-sang avait un arbre généalogique remontant à trois géniteurs arabes et turkmènes des XVIIe et XVIIIe siècles, qui avaient été croisés avec quelques juments anglaises soigneusement sélectionnées. Leur longue et complexe histoire avait été inscrite avec un soin amoureux dans le *Stud Book*. A table, le soir, nous ouvrions ce gros volume et en comparions le contenu avec le gros registre où mon père tenait le journal de bord de notre élevage – l'ancien et le nouveau testament de notre bible.

Après plusieurs semaines de réflexion, le choix se porta sur Referee. Il servirait Coquette dès que ce serait la saison. Referee était notre alezan le plus léger, de constitution compatible : quinze mains et demie au garrot, de bons pieds, une épaule oblique avec un angle ouvert, des membres sans aucun

46

défaut d'aplomb. Il avait une allure aux battues si égales, toujours de la même amplitude, que le sol paraissait se dérouler sous ses sabots. Nous parlions tout le temps du futur poulain – celui qui verrait le jour onze mois après la saillie à condition que celle-ci soit réussie : il serait forcément aussi rapide que son géniteur et posséderait la robe chatoyante et l'élégance de sa mère. Dans mon esprit, cette vision n'avait rien d'imaginaire. Nos paroles lui avaient déjà insufflé la vie.

Par un long après-midi étouffant, je cherchais à haute voix des noms pour le poulain en compagnie de Kibii. Nous étions tous les deux assis sous l'acacia à l'orée de la vaste cour de la ferme. Au-delà du cercle d'ombre bleuté, le sol traître semblable à du métal martelé était aussi brûlant que des braises sous la cendre. Nous avions passé la matinée à l'entraînement puis nous avions huilé des brides à en avoir mal aux mains. Nous étions épuisés, et énervés par la chaleur.

— Et si on disait Jupiter, ou Apollon ? suggérai-je.

— Ou Chacal. C'est un meilleur nom pour un poulain.

— Chacal, c'est banal.

— Mais un chacal, c'est malin.

Alors que je m'apprêtais à le contredire, une colonne de fumée s'éleva au loin.

Le train de Nairobi, un convoi bruyant d'une douzaine de wagons qui bringuebalaient si violemment sur la voie ferrée qu'on s'attendait à ce que l'un d'eux s'envole ou déraille. Kibii tourna le buste pour regarder la vallée.

— Ton père attend un cheval ?

A ma connaissance, mon père n'attendait rien du tout. Pourtant le voilà qui sortait en courant de l'écurie en s'aplatissant les cheveux et en rentrant sa chemise dans son pantalon. Il scruta la vallée puis se dirigea à grands pas vers notre Ford flambant neuve. Il donna quelques tours de manivelle. Kibii et moi, sans même lui demander si nous pouvions venir, trottâmes jusqu'à la voiture avec l'intention d'y grimper.

— Pas cette fois, dit mon père en levant à peine les yeux de sa tâche. Il n'y aura pas la place pour tout le monde.

« Pour tout le monde ? »

— Nous avons des invités ?

Sans répondre à ma question, il s'installa au volant et démarra en nous arrosant d'un nuage de poussière rose. Une heure plus tard, nous entendîmes le bruit asthmatique du moteur de la Ford qui grimpait la colline et aperçûmes quelque chose de blanc. Une robe. Un chapeau avec des rubans, des gants qui montaient jusqu'au coude. Assise dans la voiture, il y avait une femme, très belle. Sa chevelure était enroulée sur sa tête en un chignon verni couleur aile de corbeau. Elle tenait une délicate ombrelle en dentelle qui n'avait pas l'air d'avoir essuyé une seule journée dans la brousse.

— Beryl, je te présente Mrs Orchardson, dit mon père alors qu'ils descendaient de voiture.

Deux malles étaient posées l'une sur l'autre dans le coffre. Elle n'était pas venue prendre le thé.

— Je suis heureuse de faire enfin ta connaissance, me dit Mrs Orchardson en me regardant rapidement des pieds à la tête.

« Enfin ? » Je crois que je suis restée bouche bée au moins une minute.

En entrant dans la maison, Mrs Orchardson, les mains légèrement posées sur les hanches, se promena à droite et à gauche. Mon père avait choisi une architecture simple, mais les murs n'en étaient pas moins solides et l'ensemble sans comparaison avec la hutte d'origine. Mais cette dame ne l'avait pas vue avant. Elle inspectait tout. Il y avait des toiles d'araignée aux fenêtres, les pierres du foyer étaient couvertes d'une épaisse couche de suie. La toile cirée de la table de salle à manger n'avait pas été changée depuis des années, plus précisément depuis le départ de ma mère. L'étroite glacière construite avec du charbon où nous préservions le beurre et la crème sentait le rance, ou plutôt la vieille vase au fond d'un étang. Nous nous étions habitués, comme à tout le reste. Aux murs était accroché tout un bric-à-brac : des peaux de léopards, des peaux de lions, de longues cornes torsadées de grand koudou, un œuf d'autruche de la taille d'un crâne humain, et pesant aussi lourd. Il n'y avait là rien de raffiné ni de luxueux – nous nous passions parfaitement de ces choses-là.

— Mrs Orchardson a accepté d'être notre gouvernante, m'expliqua mon père au moment où elle retirait ses gants du bout des ongles. Elle habitera ici, dans la maison. Il y a largement la place.

— Oh ! m'exclamai-je comme si on venait de m'écraser le larynx d'un coup de poing.

Il y avait bien une chambre disponible, mais elle était remplie de harnais, de paraffine, de boîtes de conserve, entre autres objets encombrants que nous préférions tenir hors de notre vue pour ne pas avoir à nous en occuper. L'état même de cette pièce démontrait que nous n'avions pas besoin d'une gouvernante. Et où dormiraient nos invités si cette femme, qui n'était pas une invitée, était venue pour chambouler notre vie ?

— Pourquoi tu ne vas pas à l'écurie pendant que nous nous installons ? me lança mon père d'un ton qui n'admettait pas de réplique.

— Formidable, enchérit Mrs Orchardson. Je vais préparer du thé.

Je traversai la cour, folle furieuse. C'était trop injuste de m'imposer cette dame qui était sûrement animée des pires intentions à mon égard. A mon retour, elle avait mis une jupe et un corsage tout simples qu'elle avait protégés par un tablier. Elle avait roulé ses manches jusqu'aux coudes. Une mèche de cheveux soyeux échappée de son chignon balaya son front alors qu'elle remplissait la tasse de mon père. La théière fumait dans ses mains. Mon père s'était assis dans notre unique fauteuil confortable, les pieds sur une table basse. Il la regardait comme s'il la connaissait bien.

Je battis des paupières. Elle n'était pas là depuis une heure qu'elle s'était déjà approprié la maison. La théière était à elle. Elle avait frotté la toile cirée. Les toiles d'araignée avaient disparu comme si elles n'avaient jamais existé. Elle n'allait pas avoir de mal à s'acclimater. Rien ne semblait vouloir lui résister.

Je devais l'appeler Mrs O., me dit mon père. Au cours des jours suivants, elle déballa ce qu'il y avait dans ses malles et les remplit de choses glanées dans la maison – des trophées de chasse poussiéreux, des babioles et des chiffons abandonnés par ma mère. Elle avait tout le temps le même mot à la bouche : « discipline ». Elle aimait l'ordre et le savon et les journées découpées en portions faciles à organiser. La matinée était faite pour l'étude.

— J'ai entraînement, lui ai-je dit tout de go, sûre et certaine que mon père prendrait mon parti.

— Ils se passeront de toi pour le moment, répliqua-t-elle d'un ton neutre alors que mon père émettait un bruit de gorge avant de sortir précipitamment de la maison.

Il ne lui fallut pas une semaine pour le persuader que je devais porter des chaussures. Quelques semaines après, elle me fit troquer ma *shuka* contre une robe à smocks et des rubans dans les cheveux. Et je ne devais pas manger avec les mains. Je ne devais tuer ni serpents, ni musaraignes, ni oiseaux avec mon *rungu,* ni prendre tous mes repas avec Kibii et sa famille. Au lieu de chasser le phacochère et le léopard avec *arap* Maina, je devais m'instruire et apprendre à parler anglais correctement.

— Je t'ai laissé trop de liberté, me déclara mon père quand j'allai le trouver pour plaider ma cause. Tout cela, c'est pour ton bien.

Quelle merveilleuse liberté il m'avait accordée ! Cette fameuse discipline avait pour seul but de me contraindre à mener une petite vie étriquée et conventionnelle. Cela n'avait jamais été notre genre.

— S'il te plaît...

Mais comme ce n'était pas non plus mon genre de geindre, je me tus. Je n'avais jamais été une enfant capricieuse ou plaintive et, de toute façon, mon père se montrerait intraitable. S'il y avait un moyen de pousser Mrs O. à l'indulgence, il fallait que je le trouve toute seule. J'allais lui prouver que je n'étais pas une pauvre toile d'araignée dans un coin, quelque chose que l'on peut essuyer ou redresser, mais une rivale avec laquelle il fallait compter. Je calculai qu'en imitant ses manières et ses habitudes, en l'observant de près afin de savoir ce qui la motivait et comment lui damer le pion, je finirais par découvrir quelle stratégie employer pour regagner mon ancienne vie.

5

La date de la mise bas approchait. Coquette avait un gros ventre en forme de barrique. Une nouvelle vie prenait ses aises à l'intérieur de sa chair, où de longs membres essayaient de s'étirer, de trouver une voie de sortie. La grossesse avait terni sa robe dorée. Elle avait l'air fatiguée et léthargique, grignotant sans appétit la belle luzerne que je lui donnais.

J'étais tellement pressée de voir le poulain. Cette pensée me permettait de tenir pendant mes leçons de latin, les pieds broyés dans des chaussures. Une nuit, Buller en se levant me tira d'un profond sommeil. Les garçons d'écurie s'étaient levés, eux aussi. Et mon père. Je reconnaissais le timbre de sa voix même s'il parlait tout bas. Je me dépêchai de m'habiller en songeant seulement à Coquette. Elle était en avance de vingt jours, ce qui en général signifiait que le poulain serait faible ou maladif, mais ce ne serait peut-être pas le cas. Mon père allait savoir quoi faire.

Dans la cour, la lumière de plusieurs lampes-tempête filtrait à travers les fissures de la porte de l'écurie. Tout là-haut, des rubans d'étoiles ondoyaient comme des tourbillons laiteux et un croissant de lune aiguisé comme une faucille brillait d'un éclat dur. Les insectes nocturnes menaient leur tapage dans la forêt et partout autour de moi. Mais l'écurie, elle, était silencieuse. Trop silencieuse, je le pressentais avant même d'approcher le box de Coquette. Je vis mon père se redresser et sortir du box à ma rencontre. Il m'arrêta dans mon élan.

— Il ne faut pas que tu voies ça, Beryl. Va te recoucher.

— Qu'est-ce qui s'est passé ? dis-je, la gorge nouée.

— Il est mort-né, m'informa-t-il dans un murmure.

Mon cœur chavira, tous mes espoirs mouchés d'un seul coup. Apollon ne se tiendrait pas en titubant sur ses longues jambes à la façon d'un bébé girafe. Il ne verrait ni la forêt ni l'escarpement. Je ne le lancerais pas sur la piste au grand galop penchée sur son encolure brillante. Il ne connaîtrait pas Green Hills, même pas pour un jour. Mon père ne m'avait pourtant jamais protégée contre les dures réalités. Je ravalai mes larmes et, me glissant hors de son étreinte, entrai dans le box.

Coquette était tournée dans le coin le plus sombre et ne bougeait pas. Derrière elle, deux garçons d'écurie s'affairaient, agenouillés autour d'un amas de litière compressée. Et il était là, le minuscule poulain encore en partie enduit de liquide amniotique, mais ses yeux, la moitié de sa tête… mangés. Un cratère noir déchiqueté. Son ventre béait sur des entrailles dévorées, elles aussi. Il ne pouvait y avoir qu'un seul coupable : les *siafu*. Lorsque se déplacent en longues colonnes serrées ces grandes fourmis légionnaires noires, portant aussi le nom de fourmis magnans, peu de créatures réchappent à leurs terribles mandibules.

— Elle a mis bas en faisant si peu de bruit que personne ne l'a entendue, m'expliqua mon père en passant son bras autour de mes épaules. Le poulain était peut-être déjà mort, on ne peut pas savoir.

— Pauvre Coquette, dis-je en enfouissant mon visage dans sa chemise et en appuyant mon front à l'os dur de son sternum.

— Elle va bien, dit-il. Ça va aller...

Comment pouvait-elle aller bien ? Son petit était mort. Les fourmis n'avaient rien touché d'autre, elles s'étaient attaquées seulement à ce petit être tendre et sans défense avant de disparaître dans la nuit. « Pourquoi ? » me répétais-je comme si quelqu'un était vraiment en mesure de répondre à cette question.

Le lendemain matin, la perspective d'apprendre mes leçons m'étant insupportable, je me sauvai et descendis en courant au-delà des paddocks le sentier étroit qui serpentait jusqu'en bas de la colline. En arrivant au village kip, j'avais les poumons en feu et les jambes tout égratignées par les ronces et les hautes herbes à éléphant, mais je me sentais déjà mieux. Le village avait toujours eu sur moi cet effet apaisant, même quand j'étais trop petite pour atteindre la bobinette de la barrière. Les buissons d'épineux dont les branches tissaient la palissade arrivaient aux épaules du bœuf le plus imposant et mettaient à l'abri des dangers de la brousse les huttes basses, les précieux bestiaux, les chèvres bêlantes au pelage en lambeaux, les casseroles noircies par les flammes et, surtout, les enfants.

Ce jour-là, des *totos* s'entraînaient à tirer à l'arc, à genoux les uns à côté des autres sur la terre battue, chacun s'efforçant d'atteindre au plus près une cible de feuilles tressées. Au milieu du rang, Kibii me jeta un regard de ses yeux noirs, curieux de savoir ce qui m'amenait, mais n'en continua pas moins son jeu. Je m'accroupis à proximité. Les *totos* étaient en général d'excellents tireurs quand la cible était fixe. Les flèches taillées dans des brindilles se terminaient par des pointes hérissées qui se plantaient solidement dans la chair de la proie, quand elles l'atteignaient comme elles devaient le faire. J'assistai à la compétition en spectatrice, regrettant pour la énième fois de ne pas être née parmi eux. Sauf que je n'aurais pas voulu être une fille. J'aurais détesté avoir sur le dos les corvées de la cuisine, les paniers, l'eau, les provisions, les bébés. Aux femmes échouaient le portage et le sarclage, le tissage et le labourage. Elles s'occupaient aussi des bêtes pendant que les guerriers chassaient ou se préparaient à la chasse en huilant leur corps de graisse animale, en s'épilant la poitrine à l'aide de pinces qu'ils portaient autour du cou dans des bourses en cuir. Ces *totos* à genoux devant moi tireraient un jour sur un phacochère, un steenbok, un lion. Que pouvait-on rêver de mieux ?

Lorsqu'ils eurent tous réussi à mettre dans le mille, un des garçons plus âgés prit une cible de plus petite taille, une sorte de calebasse tressée avec des feuilles, et la jeta le plus haut possible dans les airs. Les flèches volèrent, certaines seulement faisant mouche. Ceux qui avaient échoué le plus lamentablement essuyèrent moqueries et quolibets, mais aucun ne renonça. Le garçon lança la calebasse en l'air un nombre incalculable de fois, jusqu'à ce que tous aient réussi. Alors seulement le jeu cessa.

Kibii vint enfin s'asseoir auprès de moi. Je lui racontai ce qui était arrivé au poulain. Il tenait toujours son arc et une poignée de flèches fines. Il en enfonça une par la pointe dans le sol qui était très dur en disant :

— Les *siafu* sont un fléau.

— Elles servent à quoi ? Pourquoi Dieu a eu l'idée d'inventer un truc pareil ?

— C'est pas à nous de chercher à le savoir, répondit-il avec un léger haussement d'épaules.

— Mais on peut se poser la question.

Je le regardai et avalai la boule que j'avais dans la gorge, d'un seul coup, résolument, sûre et certaine que je n'allais pas pleurer ici devant Kibii, une prouesse dont je me félicitais. Car ici montrer sa faiblesse et sa vulnérabilité ne menait nulle part. Les larmes vous vidaient, un point c'est tout. Je me levai et carrai les épaules. Kibii se laissa convaincre qu'il devait me laisser essayer son arc.

Mon père m'avait dit que Mrs O. serait notre gouvernante, mais dès le premier jour elle se comporta comme si elle était quelqu'un de plus important. Sa femme, ou ma mère. Elle avait une opinion sur tout, en particulier sur mon obstination. Au bout de quelques mois, elle se lassa d'essayer de me dresser. Mon père annonça son intention d'engager une préceptrice en ville.

— Emma n'a pas à se bagarrer avec toi pour que tu apprennes tes leçons, Beryl, me gronda-t-il. Ce n'est pas juste.

Je sentis le bout de mes oreilles s'échauffer.

— Je n'ai pas besoin d'une préceptrice. J'apprendrai mes leçons.

— Trop tard. C'est déjà fait. Tu verras, ce sera bien pour toi.

Une horrible femme appelée miss Le May débarqua chez nous, prestement remplacée quand elle trouva un mamba noir mort dans son lit. Avant la fin de l'année, trois dames et plusieurs messieurs avaient déclaré forfait. Mon père parut jeter l'éponge. Plus aucun éducateur ne se profilant à l'horizon, je commençai à penser que j'avais gagné et me félicitai d'avoir si bien combattu.

A la fin d'octobre, je fêtai mes douze ans. Mon père organisa un petit séjour de deux jours à Nairobi, rien que pour nous deux. Il s'avéra qu'il s'agissait d'un voyage d'affaires qui n'avait rien à voir avec moi. Mais je fus contente d'avoir été invitée. Sinon je serais restée seule à la maison avec Mrs O.

Nous prîmes le train pour Nairobi, où mon père avait rendez-vous avec des gens de la banque. Une fois cette question réglée, nous continuâmes à cheval jusqu'à Kabete Station, afin de rendre visite à Jim Elkington, un ami de mon père propriétaire d'un ranch en bordure de la réserve des Kikuyu. Pendant le trajet, je chantai des mélodies swahilies et bantoues. Il y avait une chanson de guerrier que j'adorais, *Twendi, twendi, ku piganu* – « On y va, on y va, on va se battre ». Quand j'en avais assez d'entendre ma voix, je demandais à mon père de me raconter une histoire. Lui qui desserrait peu les dents en général, comme s'il avait peur qu'on ne lui vole les mots qui tomberaient de sa bouche, se détendait quand nous étions à cheval. A ces moments-là, parler semblait lui plaire.

Il me racontait les mythes grecs tels qu'il les avait appris à Eton, l'histoire des Titans, des héros et des dieux, et me livrait des aperçus captivants sur les Enfers. D'autres fois, il évoquait les guerres tribales ancestrales entre les Massaï et les Kikuyu, des batailles féroces, des victoires remportées grâce à la ruse sous le couvert de la nuit, et me décrivait leurs techniques de chasse et de survie. Pour abattre un éléphant qui charge, il fallait se tenir totalement immobile et lui tirer une balle entre les deux yeux. Si par malheur on manquait son cerveau, on ne vivait pas assez longtemps pour avoir une seconde chance. Devant une vipère heurtante, il fallait reculer le plus silencieusement possible, petit pas par petit pas, et ne pas laisser son cœur s'affoler. Devant le mamba noir, encore plus venimeux, il ne restait plus qu'à prendre ses jambes à son cou. Un homme court plus vite qu'un mamba, en revanche il ne survit jamais s'il lui tombe dessus du haut d'un arbre.

Ce jour-là, mon père me parla des lions.

— La nature a doté le lion d'une intelligence supérieure à celle de la majorité des hommes, dit-il en relevant d'une pichenette son chapeau de brousse.

Il portait sa tenue d'équitation – une chemise en coton léger, un pantalon de toile couleur sable et des bottes qui dans la campagne anglaise auraient sûrement eu le luisant d'un cuir bien ciré, mais qui ici étaient recouvertes de plusieurs couches d'argile rouge.

— Un lion possède aussi plus de courage qu'un homme, et plus de détermination. Il se battra pour ce qui lui appartient, quelles que soient la taille et la force de son rival. Si son adversaire a en lui une seule once de lâcheté, il est mort.

J'aurais aimé qu'il continue à parler jusque chez les Elkington, et même au-delà. Si j'écoutais assez attentivement, me disais-je, je finirais peut-être un jour par savoir tout ce qu'il savait.

— Et si deux lions de force égale se battent pour un territoire, ou une lionne ?

— Ils se jaugeront avant. Un lion est plus prudent quand il a affaire à aussi fort que lui, mais il ne s'avouera pas pour autant vaincu. Il ne connaît pas la peur, vois-tu, pas telle que nous la concevons. Il ne peut être que ce qu'il est, ce qui lui est dicté par sa nature, et rien d'autre.

— Je me demande si c'est vrai du lion des Elkington, intervint Bishon Singh, notre palefrenier sikh.

Bishon Singh, qui était venu avec nous pour s'occuper des montures, chevauchait juste derrière nous à côté du valet de mon père, Kimutaï.

— Ce satané fauve me rend nerveux, répondit mon père. Ce n'est pas naturel de garder ainsi une bête sauvage.

— J'aime bien Paddy, fis-je remarquer en me rappelant Jim Elkington le caressant comme un gros chat. C'est un gentil lion.

— Ce qui prouve seulement que j'ai raison, répliqua mon père alors que derrière nous Bishon Singh émettait un gloussement d'approbation. Tu peux prélever un lionceau à la savane et l'élever comme un chien ou un chat – c'est ce qu'ils ont fait. Tu peux le mettre en cage ou le laisser libre d'aller et venir comme Paddy. Tu peux le nourrir de viande fraîche de manière qu'il n'apprenne ni à chasser ni à se laver et que l'odeur de l'homme ne le lâche pas où qu'il aille. Sache que, ce faisant, tu as perverti l'ordre de la nature. Et tu ne peux jamais te fier à un animal qui a été détourné de ce qu'il est vraiment. Tu ne sais pas à quoi t'attendre de sa part, et lui non plus… Pauvre bête, conclut-il en soufflant par le nez la poussière qui s'était faufilée dans ses narines.

La maison des Elkington avait des fenêtres dont les vitres étaient scellées au plomb et une jolie véranda qui donnait à l'arrière sur une vaste étendue sauvage, deux mille kilomètres carrés d'une Afrique indomptée. On avait la sensation, assis là en train de manger un bon sandwich ou de boire un thé, qu'on se trouvait au bord d'un abîme où l'on pouvait basculer à tout instant, sans laisser de traces de son passage.

Jim Elkington était un homme grand et gros au visage rouge et toujours de bonne humeur. Sa femme portait un canotier et des corsages qu'elle avait l'art de garder d'une blancheur éclatante, sans un pli, exprimant la quintessence de la civilisation alors qu'elle avait un fouet en cuir passé à sa ceinture. Celui-ci était pour Paddy, qui arpentait le domaine avec des allures de propriétaire. Dans un sens, c'était le cas. Car qui aurait osé lui contester ce droit ? Il avait jadis été un mignon petit lionceau aux grosses pattes qui se roulait pour jouer sur la pelouse avec Jim. A présent, c'était un grand lion adulte à la superbe crinière noire et luisante. Le fouet n'était guère plus qu'un accessoire de théâtre.

La dernière fois que j'avais vu Paddy, Jim Elkington lui avait donné à manger devant nous une broche de lapins dépecés. Le fauve allongé comme un sphinx, les pattes antérieures croisées, épaules puissantes, fourrure couleur rouille, babines noires, nous fixait de ses immenses yeux dorés tandis que les friandises étaient présentées à Sa Majesté. Au-dessus de son nez carré, sa gueule se plissait légèrement, ce qui lui donnait l'air perplexe ou même un peu amusé de nous voir.

Alors que nous dessellions nos montures, Paddy n'était nulle part en vue, pourtant je l'entendais rugir au loin, peut-être à des kilomètres. Un son douloureux, un peu triste aussi, qui fit dresser le fin duvet sur ma nuque.

— On dirait qu'il se sent seul, fis-je observer.

— Pfft ! s'exclama mon père. On dirait plutôt un esprit malfaisant qui hurle à la mort.

— Je ne l'entends plus, déclara Mrs Elkington en nous faisant signe de la suivre.

Le thé était servi sous la véranda ; de minuscules gâteaux au gingembre qui sentaient délicieusement bon, des fruits secs, des beignets de pomme de terre croustillants que l'on pouvait manger avec les doigts, et une pleine théière de thé de Chine. Jim avait préparé un cocktail de rye au citron pressé. Il brassa le mélange dans un pichet avec une longue spatule en verre, ce qui produisit un tintement cristallin tandis que s'entrechoquaient les glaçons, une denrée rare.

Ce jour-là, l'air était immobile et la conversation soporifique. Je poussai un soupir et cueillis un deuxième gâteau au gingembre. Finalement, mon père me signifia par un hochement de tête : « Vas-y ! » Alors que Jim et lui se levaient pour se rendre à l'écurie, Mrs Elkington me proposa de jouer aux dés. Je me défilai. En traversant la cour, je me débarrassai de mes chaussures et de mes bas et les jetais dans l'herbe.

Je mis le cap sur la savane en courant le plus vite possible, pour le seul plaisir de galoper. Le paysage ressemblait à celui que nous avions chez nous, de l'herbe sèche, vert poussiéreux et or, une plaine ondoyante parsemée d'épineux et de flamboyants, avec ici ou là un gros baobab solitaire. En apercevant au loin les pics du mont Kenya aux pointes émoussées par le coton blanc des nuages, je songeai qu'il serait merveilleux de courir jusque là-bas, à plusieurs centaines de kilomètres du ranch. Mon père serait si fier de moi à mon retour, et Kibii vert de jalousie.

Pile devant moi s'élevait une colline coiffée de groseilliers. J'en fis mon objectif, sans remarquer particulièrement l'endroit où les tiges d'herbe avaient été écrasées par quelque chose de volumineux qui avait imprimé sa forme en creux dans le sol. Le regard rivé sur la colline, je courais sans penser à rien d'autre ni me douter que j'étais traquée à distance comme une jeune gazelle ou un gnou.

J'appliquai la loi de l'accélération pour grimper la pente à toute allure. Soudain, l'air se comprima dans mon dos, un air chaud et épais. Le coup fut aussi fort que si j'avais été frappée avec une barre de fer. Je tombai, la face dans l'herbe sèche, et d'instinct levai les bras pour protéger mon visage.

Depuis combien de temps Paddy m'épiait-il ? Il avait d'abord senti mon odeur – sans doute avant que je descende de la véranda. Peut-être avait-il commencé à me guetter par simple curiosité, à moins que je n'aie été pour lui une proie dès le départ ? Toujours est-il qu'il m'avait en son pouvoir.

La mâchoire de Paddy se referma sur ma cuisse juste au-dessus du genou. Ses dents s'enfoncèrent dans ma chair, aussi aiguisées que des poignards. Il avait la langue mouillée. Sa gueule dégageait une curieuse fraîcheur. L'odeur de mon propre sang me prit à la gorge, la tête me tourna. Il me relâcha pour pousser un rugissement. Une version encore plus terrifiante que ce que j'avais entendu tout à l'heure sous la véranda : un son vibrant, un gouffre ténébreux engloutissant la terre et le ciel et qui m'avait avalée, moi aussi.

Je fermai les yeux et essayai de crier, mais ne parvins qu'à exhaler une bouffée d'air. Je sentis de nouveau sur moi la gueule de Paddy et sus que je n'avais aucune chance de m'en tirer. Il allait me manger ou me traîner dans une clairière ou une vallée dont lui seul avait connaissance, un lieu retiré dont je ne reviendrais jamais. La dernière pensée dont je me souvienne fut : « Voilà ce que ça fait alors. Voilà ce que cela veut dire d'être mangée par un lion. »

6

Je revins à moi dans les bras de Bishon Singh qui me portait, son visage penché sur le mien. Je n'avais pas envie de savoir où était passé Paddy ni quelle était la gravité de mes blessures. Des gouttes de sang tombaient d'une plaie béante à la jambe sur la tunique blanche de notre palefrenier.

Mon père, qui avait été avec les chevaux, accourut et m'étreignit contre sa poitrine. Il me sauvait une seconde fois – parce que j'avais déjà été sauvée.

Bishon Singh m'avait vue passer devant lui pendant qu'il prenait soin de nos montures à l'écurie. Quand il était arrivé au sommet de la colline, Paddy était déjà debout sur mon dos, gueule béante, babines ourlées de noir, crocs luisants de salive. Il avait rugi, sa voix réussissant presque à arrêter dans leur élan Bishon et les six garçons d'écurie qui s'étaient précipités en renfort. Mais ils s'étaient démenés tous ensemble pour l'impressionner par leur nombre et leurs hurlements. Tout de suite avait surgi *Bwana* Elkington, colosse armé du *kiboko,* le long fouet qu'il faisait claquer devant lui et dont l'extrémité électrisait l'air.

— Le lion n'était pas content d'être dérangé, dit Bishon Singh à mon père. Mais *Bwana* a fait parler le fouet. Il a couru vers Paddy et crié très fort, il lui donne beaucoup de coups. Finalement,

Paddy en a eu assez. Il fonce sur son maître vite, si vite que *Bwana* Elkington court jusqu'au baobab. Il grimpe dans l'arbre. Paddy rugit comme le dieu de la Colère. Et puis, pouf, il est parti.

Ma jambe était ouverte depuis mon mollet jusqu'en haut de la cuisse. La blessure me brûlait comme si on m'avait tenue au-dessus d'un brasier. J'avais mal dans le dos aux endroits où les griffes de Paddy avaient laissé leur empreinte, et je sentais aussi des points douloureux sur ma nuque, sous mes cheveux ensanglantés. On appela un médecin. Mon père passa dans la pièce d'à côté et conféra à voix basse avec Jim et Mrs Elkington sur les mesures à prendre concernant Paddy. Peu après, un *toto* débarqua en courant d'une ferme voisine pour annoncer que Paddy avait tué un cheval et l'avait emporté.

Jim et mon père chargèrent leurs fusils et ordonnèrent aux garçons d'écurie de seller leurs montures. J'étais au trente-sixième dessous. Paddy était retourné à l'état sauvage. J'avais peur qu'il ne revienne au ranch et n'attaque quelqu'un. D'un autre côté, j'avais de la peine pour lui. Paddy était un lion, et il était fait pour tuer.

Le médecin me fit boire du laudanum puis recousit ma blessure avec une aiguille en forme de crochet et un épais fil noir. J'étais couchée sur le ventre. Bishon Singh me tenait la main. Son bracelet en métal s'élevait et s'abaissait autour de son bras. Son turban blanc était enroulé je ne sais combien de fois autour de sa tête, avec l'extrémité glissée quelque part, invisible, à l'image du serpent légendaire qui se mord la queue.

— Pour Paddy, le fouet c'est pas plus qu'un moucheron, me confia Bishon Singh.

— Qu'est-ce que tu veux dire ?

— Qu'est-ce qu'un fouet pour un lion ? Il allait te lâcher de toute façon. Ou alors t'étais pas faite pour être mangée.

Je sentais l'aiguille percer et tirer ma chair, comme si cette portion de mon corps ne faisait plus partie de moi et évoluait dans une autre petite sphère. Les paroles de Bishon Singh appartenaient encore à une autre sphère.

— Je suis faite pour quoi alors ?

— Quelle merveilleuse question, Beru, répliqua-t-il avec un sourire mystérieux. Et comme tu n'es pas morte ce jour, tu auras le temps de chercher une réponse.

Je suis restée plusieurs semaines chez les Elkington. Elle m'apportait de bonnes choses à manger sur un plateau en bambou : du gingembre confit, des œufs mimosa, des jus glacés. Elle demandait à son cuisinier de me confectionner des gâteaux tous les jours, comme si elle cherchait à compenser ce que m'avait fait Paddy, et aussi peut-être les rugissements moroses et parfois tout simplement monstrueux qu'il poussait dans sa cage en bois derrière le paddock.

Ils avaient enfin réussi à le capturer, quatre jours après qu'il se fut échappé, et l'avaient ramené ligoté. En m'annonçant qu'il était derrière des barreaux, elle pensait me rassurer. Et, en effet, je l'étais, mais je me sentais aussi chavirée. J'avais tenté Paddy quand j'étais passée devant lui en courant, et à présent il était puni pour avoir suivi le penchant de sa nature. C'était ma faute. Pourtant, quand j'étais couchée dans mon petit lit chez les Elkington et que je l'entendais rugir, je me bouchais les oreilles, soulagée qu'il soit enfermé. Ou plutôt à la fois soulagée et désolée ; en sécurité et coupable.

Quand je fus en état d'effectuer en chariot le trajet jusqu'à Nairobi, puis en train jusqu'à Njoro, j'eus l'impression d'avoir été libérée moi aussi d'une prison, dont les barreaux étaient les bruits affreux de Paddy. Je ne cessai de penser à lui et d'avoir des cauchemars que le jour où je pus raconter mon histoire à Kibii. Il se tint parfaitement immobile, comme les autres *totos* qui m'écoutaient, pendant que je m'appliquais à ne laisser de côté aucun détail, mon récit devenant à mesure de plus en plus long et angoissant, et moi plus courageuse et intrépide, brossant un portrait de moi en redoutable guerrière plutôt qu'en pauvre proie qui avait eu la chance d'être sauvée de justesse.

Chez les Kipsigi, pendant son initiation, pour mériter sa lance, un jeune guerrier ou *morane* devait tuer un lion. S'il échouait, il était condamné à vivre dans la honte. S'il réussissait, il était couvert de gloire. Son nom était célébré par des chants entonnés par les plus belles femmes, son exploit conté dans des poèmes, lesquels inspireraient ses enfants qui à leur tour mimeraient son courage. J'étais très jalouse de Kibii à qui l'avenir destinait ce haut fait et me félicitais de m'être sortie saine et sauve d'un danger auquel il n'avait pas encore été confronté. Même si je ne disais pas toute la vérité sur ce qui s'était passé avec Paddy et si j'embellissais mon rôle, l'incident s'était bel et bien produit et j'étais toujours là pour le raconter. Cela suffisait à me tourner la tête. Je me sentais invincible. Aucun obstacle ne pouvait plus m'arrêter. Bien entendu, je ne savais pas ce que la vie me réservait.

— Emma et moi pensons que tu dois aller à l'école à Nairobi, me dit mon père en croisant les doigts sur la table quelques semaines après mon retour de chez les Elkington.

Je sursautai.

— Je ne peux pas avoir une autre préceptrice ?

— Tu ne peux pas vivre éternellement comme une sauvageonne. Il faut que tu reçoives de l'instruction.

— J'apprendrai ici, à la ferme. Je te promets de ne plus me bagarrer.

— Tu n'es pas en sécurité ici, tu ne vois pas ? intervint Mrs O. en s'appuyant au dossier de sa chaise.

Ses couverts, qu'elle n'avait pas touchés, rutilaient dans la chaude clarté de la lampe-tempête. Tout à coup, je me rendis compte que, si nous en étions arrivés là, c'était parce que je n'avais pas réussi à la gagner à ma cause. Je m'étais habituée à son mode de vie, mais j'avais été distraite par les poulains, les galops des chevaux et mes jeux guerriers avec Kibii. Et elle ne s'était pas habituée à mon mode de vie à moi.

— Si vous pensez à Paddy, c'était un accident, cela n'aurait jamais dû se produire.

— Bien sûr que non ! protesta-t-elle en plissant ses yeux violets. Mais cela s'est produit. Tu sembles te croire invincible, à courir à moitié nue avec ces garçons dans la brousse où toutes sortes de dangers vous guettent. N'importe quoi peut t'arriver, tu entends ! Tu n'es qu'une enfant, même si personne ici n'a l'air de s'en apercevoir.

Je serrai les poings et les abattis sur le bord de la table. Je criai à pleins poumons et repoussai mon assiette si violemment que mes couverts tombèrent avec fracas.

— Vous ne pouvez pas m'obliger à y aller, finis-je par hurler d'une voix rauque, le visage empourpré.

— Ce n'est pas à toi de décider, conclut mon père d'un ton catégorique, la bouche serrée en un pli sévère, inflexible.

Le lendemain matin, je me réveillai aux aurores et partis à cheval pour Equator Ranch afin de rendre visite à lady D. Je ne connaissais personne de plus gentil ni de femme aussi raisonnable. Elle trouverait sûrement une solution. Elle saurait comment inverser le cours des choses...

— Papa a l'air décidé, commençai-je à lui expliquer à peine la porte franchie, mais en réalité il ne fait que suivre ce que dit Mrs O. Elle pense que, si je continue comme ça, je vais finir par être mangée par un lion, mais dans le fond elle s'en fiche. Je la gêne. Cela revient à ça.

Lady D. me fit asseoir sur un coin de son tapis moelleux et je lui débitai mon histoire tout d'une traite, à en perdre haleine. Une fois que je fus un peu calmée, elle avança :

— Je ne connais pas les raisons d'Emma, ni celles de Clutt, mais pour ma part je serai fière de te voir revenir transformée en jeune lady.

— Je peux apprendre tout ce dont j'ai besoin ici !

Elle eut ce petit hochement de tête amical qui lui était coutumier, même quand elle n'était pas d'accord.

— Pas tout. Un jour, tu changeras de point de vue sur l'éducation et tu seras contente d'être allée à l'école.

Elle prit doucement la main que j'avais posée sur mes genoux et la retourna dans la sienne.

— Une bonne éducation ne sert pas seulement à briller en société, Beryl. C'est une chose qui vous appartient en propre, une chose à soi.

Je fronçai sans doute les sourcils en la regardant, elle ou le mur derrière elle, parce qu'elle m'enveloppa d'un regard d'une patience infinie.

— Je sais que tu as l'impression que c'est la fin du monde, reprit-elle, mais tu te trompes. Tu es promise à tant de choses. Le monde entier va bientôt s'ouvrir devant toi.

Ses doigts se mirent à tracer des cercles au milieu de ma paume. Une sensation de lourdeur m'envahit et je m'assoupis, recroquevillée à côté d'elle, la tête sur ses genoux. Je me réveillai un peu plus tard. Elle se leva et demanda au *boy* de nous apporter du thé. Nous nous assîmes à la table, où je feuilletai l'atlas géant qui était une de mes passions. Le volume s'ouvrit sur une grande carte de l'Angleterre, d'un vert aussi lumineux qu'un joyau.

— Croyez-vous que j'irai un jour ?

— Qu'est-ce qui pourrait t'en empêcher ? C'est toujours ton pays.

D'un doigt je frôlai les noms des villes tout à la fois étrangers et familiers, Ipswich et Newquay, Oxford, Manchester, Leeds.

— Ta mère t'écrit-elle de Londres ?

— Non, répondis-je, subitement désorientée.

Ma mère n'était jamais évoquée, ce qui me convenait parfaitement.

— Si tu me le demandes, je pourrais te dire des choses sur elle.

Je fis non de la tête.

— C'est la ferme qui compte maintenant pour moi, pas ma mère.

Lady D. me fixa longuement comme si elle méditait tout bas.

— Je suis désolée. Je n'ai pas à me mêler de ce qui ne me regarde pas.

Peu après, D. entra comme une tornade dans la pièce en s'époussetant et en marmonnant dans sa barbe.

— Ah, voilà mes petites chéries ! claironna-t-il en nous voyant.

— Beryl est toute remuée, l'informa lady D. Elle va bientôt partir à l'école à Nairobi.

— Ah, dit-il en se laissant choir dans un fauteuil en face de moi. Je me demandais quand ce jour allait venir. Tu vas t'en tirer magnifiquement, mon petit. Crois-moi. J'ai toujours dit que tu étais futée.

— Je n'en suis pas si sûre, répliquai-je en faisant mine de vider ma tasse de thé, lequel était devenu froid.

— Tu dois nous promettre de venir nous voir pendant les vacances. Tu es ici chez toi. Sache-le.

Au moment du départ, lady D. m'accompagna à l'écurie et posa sa main sur mon épaule.

— Il n'y a pas deux filles comme toi au monde, Beryl. Un jour tu t'en rendras compte. Tu seras heureuse à Nairobi... heureuse n'importe où.

La nuit était presque tombée quand j'arrivai à la ferme. Au loin, les montagnes d'encre bleue semblaient rapetisser et s'aplatir sur la ligne d'horizon. Wee MacGregor avait gravi la dernière colline et s'approchait du paddock, quand j'aperçus Kibii se dirigeant vers le sentier de son village. Je faillis l'appeler, mais me retins en songeant que j'avais eu ma dose d'explications pour la journée. Je ne savais pas comment lui annoncer que je le quitterais bientôt. Je ne savais pas comment j'allais lui dire au revoir.

7

Au cours des deux ans et demi qui suivirent, je m'appliquai à faire de mon mieux à l'école, ce qui se résuma à ne pas faire grand-chose. Si, je fis le mur une demi-douzaine de fois, allant jusqu'à me cacher pendant trois jours dans un trou de phacochère vide. Une autre fois, je fomentai une rébellion et entraînai la moitié des élèves à me suivre sur la plaine à vélo. Ce dernier incident me valut mon renvoi, enfin. Mon père m'accueillit à la gare d'un air fâché mais secrètement soulagé, car désormais il était évident que cela ne servait à rien de m'envoyer au loin.

Seulement la ferme n'était plus la même. En fait, le monde n'était plus le même ; la guerre s'était chargée de le transformer. On en avait eu des échos au pensionnat : l'assassinat d'un archiduc, l'existence du Kaiser, des pays dont nous n'avions jamais entendu parler qui s'alliaient pour se battre les uns contre les autres. Pour l'Afrique-Orientale britannique, il s'agissait d'empêcher ces gloutons d'Allemands de nous prendre les terres qui nous appartenaient, pensions-nous, de plein droit. De larges portions du protectorat étaient devenues des champs de bataille. Partout les hommes – les Boers, les Nandi, les colons blancs, les guerriers kavirondo et kipsigi – avaient laissé en plan leurs charrues, leurs moulins et leurs *shamba* pour s'engager dans les fusiliers africains du roi. Même *arap* Maina était parti. Pendant les vacances, Kibii et moi nous étions tenus côte à côte au sommet de notre colline pour le regarder s'éloigner à pied vers son régiment. Il brandissait d'une main sa lance et de l'autre son bouclier en peau de buffle, cheminant droit et fier sur la piste. Il dut parcourir des centaines de kilomètres jusqu'à la frontière avec l'Afrique-Orientale allemande. On lui prit ses armes pour les remplacer par un fusil. Il ne savait pas s'en servir, mais bien sûr il finirait par apprendre. Je n'avais jamais connu de guerrier plus brave ni plus sûr de lui. J'étais convaincue qu'il rentrerait riche d'un tas d'histoires, et peut-être d'assez d'or pour s'acheter une nouvelle femme.

Avant la fin de mes vacances, un messager débarqua en courant un après-midi à la ferme. Il nous raconta ce qui s'était passé en cette terre lointaine. *Arap* Maina s'était battu avec toute la vaillance dont il était capable, mais il était mort et avait été enterré là où il était tombé, sans sa tribu ni sa famille pour lui rendre les derniers devoirs. Le visage de Kibii resta imperturbable sur le moment, mais ensuite il cessa de manger et devint maigre et furieux. Je ne savais pas comment le consoler ni quoi penser. *Arap* Maina n'avait même pas eu l'air *mortel*, et maintenant il n'était plus de ce monde.

— Nous devrions trouver l'homme qui a tué ton père et lui percer le cœur avec une lance, lui suggérai-je.

— Ce sera mon devoir de le faire une fois que je serai devenu un *morane*.

75

— Je t'accompagnerai, lui dis-je.

J'avais aimé *arap* Maina comme mon propre père. J'étais prête à tout pour venger sa mort.

— T'es qu'une fille, Lakwet.

— Je suis une « sans-peur » comme toi. Je suis capable de jeter ma lance aussi loin que toi.

— C'est pas possible. Ton papa voudra jamais se séparer de toi.

— Alors je lui dirai pas. J'ai déjà fait des fugues.

— Tes paroles sont égoïstes. Ton papa t'aime et, lui, il est en vie.

J'adorais mon père. Au pensionnat, il me manquait tout autant que la ferme. Hélas, la guerre l'avait également changé. A la gare, il m'avait accueillie avec un visage si grave et tendu que c'est à peine si j'avais osé lui dire bonjour. Pendant le trajet en voiture jusqu'en haut de la colline, il m'avait expliqué que Nakuru était devenue une ville de garnison. L'hippodrome était maintenant un dépôt de remonte pour la cavalerie et un centre de transport de troupes. Nos chevaux ayant été réquisitionnés, nos écuries et nos paddocks étaient à moitié vides. De toute façon, les courses avaient toutes été annulées et le resteraient jusqu'à la fin de la guerre.

Dès le sommet de la colline, je vis la transformation qui s'était opérée dans le paysage. Ils étaient partis par centaines, nos travailleurs, emportant les vêtements qu'ils avaient sur le dos, les armes qui se trouvaient sous la main – fusils, lances, couteaux de brousse – et des idées confuses sur la gloire et l'honneur. L'Empire les avait appelés, ils étaient désormais des soldats de la Couronne. Peut-être

76

seraient-ils bientôt de retour mais, pour le moment, on aurait dit que quelqu'un avait retourné Green Hills comme une boîte et en avait répandu le contenu sur le sol nu, où tout avait été dispersé par le vent.

A la maison, Mrs O. avait préparé un repas spécial pour mon retour et s'était habillée en conséquence. Elle était tirée à quatre épingles comme à son habitude, mais je remarquai des fils d'argent sur ses tempes et de fines rides autour de ses yeux. Je me rendis soudain compte que je ne la voyais plus comme avant. La nuit, au pensionnat, ma camarade de chambre, Doris Waterman – mais elle préférait qu'on l'appelle Dos –, se penchait vers moi du haut de son lit superposé au mien pour me chuchoter des confidences, ses longs cheveux bruns formant un rideau soyeux autour de son visage. Elle était fille unique, son père possédait une chaîne de magasins en ville. Il était en outre le propriétaire du New Stanley Hotel, un lieu de convivialité incontournable pour tout visiteur de passage à Nairobi. Pour Dos, cet hôtel était une source d'informations fabuleuse.

« Mrs Orchardson ? me dit-elle d'un ton étonné alors que je venais de citer son nom au détour d'une conversation. Son mari est toujours à Lumbwa ?

— Quoi ? Mais elle n'est pas mariée. Ça fait des années qu'elle vit avec mon père. »

Dos émit un claquement de langue devant mon innocence et entreprit de me déniaiser. A l'entendre, Mr Orchardson, qui était anthropologue, avait pris pour maîtresse une Nandi qu'il avait mise enceinte.

77

J'étais choquée.

« Comment le sais-tu ? »

Elle haussa les épaules, toujours penchée à moitié dans le vide.

« Tout le monde le sait. C'est des trucs qui arrivent tout le temps.

— Alors Mrs O. est venue volontairement chez nous ? Pour fuir cette situation ?

— Njoro n'aurait pas été assez loin de Lumbwa pour moi. C'est tellement humiliant. Et ton père et elle ne sont même pas mariés. »

Ses paroles avaient dissipé les nuages joufflus et bien blancs qui m'avaient bouché la vue. Jusqu'à cet instant, j'ignorais tout du monde des adultes et de ses coups tordus, de ce qui se jouait dans les relations entre les hommes et les femmes. Je n'avais pas fait attention, tout simplement. Mais à présent la dure réalité me sautait aux yeux. Mon père avait sûrement été au courant pour Mr Orchardson et cette maîtresse nandi. Alors soit cela lui était égal, soit il ne s'inquiétait pas de ce que cela signifiait pour lui. Leur mode de vie actuel était beaucoup plus scandaleux que je ne l'avais pensé, puisqu'elle était encore mariée. Mon père l'était peut-être également. Cette question qui ne m'avait pas préoccupée jusqu'ici devenait subitement criante. Je sentais que leurs relations étaient encore un de ces domaines où tout était aussi compliqué que le monde lui-même.

— Quand la guerre sera-t-elle finie ? demandai-je à mon père. A l'école, ils disent tous que c'est une guerre « préventive ».

La lumière éblouissante qui filtrait par les carreaux éclairait le modeste service à thé, la toile cirée, la dalle du foyer et les lambris en cèdre. Chaque objet était à sa place habituelle, pourtant l'atmosphère n'était plus la même. Tout me semblait différent.

— Tu as entendu ça, vraiment ? Alors que chaque jour la guerre fait plus de victimes. Rien qu'en Afrique, vingt mille hommes sont morts, déjà.

— Vous allez partir, vous aussi ? m'enquis-je d'une voix tremblante.

— Non, je te promets que je ne partirai pas. Mais D. s'est engagé.

— Quand cela ? Pourquoi ? Ils ont sûrement assez d'hommes.

Mon père et Mrs O. échangèrent un regard lourd de sous-entendus.

— Papa ? Qu'est-ce qu'il y a ? D. a été blessé ?

— C'est Florence, intervint Mrs O. Elle est tombée très malade peu après ta dernière visite. Son cœur a lâché.

— Son cœur n'a rien du tout ! Elle a une santé de fer !

— Tu te trompes, dit mon père en pesant ses mots. Elle était malade depuis des années. Personne ne le savait sauf D.

— Je ne comprends pas. Où est-elle ?

Mon père contempla le dos de ses mains. Il était devenu tout pâle.

— Elle est morte, Beryl. Il y a six mois. Elle nous a quittés.

« Six mois ? »

— Mais pourquoi ne m'avez-vous rien dit ?

— Nous ne voulions pas te l'annoncer par un télégramme, répondit mon père. Vois-tu, nous avons peut-être eu tort d'attendre…

— C'était une femme merveilleuse, dit Mrs O. Je sais que tu l'aimais beaucoup.

Je la regardai sans la voir, abasourdie. Repoussant ma chaise, je me levai et pris le chemin des écuries comme en transe, effondrée. Combien d'heures avais-je passées assise sur le tapis de lady D. à boire son thé et ses paroles ? Et je ne m'étais pas un instant doutée qu'elle était fragile, et encore moins malade ! Au fond, je ne l'avais peut-être pas vraiment connue, et maintenant elle n'était plus parmi nous. Je ne la reverrais jamais plus. Je ne lui avais même pas dit adieu.

Dans le bureau rudimentaire attenant aux box, je trouvai Buller en train de faire la sieste. Tombant à genoux, j'enfouis mon visage dans son pelage zébré. Comme il était complètement sourd maintenant, il ne m'avait pas entendue entrer. Il commença par sursauter puis, ravi de me voir, me renifla partout et me lécha les joues sans cesser une seule seconde de remuer la queue. Quand il s'affala de nouveau sur la terre battue, je m'allongeai avec ma tête sur son ventre et examinai les objets appartenant à mon père – sa table sur laquelle était posé le *Stud Book*, l'épais volume sous couverture noire contenant le répertoire des pur-sang anglais, sa bombe, sa cravache, une assiette pleine de cendres de pipe, des journaux au papier jauni et le calendrier accroché au mur. Il aurait dû y avoir des cercles rouges autour des dates importantes. Nos écuries qui normalement à cette saison avaient tout d'une ruche étaient aussi calmes qu'un cimetière nandi. Alors que je rentrais enfin à la maison pour de bon,

Green Hills était méconnaissable. M'y sentirais-je de nouveau chez moi un jour ?

Au bout d'un moment, mon père pénétra dans la pièce et nous regarda, le chien et moi, couchés tous les deux par terre.

— Je sais combien Florence comptait pour toi.

Après un temps de pause, il ajouta :

— C'est dur de rentrer dans ces conditions, mais les beaux jours finiront bien par revenir.

J'avais tellement envie de le croire, de me dire que le pire était derrière nous, que l'épouvantable désordre de nos vies pouvait être amendé. Je le voulais de toutes mes forces.

— La guerre ne va pas durer toujours, si ? lui demandai-je d'une voix qui se brisa.

— C'est impossible. Rien ne dure jamais toujours.

DEUXIÈME PARTIE

8

Lorsque les pluies de mars arrosaient la paroi déchiquetée de l'escarpement, six millions de fleurs jaunes s'ouvraient d'un seul coup. Des papillons rouge et blanc, ceux qui me faisaient penser à des sucres d'orge à la menthe, zébraient d'éclairs la limpidité cristalline de l'air.

Mais en 1919, les pluies ne vinrent pas. Ni ces orages diluviens du printemps où un seul nuage ténébreux pouvait rester en lévitation pendant des heures en vidant sur la terre tout ce qu'il avait dans le ventre, ni ces brèves averses quotidiennes de novembre qui se déclenchaient par intermittence comme mues par un système de poulies. Cette année-là, il ne tomba pas une goutte d'eau. La savane et la brousse prirent la couleur du sable. Tout ce sur quoi on posait les yeux s'étiolait et se rabougrissait sous l'effet de la sécheresse. Au lac Nakuru, le niveau de l'eau était descendu tellement bas que les berges s'étaient effondrées, envahies de moisissures vertes poudreuses et d'étranges lichens frisés. Les villages étaient silencieux, les troupeaux émaciés. Comme tous les fermiers des hauts plateaux à cent cinquante kilomètres de Nairobi, mon père scrutait l'horizon dans le vain espoir d'y apercevoir un nuage ou même une ombre sur le soleil.

J'avais seize ans et je tenais difficilement en place. Un jour je trouvai mon père dans son bureau, le menton dans la main, contemplant son registre d'un regard voilé, les yeux injectés de sang. Il buvait du scotch avant le petit déjeuner, sec.

Je me penchai derrière sa chaise et posai ma tête au creux de son épaule. Il sentait le coton chaud, il sentait comme le ciel.

— Tu devrais retourner te coucher.

— Je ne me suis pas couché.

— C'est bien ce que je pensais.

La veille, Emma (depuis mon retour je l'appelais par son prénom) et lui avaient été invités à une soirée à Nakuru, dans le milieu des courses de chevaux. Emma, je ne sais comment, réussissait à rester d'une élégance extraordinaire. Son visage avait bien pris quelques rides et ses contours s'étaient un peu amollis, mais elle avait gardé une peau de lait. Très mince, elle portait ses vêtements avec classe, ce que j'aurais peut-être appris à faire si j'étais restée au pensionnat avec d'autres filles de mon âge au lieu de vivre ici, dans la brousse, vêtue d'un pantalon et de bottes poudreuses qui me mangeaient les mollets.

« Tu pourrais quand même faire un effort, Beryl, m'avait dit Emma avant leur virée à Nakuru. Viens donc avec nous. »

J'étais mieux chez nous. Après les avoir vus disparaître sur la piste dans la Hudson de papa, je m'étais lovée au coin d'un feu – on brûlait des bûches de cèdre dans l'âtre – pour lire et profiter de ma tranquillité. Je n'étais pas au lit depuis longtemps quand je les entendis rentrer. En

86

traversant la cour, ils commencèrent à se disputer en chuchotant. Il avait fait quelque chose ou elle l'accusait de quelque chose. Leurs voix enflèrent, électrisant l'air. Je me demandais ce qui avait bien pu se passer. Il était arrivé qu'une soirée tourne mal parce que les gens en ville snobaient Emma. Cela faisait longtemps qu'elle vivait ouvertement en concubinage avec mon père, mais en grandissant je m'apercevais que ce n'était pas aussi simple que cela. Même si papa et Emma n'avaient cure des conventions ou du moins s'efforçaient de les ignorer, ce n'était pas le cas de la majorité des gens de la colonie. Elles étaient en effet nombreuses, les épouses de fermiers du voisinage, à avoir fermé leur porte à Emma. En ville aussi, je l'avais su par Dos, leur union était jugée scandaleuse, en dépit de sa longévité et de leur mode de vie par ailleurs inattaquable.

Le regard du monde extérieur avait beau semer la zizanie dans notre foyer, au moins Emma avait-elle abandonné l'idée stupide de m'imposer une préceptrice ou de m'envoyer en pension. Elle s'était résignée à se contenter de m'enseigner les bonnes manières et la façon de soigner mon apparence – autant que faire se peut. Elle me tannait pour que je me lave, pour que je renonce au pantalon au profit de robes. Pour avoir les mains blanches, il fallait que je mette des gants. Et ignorais-je qu'une jeune lady ne sortait jamais en plein air sans chapeau ?

Elle tentait aussi, avec plus d'insistance, de me décourager de passer du temps avec Kibii et les autres garçons du village kipsigi.

— C'était déjà affligeant quand vous étiez petits, mais maintenant... eh bien, cela devient inconvenant.

— Inconvenant ? Je ne vois pas pourquoi ça fait toute une histoire.

— Emma a raison, intervint mon père. Cela ne se fait pas, un point c'est tout.

Même si je leur tins tête pour le principe, il est vrai que je voyais très rarement Kibii. A mon retour du pensionnat, il avait pris l'habitude de marcher à trois pas derrière moi quand nous allions aux écuries pour les galops.

« Qu'est-ce que tu fabriques ? lui avais-je lancé la première fois.

— Tu es la *memsahib*. C'est comme ça.

— Je suis toujours la même, espèce d'idiot. Arrête ! »

Mais nous n'étions ni l'un ni l'autre les mêmes. C'était indéniable. Les changements que subissait mon corps me le confirmaient. Quand je me déshabillais le soir, je m'étonnais de voir des rondeurs là où j'avais été plate, et puis mes membres s'allongeaient. Quant à Kibii, il avait les bras et les jambes qui se musclaient, ses traits devenaient plus acérés. Je me sentais attirée par lui, sa peau de bronze poli, ses longues cuisses dures sous sa *shuka*. Il était beau mais, le jour où j'avançai la main pour le toucher, il eut un mouvement de recul.

— Arrête, Beru.

— Pourquoi ? T'es pas curieux ?

— T'es folle ou quoi ? Tu veux me faire tuer ?

Et sur ces paroles, il s'éloigna, furieux, me laissant piquée au vif, avec le détestable sentiment d'avoir été rejetée. Pourtant, au fond de mon cœur, je savais qu'il avait raison. Ni son monde ni le mien ne nous autoriseraient à nous toucher de cette façon, même pas pour une minute. La situation aurait vite dégénéré pour lui comme pour moi. Mais voilà, Kibii me manquait. Autrefois, tout avait été tellement simple entre nous. Nous étions des « sans-peur ». Nous chassions de conserve, nos mouvements s'enchaînant dans une parfaite harmonie. Je me rappelais le jour où nous avions couru des kilomètres avec *arap* Maina à la recherche d'un trou de phacochère occupé. Je m'étais accroupie en froissant un bout de papier à l'entrée du terrier. La bonne méthode pour inciter l'animal à sortir, car le bruit, je ne sais pourquoi, l'énervait. En tout cas, le truc était efficace. Kibii et moi obéissions au doigt et à l'œil à *arap* Maina. Nous rentrâmes avec le cadavre d'un gros cochon sauvage suspendu entre nous comme un hamac de chair et d'os. Les crins noirs sur son dos étaient aussi raides que ceux d'une brosse en fil de fer. Sa gueule crispée par la mort avait une expression têtue qui suscita mon admiration. Le bout du bâton s'enfonçait douloureusement dans ma paume. C'était formidable. J'éprouvais ainsi la pesanteur de la bête, et toute la gravité de la journée.

Que n'aurais-je pas donné pour mener de nouveau cette vie-là ! Pour revoir *arap* Maina, le suivre sans bruit à travers le fouillis des hautes herbes à éléphant, rire de tout et de rien avec Kibii. Le jour de sa circoncision approchait, il serait bientôt celui qu'il avait toujours été destiné à devenir : un guerrier. Il n'avait jamais cessé de rêver à cette cérémonie, de la désirer de tout son cœur. Et moi, en l'écoutant, je m'étais arrangée pour me cacher la vérité : il serait perdu à jamais, le garçon que je connaissais, et avec lui la féroce petite guerrière qui l'avait aimé. C'était déjà chose faite : ces enfants avaient disparu.

9

Dans son bureau, mon père ferma son gros registre noir et se servit un verre alors qu'il venait à peine de terminer son café du matin.

— Tu vas monter Pégase aujourd'hui ? me demanda-t-il.

— Un galop de demi-train sur deux mille mètres. Il avait la tête un peu basse la dernière fois. Je me suis dit que j'allais essayer le filet à chaînettes.

— Bravo !

Mais le regard de mon père conserva une expression neutre et lointaine pendant que je lui exposais le programme de la matinée – quels chevaux étaient à l'entraînement, lesquels restaient au box équipés ou non de guêtres de repos, quel fourrage avait été commandé, quand étaient attendues les livraisons. Depuis que j'avais abandonné mes études, je ne faisais plus que ça. Il dirigeait l'élevage et la ferme, et j'étais son bras droit. Je cherchais à me rendre indispensable, et me contentais de me sentir utile.

Toombo, le palefrenier, avait si bien pansé Pégase que son pelage était d'un brillant satiné. Il m'aida à me mettre en selle. A deux ans, Pégase était déjà massif, dépassant le mètre soixante-douze au garrot. Moi aussi j'étais grande – près d'un mètre quatre-vingt-deux. Pourtant, sur son dos, j'avais l'impression d'être aussi légère qu'une feuille au vent.

C'était un matin radieux, comme chaque fois depuis dix, vingt, cent jours. En passant sous l'immense acacia, je repérai sur une branche basse un couple de vervets à moustaches grises. Ils avaient des allures de vieillards avec leurs mains parcheminées et leurs longs visages à l'expression dépitée. Ces singes étaient venus de la forêt ou de l'escarpement en quête d'eau ; hélas nos citernes étaient presque à sec, et nous n'avions rien à leur offrir.

De l'autre côté de la colline, la piste déroulait son ruban de terre battue à travers les vastes cultures en terrasses. En des temps plus cléments, nos champs s'étendaient autour de nous dans toutes les directions, luxuriants, verdoyants. Quand vous marchiez entre les plants de maïs qui vous arrivaient à la taille, vos pieds s'enfonçaient jusqu'aux chevilles dans le terreau humide. A présent, les feuilles se recroquevillaient et se desséchaient. Le moulin n'en continuait pas moins à tourner et la farine de maïs, le *posho,* à s'accumuler dans des sacs de jute en attente d'être expédiés afin d'honorer nos contrats. Des convois de wagons remplis de grains quittaient toujours en grand nombre Kampi ya Moto à destination de Nairobi. Mais pour autant personne ne s'enrichissait. Mon père avait emprunté à un taux jamais vu, et il contractait déjà de nouvelles dettes. La roupie kenyane chutait à la vitesse d'une grouse truffée de plombs. Etant donné son instabilité, les créanciers semblaient changer tout le temps d'avis, et mon père ne savait jamais exactement combien il devait. Cela dit, il fallait nourrir nos chevaux. Ils avaient besoin d'avoine, de son, d'orge bouillie – et non de carrés de luzerne jaunie. Mon père avait constitué son élevage de pursang avec amour en se fiant à son instinct et à l'épais répertoire des étalons dont les arbres généalogiques remontaient aussi loin que ceux des princes. Ils étaient les plus beaux chevaux que la terre eût jamais portés. Il n'aurait autorisé rien ni personne à l'obliger à renoncer à quoi que ce soit sans livrer bataille, pas après les efforts que cela lui avait coûtés.

En atteignant le départ de la piste, nous ralentîmes, Pégase et moi, afin de prendre nos marques, puis je lui lâchai la bride. Il s'élança et se détendit tel un ressort trop longtemps comprimé, allongea ses foulées au maximum sur le sol plat en gardant toujours le même rythme, rapide, parfait ; il volait presque.

C'était moi qui l'avais aidé à naître quand j'avais quatorze ans, pendant mes vacances de Noël – folle de joie de pouvoir être là pour ce grand événement. Depuis la terrible naissance d'Apollon lors de l'invasion des fourmis *siafu,* Coquette avait mis bas des poulains en bonne santé, mais je ne voulais quand même pas la laisser seule et j'avais pris l'habitude de dormir dans le box de poulinage. Quand le poulain avait enfin été expulsé, j'avais rompu la paroi lisse et translucide de la poche amniotique avec mes mains et l'avais tiré doucement par ses petits sabots noirs parfaits sur la paille de la litière. Je tremblais de bonheur et de soulagement. C'était la première fois que j'assistais seule une poulinière lors de la mise bas et tout s'était déroulé sans anicroche. Mon père m'avait accordé sa confiance, il n'était pas venu à l'écurie avant l'aube et m'avait trouvée tenant dans mes bras un gros paquet chaud de pelage humide et de longs membres osseux : Pégase !

« Bravo », me lança-t-il sur le pas de la porte de l'écurie.

Il semblait deviner mon manque d'enthousiasme à le voir poser même le bout de sa botte poussiéreuse dans le box de poulinage, comme si sa présence pouvait diminuer mon exploit.

« Tu l'as mis au monde, ajouta-t-il. Il est à toi maintenant.

— A moi ? »

Je n'avais même jamais rêvé que je serais un jour propriétaire d'un cheval, trop contente déjà de m'occuper de ceux de mon père, de les monter, de les nourrir, de les soigner. Le don soudain de cette bête miraculeuse était une grâce et comblait un manque dont je n'avais jusqu'ici pas eu conscience.

Une fois notre galop terminé, nous rentrâmes par le chemin le plus long, en contournant la savane à l'extrémité nord de la vallée. Un colon venait de remporter aux enchères le terrain limitrophe du nôtre et il avait déjà imprimé sa marque. Des piquets de clôture hérissaient comme des bâtons d'allumettes ce qui avait été un vaste espace sauvage. En suivant leur alignement, je ne tardai pas à tomber sur le fermier, un homme au torse imposant, tête nue, un rouleau de fil de fer barbelé sur l'épaule. Il s'employait à le fixer à l'aide d'un marteau, d'une pince et d'une agrafeuse. Les muscles saillaient sur ses bras lorsqu'il tirait le fil pour l'agrafer sur le côté du piquet. Il ne s'arrêta que lorsque Pégase fut à trois pas de lui. Il leva alors vers moi un visage souriant. Son col était noir de transpiration.

— Vous piétinez mon pâturage.

Je me doutais qu'il plaisantait – ce n'était pas encore un pâturage ou quoi que ce soit d'approchant – mais un jour, c'était évident, ce serait un pré merveilleux. Cela se voyait au soin et à la précision avec lesquels il avait planté ses piquets.

— Votre maison est déjà debout, c'est incroyable, lui dis-je.

La bâtisse paraissait plus appropriée à un cadre urbain qu'à la brousse, avec son toit de tuiles au lieu de chaume, et de vraies vitres en verre aux fenêtres.

— Elle n'est pas comme celle de votre père.

Il avait donc deviné qui j'étais. Son bras replié en visière au-dessus de ses yeux pour se protéger de l'éclat du soleil, il me dévisagea en plissant les paupières.

— Je l'ai rencontré il y a des années, à l'époque où j'étais bloqué ici avec les volontaires de Madras.

— Vous étiez blessé ?

— La dysenterie plutôt. Tout le régiment l'avait attrapée. Les hommes tombaient comme des mouches.

— Mais c'est affreux.

— Oui, dit-il d'une voix où je décelai un imperceptible accent écossais. Mais il y a eu des compensations. Je me rappelle une certaine partie de chasse dans la vallée du Rongaï, vous y étiez d'ailleurs. Accompagnée d'un beau garçon indigène, et vous étiez tous les deux des tireurs d'élite, ajouta-t-il avec un sourire qui découvrit une double rangée de dents blanches et régulières. Vous ne vous souvenez pas de moi.

Je le dévisageai à mon tour – la mâchoire carrée, le menton volontaire, les yeux de la couleur des bleuets – en me demandant si je l'avais déjà vu. Je finis par admettre :

— Désolée, il y avait beaucoup de soldats.

— Vous avez grandi.

— Papa dit que je n'arrêterai peut-être jamais. Il y a déjà un bout de temps que je l'ai dépassé.

Il sourit et continua à lever vers moi ses yeux bleus dont l'expression semblait solliciter chez moi une réaction. Je me demandais bien laquelle. Tout ce que je savais des hommes en dehors de la routine de la ferme et de l'écurie, c'était que certaines pensées troublantes me venaient maintenant quelquefois la nuit, où je m'imaginais caressée ou prise. Même seule dans ma hutte, j'en avais les joues en feu.

— Eh bien, ce fut un plaisir pour moi de refaire votre connaissance.

Sans que ses yeux quittent les miens, il tendit la main vers son rouleau de barbelés.

— Bonne chance ! lui lançai-je avant de signaler à Pégase d'une légère pression des talons que nous repartions.

J'étais soulagée de le laisser au milieu de ses piquets et rentrai à la maison avec le soleil dans le dos.

— J'ai rencontré notre nouveau voisin, informai-je mon père le soir à table en coupant mon steak de gazelle de Thomson du bout de mon couteau.

— Purves, dit mon père. Il a bien su tirer profit de cette terre.

— Il s'agit du capitaine dont tu me parlais, Charles ? s'enquit Emma à l'autre bout de la table. Plutôt bel homme. Je l'ai aperçu en ville.

— En tout cas, il travaille dur.

— Comment l'as-tu trouvé, Beryl ? dit Emma.

Je haussai les épaules.

— Sympathique.

— Tu n'en mourrais pas si tu faisais l'effort de sortir un peu, ajouta-t-elle. Connais-tu seulement une personne de ton âge ?

— De mon âge ? Il a au moins trente ans.

— La ferme t'endurcira, tu sais. Si tu crois que tu vas être jeune et belle pour toujours et que les prétendants se ramasseront éternellement à la pelle, tu te trompes.

— Elle n'a que seize ans, Em, intervint mon père. Elle a tout le temps.

— C'est ce que tu penses. Nous ne lui rendons pas service en la gardant ici loin de toute vie mondaine. Le pensionnat n'a rien arrangé – pour le temps qu'elle y est restée. Elle ne connaît pas le monde. Elle ne sait même pas tenir une conversation.

— A quoi servent les bonnes manières et les mondanités, quand il y a de vrais problèmes à régler ?

Je repoussai mon assiette, irritée.

— Un jour, tu souhaiteras qu'un homme s'occupe de toi, me dit-elle. Ton père et moi avons le devoir de t'y préparer.

— Emma propose qu'on donne une soirée dansante pour ton entrée dans le monde, expliqua mon père en soupesant la base épaisse de son verre à whisky.

— Une soirée dansante ? C'est une plaisanterie ?

— Tu sais très bien que ce sont des choses qui se font, même ici, Beryl. Il est important de savoir briller en société. Tu as peut-être l'impression que ça ne compte pas, mais un jour, tu verras, tu changeras d'avis.

— Je suis très contente de la société que j'ai ici, répliquai-je, en songeant à Buller et à nos chevaux.

— Il s'agit seulement d'une soirée, Beryl.

— Et tu auras une nouvelle robe, ajouta Emma comme si cela pouvait m'inciter à me réjouir.

— On a déjà réservé l'hôtel, déclara mon père d'un ton catégorique.

Alors je compris que la décision avait été prise pour moi depuis longtemps.

10

Nairobi avait poussé comme un champignon depuis mon internat. Dix mille âmes perchaient désormais sur les bords sauvages de la plaine de l'Athi. On y trouvait des magasins aux toits de tôle, des débits de boissons et un marché aussi bruyant que coloré. C'était déjà extraordinaire d'y voir autant de signes de civilisation. La ville avait été fondée un peu par hasard lorsque la construction du chemin de fer reliant Mombasa au lac Victoria s'était arrêtée là en 1899. Les ingénieurs y avaient installé leurs baraques. L'étroit dortoir des ouvriers fut baptisé The Railhead Club, le « club de la tête de ligne ». Un tas de tentes et de logements rudimentaires essaimèrent jusqu'au jour où le chemin de fer continua sa route, laissant dans son sillage une ville.

Même à cette époque, personne ne se doutait de l'importance que prendrait la voie ferrée pour l'Empire britannique et l'ensemble du continent. Sa construction était onéreuse, et son entretien encore plus. Les officiers coloniaux mirent au point un plan consistant à attirer des colons blancs en proposant des parcelles pour une bouchée de pain. Des anciens soldats comme mon père et D. reçurent de la terre en supplément, en guise de pension. C'est ainsi qu'une colonie naquit, au compte-gouttes, un homme après l'autre, une ferme après l'autre, avec pour centre vivant Nairobi.

En 1919, la colline principale accueillait une Maison du Gouverneur avec une salle de bal, un champ de courses et trois bons hôtels. Pour aller en ville, il suffisait de monter à bord du train et de parcourir cent quatre-vingts kilomètres de brousse poussiéreuse, de boues rouges et de marécages de papyrus. Une journée entière à être secouée dans un tas de ferraille et à respirer de la suie, tout ça pour m'enfermer dans une chambre du New Stanley Hotel et revêtir une robe qui avait la couleur de la crème anglaise.

C'était sûrement une très jolie robe. Emma l'avait choisie et me jurait qu'elle était parfaite, mais le col de dentelle montait trop haut sur mon cou et me grattait affreusement. Une couronne de roses était posée sur mes cheveux : des boutons jaunes cousus ensemble sur un bandeau. Je n'arrêtais pas de me regarder dans la glace en espérant que je n'avais pas l'air ridicule.

— Qu'est-ce que tu en penses, dis-moi franchement ?

Dos se tenait derrière moi en combinaison, occupée à ôter les épingles de son chignon.

— Tu es ravissante, mais ne te gratte pas comme ça. Ils vont croire que tu as des puces.

Dos poursuivait ses études à la Miss Seccombe's School à Nairobi et nous n'avions presque rien en commun. Tout en rondeurs, brune et minuscule dans sa robe de dentelle bleue, elle avait de la conversation, le sens de la repartie et évoluait à l'aise dans le monde. Moi j'étais maigre comme un coucou et, même avec des souliers plats, j'avais une bonne tête de plus qu'elle, sans compter que j'étais plus à mon affaire quand je parlais aux chevaux et aux chiens qu'aux humains. On n'aurait pas pu trouver deux jeunes filles plus dissemblables, ce qui ne m'empêchait pas de la considérer comme une amie et d'être contente de l'avoir auprès de moi.

A dix heures du soir tapantes, conformément à une coutume britannique assez sotte, je pris le bras de mon père pour monter l'escalier. Je ne le voyais jamais qu'en pantalon de toile et casque colonial, pourtant son habit sombre et sa chemise blanche empesée lui allaient comme un gant, ce qui me rappela qu'il avait mené une tout autre vie, autrefois, en Angleterre. Là-bas, j'aurais participé à une cérémonie à la Cour pour être présentée au roi en même temps qu'une ribambelle d'autres jeunes filles de la haute société couvertes de perles, de gants et de plumes d'autruche. Comme elles, je me serais perdue en révérences... Dans cette colonie loin de tout, où la souveraineté était un drapeau, un concept et parfois quelques accords de *God Save the King* qui vous faisaient venir les larmes aux yeux, on me conduisait dans une salle de bal d'hôtel peuplée de fermiers, d'anciens soldats et d'Afrikaners, les uns et les autres sortant de la douche et déjà éméchés. Les cinq musiciens attaquèrent les premières mesures enlevées de *If You Were the Only Girl in the World* : un signal qui nous propulsa, mon père et moi, à notre tour sur la piste.

— Je vais vous marcher sur les pieds, je vous préviens, lui dis-je.

— Tu peux y aller. Je resterai impassible, comme cela personne ne s'en apercevra.

Il dansait merveilleusement et je fis de mon mieux pour le suivre. Son habit anthracite dégageait la même petite odeur que la malle doublée de cèdre dont il avait été tiré seulement la veille. Le fait d'être obligée de me voûter pour ne pas révéler que j'étais plus grande que lui mettait un comble à mon embarras.

— Tu sais, il n'existe pas de recettes pour affronter les choses de la vie, me dit-il alors que l'orchestre jouait plus doucement. Je n'ai pas toujours été un bon père, pourtant tu es devenue quelqu'un de bien.

Sur ces paroles, sans me laisser le temps ni de réagir ni de savourer ce moment, il s'écarta d'un mouvement fluide et glissa ma main dans celle de lord Delamere, qui me dit tout de suite :

— Tu es un plaisir pour les yeux, Beryl. Jolie comme une pouliche.

La guerre avait vieilli D. de douze ans au moins. Il avait le tour des yeux tout plissé de rides, ses cheveux avaient blanchi lors d'un violent accès de fièvre. Mais il était toujours là. Je ne le voyais plus que très rarement. Il possédait toujours Equator Ranch, mais avait créé d'autres fermes d'élevage au sud et à l'est de notre ferme, sur les berges crayeuses du lac Elementaita.

— Florence aurait aimé voir ça, dit-il d'une voix vibrante contre mon épaule. Elle aurait été fière.

La tendresse qui perçait dans la façon dont il prononça son nom m'alla droit au cœur. Je lui confiai que je pensais à elle tous les jours.

— C'est injuste qu'elle ne soit plus là.

— Ce n'est pas moi qui te contredirai.

D. déposa un baiser sur ma joue avant de passer la main au danseur suivant.

Plusieurs tours de piste furent nécessaires pour chasser ma mélancolie, mais mes partenaires ne semblèrent s'apercevoir de rien. Pendant plus d'une heure je vis défiler un tourbillon de visages glabres, je fus serrée par des mains puissantes ou moites, certains se révélant bons danseurs, les autres piétinant maladroitement le plancher. J'avais un goût de champagne dans la bouche quand un solo de trompette joua la mélodie d'une chanson, toujours la même, dont que je connaissais les paroles, mais que je me serais bien gardée d'entonner :

A Garden of Eden just made for two
With nothing to mar our joy
I would say such wonderful things to you
There would be such wonderful things to do
If you were the only girl in the world[1].

Et puis il y avait Jock – que mon père appelait Purves –, l'air beaucoup plus propre que lorsque je l'avais trouvé occupé à poser son fil barbelé, et plus beau aussi maintenant que nous nous retrouvions nez à nez. Quand il me serra contre lui pour me faire tournoyer, il sentait le savon à barbe et le

---

1. « Un jardin d'Eden fait pour deux
Rien pour gâcher notre joie
Je te dirais des choses tellement merveilleuses
Nous ferions des choses tellement merveilleuses
Si tu étais la seule fille au monde. »

gin. Même si je n'avais pas l'habitude des relations galantes, je compris au regard que Dos nous jeta lors de notre passage devant sa table qu'il était temps que je m'initie.

Il y avait en ville un grand nombre d'anciens soldats comme Jock qui avaient profité de la distribution de parcelles de terre aux anciens combattants, mais ils étaient loin d'être tous aussi beaux. L'ensemble de sa personne dégageait une impression de force, et tout chez lui était carré : les épaules, la mâchoire, le menton. Il correspondait au prototype du mâle tel qu'on le concevrait s'il était possible de le modeler à partir de rien et de le mettre en culture comme un arpent du sol kenyan.

— Votre clôture tient toujours debout ?

— Oui, pourquoi ?

— Oh, pour toutes sortes de raisons, répliquai-je en riant, en commençant par les éléphants en maraude.

— Vous me trouvez ridicule.

— Mais pas du tout…

Je laissai ma voix s'éteindre.

— Un homme qui vient en Afrique et installe des clôtures. C'est ce que je suis pour vous ?

— Je n'en sais rien, ripostai-je. Je n'ai que seize ans.

— Vous n'avez jamais eu seize ans.

Il me flattait, mais cela m'était égal. J'avais bu trois coupes de champagne et tout m'enchantait : la veste sombre de Jock, l'orchestre dans une alcôve en face du bar – le joueur de cor me faisait-il des clins d'œil ? Les autres jeunes filles qui évoluaient autour de nous au bras de leur partenaire, vêtues de robes de soie, avaient des gardénias piqués comme des étoiles dans les cheveux.

— D'où viennent-elles toutes ? Je n'en connais pas la moitié même de vue.

Il regarda autour de lui.

— Vous êtes la plus belle.

A la ferme, les occasions de flirter n'existaient tout simplement pas. Je n'avais pas appris à aguicher, me bornant à dire ce que je pensais, quitte à paraître peu sûre de moi.

— Emma dit que le maquillage ne me va pas.

— De toute façon, toute cette poudre et ce rouge, il faut bien les enlever à un moment ou un autre. Il vaut peut-être mieux que vous n'en mettiez pas.

Après avoir dansé une minute en silence, il reprit :

— Ces jeunes citadines sortent toutes de la même bonbonnière. Je crois que je préfère vous épouser, vous !

— Comment ? soufflai-je, prise au dépourvu.

Son large sourire découvrit ses dents saines et solides.

— Vous avez déjà la robe blanche.

— Oh !

La tête soudain légère, je me détendis dans ses bras.

Un peu plus tard, je m'assis à côté de Dos, qui faisait tapisserie à une table. Elle avait le coude posé sur la nappe et le menton dans la main. Son autre main tenait un ginfizz.

105

— Il est magnifique, dit-elle.

— Danse avec lui alors. Il me paralyse.

— Il ne m'a même pas regardée.

— Comment le sais-tu ?

Elle me rit au nez.

— Vraiment, Beryl, tu es bouchée ou quoi ?

— Oui, et je le revendique, ripostai-je en la fusillant du regard. Tout ce cirque est tellement stupide. Quand ils ne sont pas en train de transpirer comme des porcs, ils regardent par-dessus mon épaule en m'ignorant totalement. Enfin, ceux qui sont assez grands...

— Excuse-moi, dit-elle d'une voix adoucie. Je te taquinais, c'est tout. Tu finiras par apprendre.

Je fis la grimace et écartai le col en dentelle de mon cou.

— Veux-tu fumer une cigarette ?

— Vas-y, toi. J'aurai peut-être une chance d'attirer l'attention d'un de ces messieurs.

— Tu es superbe.

Elle sourit.

— Je le serai davantage quand tu seras dehors.

Dans la rue, il faisait noir comme seulement en Afrique. Je pris une profonde inspiration, humai l'odeur de poussière et d'eucalyptus et m'éloignai des flaques de lumière qui éclairaient la véranda. De l'autre côté de la rue, les allées du petit jardin public avaient été saupoudrées de craie comme du sucre glace sur un gâteau et une rangée de gommiers nains plantée pour son effet décoratif. Nairobi essayait de paraître à la hauteur de ses ambitions, mais au-delà s'étendait un vide incomparablement plus vaste prêt à nous avaler jusqu'à ce qu'il ne reste plus rien de nous. J'aimais cette sensation et espérais que cela ne changerait jamais. M'enfonçant dans des ténèbres qui se drapaient autour de moi, il me prit soudain l'envie de me glisser hors de ma robe, hors de ma peau...

— On dirait Diane, prononça une voix masculine à l'accent britannique.

Je tressaillis.

Un homme se tenait dans la rue derrière moi, vêtu d'un habit bien coupé aussi blanc que la lune.

— Pardon ?

— Diane chasseresse, précisa-t-il. Du temps des Romains.

Il était ivre, ce qui ne l'empêchait pas d'être aimable. Il tapotait une bouteille de vin entamée contre sa jambe et, lorsqu'il sourit, je vis qu'il avait un visage charmant, du moins dans le noir.

— Je m'appelle Finch Hatton... à moins que ce ne soit Virbius ?

— Encore une divinité romaine ?

— En effet.

Il pencha la tête de côté pour mieux me regarder. Il était plus grand que moi, ce qui n'était pas banal.

— On dirait que vous sortez d'une grande soirée.

— Vous aussi. C'est ma soirée, indiquai-je en pointant le menton vers l'hôtel.

— Votre mariage ?

Je répondis en riant :

— Mon entrée dans le monde.

— Très bien. Ne vous mariez jamais. Il n'existe pas de Diane mariée.

Il se rapprocha de quelques pas. Je distinguai mieux ses traits sous son melon. Il avait de grands yeux aux paupières bien dessinées. Des pommettes marquées et un nez très fin.

— Et vous, vous sentez-vous prête à vous lancer dans le monde ?

— Je n'en suis pas certaine. Y a-t-il un moment où on peut vous dire, ça y est, vous êtes adulte ?

Un deuxième homme surgit au coin de la rue du côté de l'hôtel et se dirigea vers nous d'un pas décidé. Il avait l'allure d'un prince, lui aussi, plus une épaisse moustache, des cheveux roux et pas de chapeau.

— Denys, enfin, dit-il avec un soupir comme on en pousse au théâtre. Tu m'as fait courir…

Il me salua d'une flexion du buste sans doute censée être comique.

— Berkeley Cole, à votre service.

— Beryl Clutterbuck.

— La fille de Clutt ? s'exclama-t-il en me regardant intensément. Oui, maintenant, je vois la ressemblance. J'ai rencontré votre père sur les champs de courses. Il n'y a pas meilleur connaisseur de chevaux.

— Miss Clutterbuck et moi discutions des périls du mariage.

— Tu es soûl, Denys, fit Berkeley avec un claquement de langue avant de se tourner vers moi. J'espère qu'il ne vous a pas effrayée.

— Je n'ai pas peur du tout.

— Tu vois ? lui lança Denys.

Il leva sa bouteille et but au goulot, puis il s'essuya la bouche d'un revers de main.

— Avez-vous jamais vu des étoiles pareilles ? Je parie que non. Nulle part ailleurs au monde il n'y en a des comme ça.

Au-dessus de nos têtes, la voûte céleste ouvrait une malle au trésor débordante de pierres précieuses. Certaines étoiles semblaient prêtes à tomber sur mes épaules et, même si je n'avais jamais connu d'autre ciel nocturne, j'étais disposée à le croire sur parole. Je pense que j'aurais cru n'importe quoi du moment que cela sortait de sa bouche, alors que je venais tout juste de faire sa connaissance. Il possédait ce charisme.

— Pouvez-vous me réciter du Keats ? s'enquit Denys après quelques minutes contemplatives.

Comme j'avais l'air de ne pas savoir de quoi il parlait, il ajouta :

— C'est un poète.

— Je ne connais aucun poème par cœur.

— Berkeley, dis-nous quelque chose sur les étoiles.

— Hum, répliqua son ami. Que dirais-tu de Shelley ?

Wrap thy form in a mantle gray,
Star inwrought !
Blinde with thine hair the eyes of Day,
Kiss her until she be wearied out,
Then wander o'ver city, and sea, and land,
Touching all with thine opiate wand[1]...

---

1. « Enveloppe ta forme d'une cape grise,
Brodée d'étoiles !
De ta chevelure aveugle les yeux du jour,
De tes baisers éreinte-le,
Puis plane sur la ville, la mer et la terre,
Effleure le tout de ta baguette opiacée... »

— « De tes baisers éreinte-le », répéta Denys. C'est le meilleur vers, n'est-ce pas, et Berkeley le dit si bien.

— C'est magnifique.

Mon père m'avait parfois lu des classiques au coin du feu, mais ces lectures m'avaient rappelé l'école. Ce poème ressemblait davantage à un chant et évoquait la solitude au milieu de la nature, où seules vos pensées vous tiennent compagnie.

Alors que les vers de Shelley résonnaient encore dans mon esprit, Denys se mit à réciter à voix basse, comme pour lui-même :

This is thy hour O Soul. Thy free flight into the wordless
Away from books, away from art, the day erased, the lesson done
Thee fully forth emerging, silent, gazing, pondering the themes
Thou lovest best. Night, sleep, death and the stars[1].

Les mots semblaient lui venir tout naturellement, comme ne nécessitant aucun effort de sa part. C'était là un talent que l'on ne pouvait pas apprendre, quels que soient ses efforts. Même moi je le percevais et cela m'intimidait.

---

1. « Voici ton heure mon âme, ton envol libre dans le silence des mots,
   Livres fermés, arts désertés, jour aboli, leçon apprise,
   Ta force en plénitude émerge, tu te tais, tu admires, tu médites tes thèmes favoris,
   La nuit, le sommeil, la mort, les étoiles. »
   Walt Whitman, « Minuit clair », in *Feuilles d'herbe,* traduction de Jacques Darras, Grasset & Fasquelle, « Les Cahiers Rouges », 1991, p. 595.

— C'est aussi du Shelley ?

— Whitman plutôt, me répondit-il dans un sourire.

— Devrais-je avoir honte de ne pas le connaître ? Je vous ai dit que j'étais ignorante sur le chapitre de la poésie.

— C'est une question de pratique, voilà tout. Si vous avez envie d'apprendre, il suffit d'en prendre une dose chaque jour.

— Comme la quinine contre le paludisme, intervint Berkeley. Une dose de bon champagne, ce n'est pas mauvais non plus. Je ne sais pas ce qu'il y a dans l'air d'Afrique qui le rend aussi indispensable.

Sur ces paroles, Denys me salua d'un coup de chapeau et les deux hommes s'éloignèrent puis disparurent au coin de la rue. En chemin vers une autre soirée ou vers les étalons blancs qui les ramèneraient à leur palais enchanté, à moins que ce ne soit un tapis volant : j'étais prête à croire n'importe quel conte de fées. Ils m'avaient enchantée et maintenant ils s'étaient volatilisés.

— Tu as trop bu ? me demanda Emma à mon retour.

— C'est possible.

D'un pincement de lèvres, elle me signifia qu'elle en avait par-dessus la tête de moi et s'écarta à l'instant où Jock m'aborda.

— Je vous cherche partout, dit-il en me prenant le bras.

Sans un mot, je lui pris des doigts sa flûte de champagne et la bus cul sec. Un geste un peu trop spectaculaire mais, que voulez-vous, une merveilleuse poésie tournoyait dans mes pensées comme les étoiles dans la Voie lactée. L'image de deux beaux jeunes gens en queue-de-pie blanche à la périphérie sauvage de la ville me soufflait que le monde était plus vaste que je ne me l'étais figuré et que toutes sortes d'aventures m'y attendaient. Des choses commençaient déjà à m'arriver qui allaient changer ma vie pour toujours, même si je ne savais pas encore les déchiffrer. Pour le moment, il s'agissait seulement d'une promesse, aussi grisante que le pétillement du champagne sur ma langue. « Indispensable », l'avait jugé Berkeley Cole.

— Allons nous resservir, dis-je à Jock en levant la flûte vide.

Alors que nous mettions le cap sur le buffet, je me tournai vers lui :

— Connaissez-vous des poèmes par cœur ?

11

Quelques semaines plus tard, mon père et moi descendîmes accueillir le train de Nairobi à la gare de Kampi ya Moto, en bas de notre colline. La locomotive s'immobilisa en soufflant bruyamment, un petit dragon de retour de la guerre. Sous un panache de fumée qui obscurcissait le bleu uniforme du ciel, une demi-douzaine d'hommes s'échinaient à installer une rampe en bois devant un des wagons noirs de suie. Six de nos chevaux rentraient victorieux de l'hippodrome de Nairobi. Parmi eux il y avait Cam, Bar One et mon Pégase. Cam avait remporté la coupe et un prix de cent livres sterling mais, alors que nous piétinions sur le petit quai de gare en attendant qu'Emma passe nous prendre avec la Hudson, mon père refusait de parler de nos trophées. Il voulait savoir ce que je pensais de Jock.

— Il te plaît ? me demanda-t-il en levant son visage vers la colline dont la forme se découpait à contre-jour.

— Je le trouve sympathique. On dirait que sa ferme va bien marcher.

Il se mordilla le coin de la bouche avant d'acquiescer :

— Tu peux compter sur lui pour ça... Il a des sentiments pour toi.

— Comment ? m'exclamai-je en me tournant pour lui faire face. Nous venons de faire connaissance.

Il eut un petit sourire ironique.

— C'est le genre de considération qui n'a jamais empêché un mariage.

— Pourquoi tout le monde est-il si pressé de me trouver un mari ? Je suis trop jeune.

— Pas vraiment. Beaucoup de jeunes filles de ton âge rêvent d'avoir une maison et des enfants. Il faudra bien qu'un homme s'occupe de toi un jour, non ?

— Pourquoi ? On est très bien comme ça.

A cet instant, le klaxon bêlant de la Hudson retentit. L'auto descendit la pente de la colline et roula vers nous en cahotant dans un bruit de ferraille. Emma au volant rebondissait sur le siège de cuir. Elle se gara près de nous, mais laissa tourner le moteur.

— Où est ton chapeau, Beryl ? Tu vas attraper des taches de rousseur avec ce soleil.

Je ne comprenais pas pourquoi nos exploits à Nairobi paraissaient trouver aussi peu d'écho. Le soir à table, mon père demeura silencieux et fermé. Emma ne trouva rien de mieux que de s'excuser pour la soupe. Un pâle bouillon où des bouts de turbot rivalisaient avec des dés de pommes de terre et des rondelles de poireau.

— Ce poisson n'est pas bon, qu'en penses-tu, Charles ?

Elle repoussa son assiette à soupe et appela Kamotho. Il surgit dans sa veste blanche, coiffé de son fez en velours. Emma le pria de remporter le tout à la cuisine.

— Et on va manger quoi, du pain et du beurre ? lança mon père en levant la main pour arrêter Kamotho dans son élan. Laisse, Emma.

— Parce que maintenant ce que je fais compte à tes yeux ? C'est un peu fort !

Pris entre deux feux, Kamotho se figea.

— Que se passe-t-il, enfin ? me décidai-je enfin à demander.

Mon père prit un air peiné. Il pria Kamotho de retourner à la cuisine. Le *boy* s'éclipsa soulagé et je regrettai de ne pouvoir le suivre. Je n'avais pas envie d'entendre la suite.

— C'est cette satanée roupie, m'informa ensuite mon père en se tordant les mains. La semaine dernière, je devais cinq mille roupies et, cette semaine, c'est sept mille cinq cents, sans compter les huit pour cent d'intérêts sur la totalité. Cette fois-ci, je ne m'en sortirai pas.

— Il a accepté un poste d'entraîneur au Cap, énonça Emma d'un ton glacial. La ferme, c'est fini.

— Quoi ?

Le sol s'ouvrait sous mes pieds.

— J'ai parié, j'ai perdu, Beryl. Le métier de fermier est risqué, c'est ainsi.

— Et Le Cap n'est pas risqué ? dis-je, incrédule.

— Ils aiment les chevaux là-bas. Je repartirai de zéro. Le changement me portera peut-être chance.

— Chance, répétai-je d'une voix blanche.

Dans ma hutte cette nuit-là, je baissai ma lampe-tempête et restai allongée sur mon lit, trop anéantie pour bouger. Les ombres s'allongeaient sur les murs et soupiraient au-dessus de moi. Aux montants du baldaquin étaient toujours suspendus des colliers de perles de toutes sortes et des bourses de cuir pleines de délicats os d'animaux. J'étais saisie par un vertige à l'idée du gouffre séparant l'image que j'avais de notre vie et sa réalité. Notre écurie était pourtant parfaitement gérée – quatre-vingts chevaux hors pair qui avaient valu à mon père sa formidable réputation et une série de trophées mérités. Je pensai à lui, tout seul dans son bureau avec sa bouteille de scotch. Demain matin, la cloche allait sonner, les hommes et les bêtes allaient se lever, comme d'habitude. La minoterie continuerait à tourner, les chevaux galoperaient sur la piste du manège ou piétineraient la litière de leur box, mais plus rien n'aurait de substance. Notre ferme était devenue une ferme fantôme.

12

En atteignant la cime des camphriers voisins de ma hutte, la lune se profila dans le cadre de mes fenêtres ouvertes et sa lumière peignit en jaune mes étagères et les caisses retournées qui me servaient de table. Je me levai et enfilai rapidement un pantalon, des mocassins et un chemisier à manches longues. Dehors, la nuit était froide et sèche. Une *ngoma* était programmée pour ce soir, comme à chaque nuit de pleine lune. C'était une danse rituelle à laquelle participaient les jeunes Kikuyu sur les hauteurs de l'escarpement, à l'orée de la forêt. Je marchai, Buller sur mes talons, à l'écoute de tout ce qui pourrait signifier un danger pour moi, mais ne songeant qu'à mon père.

Un peu plus tôt, je l'avais trouvé derrière son bureau encombré plongé dans la liste sans cesse plus longue des acheteurs potentiels de nos chevaux. Sa défaite semblait avoir creusé de nouvelles rides autour de ses yeux marron.

« Emma va-t-elle te suivre au Cap ?

— Bien sûr que oui.

— Et moi, je viens avec toi ?

— Si c'est ce que tu souhaites. »

Ma nuque s'était hérissée de chair de poule.

« J'ai le choix ?

— Tu peux rester ici et tenter ta chance en tant qu'épouse de fermier.

— Epouser Jock ? »

Ces mots m'avaient échappé comme un cri du cœur.

« Il est manifestement prêt à fonder un foyer, et il veut ta main.

— Je n'ai que seize ans.

— Bon, avait-il dit en haussant les épaules. Si tu veux venir avec nous, nous allons recommencer à zéro, en entraînant pour des propriétaires. »

Il était retourné à sa liste. La peau de son crâne visible à travers ses cheveux bruns clairsemés était rose pâle et vulnérable. Avait-il perçu mon désarroi dans ma voix ? Il me disait que c'était à moi de décider, mais en fait il paraissait ne pas vouloir que je les accompagne au Cap.

« C'est Emma qui ne veut pas que je vienne ?

— Vraiment, Beryl ! »

Il m'avait jeté un coup d'œil exaspéré.

« J'ai d'autres chats à fouetter en ce moment. Il ne s'agit pas de toi. »

J'étais retournée me coucher. Impossible de dormir. Les choix difficiles auxquels était confronté mon père n'avaient peut-être rien à voir avec moi, mais ils mettaient bel et bien ma vie sens dessus dessous et m'obligeaient à prendre à mon tour une décision que j'avais espéré pouvoir éviter.

A peine à mi-chemin de la pente abrupte j'entendis la *ngoma*. Les vibrations des tambours pulsaient dans l'air et sous mes pieds comme si une force souterraine s'y propageait dans toutes les directions à la fois. Au bord de l'escarpement s'élevait une volute de fumée. En grimpant un peu plus haut, je distinguai de hautes flammes et les étincelles d'un brasier. Et finalement, une fois sur le plat, je vis les danseurs et les danseuses au milieu du cercle des spectateurs trop jeunes ou trop vieux pour participer. Au milieu du cercle, comme jaillissant de la terre battue, les flammes du feu dansaient aussi, dégageant une odeur de roussi et lustrant les corps et les visages. Des jeunes filles au crâne rasé de frais étaient coiffées de parures en petites perles chatoyantes. De longs colliers de ces mêmes perles, passés d'une épaule au côté opposé du buste par-dessus leur vêtement en cuir, leur faisaient un corselet multicolore. Elles n'étaient guère plus âgées que moi mais, habillées de la sorte, elles paraissaient plus vieilles et avaient l'air de savoir quelque chose que j'ignorais, et que je ne connaîtrais peut-être jamais.

Quelques garçons portaient une longue peau de serval retenue autour de leur taille par une lanière de cuir. Lorsque la peau se balançait sous leurs fesses, les taches et les rayures de la robe de l'animal s'animaient comme si ce dernier était en vie, puis, au moment où ils se penchaient en avant, elle se glissait entre leurs jambes et oscillait comme un pendule en cadence avec leurs pas. Le chef de tribu renversa la tête en arrière et émit une espèce de croassement strident qui me fit tressaillir. Les hommes poussèrent des cris auxquels les femmes répondirent, un cri suscitant un cri en miroir, duos haut perchés, en boucle, emplissant le ciel, l'ouvrant en deux. Des gouttes de sueur scintillaient. La peau des tambours vibrait. Ma respiration s'accélérait. J'eus la sensation que mon cœur quittait mon corps tandis que chant et refrains se mettaient à tournoyer à toute vitesse comme une grande roue. A l'instant où la mélodie atteignait son paroxysme, mon regard traversa le cercle embrasé et je vis Kibii.

Enfants, nous nous rendions toujours ensemble à la *ngoma*. C'était pour nous l'occasion de veiller tard dans la nuit et de rentrer en traversant la forêt. Kibii avait toujours des idées sur ce qu'il aurait fallu faire pour rendre les danseurs plus gracieux, les danses plus passionnées. A présent, nous nous retrouvions rarement seuls tous les deux, et je ne me rappelais pas la dernière fois que nous avions passé un moment détendu ensemble. A la lueur des flammes qui projetaient sur lui un ballet d'ombres, je me rendis compte à quel point il avait changé en grandissant. Au lieu de son habituelle *shuka,* il en portait une en tissu très fin, nouée sur son épaule gauche et serrée à la taille par une ceinture brodée de perles. Il avait aux deux chevilles des bracelets de peau de singe blanc et noir et à son cou était suspendue une griffe de lion. Comme il était légèrement détourné de moi, j'admirai son profil : c'était celui d'un prince, cela l'avait toujours été, mais ses traits s'étaient durcis. Finalement, il se tourna vers moi. Ses yeux noirs cherchèrent les miens au-dessus du brasier vacillant. Il était un *morane.* Voilà ce qui avait changé : il était devenu un homme.

Je m'éloignai du cercle à reculons, profondément blessée. Nous n'étions plus proches depuis longtemps, mais je n'en revenais quand même pas que

Kibii ait pu franchir l'étape la plus importante de sa vie sans que j'en sache rien. Je regardai autour de moi pour rappeler Buller, subitement pressée de rentrer à la maison, mais il n'était nulle part en vue. Je m'apprêtais à descendre sans mon chien la pente abrupte de l'escarpement, quand j'entendis Kibii m'appeler. La lune éclairait les broussailles et les hautes herbes qui cachaient mes pieds. Même si je me dépêchais, il me rattraperait facilement. Je l'attendis.

— On dit que ton père quitte Njoro, me lança Kibii. C'est vrai ?

J'acquiesçai.

— Il va au Cap.

Je ne voulais pas lui avouer nos problèmes d'argent. J'avais trop honte.

— Il y a beaucoup de bons chevaux là-bas.

— Tu es devenu un *morane,* dis-je, préférant parler d'autre chose. Tu as fière allure.

Dans la pâle lumière je lus sur son visage la fierté, mais aussi un trouble qui d'abord m'étonna, puis je compris qu'il ne savait plus communiquer avec moi.

— Qu'est-ce que tu vas faire ? m'interrogea-t-il.

— J'en sais rien. J'ai reçu une demande en mariage.

Je crus qu'il allait exprimer de la surprise, mais il se contenta de hausser les épaules, comme pour dire « bien sûr », avant de prononcer un proverbe swahili que je connaissais : *Kipya kinyemi ingawa kidonda.* « Une nouveauté a son charme, même si c'est douloureux. »

— Toi, tu te sens prêt à te marier ?

Je regrettai aussitôt l'agressivité autoritaire de ces paroles. Comme si j'avais moi-même compris ce qui était en train de m'arriver !

Il haussa de nouveau les épaules.

— Pourquoi pas ? Mais d'abord je veux voir le monde. Je ne ferai pas de parties de *ngewko*[1] dans mon village, ce n'est pas pour moi.

— Le monde est vaste. Tu sais où tu iras ?

— Mon père m'avait parlé de beaucoup d'endroits où il était allé... Kitale au nord, Arusha au sud, et les pentes de Donya Kenya. Je pense commencer par mettre mes pas dans les siens.

Ses derniers pas, *arap* Maina les avait posés sur une terre loin d'ici. Je soupçonnais Kibii de vouloir se rendre là-bas aussi.

— Tu es toujours décidé à trouver le soldat qui a tué *arap* Maina ?

— Peut-être. Ou bien je vais peut-être apprendre la différence entre un rêve de petit garçon et l'ambition d'un homme.

Il marqua une pause, et ajouta :

— Quand je me marierai, mon père revivra dans mes fils.

Ces paroles me frappèrent par leur arrogance. J'eus envie de lancer à ce Monsieur Je-sais-tout un défi, en tout cas de le remettre à sa place.

— L'homme qui veut m'épouser est très riche et très fort. Il vit pas loin d'ici. Il a construit sa maison en trois jours.

— Une vraie ou une hutte ?

---

1. En swahili, *ngewko* signifie « caresse ». La coutume veut que l'initiation sexuelle passe par des séances de caresses.

122

— Une vraie, avec un toit pentu de bardeaux et des fenêtres avec des vitres.

Cela lui cloua le bec. Il resta un moment pensif puis :

— Trois jours… La précipitation est contraire à la sagesse. Sa maison tiendra pas longtemps debout.

— Tu ne l'as même pas vue !

J'avais haussé le ton, de plus en plus exaspérée.

— Qu'est-ce que ça peut faire ? Je le prierais d'en construire une autre pour toi, juste pour toi, et de le faire avec plus de soin.

Il se détourna et me lança en guise de mot de la fin :

— Il faut que tu saches que j'ai un nom de *morane* maintenant. Je m'appelle *arap* Ruta.

Je rentrai à la ferme en ruminant ma colère et en trouvant toutes sortes de reparties cinglantes dont j'aurais pu le gratifier afin qu'il se sente aussi nul que moi, aussi déconfit que je l'étais à cette minute. *Arap* Ruta ! Ça par exemple ! Je l'avais connu tout petit, pas plus haut qu'un phacochère, et maintenant le voilà qui s'exprimait comme un vieux sage sous prétexte qu'il avait été initié au cours d'une cérémonie, qu'il avait connu le feu d'une lame au fil tranchant et bu du sang caillé de bœuf.

Alors que mille pensées bourdonnaient en se télescopant dans ma tête, je me rendis compte que, si Ruta se doutait un seul instant de l'effroi que suscitaient en moi les changements qui s'annonçaient, j'en mourrais.

Pourtant, c'était un fait, j'avais très peur et je ne savais plus où j'en étais. Le Cap était comme un autre monde pour moi. Là-bas, mon père allait être occupé et soucieux de plaire aux nouveaux propriétaires et aux directeurs de haras. Je pourrais le suivre en m'efforçant de ne pas le gêner, ou bien aider Emma à s'installer – une idée saugrenue, celle-là !

Je pourrais aussi aller en Angleterre, sans doute, sauf qu'il aurait fallu que je sois un autre genre de fille. J'aurais pu écrire à ma mère pour voir si elle pouvait m'héberger chez elle et Dickie, sauf que l'Angleterre me paraissait encore plus étrangère et lointaine que Le Cap, sans oublier que, pas une fois depuis son départ, elle n'avait exigé de me voir. L'appeler au secours maintenant serait trop dur et m'exposerait à un retour de chagrin. Non, ça, jamais ! Ne restait plus qu'une solution : Jock.

Je ne connaissais rien au mariage et la seule union heureuse dont j'avais été témoin était celle de D. et de lady D., laquelle n'était plus au demeurant qu'un vague souvenir. La ferme et nos chevaux étaient toute ma vie, je n'avais jamais imaginé un autre destin. Et voilà que cette vie-là se désagrégeait. Je connaissais à peine Jock et ne comprenais pas comment j'avais attiré son attention, autrement que par mon habileté à la chasse et ma dégaine. D'un autre côté, en l'épousant, je pourrais rester ici à Njoro, contempler chaque jour le même paysage de collines, mener la même existence. Jock se figurait-il qu'il m'aimait ? Pourrais-je apprendre à l'aimer en retour ?

Tout était si trouble tout à coup. Ma situation me paraissait d'autant plus injuste que, pendant que je pataugeais dans la vase, Ruta marchait fièrement sur le chemin de son rêve accompli. Pendant plus de dix ans, nous avions joué à qui serait le plus fort en tout, nous exerçant à dominer notre peur et à nous dépasser. Ces jeux avaient préparé Ruta à son avenir, ils auraient dû aussi me préparer au mien. Nous avions évidemment plus à perdre désormais, et les mises à l'épreuve étaient plus rudes, mais dans le fond cela revenait peut-être au même. Nos concours de sauts m'avaient appris à sauter, non ? Il me suffisait de voir le visage de Ruta pour comprendre qu'il n'était plus un enfant, et moi non plus.

Le lendemain après-midi, après avoir répété mon numéro dans ma hutte je ne sais combien de fois, afin de l'impressionner par ma détermination, je déclarai à mon père mon intention de rester à Njoro.

— Parfait...

Il hocha la tête et joignit les mains sous son menton sans cesser de me dévisager.

— ... Je pense que c'est ce qu'il y a de mieux pour toi. Jock est un homme raisonnable qui n'a pas peur de retrousser ses manches. Je sais qu'il s'occupera bien de toi.

— Je peux très bien m'occuper de moi-même.

Je bluffais, forcément. J'avais les oreilles qui bourdonnaient. Je fus obligée de marquer une pause pour me ressaisir et ajouter :

— Puis-je garder Pégase ?

— Tu l'as gagné plutôt deux fois qu'une. Il est à toi, je ne peux pas te le reprendre.

Sur ces paroles, il se leva pour se servir un verre. L'arôme de tourbe du scotch me chatouilla les narines.

125

— Je peux en avoir ?

Il me regarda d'un air étonné.

— Il faudra que tu te contentes d'un verre d'eau.

Je secouai la tête.

— Bon, dit-il. Je suppose que tu l'as bien gagné, ça aussi.

Il me tendit un verre à la base arrondie qui pesa agréablement lourd dans ma main. Nous restâmes assis en silence. Le soleil se coucha. J'avais déjà bu du vin et du champagne mais, cette liqueur, c'était autre chose. J'avais l'impression d'être plus vieille.

— On a fait du bon boulot ici, n'est-ce pas ? me dit-il.

J'acquiesçai, trop émue pour parler, et baissai les yeux sur mon verre, laissant la gorgée de whisky que je venais d'avaler me brûler délicieusement les entrailles.

13

Une fois que j'eus décidé de dire oui à Jock, tout se passa à une vitesse vertigineuse. Il fallut commander nos vêtements, trouver un prêtre, envoyer des faire-part un peu partout. Emma avait des idées arrêtées sur ma robe : en satin ivoire ourlé de perles avec une longue traîne brodée de roses et de chardons. Comme je n'avais moi-même aucune opinion en la matière, je lui laissai carte blanche. Des fleurs d'oranger pour le bouquet, de la mousseline de soie pour le voile et des ballerines si fines et délicates qu'on ne pouvait sans doute les porter qu'une seule journée. Les cadeaux se mirent à pleuvoir – un plat à gâteau en argent, des ronds de serviette filigranés, un vase en cristal taillé, plusieurs chèques à l'ordre de Mr et Mrs Purves. Après avoir été soigneusement emballés, ils furent tous rangés dans un coin de la maison, alors que les caisses pleines d'affaires laissées par papa et Emma s'entassaient dans un autre coin. Cela me donnait le tournis de voir la ferme démantelée en même temps que s'organisait mon avenir, mais je savais qu'il n'y avait pas d'alternative.

Jock et moi connûmes très peu de moments d'intimité au cours de ces semaines de préparatifs intenses, sans parler du déménagement. Dès que nous étions seuls, il me prenait la main et me répétait que nous allions être très heureux ensemble. Il envisageait toutes sortes d'améliorations et d'extensions à notre domaine. Son ambition pour nous n'avait pas de bornes. La fortune, bien entendu, nous tendait les bras. Je m'accrochai au rêve de Jock, parce que j'avais besoin d'être rassurée. La ferme de Green Hills avait été bâtie à partir de quelques arpents incultes. La nôtre promettait de grandir et de devenir merveilleuse. Je devais m'en persuader, même si je n'arrivais pas encore à ressentir grand-chose pour Jock.

— Alors là, tu n'as pas perdu de temps ! s'exclama Dos quand je lui appris mon mariage. La dernière fois qu'on s'est parlé, il te mettait mal à l'aise.

— C'est toujours le cas, un peu, avouai-je, mais je ne lui montre pas.

— Il est vrai que nous n'avons pas beaucoup de choix dans ce pays. Moi aussi je serai épouse de fermier un de ces quatre. Au moins le tien est bel homme.

— Tu trouves cela normal, alors, que je ne sois pas folle amoureuse de lui ?

— Tu le deviendras, bécasse. Et puis, pense que tu vas pouvoir garder la vie que tu aimes et qu'il va être là pour toi. Même si ton père ne déménageait pas au Cap, il ne pourrait pas éternellement s'occuper de toi...

Elle partit d'un petit rire avant de conclure :

— ... C'est ce que le mien n'arrête pas de me seriner.

Nous fûmes mariés à la cathédrale All Saints à Nairobi, un mercredi torride d'octobre, deux semaines avant mon dix-septième anniversaire. L'âge légal était dix-huit ans, mais mon père estimait que j'étais assez mûre, et à cela je n'avais rien à redire. Je fis mon entrée à son bras, les yeux fixés sur Jock afin de ne pas dévier de ma trajectoire, comme si je devais me battre en duel avec lui. Cette méthode s'avéra efficace jusqu'au moment où j'arrivai à la hauteur de mon futur mari et du pasteur au col dur. Soudain, mon cœur s'emballa. Tout le monde devait l'entendre, ils devaient tous savoir ou deviner que je n'aimais pas cet homme. Mais l'amour n'était pas non plus une garantie, n'est-ce pas ? Il n'avait pas rendu mon père et ma mère heureux, par exemple, ni Emma et mon père d'ailleurs. Peut-être en faisant passer la raison avant les sentiments allais-je réussir là où ils avaient échoué ? Je l'espérais très fort en prenant la main de Jock et en soufflant d'une voix à peine audible « oui » au chapelet de questions difficiles du pasteur, puis « oui » à celle qui liait ma vie.

Le témoin de Jock était un de ses amis, un ancien des fusiliers africains du roi, le capitaine Lavender. De haute taille, très élégant, il avait l'œil brillant et une mèche blonde rebelle qui lui tombait tout le temps sur le front. Lavender nous conduisit au Norfolk Hotel dans la Bugatti jaune de Jock. Il fonça dans les rues de Nairobi à tombeau ouvert, me projetant violemment contre les cuisses de Jock, qui étaient aussi dures que de l'acier. Une force pareille chez un homme, ce devait être un signe. Il allait pouvoir me soutenir et me protéger en l'absence de mon père. Je me cramponnai à cet espoir et ne le lâchai plus tandis que nous descendions de voiture et gravissions les marches en bois de l'hôtel au milieu de nos invités qui tous souriaient, ma robe et mon voile comme liquéfiés, le moment immortalisé par les appareils photo des journalistes.

Cent personnes s'engouffrèrent dans la salle à manger décorée aussi somptueusement que faire se pouvait dans cette partie du monde. Mon mariage avait rameuté tout le haut pays blanc – des fermiers qui s'étaient faits soldats avant de redevenir fermiers. D. était là, la crinière blanche hirsute sous son casque colonial enrubanné. Il se tourna vivement vers moi pour m'embrasser et le fourreau qu'il avait à la ceinture fendit l'air. Il nous avait offert un gros chèque et m'expliqua d'un ton un peu larmoyant que, si jamais j'avais besoin de quoi que ce soit, je pouvais faire appel à lui, il serait toujours là pour moi. Touchée et ragaillardie par ces paroles, je continuai à accueillir nos invités, allant de groupe en groupe, ma traîne à la main afin de ne pas trébucher dessus.

Sous le jus de viande onctueux se cachait l'inévitable steak de gazelle de Thomson, le tout accompagné de pommes de terre rissolées et de petits oignons perlés. Comme mon père s'était ruiné en champagne, j'en bus le plus possible, c'est-à-dire à chaque fois qu'on me présentait le plateau. Un peu plus tard, sur la piste de danse, j'avais des fourmis dans les jambes tandis que j'arpentais le parquet à reculons, d'abord guidée par mon père, puis par D., puis par tous les fermiers qui parvenaient à échapper à leur femme. A la fin, je retournai réclamer une danse à mon père. Il était tellement beau ce soir-là, et triste aussi. Il avait de longues rides autour de la bouche et ses yeux avaient un regard lointain plein de lassitude.

— Es-tu heureuse ? me dit-il.

Je hochai la tête au creux de son épaule et le serrai affectueusement contre moi.

Au petit matin, Lavender nous servit de nouveau de chauffeur, cette fois pour nous déposer au Muthaiga Club. Une chambre carrée éclairée par une unique lampe en cristal avait été préparée pour nous. Un tas de couvertures en chenille couvraient le grand lit.

Le fait que, depuis nos fiançailles, Jock et moi n'avions pas eu une minute seuls en tête à tête me frappa soudain en pleine figure alors que devant moi son corps semblait remplir la pièce. Je me demandai fugitivement, au milieu de mon ivresse, comment ce serait une fois que nous serions couchés. J'étais soûle et contente de l'être lorsque Jock essaya de déboutonner ma robe. Sa langue explora l'intérieur de ma bouche et je sentis un goût de vinasse qui venait de nous deux. Je tentai de lui rendre la pareille, avec application… Il fallait que je me montre à la hauteur. Ses lèvres se posèrent, brûlantes, dans mon cou. Ses mains se baladèrent le long de mon corps en palpant ici et là. Le lit accueillit notre chute. Il se produisit un incident presque comique lorsqu'il essaya de se glisser entre mes jambes : ma jupe était trop serrée. Tout en me tortillant pour lui venir en aide, j'éclatai de rire pour le regretter aussitôt : ce n'était pas la chose à faire.

Que savais-je à propos du sexe ? Rien, sauf ce dont j'avais été témoin dans nos paddocks ou

131

ce que m'avait rapporté Kibii sur les jeux que la coutume kip encourageait entre garçons et filles sous le couvert de la nuit. J'ignorais ce que je devais faire ou dans quelle posture il fallait me mettre pour être prise, mais je savais toutefois qu'une étape était franchie. Jock avait eu une érection – je l'avais sentie, ce nœud dur entre ses jambes contre ma cuisse et ma hanche. A présent, c'était fini, elle était passée. Il roula sur le côté et s'allongea à plat dos en repliant son bras sur ses yeux comme s'il était ébloui, alors que la pénombre régnait dans la chambre.

— Je suis désolée, finis-je par articuler.

— Non, non, c'est moi, je suis crevé, voilà tout. La journée a été longue.

Il se redressa sur un coude, déposa un baiser sonore sur ma joue et me tourna le dos pour se coucher, la tête sur l'oreiller, qu'il bourra au préalable de deux coups de poing.

J'observai la forme de son cou et de ses épaules en me demandant ce que j'avais fait de travers. Avait-il eu l'impression que je me moquais de lui... de nous ? Alors que je me débattais dans la plus complète confusion, Jock se mit à ronfler doucement. Comment pouvait-il dormir à une heure pareille ? C'était notre nuit de noces, et j'étais seule.

Oter ma robe n'était pas si compliqué que cela. Je me débarbouillai dans la cuvette, me débarrassant du fond de teint et du rouge à lèvres cireux, en prenant bien soin de ne pas me regarder dans le miroir. Je ne m'étais munie que d'une chemise de nuit diaphane, une pièce de lingerie fine qu'Emma avait dégotée dans une mercerie. J'avais froid. Je m'étendis auprès du corps massif de Jock comme à l'ombre d'une montagne. Il paraissait occuper encore plus de place endormi qu'éveillé. Il continua à souffler en émettant de faibles borborygmes, plongé dans des rêves dont je ne connaîtrais jamais rien, alors que seule dans les ténèbres je cherchais le sommeil désespérément.

Le lendemain matin, à la gare de Nairobi, nous embarquâmes à bord d'un train à destination de Mombasa, puis à bord d'un paquebot nous emmenant aux Indes pour notre lune de miel.

J'étais Beryl Purves – toujours vierge.

14

A Bombay l'air était saturé d'odeurs d'épices et du son grinçant des sitars sous les doigts des musiciens de rue. Des rangées de petites maisons blanches maintenaient clos en plein jour leurs volets à la peinture écaillée ; les fenêtres se rouvraient à la tombée de la nuit quand le ciel se bariolait de rouge et violet. Nous logions chez l'oncle et la tante de Jock, dans leur propriété au pied du quartier résidentiel de Malabar Hill. Les parents de Jock et deux de ses quatre frères étaient là, eux aussi, curieux de me rencontrer. Moi aussi j'étais curieuse de faire leur connaissance : cette nouvelle famille que j'avais gagnée comme on gagne à la loterie.

Pendant le voyage, Jock m'avait raconté dans quelles circonstances les siens avaient migré d'Edimbourg aux Indes quand il était petit garçon. Mais j'avais du mal à me rappeler les détails des achats immobiliers et autres associations d'affaires en les regardant, ces Ecossais rougeauds aux pommettes saillantes dans cette brune marée humaine indienne toute de douceur. La mère de Jock était la plus rose de la bande, un flamant rose drapé de soieries colorées. Son impeccable chignon châtain était envahi de cheveux d'un blanc de neige. Le père de Jock, le Dr William, une version plus âgée de son fils, avait de grandes mains fortes et des yeux très bleus et très vifs, surtout quand il m'adressait un clin d'œil pour me mettre à l'aise pendant que son épouse me bombardait de questions qui n'en étaient pas.

— Vous êtes vraiment grande, n'est-ce pas ? répétait-elle. Anormalement grande, n'est-ce pas, Will ?

— Je n'irais pas jusqu'à parler d'anormalité, ma chérie…

A cause de son accent écossais qui accentuait la fin des phrases, je m'attendais toujours à ce qu'il ajoute quelque chose, mais non.

Jock me tapota nerveusement le genou.

— Cela veut dire qu'elle est en bonne santé, mère.

— Elle n'a en tout cas pas manqué de soleil, c'est certain.

Plus tard, alors que Jock et moi étions tous les deux seuls dans notre chambre pour nous préparer avant de descendre dîner, je me regardai dans le miroir en pied. Je n'avais pas l'habitude de porter des robes et des bas, ni ces escarpins à lanières et hauts talons à la mode cette année-là. J'étais incapable d'aligner la couture de mes bas, par exemple. Et mon linge de corps, acheté à Nairobi suivant les instructions d'Emma, me pinçait à la taille et aux aisselles. J'avais tout simplement l'impression de commettre une imposture.

— Ne t'inquiète pas, me dit Jock assis au bord du lit, occupé à attacher les élastiques de ses bretelles. Tu es très bien.

Je me penchai en arrière pour triturer la couture de mes bas.

— Ta mère ne m'aime pas.

— Elle n'a pas envie de me perdre, c'est tout. Tu sais comme sont les mères.

Il avait parlé à la légère, mais ses mots me blessèrent. Comment pouvais-je savoir ?

— Elle me méprise.

— Ne sois pas sotte. Tu es mon épouse.

Il se leva et me prit la main, qu'il serra tendrement. Mais, dès qu'il me lâcha, ses paroles m'accablèrent. Comme si j'étais assez vieille pour être l'épouse de quiconque, comme si j'avais assez d'expérience pour avoir débrouillé le pourquoi et le comment des choses de la vie. Je ne savais pas non plus de quelle manière je pourrais lui faire comprendre mon état d'esprit. J'avais peur des promesses que je lui avais faites. La nuit dernière, allongée auprès de lui dans le lit, je m'étais sentie tellement seule et engourdie que j'avais eu l'impression qu'une partie de moi était morte.

— S'il te plaît, un baiser, dit-il.

Je m'appuyai contre lui et tentai de lui rendre son baiser, mais je n'éprouvais rien. Pour moi, notre couple ne représentait rien.

Je n'avais pas l'habitude du bord de mer, de cet air moite et salé qui collait à la peau et me donnait perpétuellement envie de prendre un bain. J'étais beaucoup plus à l'aise avec la poussière. L'humidité envahissante se coulait à l'intérieur des murs et faisait gonfler le bois des fenêtres. Des moisissures noires tavelaient les murs des bâtiments comme une peau de vieillard.

— C'est injuste, dis-je à Jock. Bombay se noie alors que chez nous on serait prêt à tuer pour un peu d'eau.

— Ce n'est pas comme si les Indes avaient volé la pluie à Njoro. Et puis nous sommes ici, c'est comme ça. Essaye d'en profiter.

Au début, Jock paraissait ravi de jouer les guides, fier de me montrer les marchés multicolores embaumant le curry et le chutney aux oignons ; les joueurs de sitar enturbannés ; les terrains de polo et l'hippodrome, si somptueux et bien tenus que la pelouse miroitante faisait honte à celle de Nairobi. Je ne lâchais pas sa main et l'écoutais, préférant ne pas penser aux ennuis à la maison. Après tout, nous étions de jeunes mariés. Seulement, le soir, rien n'allait plus. Nous étions mari et femme depuis plusieurs semaines, mais je pouvais compter sur les doigts d'une main le nombre de fois où nous avions fait l'amour. La première fois, c'était sur le bateau. J'avais eu le mal de mer pendant pratiquement tout le voyage, surtout dans le golfe d'Aden, quand nous nous étions écartés de la côte pour voguer vers le large et la mer d'Arabie. L'horizon se balançait, s'abaissait, remontait... quand j'avais la force de le regarder.

Avant que la nausée ne s'empare de moi, nous avions réussi à avoir un rapport sur mon étroite couchette, mais cela avait été un tel méli-mélo de coudes, de genoux et de mentons se heurtant dans la bataille que cela m'avait paru avoir fini avant d'avoir commencé. Après, il m'avait embrassée sur la joue en me disant : « C'était merveilleux, ma chérie. » Puis il était descendu à reculons de ma couchette pour se glisser dans la sienne, à l'étage du bas, me laissant aussi perdue et confuse que lors de notre nuit de noces.

La boisson n'aidait pas. A quatre heures de l'après-midi chaque jour de notre séjour à Bombay, nous retrouvions le reste de la famille sous la véranda pour les cocktails. Il y avait dans cette habitude un aspect rituel, comme je ne tardai pas à m'en apercevoir. Chaque geste était calculé, la dose de glaçons, de citron vert. Une petite odeur acidulée me chatouillait l'arrière de la gorge. Ogden, l'oncle de Jock, dont le visage était particulièrement rose, se jetait toujours en premier sur le gin, enfin, en deuxième, puisque Jock le gagnait de vitesse. Puis il s'installait dans son fauteuil attitré sous le jacaranda où braillaient en permanence les choucas.

— Ces volatiles sont à notre service particulier aux Indes, m'expliqua Ogden comme s'il y avait là de quoi s'enorgueillir, en me désignant d'un geste de la main une bande d'oiseaux noirs dans le jardin. Sans eux, les rues seraient pleines d'ordures.

J'observai l'un d'eux qui picorait une souris morte puis un petit tas de sable rose pâle.

— Que fait-il ? dis-je.

— Ils s'en servent pour se nettoyer le gésier, comme vous vous brossez les dents, ma chère.

Le même choucas et deux comparses se disputèrent un morceau de mangue écrasée sur la pierre. Ils s'échangeaient de féroces coups de bec dans la gorge, prêts à y laisser leur plumage. Je ne sais pourquoi, ce spectacle m'attrista et intensifia le mal du pays qui me tourmentait déjà. Les Indes four-millaient de trop de nouveautés et je me sentais à la dérive. Jock était peut-être tombé amoureux de la jeune fille délurée que j'avais été à quatorze ans, mais en réalité nous ne nous connaissions pas vraiment. Nous étions des étrangers l'un pour l'autre malgré le fait que nous ne nous quittions pas. Je me disais que les choses s'arrangeraient une fois de retour à la ferme, où le travail nous attendait. Forcément.

Un soir, nous découvrîmes sur la table de la salle à manger des plats refroidis immangeables : la mère de Jock avait bu tellement de gin qu'elle avait totalement oublié que le cuisinier nous avait annoncé que le dîner était servi. Après avoir titubé dans le jardin, elle s'était affalée contre un palmier en pot et avait fermé les yeux. Personne n'avait l'air d'avoir rien remarqué.

— Allons nous coucher, dis-je à Jock.

— Comment ?

Ses yeux injectés de sang se posèrent sur ma bouche comme s'il cherchait à lire sur mes lèvres.

— Je suis crevée.

— Je te suis dans cinq minutes.

Je passai sans m'y arrêter devant la salle où nos currys se gélifiaient et se couvraient d'une fine pellicule vitreuse, les domestiques n'osant pas débarrasser. Je me fis couler un bain et contemplai les carreaux usés autour de la baignoire. Un des motifs était un tigre aux rayures beige pâle. Quelque part dans ce pays, de vrais tigres rôdaient, aussi affamés et rugissants que Paddy dans le temps. C'était une pensée effrayante, pourtant j'aurais préféré me trouver proche de ces tigres ou même dans un de ces trous boueux de phacochère où j'avais passé plusieurs nuits à l'époque où je faisais le mur du pensionnat. Au moins, j'aurais su à quoi j'étais confrontée. Je m'allongeai et attendis Jock jusqu'à ce que l'eau devînt froide. Je refis couler de l'eau brûlante. Puis j'allai me coucher et me recroquevillai entre les draps de satin abricot, légèrement tremblante.

Le lendemain, je rédigeai une carte postale :

Chère Dos,
Bombay est une ville magnifique de tous les points de vue. Nous allons presque tous les jours à l'hippodrome. Jock et d'autres membres du club m'expliquent les règles du polo. Il faut que tu voies ça un jour.

En me relisant, je me reprochai de ne pas lui dire, de n'avouer à personne que j'étais malheureuse. Mais comment aborder le sujet ? Et qu'est-ce que cela changerait, de toute façon ? Je mordillai mon stylo en me demandant quoi ajouter. Finalement, je me contentai de signer de mon nom de femme mariée et laissai la carte sur la console afin qu'on la poste pour moi.

15

Nous avons passé près de quatre mois à Bombay et, à notre retour, l'Afrique-Orientale britannique n'existait plus. Les suites de l'armistice enfin réglées, le protectorat était devenu la colonie du Kenya, le nom de notre plus haute montagne, une vraie colonie avec pour preuve nos cimetières. Des Africains et des colons blancs avaient été fauchés par dizaines de milliers durant le conflit. La sécheresse avait fait encore plus de victimes, de même que la grippe espagnole. La maladie frappait les villes et les villages, tuant les plus faibles, les plus maigres, les enfants, les jeunes hommes, les nouvelles mariées comme moi. Des soldats démobilisés rentraient chez eux désespérés, ne sachant comment reprendre leur vie de fermiers et de gardiens de troupeaux.

Je me sentais comme eux. Moi qui à Green Hills m'attendais à trouver mon père et Emma sur le départ. C'était notamment pour m'épargner le spectacle de leurs préparatifs que j'étais aussi volontiers partie à Bombay. Eh bien, la ferme n'avait même pas été vendue. Mon père n'avait pas bougé d'un pouce.

— Je vais tirer le plus possible sur la corde, m'expliqua-t-il. On verra, si je gagne quelques courses en plus, j'attirerai peut-être de meilleurs acheteurs.

— Cela me paraît raisonnable, répliquai-je alors que mon cœur chavirait.

J'avais accepté d'épouser Jock dans la précipitation parce que je croyais qu'il n'y avait pas d'alternative. Et tout à coup, je m'apercevais que j'aurais en réalité eu au moins une année entière pour réfléchir. Une année à la maison à apprivoiser cette éventualité, à apprendre à mieux connaître Jock, ou peut-être... sait-on jamais... à voir se présenter un nouveau prétendant ou une autre solution. Pourquoi n'avais-je pas attendu ?

— Vous voulez venir dîner, tous les deux, Jock et toi ? me demanda mon père d'un ton désinvolte qui me fit l'effet d'une gifle.

Je ne serais plus jamais autre chose qu'une invitée désormais. Ma maison était ailleurs...

Les mois qui suivirent furent parmi les plus pénibles de mon existence. La ferme de Jock avait la même vue que Green Hills, on y respirait le même air, pourtant j'avais du mal à m'y sentir chez moi.

Le soleil se couchait tôt dans notre vallée – jamais après six heures du soir – et dès la nuit tombée, chaque jour quoi qu'il arrive, Jock était à l'intérieur, propre comme un sou neuf, devant le chariot à alcools, en train de se servir un whisky. A Bombay, je me disais que c'était une espèce de rite familial qui faisait partie de l'ambiance, au même titre que les choucas et la saveur de la chair du tamarin, mais voilà qu'à notre retour Jock continuait sur le même rythme alors qu'il était le seul à boire. Une fois le dîner débarrassé, il fumait et se versait un deuxième whisky. Il y avait de la tendresse dans la façon dont il tenait ce verre, comme s'il était son plus vieil ami, la chose qui lui permettait de résister aux épreuves... mais à quelles épreuves exactement ?

Je ne savais presque jamais ce à quoi Jock pensait. Il travaillait dur, aussi dur que mon père, mais il était toujours tellement tourné vers lui-même, à croire qu'un écran derrière ses yeux empêchait toute pénétration de son for intérieur. Mon père n'avait jamais été ce qu'on appelle extraverti. Les hommes étaient peut-être tous plus ou moins indéchiffrables mais, au long des interminables soirées que je passais avec Jock, le silence était souvent mortel. Et quand j'essayais de parler avec lui ou, Dieu m'en garde, de lui demander d'y aller mollo avec le whisky, il explosait.

— Oh, me fais pas chier, Beryl. C'est trop facile pour toi.

— Qu'est-ce qui est trop facile ?

Mais il repoussa ma question d'un geste et se détourna. Je tentai une ouverture :

— Si tu subis des pressions...

Mais il me coupa d'un :

— Qu'est-ce que tu y connais, toi ?

— Rien, bien sûr.

J'attendis une suite, mais il en resta là. Je ne savais pas non plus quoi lui dire. Je regrettais que lady D. ne soit pas là pour me prodiguer encouragements et conseils – ou même Dos. Dos qui me labourerait les côtes avec son coude en chuchotant : « Vas-y, il faut que tu parles avec lui.

143

Essaye encore. » Laissée à moi-même, je ne trouvais que la force de tisonner le feu ou d'ouvrir un livre, à moins que je n'étudie le programme du lendemain dans notre registre des entraînements. Je me réfugiai dans le travail et enfouis mes doutes en espérant les faire taire définitivement. Hélas mes doutes ne portaient pas seulement sur Jock, mais aussi sur tout ce qui constituait notre quotidien, le mobilier de la maison, les comptes à tenir, les repas à préparer et les baisers rituels à échanger. « C'est ça, le mariage », ne cessais-je de me répéter. Et pour la plupart des gens c'était normal. Alors pourquoi avais-je le sentiment que cette vie-là n'était pas faite pour moi ?

La nuit, cherchant à réduire la distance entre nous, je tentai de lui faire l'amour. Sous la moustiquaire dans notre chambre, je glissai une jambe sur sa hanche large et trouvai sa bouche dans les ténèbres. Sa langue chaude et molle avait un goût de whisky. Je passai outre, intensifiant mon baiser et lui prenant la taille dans l'étau de mes jambes. Il gardait les yeux fermés. Je baisai ses paupières et soulevai son haut de pyjama en coton d'une main lente, caressant de mes lèvres l'épaisse toison de sa poitrine, le pourtour de son nombril. Je réchauffai de mon souffle la peau lisse du pli de l'aine et il émit un faible grognement. Une peau chaude, salée. Son sexe durcissait un peu plus à chaque baiser. Je me plaçai à califourchon sur lui, le guidai doucement en moi, osant à peine respirer, et m'abaissai. Trop tard. Avant même que je commence à remuer les reins, il débanda. Je cherchai à l'embrasser, mais il refusa de me

144

regarder. Finalement, je rabattis ma chemise de nuit et m'allongeai auprès de lui avec une sensation cuisante d'humiliation. S'il l'était lui aussi, humilié, ce qui était probable, il ne m'en fit pas part.

— Désolé, Beryl, je ne suis pas en forme ce soir. Trop de soucis en tête…

— Lesquels ? Dis-moi.

— Tu ne comprendrais pas.

— S'il te plaît, Jock. Je veux savoir.

— La gestion de cette propriété est très lourde, tu t'en rends compte. Si nous échouons, ce sera ma faute.

Il exhala un soupir avant de terminer par :

— Je fais de mon mieux.

— Moi aussi.

— Bon, alors, il n'y a rien à ajouter, si ?

Et après avoir piqué ma bouche d'un chaste baiser avec ses lèvres sèches, il murmura :

— Bonsoir, ma chérie.

— Bonsoir.

J'aurais bien voulu m'endormir mais, alors que, sa respiration devenue régulière, il était déjà transporté dans un autre monde, je fus la proie d'une affreuse nostalgie. Je regrettais mon lit de Green Hills, ma vieille hutte, mes caisses de paraffine retournées, le théâtre d'ombres que je connaissais par cœur. J'aurais voulu rembobiner les heures et me retrouver en un lieu familier. Je voulais rentrer chez moi.

— Si seulement je savais quoi faire avec lui, confiai-je à Dos lors d'une visite en ville quelques mois plus tard.

Elle était occupée à réviser son examen de fin d'études secondaires, mais j'avais réussi à la persuader de venir prendre le thé et des sandwichs avec moi au Norfolk Hotel.

— Moi qui pensais que le sexe serait la partie facile, ajoutai-je.

— Je n'y connais rien, tu sais. Il n'y a pas de garçons au pensionnat. Ceux que je rencontre dans les soirées font un peu de rentre-dedans, mais ça ne mène nulle part.

— Même chose pour nous, c'est ce que je veux dire. Et on n'en parle jamais. Je me sens totalement perdue.

— Il n'aime pas le faire, tu crois ?

— Comment savoir ?

Je regardai Dos enlever la croûte de son sandwich en gardant les bons morceaux – le beurre pâle et le jambon haché – et me surpris à envier son sort : elle n'avait pas d'autre problème que ses études. Tout haut, je lui lançai :

— Tu ne regrettes pas parfois de ne plus avoir treize ans ?

— Oh, mon Dieu, non ! répondit-elle en faisant la grimace. Toi non plus.

— C'était tellement plus simple, soupirai-je. Jock a le double de mon âge et il a fait la guerre. C'est lui qui devrait savoir ces choses et régler ce qui ne va pas, n'est-ce pas ?

Je poussai un deuxième soupir, d'exaspération cette fois.

— C'est ce que les hommes font, non ?

— Comment veux-tu que je le sache ? répliqua-t-elle dans un haussement d'épaules. En plus, je ne connais pas vraiment Jock.

146

— Pourquoi tu ne viendrais pas passer quelque temps chez nous ? J'ai besoin d'avoir quelqu'un dans mon camp, et puis ce serait rigolo. Comme dans le bon vieux temps.

— Tu parais oublier que j'ai des examens. Et quand je les aurai passés, je pars à Dublin dans la famille de ma mère pendant un an. Je te l'ai déjà dit.

— Mais tu ne peux pas partir ! Tu es ma seule amie.

— Oh, Burl. Ce n'est peut-être pas aussi terrible que tu le crois.

A ces mots, à notre mutuelle stupéfaction, j'éclatai en sanglots.

Au cours des mois qui suivirent, tout en ne prenant plus part à la vie de la ferme, j'assistai aux victoires de mon père à la Naval and Military Cup, à la War Memorial Cup, à la Myberg-Hiddel Cup et au prestigieux East African Standard Gold. Malgré tous ces succès, nos chevaux attiraient trop peu d'acheteurs intéressants. La rumeur courait que la ferme de Green Hills était en train de couler. Peu importait apparemment que mon père ait été un pionnier de la colonie et que sa réputation d'éleveur fût mirobolante. Ces mêmes journaux qui avaient chanté les louanges de ses écuries se répandaient en propos malveillants sur la faillite. Plusieurs journalistes s'interrogèrent sur ses causes et le *Nairobi Leader* alla jusqu'à publier quelques vers de mirliton railleurs :

L'ami entraîneur Clutterbuck
De l'hippodrome l'archiduc,
Soudain quelle galère,
Ses écuries par terre,
Il y a de quoi vous clouer le bec !

Mon père le prit à la rigolade ou en tout cas c'est ce qu'il voulut nous faire croire. Pour ma part, j'étais horrifiée que l'on puisse nous insulter de la sorte. J'aurais voulu que les gens se rappellent combien merveilleuse était l'histoire de notre ferme, construite à partir de rien, combien elle avait été un lieu de bonheur. Rayant d'un trait seize années de travail acharné répondant aux plus hautes exigences, tout ce qui les intéressait, c'était la faillite. Green Hills était devenue la risée de Nairobi et mon père un pitoyable bouffon.

La mise aux enchères se prolongea péniblement plusieurs mois. Des acheteurs se présentaient et marchandaient sur tout, brouettes, fourches, harnais... Telles les pièces d'un puzzle répandu sur le sol que des mains étrangères auraient cueillies les unes après les autres, les corps de bâtiment furent démantelés par petits bouts – le dortoir des garçons d'écurie, les écuries elles-mêmes et enfin la maison. Les chevaux furent cédés à un prix si bas que j'en étais malade. Hormis seize d'entre eux que Jock et moi avions pour mission de garder à moins d'obtenir un prix convenable, et, bien entendu, Pégase.

— Tu ne dois pas laisser Cam partir à moins de cinq cents livres, me rappela mon père le jour de son départ.

148

J'avais fait le voyage jusqu'à Nairobi pour lui dire au revoir. A la gare, les wagons à bestiaux étaient chargés et déchargés dans un tintamarre d'enfer et de gros nuages de poussière rouge. Des *totos* traînaient ou portaient des malles et des caisses deux fois plus grandes qu'eux. Il y en avait un qui valsait avec une défense d'éléphant. Et pendant ce temps-là, Emma ajustait et réajustait son chapeau.

Après avoir passé des années à m'accabler de conseils et d'interdictions, Emma ne paraissait plus avoir rien à me reprocher. Moi non plus d'ailleurs. Je ne me rappelais même plus quels griefs m'avaient violemment opposée à elle. Elle semblait aussi perdue que moi. M'ayant serré, une seule fois, affectueusement la main, elle se dépêcha de gravir le marchepied charbonneux, et nous en restâmes là.

— Dis-nous si tu as besoin de quoi que ce soit, me dit mon père en faisant tourner son chapeau entre ses mains.

— Ne t'inquiète pas. Tout va bien se passer.

En mon for intérieur, je n'en étais pas du tout certaine.

— Un jour, tu voudras peut-être entraîner les chevaux d'autres propriétaires, pense à Delamere... Tu as l'étoffe d'une excellente professionnelle.

— Obtenir ma licence d'entraîneur, tu veux dire ? Une femme l'a déjà fait ?

— Peut-être pas. Mais aucune loi ne s'y oppose.

— Je pourrais essayer...

— Prends bien soin de toi et ne rechigne pas au travail.

— Promis, papa.

Ni lui ni moi n'avions jamais été très démonstratifs. Je lui dis cependant qu'il allait me manquer. Il grimpa à son tour le marchepied en carrant bravement les épaules. Pendant des mois des contretemps avaient retardé son départ, et je n'étais toujours pas prête. Savait-il combien je l'aimais ? Combien j'étais désolée et triste d'avoir perdu le monde que nous avions partagé avec tant de bonheur ?

Un porteur en tunique rouge passa près de moi en trombe avec une lourde malle cabine et je fus traversée par un souvenir fulgurant. A quatre ans, j'avais vu ma mère embarquer dans un train qui l'avait emportée de plus en plus loin de moi dans un nuage de fumée. Lakwet avait appris à surmonter son chagrin et à vivre dans un univers rendu autre par son absence ; Lakwet avait appris à profiter des bonnes choses, à ne pas ménager sa peine et à s'endurcir. Où était-elle à cette seconde, cette féroce petite fille ? Je n'entendais plus sa voix murmurer dans les tréfonds de mon âme. Je ne pouvais pas deviner quels orages j'allais encore essuyer avant le retour de mon père, s'il revenait jamais.

La locomotive noire de suie s'ébranla en grognant. Un coup de sifflet déchira l'air et mon cœur se brisa. Je n'avais plus qu'à m'en aller.

Je n'étais pas plus tôt rentrée à Njoro qu'il se mit à pleuvoir pour la première fois depuis plus d'un an. Le ciel commença par devenir noir puis il s'ouvrit et un déluge inonda la terre. En deux jours, il tomba près de treize centimètres d'eau. Dès que l'orage fut passé, le sol reverdit : la longue sécheresse était derrière nous. Les plaines se couvrirent de fleurs d'une multitude de couleurs magiques. L'air sentait bon le jasmin et la fleur de cafier, les baies de genièvre et l'eucalyptus. Le Kenya avait été endormi, il se réveillait. Voilà ce que la pluie nous disait. Tout ce qui était mort pouvait ressusciter, sauf Green Hills.

16

Au cours de toutes ces années dans la brousse, je n'avais jamais attrapé ni le paludisme ni aucune de ces terribles maladies tropicales. A présent, je souffrais d'un mal tout aussi grave quoique plus difficile à nommer, un mal de l'âme. J'avais perdu l'appétit et le sommeil. Je n'avais plus plaisir à rien. Rien n'avait plus de sens. Jock, toutefois, continuait à s'affairer autour de moi, des projets pour notre avenir plein la tête. Il avait racheté pour trois fois rien la minoterie de mon père, un des derniers lots à la vente aux enchères. Même si Jock se félicitait de cette bonne affaire, je trouvais insupportable l'idée que nous profitions de l'échec de mon père et que nous allions bâtir notre fortune sur les ossements de Green Hills.

Je ne voyais pas ce que je pouvais faire d'autre que de me consacrer aux chevaux. Je trouvai un registre noir identique à celui dont mon père se servait et me mis à noter tous les événements de la vie de tous les jours aux écuries – les séances d'entraînement, les horaires de distribution des différents aliments, les salaires des garçons d'écurie et le matériel à commander. Je m'installai un petit bureau dans un coin d'écurie comme l'avait fait mon père – juste une petite table avec une lampe et sur le mur un calendrier où la date de la prochaine course était entourée d'un cercle. Je me levais tous les jours avant l'aube pour assister aux galops matinaux. Et ce n'était quand même pas assez. Comme si j'avais eu une cloche intérieure qui se chargeait de me réveiller aux petites heures, parfois au beau milieu de la nuit, avec des sueurs froides. Qu'avais-je fait ? Etait-il encore possible d'arranger les choses ? Pouvais-je me libérer ?

En général, Jock et moi pratiquions un dialogue de sourds. Plus j'avais du cœur à l'ouvrage, plus son attitude était hostile, à croire que je le privais de quelque chose. Il avait cru, sans doute, que mes désirs se calqueraient sur les siens et que je me contenterais de poursuivre les mêmes buts que lui sans vouloir quoi que ce soit pour moi-même. De temps à autre, quand il avait bu un verre de trop, je l'entendais remonter le gramophone, dont s'échappaient les premières mesures dansantes de *If You Were the Only Girl in the World*. Jock avait acheté le disque peu après notre mariage en disant que ce serait un souvenir de notre première danse. Sur le moment, j'avais été touchée par ce geste, mais à présent, chaque fois qu'il le mettait, j'avais l'impression qu'il me criait que je n'étais pas celle qu'il avait cru épouser. C'était vrai, bien entendu, mais que faire ?

Ce soir-là, je mis ma robe de chambre pour me rendre au salon où, ivre mort, il fredonnait – faux – avec la chanson :

— « Un jardin d'Eden fait pour deux / Rien pour gâcher notre joie / Je te dirais des choses tellement merveilleuses / Nous ferions des choses tellement merveilleuses / Si tu étais la seule fille au monde. »

— Dans quel état tu vas être demain matin. Eteins ça et viens te coucher.

— Tu ne m'aimes pas, Beryl ?

— Bien sûr que si, dis-je trop vite, avec indifférence.

En vérité, si je mesurais Jock à l'aune de mon père ou d'*arap* Maina, les deux hommes que j'admirais le plus, il n'était vraiment pas à la hauteur. Mais il n'était pas non plus entièrement responsable. Je ne sais pourquoi j'avais cru que, si j'épousais cet inconnu, tout s'arrangerait comme par magie. A l'image de la maison qui nous abritait, mon engagement avait été trop rapide pour être durable. J'avais sauté sur une occasion, et elle n'avait pas été la bonne.

— Bois un peu de café et viens te coucher.

— Tu n'essayes même pas de le nier ! m'accusa-t-il alors que la chanson se terminait et qu'on n'entendait plus que le souffle de l'enregistrement. Tu aimes mieux ce chien ! ajouta-t-il en se levant pour replacer l'aiguille au début.

Presque du jour au lendemain, Buller était devenu vieux et perclus d'arthrose. Sourd et aveugle, il marchait à présent comme s'il était aussi fragile que du verre. Mon père l'aurait achevé, avec raison. Je n'en avais pas la force. J'attendais avec lui. Il m'arrivait de poser ma joue sur son cou et de lui murmurer à l'oreille des choses qu'il n'entendait pas... Combien il avait été un chien courageux et qu'il l'était d'ailleurs toujours...

— Il est mourant, répliquai-je à Jock d'une voix qui se brisait.

Mais même à l'agonie, Buller montrait plus de vaillance que moi. Depuis un an, je me cachais derrière ma décision trop hâtive, m'efforçant d'occulter aussi bien l'avenir que le passé. L'un et l'autre nous avaient rattrapés dans ce salon, et ma cloche intérieure de se remettre à carillonner : elle ne me lâcherait pas tant que je ne me serais pas sortie de l'imbroglio que j'avais créé. Peu importe la souffrance que cela allait engendrer, il n'y avait pas d'autre solution.

— Je voudrais entraîner pour Delamere, débitai-je à toute allure avant de me dégonfler. Chez lui, j'apprendrai le métier. Mon père m'en a parlé avant de partir et je pense que c'est une bonne idée.

— Comment ? Mais nous avons nos propres chevaux. Pourquoi veux-tu travailler ailleurs ?

— Il n'y a pas seulement le travail, Jock. C'est entre nous que cela ne va pas. Tu le sais aussi bien que moi.

— On n'est qu'au début. Sois patiente.

— Le temps n'y fera rien. Tu devrais avoir une vraie épouse, une femme qui ne songe qu'à s'occuper de toi et à te donner douze enfants. Et cette femme, ce n'est pas moi.

Il se tourna vers moi, son verre à la main. De toute sa personne se dégageait une impression de dureté, aussi clairement que s'il avait été une montagne à l'horizon. Je l'avais pris au dépourvu.

— Tu ne m'aimes pas alors, dit-il, glacial.

— Nous ne nous connaissons même pas vraiment. Tu ne crois pas ?

155

Il serra les lèvres si fort qu'elles blanchirent. Puis il déclara :

— Je n'ai jamais renoncé à rien dans ma vie. Ce n'est pas ainsi que je procède. De quoi cela aurait-il l'air ?

— De quoi cela aurait-il l'air ? Honnête, pour commencer. N'est-ce pas mieux de faire face ?

Il eut un imperceptible hochement de tête.

— On se paiera ma tête à Nairobi... Me faire avoir par une gamine. Et puis ma famille serait horrifiée. Ce serait la honte. Nous avons un nom à protéger, vois-tu.

C'était une allusion directe au scandale provoqué par la faillite de mon père, mais je ne pus m'empêcher de pousser plus loin le bouchon.

— Tu peux me mettre tout sur le dos. Je m'en fiche. Je n'ai plus rien à perdre.

— Je n'en suis pas si sûr.

Lorsqu'il partit se coucher, furieux, je ne savais toujours pas à quoi m'en tenir. Je dormis devant la cheminée, ou plutôt je me tournai et me retournai, alternativement crevant de chaud et pelant de froid. Je pensais que nous en aurions terminé le lendemain matin, mais la dispute s'éternisa trois jours entiers. Il se souciait apparemment moins de me perdre que de salir sa réputation et du qu'en-dira-t-on dans la colonie. C'était clair pour moi. Il m'avait épousée parce qu'il avait l'âge de se marier, un point c'est tout. Sa famille n'en attendait pas moins de lui maintenant qu'il s'installait tranquillement dans la prospérité. Il n'était pas question de la décevoir. Jock était trop orgueilleux et savait comment traiter les détails encombrants : les souches trop ancrées dans le sol, les rochers dans un futur jardin. Il surmontait tous les obstacles en exerçant sa force et son courage. Sauf que cela ne marcherait pas avec moi. Ou bien si ?

Au bout de trois jours, le soir, Jock s'assit en face de moi, les yeux aussi expressifs que deux silex.

— On ne peut pas pratiquer la politique de l'autruche, Beryl. Tu peux aller entraîner pour Delamere si ça te chante, mais tu iras chez lui en tant que mon épouse.

— On va faire semblant, alors ? Pendant encore combien de temps ?

Il haussa les épaules.

— N'oublie pas que tu as aussi besoin de moi. La moitié des chevaux de ton père m'appartiennent maintenant et tu ne pourras pas t'en occuper avec un salaire de misère.

— Tu garderas mes chevaux en otage ? Pour l'amour du ciel, Jock, tu sais combien ils comptent pour moi.

— Dans ce cas, ne me provoque pas. Je ne veux pas avoir l'air d'un imbécile heureux, et tu n'as pas les moyens de me racheter ta part.

J'avais l'impression d'entendre parler un inconnu, mais il était probable que nous ne cesserions jamais de l'être l'un pour l'autre, des inconnus. De toute façon, je le sentais désormais définitivement hors d'atteinte.

— Toi qui places tellement haut l'honnêteté, poursuivit-il, je suis assez honnête à ton goût ?

17

En quittant la ferme de Jock à cheval une semaine plus tard, je n'emportais rien qui ne pouvait
s'attacher à l'arrière de ma selle – un pyjama, une
brosse à dents, un peigne, un change de pantalon,
une chemise d'homme en gros coton. Pour Pégase,
je transportais un tapis, une brosse de pansage,
quelques paquets de flocons d'avoine et un vieux
canif terni de maréchal-ferrant. C'était merveilleux
de partir ainsi dans la brousse avec si peu de bagage, mais d'un autre côté je laissais derrière moi
une montagne de problèmes non résolus. J'avais
passé un pacte avec le diable. Jock s'était approprié
ma liberté et le seul moyen de la lui soustraire
était d'obtenir mon certificat d'entraîneur. Si je
me donnais beaucoup de mal et que la chance
me souriait, peut-être serais-je gagnante. Il faudrait
que les circonstances s'enclenchent parfaitement
– j'en avais des frissons d'angoisse – pour me permettre de gagner mon indépendance. Je devais
m'accrocher à cet espoir, et donner le meilleur
de moi-même.

Soysambu était situé au bord de la tranchée
ondoyante du Rift, dans un des coins les plus
étroits des hauts plateaux, entre Elmenteita et le
lac Nakuru, où le bétail de Delamere avait des
dizaines de milliers d'hectares à brouter dans

une sécurité et une tranquillité relatives. D. élevait maintenant surtout des moutons – des brebis massaï au pelage brun-rouge tellement hirsute et emmêlé qu'on avait du mal à croire qu'il s'agissait de moutons. Dix ans plus tôt, à Equator Ranch, il avait commencé par perdre les quatre mille brebis qu'il avait achetées, sauf six. Sans se décourager, il avait claqué encore une bonne partie de son héritage (certains parlaient de quatre-vingt mille livres sterling) pour les remplacer. Ainsi, fort des leçons du passé, il était devenu le premier éleveur de moutons du Kenya.

Tout le monde ne l'admirait pas. En ville ou à l'hippodrome, on cherchait souvent à éviter D. rien que pour ne pas avoir à subir ses discours sur « le problème indien ». Il criait sur les toits que nous devions absolument rompre tout lien avec ce pays une bonne fois pour toutes. D'une insatiable avidité pour les terrains, il était grande gueule et soupe au lait. Mais comme lady D. dans mon enfance, je voyais ce qu'il y avait de bon en lui. Il fournissait plus de travail que n'importe qui – douze à seize heures par jour à chevaucher dans les collines au milieu de son troupeau. Il était passionné, indomptable et à mon égard n'avait jamais fait preuve – je l'avais connu toute ma vie – que d'une grande gentillesse.

— Beryl, mon petit, me lança-t-il d'un ton sec à mon arrivée.

Son fusil cassé devant lui, la crinière au vent, il polissait avec un soin amoureux le bois de la crosse.

— Alors, comme ça tu veux embrasser le métier de Clutt ? Tu ne prends pas un chemin facile.

159

— Je ne recherche pas une vie facile.

— Peut-être pas, répliqua-t-il en me dévisageant. Mais je n'ai jamais vu quelqu'un d'aussi jeune que toi détentrice d'une authentique licence d'entraîneur britannique. Et quand je dis détentrice, sache que tu seras la seule femme.

— Il y a des pionniers en tout.

— Tu ne serais pas en train de fuir Jock ?

Son regard s'était adouci. Du coup, le mien avait tendance à se dérober.

— ... J'ai été marié de nombreuses années, rappelle-toi. Je sais que les choses peuvent devenir délicates.

— Ne vous inquiétez pas pour moi. Tout ce qu'il me faut, c'est du travail. Je ne demande pas non plus un traitement privilégié. Je dormirai à l'écurie comme les autres.

— Bon, bon. Je ne vais pas être indiscret ni te dorloter. Mais si tu as besoin de quoi que ce soit, tu sais que tu peux venir me trouver.

J'acquiesçai.

— Je peux être un vieil emmerdeur sentimental, n'est-ce pas ? Viens, on va t'installer.

D. me conduisit à une petite hutte au toit de chaume au-delà du dernier paddock. Un lit de camp sur un sol de terre battue, une unique lampe-tempête suspendue à une patère. La pièce n'était pas beaucoup plus grande que le box où Pégase avait ses pénates, et en plus il y faisait froid. Il m'expliqua les termes de mon contrat – d'apprentissage, forcément – et devant qui me rendre au rapport le lendemain.

— Tu as dit pas de traitement privilégié, me dit-il en me défiant du regard, comme s'il s'attendait à ce que je retourne ma veste.

— Ça ira très bien.

Après cette promesse, je lui souhaitai bonne nuit. Puis je me fis du feu, je me préparai un café amer, mangeai du bœuf en boîte, froid, avec mon couteau. Finalement, je me recroquevillai sur l'étroit lit de camp, plutôt frigorifiée. J'avais encore un peu faim. Je scrutai les ombres du plafond et songeai à mon père. Il m'avait écrit de loin en loin depuis sa migration au Cap, à peine assez de mots pour remplir une cuillère à thé... et encore moins pour combler la béance que son départ avait créée dans ma vie. Il me manquait affreusement, comme vous manque un être cher à sa mort – et pourtant, tout en frissonnant de froid, je me sentais étrangement proche de lui. En venant ici, je me glissais en quelque sorte dans sa vie. Si je ne pouvais pas récupérer mon père, jamais plus peut-être, j'avais le droit de porter mes regards dans la même direction et de superposer mon ombre portée à la sienne. Je n'y connaissais rien en mariage et en hommes – j'en avais désormais la preuve. Mais je m'y connaissais en chevaux. Pour la première fois depuis très longtemps, je me trouvais à ma place.

18

Rondelles de mors. Attache-langues. Selles de travail et selles de course. Il y avait la ferrure et les bandages, le conditionnement et le matériel. J'avais encore à apprendre à mesurer l'état de la piste, à déchiffrer la gazette des turfistes et à calculer les décharges de poids. Je devais aussi connaître sur le bout des doigts les pathologies – tendinite et périostite tibiale, fourbure, canon douloureux, fracture des os du carpe, lésion du sabot mal ferré. Ces pur-sang étaient des chevaux splendides mais aussi fragiles : ils avaient souvent un cœur de petite taille et l'hypertension au niveau des vaisseaux pulmonaires provoquée par la course les exposait à des risques d'hémorragie, une colique non repérée était susceptible de les tuer et, si jamais un cheval mourait, cela aurait été ma faute.

L'observation des aplombs ne se réduisait pas à vérifier la rectitude des membres, il fallait aussi apprécier une multitude d'autres détails à peine visibles mais essentiels. Etudier la conformation d'un cheval, c'était comme se plonger dans un livre ou une carte géographique que l'on devait mémoriser afin de mieux pallier les éventuels problèmes. La somme de connaissances que représentait ce savoir ne pouvait être acquise en quelques mois, même pas sans doute en une vie entière. C'était un puits sans fond, et mon séjour à Soysambu n'en fut que plus épuré. Je passais mon temps entre ma hutte et le paddock, les écuries, le manège, la piste, retour à ma hutte afin de lire des diagrammes et autres paperasses à m'en arracher les yeux.

En échange du box de Pégase et de l'usage d'une hutte, D. me confia deux chevaux à entraîner. Plus tout jeunes, l'œil morne, ils étaient l'un comme l'autre récalcitrants, mais j'étais décidée à faire mes preuves. Je les traitai comme des princes. Je m'appliquai. L'exercice, l'alimentation… Je remplis des carnets, je tentai de les gagner à ma cause et de leur découvrir des qualités jusqu'ici insoupçonnées.

Dynasty, une jument de six ans, souffrait d'une blessure de sangle : des plaies et des crevasses sur son ventre qu'il était indispensable de soigner. Son palefrenier avait alterné toutes sortes de harnachements, sans succès. Il en paraissait tout déconfit.

— Tu entretiens très bien ces pièces, je te félicite, lui dis-je. Le cuir est bien souple. Tu t'es occupée d'elle comme il faut.

— Oui, *memsahib*. Merci.

Je m'accroupis pour mieux inspecter les blessures ; certaines avaient formé une croûte, d'autres étaient à vif, puis je me relevai pour examiner la jument.

— C'est peut-être à cause de la façon dont elle est conformée, dis-je au palefrenier en appuyant mes paroles d'un geste de la main pour indiquer les endroits du corps. Regarde ses épaules, comme elles sont étroites et carrées. Elle n'a pas trop la place de remplir ses poumons, là, derrière les coudes. C'est pour cela que la sangle est toujours trop serrée. Tu ne vas plus la harnacher pendant au moins une semaine – tu ne la montes plus. Tu te serviras de la longe pour l'exercice. Et tu n'auras qu'à essayer cet onguent.

Je sortis de ma poche une petite fiole, un mélange d'huiles que mon père et moi utilisions à la ferme, et dont j'avais tenté de perfectionner la recette.

— Pour lui réhydrater la peau, précisai-je.

En laissant le palefrenier faire son travail, j'aperçus le manager du ranch, le bras droit de D. Il nous avait observés. Boy Long avait un physique exotique pour ce coin d'Afrique avec ses cheveux raides d'un noir de jais et l'anneau d'or qu'il portait à l'oreille. Il me faisait penser à un pirate.

— Qu'est-ce qu'il y a dans cette teinture ? me lança-t-il.

— Rien d'extraordinaire.

Il me toisa de la tête aux pieds.

— Je ne te crois pas, mais tu peux garder ton secret.

Quelques jours plus tard, je regardais, derrière la clôture du manège, le palefrenier en train de faire tourner Dynasty à la longe. Les plaies de la jument étaient en voie de guérison et déjà sa robe brillait. Même si Boy ne resta à mes côtés sans rien dire que quelques minutes, je sentis que son attention était autant sur moi que sur le cheval.

— Quand D. m'a annoncé qu'il avait embauché une fille, j'ai cru qu'il était devenu fou, laissa-t-il tomber finalement.

Je haussai les épaules sans quitter des yeux Dynasty. Elle évoluait bien, ne manifestant aucune douleur.

164

— J'ai fait ça toute ma vie, monsieur Long.

— Je vois ça. Cela ne me déplaît pas d'avoir tort de temps en temps. Ça entretient ma vigilance.

Boy était un professionnel achevé, comme je ne tardai pas à le constater. Il dirigeait le personnel des deux activités de l'entreprise : les chevaux et les moutons. Rien ne semblait lui échapper, il était même doué d'une sorte de prescience. Une nuit, je fus réveillée par un grand bruit à l'extérieur de ma hutte et une odeur de poudre. Je m'habillai en vitesse. Un lion avait été aperçu dans le paddock.

Il faisait froid et mon cœur se serra à la pensée qu'un lion rôdait dans les parages et était peut-être passé devant ma porte qui tenait déjà par l'opération du Saint-Esprit.

— Qu'est-ce qu'il a emporté ? demandai-je à Boy.

Un fusil cassé sur le bras, il se tenait debout au milieu d'un cercle de garçons d'écurie brandissant des torches et des lampes-tempête. Un fusil bien huilé.

— Rien. Je suis arrivé à temps.

— Dieu merci. Tu étais réveillé ?

Il fit oui de la tête.

— Quelque chose me disait qu'il valait mieux que je ne dorme pas. Tu as ce genre de pressentiment parfois ?

— Parfois.

Mais ce soir, je m'étais endormie comme un bébé, sans la moindre prémonition.

— Tu l'as eu ?

— Non, mais je vais demander à un *boy* de monter la garde pour être sûr qu'il ne reviendra pas.

Je retournai à ma hutte et essayai de me rendormir, mais une crispation s'était logée entre mes épaules et j'avais des pensées qui tournaient en boucle dans ma tête. En fin de compte, je me levai et me rendis à l'écurie en me disant qu'un petit remontant me remettrait les idées en place. Boy y était déjà et il avait trouvé la bouteille. Il me servit un verre et, alors que je m'apprêtais à retourner me coucher, il m'arrêta :

— Pourquoi tu ne restes pas ? On peut se tenir compagnie.

Son expression démentait la légèreté apparente de ses paroles.

— Qu'est-ce que mon mari penserait ? répliquai-je.

Il n'était pas question que les hommes du ranch pensent que j'étais une fille facile, surtout celui-ci, avec son anneau à l'oreille et son regard hardi.

— Si tu t'inquiétais tant que cela de ce que pense ton mari, tu serais à la maison, non ?

— Si je suis ici, c'est uniquement pour le travail...

Je vis dans ses yeux noirs qu'il ne me croyait pas.

— ... Ma situation est compliquée, ajoutai-je dans l'espoir de le convaincre.

— Elles sont rarement simples. J'ai aussi quelqu'un dans ma vie, tu sais. Chez moi, à Dorking. Elle supporte mal la chaleur.

— Tu ne lui manques pas trop ?

— J'en sais rien.

En un clin d'œil, il avait posé son verre et il avait franchi la distance qui nous séparait. Il plaça les mains sur le mur de part et d'autre de ma personne et se pencha en avant en approchant son visage à quelques centimètres du mien. Son haleine était chargée de whisky et de tabac.

— Ce n'est pas une bonne idée.

— Les nuits sont parfois longues dans ce pays.

Il voulut poser sa bouche dans mon cou, mais je me tortillai, les épaules raides.

— Bon, d'accord, je vois, dit-il en se redressant et en me gratifiant d'un sourire paresseux.

Il me permit de m'esquiver.

De nouveau allongée sur mon lit de camp, je ne songeais plus au lion. Je n'avais jamais rencontré quelqu'un d'aussi direct que ce Boy. C'était troublant, et aussi un peu grisant d'imaginer qu'on pouvait désirer et être désirée de façon aussi simple, sans déclaration ni belles promesses. Après une année de mariage, j'étais encore une oie blanche. Qu'est-ce que j'y connaissais en amour ? Pas question de me laisser aller dans les bras d'un inconnu... Même un baiser de Boy était une idée dangereuse.

Le Kenya avait beau être vaste, notre colonie aurait tout aussi bien pu être un village. Tout le monde était toujours au courant de tout ce que vous faisiez, surtout quand c'était personnel. J'avais jusqu'ici réussi à me tenir plus ou moins à l'écart, trop jeune et trop innocente pour qu'on me prenne au sérieux, mais maintenant que j'étais la femme d'un propriétaire terrien je devais me conduire comme telle. C'est ainsi qu'une semaine sur deux, le samedi matin, je rentrais à Njoro endosser mon rôle d'épouse.

167

D. m'apprit à conduire et me prêta le tacot bringuebalant dont il se servait pour trimballer les outils et le matériel entreposés dans les dépendances. Je préférais voir le monde de ma selle, mais j'appris à goûter au plaisir intense de la vitesse, à la sensation de danger qui m'étreignait dans les virages de l'étroite route de terre battue ou quand mes roues bondissaient sur un nid-de-poule. J'avais les dents qui claquaient et de la poussière plein les cheveux. Attentive à ne pas m'enliser dans les mares de boue, j'étais consciente des périls qui me guettaient si je tombais en panne dans les zones dangereuses, mais c'était si grisant, surtout pendant la première vingtaine de kilomètres. Car plus je me rapprochais de Njoro, plus je redoutais l'emprise de Jock sur moi. J'avais la sensation que ma vie ne m'appartenait plus. C'était le cas depuis que j'avais accepté de l'épouser, mais à présent cela me pesait davantage, ou plutôt je craignais de m'y enfoncer comme dans des sables mouvants. Njoro, c'était mon pays, celui que j'aimais le plus au monde. Et pourtant y passer quelques jours par mois sous le même toit que Jock par crainte du qu'en-dira-t-on dans les fermes du voisinage gâchait tout.

Quand je débarquais au volant du tacot de D., Jock m'accueillait par un chaste baiser sur la joue. Nous buvions l'apéritif sous la véranda et discutions des événements qui s'étaient produits à la ferme en mon absence. Les domestiques tournaient autour de nous, contents de me voir de retour. Mais dès la nuit tombée, dès que nous étions seuls, l'atmosphère se rafraîchissait nettement. Non que Jock essayât de me toucher – même au début, nous n'avions jamais eu de relations sexuelles –, mais il me questionnait sur mon travail chez D. et mes projets d'avenir comme s'il s'arrogeait le droit de prendre les décisions pour moi.

— Est-ce que D. veille sur toi ? voulut-il savoir un soir. Il ne te laissera pas avoir des ennuis ?

— Que veux-tu dire ?

— Tu n'en as jamais fait qu'à ta tête. Ce garçon, par exemple, avec qui tu gambadais quand je t'ai rencontrée pour la première fois.

— Kibii ?

— C'est cela...

Il porta son verre à sa bouche et but à travers ses dents serrées.

— ... Tu étais une petite sauvageonne à l'époque, n'est-ce pas ?

— Qu'est-ce que tu insinues ? Je croyais que tu m'admirais pour avoir chassé avec Kibii. C'est ce que tu m'as dit. Et maintenant tu me traites de sauvage ?

— Tout ce que je dis, c'est que ce que tu fais rejaillit sur moi. Tu as passé ton enfance à courir dans la savane avec n'importe qui et Dieu sait ce que tu fabriquais... et maintenant te voilà installée chez D., une jeune femme seule au milieu d'un tas d'hommes. Ça sent le roussi.

— Figure-toi que je travaille ! Je ne suis pas là-bas pour prendre des amants.

— Je le saurais tout de suite si tu osais me faire ça, déclara-t-il d'un ton neutre, le regard fuyant. Tu m'as déjà mis dans une position délicate.

— Une position délicate ? Tu n'as qu'à m'accorder le divorce et, comme ça, on n'en parlera plus.

A cet instant, il y eut un bruit à l'intérieur et notre *boy*, Barasa, surgit sous la véranda, la tête ployée pour nous signifier qu'il ne voulait pas nous déranger.

— *Bwana* veut son dîner ici ?

— Non, dans la maison, Barasa. On arrive.

Le *boy* parti, Jock me fixa d'un regard accusateur.

— Eh bien, quoi ? m'exclamai-je. Les serviteurs ne colportent pas de ragots.

— En général, non. Mais ils savent toujours tout, n'est-ce pas ?

— Je me fiche de ce que les gens savent.

— Peut-être, mais tu as tort.

Le dîner se passa dans un silence mortel. J'avais l'impression que les meubles contre les murs penchaient en avant. Les domestiques allaient et venaient sur la pointe des pieds. C'était affreux d'avoir à me taire alors que j'avais envie de hurler. Jock était terrifié par ce que je pourrais sortir – sortir de plus. C'était tout ce qui lui importait désormais, tandis qu'il me mettait en garde et tentait de sauver les apparences en érigeant des clôtures autour de notre vie conjugale. Il avait toujours été un champion du fil barbelé. Je l'avais su dès le départ, mais je n'avais pas prévu combien je serais malheureuse enfermée dans cet enclos.

Lorsque je fus enfin en mesure de m'échapper dans la petite chambre d'amis où je dormais, j'étais éreintée, à croire que j'avais été passée à la moulinette. Je fermai à peine l'œil de la nuit et, le lendemain matin, je repartis dès les premières lueurs du jour, alors que je restais en général pour le déjeuner.

170

De retour à Soysambu, les avertissements et exhortations de Jock continuaient à m'accabler, mais seulement quand j'étais fatiguée et que je me laissais aller à penser à lui. La plupart du temps, j'étais assez forte pour tenir ma vie personnelle à l'écart et me concentrer uniquement sur les chevaux et leur programme d'entraînement. Je me consacrais aux galops du matin, aux rations journalières, au pansage… Dynasty et Shadow Country, les deux chevaux dont j'étais responsable, faisaient de rapides progrès et je ne désespérais pas de les pousser encore plus loin, plus près encore de la perfection. C'est en réfléchissant aux améliorations à apporter à ma technique que je parvenais à trouver le sommeil la nuit. Je réussissais à moucher mes doutes et mes craintes aussi facilement que si j'éteignais une lampe. Seul mon travail m'importait. Il fut ma planche de salut.

Lorsque la date de l'examen arriva enfin, D. me conduisit en voiture à Nairobi. Bravant le rugissement du moteur, nous discutâmes de la prochaine course, la Jubaland Cup, en faisant des pronostics et en évaluant les chances de nos chevaux. Nous évitions de parler de l'examen et je passai sous silence les crispations nerveuses qui me grimpaient dans les épaules et le cou, tout comme le fait que mon père me manquait horriblement… Ah, si seulement il avait pu être là ! Nous n'abordâmes pas non plus le sujet de Jock et de l'importance de cet examen qui allait me rendre ma liberté. Je ne pouvais pas me permettre d'être timide, ni de me laisser empêtrer dans les remords ou les doutes sur mes capacités. De sorte que, lorsque je me retrouvai devant les petits yeux au regard méprisant de mon examinateur, je ne me dégonflai pas. Il était le commissaire de courses agréé de la Royal Kenyan Race Association. Son bureau était minuscule et on y étouffait. Alors qu'il me fixait méchamment de derrière sa table, je lisais dans ses pensées. Une femme ne pouvait pas devenir entraîneur, ni au Kenya ni ailleurs. En plus, je n'avais pas encore dix-neuf ans. Mais j'avais appris à réussir envers et contre tout – comme quand Kibii et les autres *totos* du village kip me défiaient de sauter plus haut qu'eux. Du point de vue de cet homme, j'étais toujours une enfant, en plus d'être femme. Sauf que son arrogance me galvanisait : j'oubliai mes problèmes et je pris mon élan pour lui prouver qu'il avait tort.

Les résultats me parvinrent plusieurs semaines plus tard. J'emportai l'enveloppe encore scellée dans un coin, le cœur battant à se rompre, et je l'ouvris. Au lieu de l'horrible lettre m'annonçant mon échec, j'en sortis un document officiel, dactylographié et signé. MRS B. PURVES avait obtenu une licence anglaise d'entraîneur de chevaux de course valable jusqu'en 1925. Je caressai du bout des doigts mon nom, la date, le paraphe compliqué du secrétaire qui avait signé, les infimes irrégularités du papier. Ce papier qui me conférait le sceau de la légitimité était mon ticket d'entrée dans la compétition, au sein d'un milieu que j'avais observé depuis mon enfance, aux côtés de mon père, impatiente de participer. Quelle merveilleuse sensation ce fut. J'avais doublé un nouveau cap et je pouvais

172

enfin contempler un territoire qui jusqu'ici ne se dévoilait que dans mes rêves et mon imaginaire. Sauf que, sans mon père, mon triomphe se teintait de tristesse, il me manquait tellement, j'aurais tant voulu qu'il soit là à l'heure où se levait dans ma vie un nouvel espoir. Mais je savais que c'était impossible.

Ce soir-là, D. commanda au cuisinier un dîner de fête : des côtes de gazelle grillées au feu de bois et des pêches au sirop avec une sublime crème anglaise aux amandes. Il joua en outre son disque préféré, *All Aboard for Margate,* en boucle, et me remplit mon verre de brandy tant et tant que la soirée entière me sembla toute de guingois.

— Tu es la meilleure, je n'ai pas vu d'aussi bon entraîneur depuis un bail, me déclara D. en remontant pour la énième fois le gramophone. C'est instinctif chez toi, comme si ça coulait de source.

— Merci.

— Tu es contente, ma fille ? Tu es sans doute la seule jeune femme de dix-huit ans du monde entier à pratiquer le métier d'entraîneur !

— Bien sûr. Mais vous savez bien que je ne suis pas du genre à danser sur les tables.

— Alors je vais le faire pour toi. Les journaux vont se ruer sur la nouvelle. Ça va jaser en ville.

— Oui, si on gagne. Sinon, ils diront que Delamere a été stupide de laisser une novice s'occuper de ses chevaux.

— On a encore six semaines devant nous pour penser à tout ça. Un peu plus, en réalité, dit-il en jetant un coup d'œil à l'horloge sur la cheminée. Ce soir, on va se soûler.

19

Avant le lever du soleil le jour de la Jubaland
Cup, j'émergeai de l'écurie d'Eastleigh à Nairobi
sur le champ de courses, dont je longeai les tribunes. La délicate silhouette d'Ol Donyo Sabuk se
dessinait contre le ciel pâle, et plus loin scintillait
le sommet bleu argent du majestueux mont Kenya.
Pendant la saison sèche, le sol se fendait parfois
sous le gazon de longues craquelures ou d'entailles
assez larges pour attraper un sabot en vol et tordre
un pied, abîmer les fragiles tendons. Aujourd'hui,
il n'y avait rien à craindre de ce côté-là. Le terrain
était parfaitement lisse. Le poteau d'arrivée fraîchement repeint en blanc avec deux coquettes bandes
noires pimpantes faisait penser à une balise fixe
immobile sur une mer émeraude.

Le calme ne tarderait pas à être rompu. Bientôt
un flot humain remplirait l'arène et les tribunes.
Les courses attiraient comme un aimant les habi-
tants non seulement de Nairobi, mais aussi des
villages avoisinants, des millionnaires aussi bien que
de pauvres hères, les femmes les plus élégantes
comme les plus modestes. Tous et toutes feraient
leur papier, à l'affût d'un signe. L'argent à gagner
avec les paris ne m'avait jamais intéressée. Petite
fille, déjà, tout ce que je voulais, c'était suivre
la course avec mon père côté corde, loin de la

clameur de la foule sur les gradins, des propriétaires dans leurs tribunes réservées, du tumulte autour des guichets de pari où quantité de billets de banque changeaient de main. Dans mon esprit, une course n'était ni une parade mondaine ni un prétexte à cocktails. Elle avait la valeur d'un test. Des centaines d'heures d'entraînement avaient été nécessaires pour vivre ces quelques instants de suspense… L'issue déciderait si les chevaux étaient partants, lesquels avaient des chances de se classer, lesquels déclareraient forfait ; comment travail et talent se conjuguaient pour pousser celui-ci en avant alors que celui-là était, à la grande honte ou à la surprise de son jockey désolé, destiné à finir au paddock sous un manteau de poussière.

Un champ de courses était toujours auréolé d'un brin de magie. S'y donnaient rendez-vous l'audace, la chance et parfois la tragédie quand un cheval « tombait », sans oublier les spectaculaires retournements au départ. J'avais toujours adoré toutes les facettes des courses, même ce qui était hors de notre contrôle et ce qu'elles avaient de plus imprévisible. Mais maintenant que j'étais seule responsable et que ma compétence était en jeu, je vivais des moments d'attente angoissée.

Plongeant la main dans la poche de mon pantalon, je sortis le télégramme que mon père m'avait envoyé du Cap pour me féliciter de ma licence. Le papier jaune pâle était déjà duveteux sous mes doigts et les lettres commençaient à s'effacer : *Bravo – stop – Ici tout va bien – stop – Gagne pour moi !* Toutes sortes de magies étaient à l'œuvre sur un champ de courses mais, si j'avais été douée d'un

quelconque pouvoir surnaturel, je l'aurais fait se
matérialiser pour se tenir auprès de moi pendant
ces quelques minutes tonitruantes, ces quelques
secondes vertigineuses... Cela m'aurait rendue
infiniment plus heureuse qu'une victoire.

Lorsque Dynasty sortit sur la piste de son pas
fluide et bien cadencé, je sentis mon pouls s'accé-
lérer. La robe luisante, elle marchait en levant haut
les jambes, tout en souplesse, sûre d'elle. Elle ne
ressemblait plus du tout à la jument de six ans
que D. m'avait confiée quelques mois plus tôt ; on
aurait dit une reine. Autour d'elle, ses adversaires
étaient menés sur la ligne de départ par la bride
ou par leur cavalier. Certains étaient équipés d'une
martingale afin de canaliser les balancements de
leur tête ; d'autres de guêtres protège-tendons ou
d'œillères en prévention des distractions. Par des
murmures ou de petits coups de cravache, les jockeys calmaient les récalcitrants aux yeux fous, afin
d'éviter qu'ils ne reculent dans les barrières ; mais
Dynasty traversa la cohue comme si elle n'était pas
concernée.

La main du starter se figea en l'air ; dans leur
hâte de courir, les chevaux se bousculèrent pour
se placer à la ligne. La cloche tinta et le départ
fut donné ; les chevaux s'élancèrent dans un mael-
ström de couleurs et de mouvements, douze animaux distincts ne formant plus qu'une seule masse
floue. Une belle envolée.

Un crack bai – le favori – se détacha en premier et mena le train dans l'espace immense du
champ de courses. Le gazon volait sous les sabots.

Les chevaux en tête passèrent à la corde, longeant l'intérieur du terrain, et la terre se mit à trembler. Comme les tambours de la *ngoma*, le grondement cadencé emporta mon cœur pour un tour. Sur la dernière ligne droite, je crois bien que je cessai tout à fait de respirer. Dynasty résistait, partait à la corde, donnait son maximum, maîtresse de sa vitesse, de ses muscles déliés. Notre jockey, Walters, ne la poussait pas des bras, il ne la retenait pas non plus, il la laissait courir. Elle gagnait du terrain en rythme, centimètre par centimètre, au milieu du paquet, dans un glissement prolongé au-dessus de l'éclat vert du gazon. Walters glissait aussi, sa casaque légère comme un papillon de soie bleu et or palpitant au-dessus du dos onduleux de Dynasty.

Dans les tribunes, la clameur enfla et devint stridente tandis que les chevaux se regroupaient à la corde en un peloton aussi compact qu'un nuage d'orage, puis, soudain, jetant par-dessus les moulins tactiques et précautions, le peloton se déchira. A partir des derniers mètres, rien ne comptait plus que l'efficacité des jambes et la hauteur au garrot. Dynasty sembla avoir des ailes alors qu'elle prenait l'avantage sur ses adversaires, puis sur le favori, qui avait l'air d'attendre qu'elle le dépasse. Elle volait. Elle rêvait cette victoire, ou était-ce mon rêve à moi ? L'instant d'après, elle passa le poteau d'arrivée. La foule explosa. Elle avait gagné.

J'avais gagné, moi aussi. Des larmes me piquaient les yeux alors que je regardais autour de moi pour voir qui je pouvais embrasser. Quelques entraîneurs vinrent me donner une poignée de main et me faire des compliments qui, s'ils étaient venus de mon père, m'auraient remplie de joie. Soudain, Jock fut auprès de moi.

— Mes félicitations, me dit-il à l'oreille tout en me guidant fermement par le bras vers l'enclos du gagnant. Je savais que tu réussirais.

— C'est vrai ?

— Je n'ai jamais remis en cause tes talents, si ?

J'aurais voulu qu'il se taise, mais je ne pus m'empêcher d'entendre la suite :

— ... Ça va être bon pour nos affaires.

Alors, tout à coup, le plaisir intense, la fierté, la gratitude que j'avais ressentis à la victoire de Dynasty, tout cela fut balayé. Il comptait en profiter ! Lorsque Dynasty entra dans l'enclos, un des journalistes s'approcha pour me demander mon nom et la permission de me prendre en photo. Jock s'interposa pour épeler *Purves*. Il me prit par le coude, puis posa la main sur mes reins comme si, sans lui, je risquais de m'effondrer. Il n'était pas question de moi. Il ne songeait qu'à la publicité et aux nouveaux contrats qu'elle nous rapporterait.

Par la suite, je me rendis compte que, paradoxalement, cet exploit avait plus d'importance pour lui que pour moi. En qualité d'entraîneur de Dynasty, je recevrais un pourcentage de ses gains. Si je parvenais un jour à avoir assez de chevaux placés, mes revenus me permettraient peut-être de gagner mon indépendance financière, mais c'était encore un rêve lointain. Jock me tenait toujours sous sa coupe alors qu'auprès de moi il se réjouissait de ce que je lui rapportais. La vitesse avec laquelle nous étions devenus des adversaires était stupéfiante. J'étais sous le choc.

— A votre avis, y aura-t-il un jour des entraîneurs femmes en Angleterre ? me demanda un deuxième journaliste.

— Je n'y ai pas encore pensé, répondis-je.

En prenant la pose pour la photo, je réprimai l'envie de donner un coup de coude dans les côtes de Jock – de le bannir de ma vue, de ma vie. Au lieu de quoi, je souris.

D. savait fêter un événement. Le soir de la course, l'alcool coula à gogo ; le visage empourpré, il porta d'innombrables toasts ; il dansa avec les femmes les plus élégantes sur la musique du quintette, qui jouait ce qu'il voulait, copieusement arrosé de bon champagne.

Le Muthaiga Club était ce que l'on faisait de mieux dans le genre à Nairobi. A cinq kilomètres en dehors de la ville, c'était une oasis. Les murs de galets avaient la couleur du plumage du flamant rose. Dans cet enclos, les membres du club se conduisaient comme si tout ce joli monde était à leur service, s'attendant à être traités avec un respect révérencieux alors qu'ils se lâchaient parfois sans restriction. On s'asseyait devant les courts de tennis avec un verre de gin cliquetant de glace pilée, on mettait à l'écurie son meilleur cheval, on jouait au croquet sur le gazon fraîchement tondu, on louait un chauffeur européen pour faire des promenades en auto, ou tout simplement on prenait une cuite carabinée derrière les baies vitrées bleutées des terrasses.

J'adorais moi aussi le Muthaiga ; les salons aux parquets de bois sombre, les housses de chintz des canapés, les tapis persans, les photos de chasse encadrées, mais je n'étais toujours pas dans mon assiette. Jock ne me lâchait pas d'une semelle, un véritable rabat-joie. A un moment donné, D. arriva avec une bouteille de très vieux whisky qu'il se proposait de partager avec Jock. Profitant de l'aubaine, je me sauvai dans la pièce voisine et me dirigeai vers le bar en rasant les murs.

Sur la piste de danse, c'était la frénésie, comme si tous ces gens avaient peur que la nuit ne se termine sans leur laisser le temps d'être heureux, sans leur accorder le luxe de l'oubli. Un jour aux courses, et l'euphorie s'emparait des corps et des esprits. Comme la fête battait son plein déjà depuis l'après-midi, les serveurs et les valets étaient à bout de forces. L'accès au bar était bloqué par un barrage humain.

— On pourrait mourir de soif à attendre son verre de gin ici, dit une femme juste devant moi.

Elle s'exprimait dans un anglais de la haute société londonienne. Grande et mince, elle portait une robe de bal de la même couleur vert bouteille que son chapeau garni de plumes d'autruche.

— C'est une chance que je sois prévoyante, ajouta l'inconnue en sortant de sa pochette brodée de perles noires une flasque en argent qu'elle me tendit.

Je la remerciai et elle me regarda en souriant me débattre avec le minuscule bouchon.

— Au fait, c'était une bonne course aujourd'hui. Je me présente : Cockie Birkbeck. On s'était rencontrées il y a des années à l'occasion d'une autre course. En fait, nous sommes lointainement apparentées, du côté de votre mère.

Comme chaque fois que ma mère était mentionnée, j'étais désarçonnée. Je bus une bonne rasade et, le nez et la gorge en feu, lui rendis sa jolie flasque.

— Je ne me rappelle pas.

— Oh, c'était il y a des siècles. Vous n'étiez qu'une enfant et je… j'étais plus jeune. Vous ne détestez pas ce climat si sec ? Tout s'y fend, tout s'y fane, vous y gagnez dix ans tous les deux ans.

— Vous êtes très belle, lui dis-je sans détour.

— Et vous un chou de me dire des choses aussi gentilles. Je parie que vous aimeriez être plus vieille, surtout dans le monde où vous évoluez, à coudoyer ces rustres dans les paddocks ?

Elle rit puis donna une petite tape sur l'épaule de l'homme devant elle.

— Tu ne peux pas aller un peu plus vite, Blix ? On se languit ici.

L'homme se retourna avec un sourire tout à la fois juvénile et carnassier.

— Est-ce que ce ne serait pas vaguement sexuel ?

— Pour toi tout est vaguement sexuel.

Il lui fit un clin d'œil.

— C'est ce qui te plaît chez moi, non ?

Son corps râblé, son cou de taureau et ses épaules carrées contrastaient avec un visage rond qui aurait pu appartenir à un collégien alors qu'il devait bien avoir trente ans ou plus.

— Bror Blixen, je te présente Beryl Clutterbuck.

— En fait c'est Purves, maintenant, rectifiai-je, gênée. Je suis mariée.

— Hum, cela paraît grave, dit Cockie. Bon, n'ayez crainte. Vous êtes entre de bonnes mains ici.

Arborant un air mystérieux, elle nous prit chacun par le bras.

— Le Dr Turvy m'a posté une ordonnance, déclara Blix. Du point de vue de la Faculté, nous sommes tirés d'affaire.

— Le Dr Turvy ? répétai-je en riant. C'est votre médecin attitré ?

— Son médecin imaginaire, intervint Cockie. Mais je dois dire, à sa décharge, que Turvy ne déçoit jamais.

Pendant que nous cherchions un coin tranquille à l'écart de la piste pour nous asseoir, j'observai le tourbillon des visages radieux des danseurs en espérant que Jock, distrait par la bouteille de D., me laisserait encore quelques minutes de paix. Blix demanda à un serveur de nous apporter trois bouteilles de champagne rosé dans trois seaux à glace différents.

— Ainsi, personne ne sera obligé de partager la sienne, lança-t-il.

— Il marque son territoire, à la manière des lions, expliqua Cockie. Notre Blix est un merveilleux chasseur. Il a le même instinct qu'eux, voilà pourquoi.

— C'est mieux que de *travailler,* lui accorda-t-il. Je rentre du Congo belge. Dans le Haut-Uélé, on raconte qu'il existe des éléphants qui ont quatre défenses. La légende leur a trouvé un nom spécial et ils posséderaient des pouvoirs magiques. Un de mes riches clients en entendant cette histoire m'a offert le double de mon tarif habituel si je réussissais à lui en montrer un. Il n'était pas indispensable de l'abattre, me dit-il, il voulait seulement voir ça au moins une fois dans sa vie.

— Et vous en avez vu un ?

Il me coula un drôle de regard puis but à longs traits.

— Elle ne sait pas écouter, celle-là.

— Il faut le laisser aller jusqu'au bout, mon chou. Sinon, il n'a pas l'air aussi brave, ni aussi intéressant.

— Tout à fait, approuva-t-il en la gratifiant d'un nouveau clin d'œil. Nous avons passé trois semaines dans la forêt équatoriale de l'Ituri sur les berges marécageuses du Congo. Il arrive qu'en plusieurs mois on n'aperçoive pas un seul éléphant, mais là nous en avons vu des douzaines, dont quatre gigantesques mâles dont les défenses traînaient par terre. Des spécimens parfaits, je vous assure, mais ils n'avaient que deux défenses. En attendant, mon client commençait à s'impatienter. Plus le temps passait, plus il se persuadait qu'un phénomène pareil n'existait pas, qu'on était en train de le mener en bateau, en un mot, qu'on le plumait.

— Mais c'est ton métier de plumer les gens, Blickie chéri.

— Peut-être, mais je les plume *honnêtement*... Enfin, autant que faire se peut, dit-il avec un large sourire. Ces éléphants existent bel et bien. J'ai vu des photos d'eux... morts. Le client aussi, mais au contact prolongé de la brousse on devient bizarre. Sa confiance en moi diminuait d'heure en heure, il m'a accusé de tout sauf de vouloir l'assassiner

183

pendant son sommeil. Un jour, excédé, il a tout annulé.

— Un mois de brousse pour rien ? s'exclama Cockie. Les gens deviennent de plus en plus cinglés.

— Oui, et plus riches, c'est bien ça le hic. L'appât du gain rend bête. On avait pris cinquante porteurs. Il fallait bien les payer, et je craignais qu'ayant perdu tout à fait la raison il ne refuse d'honorer la facture le moment venu...

Il secoua la tête avant de poursuivre :

— Toujours est-il que nous étions sur le chemin du retour quand nous avons été témoins d'une chose des plus étranges. Un grand mâle solitaire, au bout d'un lac, dormant la tête posée sur une fourmilière géante et ronflant comme un sonneur.

— La créature aux quatre défenses, devinai-je.

— Encore plus étrange, répliqua Blix avec son sourire de collégien charmeur. Un éléphant doté de trois défenses... Le seul à jamais avoir été vu, autant que je sache. La défense gauche était fourchue, voyez-vous, et ses deux parties avaient grandi. C'était un spectacle extraordinaire.

— Il a dû être extatique.

— Le client ? C'est ce qu'on pourrait penser, eh bien, non. « Il est difforme », répétait-il. Bien sûr qu'il était difforme... une malformation héréditaire sans doute. Il était tellement dégoûté qu'il a refusé de le photographier.

— Tu rigoles, fit Cockie.

— Non. Hélas, dit-il en penchant sa coupe de côté comme pour appuyer ses paroles. En plus, ils veulent une nature aseptisée. La vraie les terrifie. Elle est trop imprévisible.

— J'espère au moins que tu as été payé, dit Cockie.

— J'ai bien failli ne pas l'être. Mais on s'est mystérieusement égarés sur le chemin du retour, il ne nous restait presque plus d'eau.

— Ça ne m'étonne pas, déclara Cockie en riant. Tu es un merveilleux conteur d'histoires, chéri.

— Tu trouves ? Je vais t'en trouver d'autres si tu veux.

Ils se regardèrent les yeux dans les yeux et je me dis que, s'ils n'étaient pas encore amants, cela ne saurait tarder.

— Veuillez m'excuser, je dois aller me repoudrer le nez, annonçai-je.

— Envoyez-nous le serveur, voulez-vous ? On n'a pas envie de mourir de soif dans notre coin.

— Le Dr Turvy vous poste-t-il une nouvelle ordonnance à chaque fois ou l'ancienne suffira ? le taquinai-je.

— Ha, elle est bonne, celle-là, dit-il en se tournant vers Cockie. Cette jeune personne a de l'avenir.

Je projetais de retourner en catimini à Eastleigh mais, alors que je piquais droit sur la sortie, j'aperçus Jock qui fonçait vers moi, l'œil vitreux.

— Qu'est-ce que tu fiches, Beryl ? aboya-t-il. Je te cherche partout.

— Je suis juste sortie prendre l'air. C'est un crime ?

— Nous sommes dans le monde, je te rappelle. De quoi j'ai l'air à attendre madame qui est Dieu sait où ?

Il me prit par le bras, une étreinte qui n'avait rien de subtil.

— Je n'ai rien fait de mal. C'est moi que l'on fête, après tout.

Je me libérai d'une torsion du bras. Plusieurs personnes jetèrent des regards intrigués de notre côté. Je repris courage en me disant que la peur d'attirer l'attention le calmerait.

— Ne crie pas, gronda-t-il.

Mais j'en avais assez. Alors qu'il faisait mine de me reprendre par le bras, je m'écartai brusquement et faillis me cogner à Boy Long. Je ne l'avais même pas remarqué.

Boy nous interrogea tous les deux du regard.

— Tout va bien ?

— Tout va bien, répondit Jock. N'est-ce pas, Beryl ?

Je n'avais à aucun moment éprouvé de l'amour pour lui, mais à présent je me demandais même s'il m'avait jamais paru sympathique. J'étais à bout de forces.

— Va te coucher, lançai-je à Jock.

Il me fixa comme s'il croyait qu'il pouvait me faire plier par la force de son regard. Je crois qu'il était étonné que je lui tienne tête.

— Vous l'avez entendue, dit Boy. C'est l'heure du dodo.

— Mêlez-vous de vos oignons.

Un petit muscle tressautait dans la mâchoire de Jock. Sa bouche serrée ne formait plus qu'une ligne dure.

— Il se trouve que votre épouse travaille pour moi. Alors, cela me regarde tout à fait.

186

Je crus que Jock allait lui flanquer une raclée. Il était beaucoup plus grand et lourd, il n'aurait fait qu'une bouchée de Boy. Mais quelque chose en lui céda, comme une lumière qui se serait éteinte tout à coup. Il changea d'idée.

— Fais gaffe, Beryl, dit-il, glacial, sans cesser de dévisager Boy.

Et sur ces paroles, il partit furieux.

— Charmant, lâcha Boy d'une voix où je décelai un léger tremblement.

— Merci d'avoir pris ma défense. Je t'offre un verre ? J'ai besoin d'un petit remontant.

Au bar, on nous passa une bouteille et des verres. Nous emportâmes le tout sous une véranda. Pardessus le mur rose, on distinguait l'ombre fantomatique du gazon de croquet avec à intervalles réguliers les taches plus claires des arceaux. Il ne manquait plus que l'éclat du maillet d'un joueur. Des gens entraient et sortaient par la porte principale, des porteurs avec des gants blancs, mais nous étions cachés derrière une cloison, dans la pénombre.

— Je n'avais pas prévu de me marier, avouai-je à Boy pendant qu'il versait du scotch dans des verres à whisky avec un petit clapotis rassurant. J'aurais mieux fait de rester seule.

— Je n'ai pas besoin d'explications.

— De toute façon, je serais bien en peine de t'en donner.

Un silence s'ensuivit pendant lequel je l'observai. Dans la demi-obscurité, son visage et ses mains semblaient sculptés dans de l'argile grise. Seul l'anneau à son oreille scintillait, comme s'il captait une lumière venue d'ailleurs.

— J'ai renoncé à essayer de comprendre les autres, reprit-il. Les chevaux et les moutons au moins ont du bon sens.

J'approuvai de la tête. Je partageais son opinion.

— Crois-tu que j'aie tort ? De vouloir une vie d'entraîneur de chevaux de course ?

— Ce que je vois, c'est que tu joues celle qui a la peau dure, c'est logique. Une femme doit bosser deux fois plus qu'un homme pour tout. Je ne suis pas sûr que je tiendrais, si j'étais à ta place.

Il alluma une cigarette et en tira une bouffée ; le bout rougeoya. Après avoir soufflé un nuage de fumée, il se tourna vers moi.

— En fait, je te trouve très courageuse.

Courageuse ? Je l'espérais bien. Je le regardai mieux. Ses épais bracelets en ivoire, le pendentif en os qu'il portait autour du cou au bout d'une lanière en cuir, sa chemise bleu marine alors que tous les hommes étaient en beige. Un drôle de personnage, mais il était là pour moi. Je savais qu'il me désirait. Après une seconde d'hésitation, je me saisis de sa cigarette et l'écrasai sur le mur rose pastel. Il se pencha vers moi, ouvrit ma bouche avec la sienne. Sa langue était douce et chaude. Je ne songeai même pas à lui résister ou quoi que ce soit d'autre. Il passa une main sur ma poitrine à travers mon chemisier tandis que l'autre se glissait entre mes genoux en exerçant une pression insistante à laquelle je répondis. Le besoin impérieux d'être caressée était semblable à une matière en fusion qui jaillissait du fond de mon être. Peut-être avait-il toujours été là, ce besoin, dormant comme un animal. Comment savoir ? La main posée sur sa cuisse, je me pressai contre lui, je pressai mes lèvres et mes dents au creux de son cou.

— Tu es dangereuse.

A peine un murmure...

— Tu parles de Jock ?

— Tu es horriblement jeune.

— Tu veux qu'on arrête ?

— Non.

Aucune autre parole ne fut échangée cette nuit-là. Curieusement, le goût de sa peau, de sa bouche, cela n'avait rien à voir avec le reste de ma vie. C'était sans engagement, sans conséquence – du moins c'est ce que je me plaisais à croire. Dehors, les bruits de la nuit montèrent avec la fraîcheur. Il n'y avait pas lieu d'être prudente.

20

Il était tard quand je rentrai à Eastleigh. Je m'effondrai sur mon lit de camp en pensant que j'étais trop fatiguée par les baisers pour trouver le sommeil. Je m'endormis la tête à peine posée sur l'oreiller. A l'aube, je me réveillai comme d'habitude, fraîche et dispose. Il y avait une autre course à préparer et ce qui s'était passé la veille avec Boy, et avant cela avec Jock, devait être relégué au second plan. De toute façon, je n'aurais pas su quoi en faire.

Jock apparut seulement après que mon deuxième cheval, Shadow Country, se fut octroyé une honorable troisième place. Cette fois, au lieu d'essayer de me voler la vedette, il attendit que l'excitation soit retombée pour s'approcher comme si de rien n'était, avec sur ses talons Cockie Birkbeck et un mince type brun qui n'avait rien à voir avec Bror Blixen. Il s'avéra que c'était son mari, Ben.

Si je jetai à Cockie un drôle de regard, elle ne parut pas s'en formaliser. Elle me félicita de mes succès, puis Jock m'expliqua que Ben envisageait d'acheter un cheval et proposa qu'on aille boire un verre tous les quatre.

J'attendis la suite... Il allait me prendre de nouveau par le bras, me menacer ou me mettre en garde, bref me faire comprendre qu'il avait eu vent de l'épisode Boy Long. Mais pour le moment, il ne pensait qu'à ses affaires.

— Lorsque Ben aura choisi un cheval, c'est toi qui devrais l'entraîner, suggéra Jock quand nous fûmes attablés à la buvette autour de cocktails.

— A condition que Delamere accepte de se séparer de vous, me dit Ben. J'aime beaucoup votre région. Il y a une parcelle pas loin de chez vous que j'ai à l'œil depuis quelque temps.

Nous nous accordâmes sur une date pour qu'ils viennent tous les deux nous rendre visite à Njoro, puis Cockie montra ostensiblement que ces discussions d'affaires la barbaient. Elle et moi prîmes possession d'une table voisine. Une fois hors de portée de voix, elle me dit :

— Désolée de vous avoir chassée hier soir. Blix et moi avons rarement l'occasion de nous retrouver seuls. C'est comme ça quand on est mariés... à d'autres.

Elle fit la grimace, enleva son chapeau cloche et tapota sa chevelure blonde en ajoutant :

— Nous nous sommes rencontrés lors d'un safari, il était notre guide. Blix met un point d'honneur à séduire l'épouse, s'il en a le temps. Il l'aime tremblante de peur, je suppose... face au danger mortel, articula-t-elle d'un air ironique. Je ne crois pas qu'il comptait me garder, mais ça fait près de deux ans que ça dure.

— C'est assez long pour que les choses se compliquent. Ben se doute de quelque chose ?

— Je pense que oui, mais il n'aurait pas le mauvais goût de m'en parler. Il a ses propres complications, indiqua-t-elle avec un sourire qui en disait

191

long. Vous connaissez la blague, je pense ? « Vous êtes marié ou vous habitez au Kenya ? »

— Très drôle… et aussi assez abominable…

La veille encore, je ne me serais pas sentie concernée par cette plaisanterie cynique.

— … L'amour provoque toujours autant d'embrouilles ?

— Peut-être pas partout, mais ici c'est spécial. Il est entendu que tout le monde a son jardin secret, c'est ça ou devenir fou… Cela dit, la discrétion est de mise. Vous avez toute latitude du moment que les gens qui comptent ne sont pas exposés. Bizarrement, ce ne sont pas toujours les conjoints.

Je battis des cils, éberluée par ce que j'apprenais sur un mode de vie qui jusqu'ici s'était pour moi situé dans un inaccessible ailleurs, dans un monde auquel je n'appartenais pas.

— Et vous allez continuer ?

— Ne prenez pas un ton aussi lugubre. Ce n'est pas si terrible.

Elle se saisit de la bouteille au milieu de la table et remplit nos verres.

— Ben est un chou, mais la femme de Blix, Karen, aime trop son titre pour le lâcher. Elle est baronne…

Cockie soupira avant d'enchaîner :

— Ça finit par être comme un roman, cette histoire. Karen et moi, on est amies, enfin, on l'était. Blix lui a demandé le divorce, il lui a dit qu'il était amoureux de moi, pensant sans doute que cette nouvelle amortirait le choc…

Elle hocha la tête.

— ... Maintenant, elle ne m'adresse plus la parole.

— Pourquoi s'acharner à rester marié si l'autre a désespérément besoin de sa liberté ?

Je songeais bien sûr à Jock.

— Je n'ai pas la prétention de comprendre ses motivations, souffla Cockie, mais Karen lutte pied à pied.

J'avais toujours été réticente à livrer mes pensées mais, face à cette femme pour qui les confidences paraissaient naturelles, je décidai de rompre avec ma timidité coutumière. Après tout, si je voulais me sortir de mon imbroglio conjugal, ses conseils – des paroles de sagesse forcément – seraient sans doute les bienvenus.

— Je me suis mariée trop jeune, lui avouai-je en jetant un coup d'œil derrière moi pour vérifier si Jock et Ben étaient toujours en train de converser. Je voudrais me séparer, mais il ne veut pas en entendre parler.

— Votre situation doit être pénible... Mais, franchement, si je n'avais pas eu le malheur de tomber amoureuse, je ne crois pas que je serais tellement partante pour un divorce.

— Vous ne voudriez pas être libre, sans personne ?

— Pour faire quoi ?

— Vivre, je suppose. Faire ses propres choix ou ses propres erreurs, sans avoir quelqu'un sur le dos pour vous dire ce qui est autorisé et ce qui ne l'est pas.

Elle secoua la tête comme si je venais de sortir une absurdité.

— Le monde se charge de ça, mon chou, que vous ayez ou non un fil à la patte. Vous n'avez pas encore appris ça ? A mon avis, personne ne vit vraiment comme il en a envie.

— Pourtant c'est ce que vous essayez de faire, protestai-je, agacée et perplexe. On pourrait vous croire cynique, mais vous êtes amoureuse de Blix.

— Je sais, dit-elle en fronçant le front de façon charmante. N'est-ce pas la chose la plus bête que vous ayez jamais entendue ?

A mon retour à Soysambu le lendemain et pendant plusieurs semaines, je continuai à réfléchir aux implications des propos de Cockie et à me demander ce que ses conseils et la connaissance de sa situation pouvaient bien signifier pour moi. A la croire, prendre un amant, ou une maîtresse, était autant *de rigueur*[1] pour un colon blanc que d'avaler des cachets de quinine contre le paludisme – une manière de prévenir ou d'oublier pour un temps ses malheurs conjugaux. Mais Boy n'était pas vraiment mon amant, si ? Ce que je partageais avec lui était plus simple et plus primitif que la liaison de Cockie et de Blix, du moins c'est ce que je me disais. En plus, je me sentais merveilleusement bien.

Après une année de tentatives maladroites et souvent gênantes avec Jock, je m'initiais enfin à la sexualité, et j'aimais ça. Boy venait à moi la nuit dans ma hutte. Il me réveillait en se couchant sur moi et en me caressant partout alors que j'étais encore à moitié endormie. Contrairement à Jock,

---

1. En français dans le texte.

rien ne semblait le retenir, et je m'aperçus qu'avec lui je perdais ma timidité. Rien de ce que je pouvais faire ne le choquait. Si je le repoussais, il n'était pas blessé dans son amour-propre. Car les sentiments n'avaient rien à voir avec nos rapports.

Un soir, me trouvant seule à l'écurie, il m'entraîna sans un mot dans un box vide. Me retournant sur une botte de foin, il me déshabilla prestement. Ma poitrine cogna contre le foin tassé, mes dents mordirent l'herbe sèche. Après, il s'étendit de tout son long, nu, sans une once de pudeur, les bras croisés au-dessus de la tête.

— Tu n'es plus la même fille que celle qui m'a snobé pendant tous ces mois.

— Je t'avoue que je ne sais plus quel genre de fille je suis.

Je me retournai et posai une main sur sa poitrine. Je jouai délicatement avec ses poils noirs et frisés.

— J'ai grandi au milieu des Kipsigi. Pour eux, le sexe n'est jamais mélangé à la culpabilité ou à des espérances spéciales. C'est quelque chose que tu fais avec ton corps, au même titre que chasser.

— Il y a des gens qui nous accuseraient de nous conduire comme des animaux. Même besoin d'assouvir nos appétits sexuels. C'est un bon parallèle.

— Mais tu n'es pas d'accord ?

— J'en sais rien, dit-il. Quelqu'un finit toujours par être blessé.

— Ce n'est pas obligatoire. Nous, on a les yeux ouverts, non ?

— Oui. Mais je te rappelle qu'il y a ton mari. Il a les yeux ouverts, lui ?

— Enfonce donc le couteau dans la plaie.

— Ce n'est pas mon but, dit-il en me soulevant pour me coucher sur lui. Quel serait l'intérêt pour moi ?

Le samedi suivant, à mon retour à Njoro, la voiture de Ben et Cockie était garée dans notre cour avec des valises sur le porte-bagages au-dessus du coffre. J'arrêtai le break et me dirigeai vers l'arrière de la maison en contournant la véranda. Confortablement installés à l'ombre autour de la table en rotin, ils buvaient des cocktails en compagnie de Jock.

— On vous a gardé des glaçons, me lança Cockie.

Elle était vêtue d'une robe en soie fluide et coiffée d'un chapeau dont la voilette lui tombait sur le nez. Cette tenue lui allait à ravir. J'étais enchantée de la voir. Sa présence et celle de Ben allaient rendre mon séjour à Njoro beaucoup plus agréable.

Jock se leva pour me préparer un verre – du Pimm's mélangé à du jus de citron et des zestes d'orange sur de la glace pilée, un régal pour les yeux. Sauf que je trouvai à Jock une drôle d'expression et qu'il n'essaya même pas de piquer son baiser coutumier sur ma joue.

— Tout va bien ? lui demandai-je.

— Oui, oui, répondit-il sans me regarder.

— Vous avez arrangé cet endroit de manière splendide, fit remarquer Ben.

Avant de devenir fermier, il avait été major dans les fusiliers africains du roi. Il conservait d'ailleurs quelque chose de martial, une rigueur, une attitude un peu raide. Très brun, il avait des traits réguliers et je le trouvais beaucoup plus bel homme que Blix – mais j'avais déjà deviné qu'il ne possédait ni l'humour ni le sens de l'aventure de Blix.

— Jock est capable de faire des miracles, approuvai-je. Il n'y a rien qui résiste à sa charrue et à son marteau.

— Sauf peut-être mon épouse, ajouta-t-il d'un ton presque guilleret, comme s'il s'agissait d'un trait d'esprit sans conséquence.

Ben et Cockie rirent poliment. Je tentai de les imiter. Je n'avais jamais su lire dans ses pensées et, maintenant que nous vivions séparés, encore moins qu'avant.

— On vient d'acheter la parcelle voisine, m'informa Cockie. Il faudra qu'on joue au bridge le week-end. J'adore les cartes... Sauf que Ben préférerait être pendu...

Barasa vint réapprovisionner le seau à glace et nous bûmes un autre verre pendant que le soleil descendait un peu plus bas dans le ciel. Je ne pouvais me débarrasser de la sensation que Jock mijotait un mauvais coup. Peut-être pour me punir après l'incident au Muthaiga, où il avait été non seulement ivre, mais aussi hors de lui. Les apparences auxquelles il tenait tellement commençaient peut-être à se fissurer. En tout cas, Cockie eut l'air de partager mon impression. Avant le repas, alors que nous nous levions pour aller voir leur terrain, elle me prit par le coude en laissant les hommes marcher devant nous à une bonne distance.

Son ton était paisible, mais sa question l'était moins :

— Vous avez quelque chose à me dire ?

— Je ne sais pas.

J'étais sincère. Mais un peu plus tard, au coin du feu, la situation prit un tour plus explicite. Jock avait déjà beaucoup bu pendant le dîner et ses yeux luisaient dangereusement. C'était un signe – il y avait de la dispute dans l'air. J'espérais qu'il n'oserait pas en présence des Birkbeck.

— Comment projetez-vous de poursuivre vos exploits sur le champ de courses ? me demanda Ben, confortablement installé sur le canapé, sa voix se mêlant aux craquements joyeux de la flambée. Si vous voulez bien nous mettre dans la confidence ?

— Quand j'entraînerai vos chevaux, je n'aurai plus aucun secret pour vous, rétorquai-je.

Ben partit d'un rire sec. Lui aussi était affecté par l'ambiance. Il essayait manifestement de détendre l'atmosphère. Il se leva et pivota lentement sur lui-même en promenant son regard autour de lui.

— Dites-moi, Jock, elle est de toute beauté !

Il désignait la porte en bois sculptée de style arabe acquise par Jock peu après notre mariage – au même titre que le gramophone, elle servait de signe extérieur de sa prospérité ; Jock en était très fier. Sculptée dans la masse, elle présentait une mosaïque de nœuds que l'ébéniste avait finement décorés d'un foisonnement de motifs.

— Elle est ravissante, approuva Cockie. Où l'avez-vous dégotée ?

— Zanzibar, répondit Jock. En fait, je songe à l'embellir.

198

— Comment ? fit Cockie en riant. C'est une relique, non ? Qui songerait à y toucher ?

— Moi, dit-il d'une voix bizarrement traînante, pâteuse.

Il était plus soûl que je ne l'avais cru.

— Et si on faisait une petite partie ? proposai-je en ramassant le paquet de cartes à jouer.

Mais Jock n'écoutait pas. Il sortit en trombe et, le temps que Cockie me jette un coup d'œil interrogateur, il était revenu, armé du maillet en bois servant à attendrir la viande. Jock traîna une chaise devant la porte et, se servant de cet ustensile de cuisine comme d'un marteau, y enfonça dans le coin supérieur gauche un clou à tête plate en cuivre.

— Chaque fois que ma femme me trompera, j'ajouterai un clou, dit-il en s'adressant à la porte.

Je ne voyais pas l'expression de son visage, mais je n'osais pas regarder Cockie, ni Ben.

Jock ajouta :

— Cela nous permettra de tenir les comptes.

— Jock ! m'écriai-je, horrifiée.

Comment avait-il su pour Boy ? Et maintenant il se vengeait, devant nos nouveaux amis. Toujours debout sur la chaise, les yeux brillants, il fit tourner le maillet comme s'il avait dans la main un casse-tête *rungu*.

— Descends de là tout de suite ! lui ordonnai-je.

— Juste un que je sache, c'est bien ça ? riposta-t-il avant de se tourner vers Ben. A moins que vous ne vous la soyez tapée aussi.

— Arrête ! hurlai-je alors que Cockie devenait blanche comme un linge.

A cet instant, Jock plia un genou, vacilla sur la chaise et s'écroula au sol comme une masse. Le maillet valsa dans les airs, rebondit sur mon épaule gauche et termina bruyamment sa trajectoire dans la vitrine. Heureusement que j'ai des réflexes rapides. Je m'étais baissée pile quand il fallait. A quelques centimètres près, il m'aurait fracassé le crâne. Alors, là, il y aurait eu de quoi faire un drame.

Pendant que Jock se remettait tant bien que mal sur ses pieds, Ben prit Cockie par le bras et l'emmena rapidement dans la pièce voisine. Barasa entra sur ces entrefaites.

— S'il te plaît, aide *Bwana* à se coucher, lui dis-je.

Quand j'entendis de l'autre côté de la cloison des bruits indiquant que Jock se mettait bien au lit, je passai à côté. Les Birkbeck m'annoncèrent qu'ils rentraient à Nairobi. J'étais honteuse et désolée.

— Au moins attendez demain matin, les suppliai-je. Ce sera plus sûr.

— Vous ne vous douteriez pas à quel point nous sommes intrépides, répliqua Cockie gentiment.

Après avoir envoyé son mari chercher leurs valises, elle poursuivit sur le même ton :

— Je ne sais pas ce que vous avez fait, mon chou, mais je peux vous dire qu'il y a des choses que les hommes ne doivent pas savoir. En plus, en notre présence... Je suppose qu'il avait besoin de montrer qu'il était toujours maître chez lui.

— Je suis censée comprendre qu'il a eu raison de jouer cette comédie ?

— Non, soupira-t-elle.

Mais à moi il semblait qu'elle justifiait sa conduite.

200

— Je suis une mauvaise épouse et, pour couronner le tout, je n'arrive même pas à mentir correctement ?

Elle laissa échapper un petit rire froid.

— Ce n'est pas facile, je sais. Vous êtes si jeune et tout le monde commet des erreurs à un moment ou à un autre. Vous comprendrez un jour. Pour l'instant, il ne vous reste plus qu'à avaler la couleuvre.

Je les raccompagnai à leur auto. Bientôt leurs phares disparurent dans la nuit. J'étais seule sous les constellations de l'hémisphère sud. Comment m'étais-je retrouvée là ? Les ombres noires du massif des Aberdare étaient immuables, les bruits de la forêt étaient les mêmes, mais moi j'avais changé. J'avais oublié qui j'étais. J'avais pris des décisions au gré des circonstances, tenaillée par la sensation permanente d'être perchée au bord d'un précipice, en pensant que de fil en aiguille je finirais par atteindre ma vraie vie et ma liberté. *Arap* Maina aurait désapprouvé d'un claquement de langue et d'un hochement de tête. Lady D. m'aurait dévisagée de ses beaux yeux gris pleins de sagesse et m'aurait dit… quoi ? Qu'il ne me restait plus qu'à avaler la couleuvre ? Je n'étais pas d'accord. Et mon père, qu'aurait-il dit ? Il m'avait appris que dans la vie il faut se montrer fort et ne dépendre que de soi-même – et, pour l'instant, je ne correspondais pas au profil. Mais pas du tout !

Une hyène cria non loin, un son aigu et grinçant auquel répondit aussitôt une congénère. La nuit était une force oppressive. Soit je rentrais chez Jock, fermais la porte et continuais cette mascarade,

soit je m'embarquais pour un voyage dans les ténèbres sans savoir quelles épreuves m'attendaient.
Jock serait furieux et m'accuserait d'avoir sali son
nom. Amis et voisins se détourneraient impercepti-
blement ou me snoberaient parce que j'étais sortie
du rang, comme ils l'avaient fait avec Mrs O. Je ne
reverrais peut-être jamais mes chevaux et, sans le
soutien de Jock, qui sait dans quelle misère je me
débattrais. L'échec me guettait à tous les détours
du chemin, mais malgré tout je n'avais pas vraiment le choix.

A l'intérieur, je baissai les lumières et me dirigeai sur la pointe des pieds vers ma chambre. Le
plus silencieusement possible, je fis ma valise. J'étais
partie avant le premier coup de minuit.

21

— Tu crois que Jock va venir me le faire payer ?
me lança Boy quand je lui racontai ce qui s'était
passé une fois de retour à Soysambu. Maintenant
qu'il est au courant pour nous ?

— Non. Tout ce qui lui importe, c'est de sauver les apparences et d'éviter les ragots. Au pire,
il m'en fera voir des vertes et des pas mûres, ou
bien il s'entêtera à me refuser le divorce.

Nous étions dans ma hutte après la tombée du
jour. La nuit était fraîche. Je me réchauffais les mains
à la lampe-tempête. Boy ruminait de sombres pensées. Il paraissait nerveux et mal à l'aise, alors qu'il
était venu dans ma chambre des dizaines de fois.

— Et nous ? laissa-t-il finalement tomber.

— Qu'est-ce que tu veux dire ? On s'est bien
amusés, non ? Je ne vois pas ce que ça change.

— Je me demandais seulement...

Il s'éclaircit la gorge et drapa frileusement autour
de ses épaules ma couverture somalie.

— Certaines s'attendraient de la part d'un
homme à ce qu'il s'engage...

— C'est ce qui t'inquiète ? Déjà, je n'arrive pas
à me libérer de mon fil à la patte. De toute façon,
j'ai envie de savoir ce que ça fait d'être libre. De
ne plus être la fille ou l'épouse d'un homme, d'être
seulement moi-même.

— Oh, fit-il, l'air étonné. Ce genre de raisonnement n'a pas beaucoup la cote par ici.

— Eh bien, tu te trompes, lui dis-je en essayant de sourire. Seulement, en général, ce sont les hommes qui raisonnent ainsi.

Débarrassée de la corvée de jouer à l'épouse le week-end, j'avais plus de temps et d'énergie à consacrer à mes chevaux. Le St Ledger était la course la plus prestigieuse du Kenya ; un sweepstake réservé aux poulains et pouliches de trois ans. D. avait plusieurs candidats prometteurs, en particulier Ringleader, un hongre à la robe noire satinée et à l'allure relevée. Un « vrai » cheval, et D. me proposait de le faire travailler. Sauf qu'il avait les jambes fragiles. Son entraîneur précédent l'avait trop fait courir. Ayant été sollicités par un travail excessivement intense, ses talons avaient tendance à enfler. Mais avec suffisamment de soins et de patience, on pouvait encore le rattraper. Il lui fallait un sol doux et souple – je l'emmenai galoper sur les berges du lac Elmenteita où la terre était gorgée d'eau. Les antilopes nous regardaient d'un air intéressé tandis que des nuées de flamants roses se soulevaient sur notre passage pour se reposer presque aussitôt, sans jamais se lasser de lancer leur cri d'alerte.

Je rentrais d'une séance d'entraînement au bord du lac, couverte de la tête aux pieds d'éclats de boue séchée, quand je tombai sur Berkeley Cole. Cela faisait deux ans que, le soir de mon premier bal, Denys Finch Hatton et lui avaient récité de la poésie, spécialement pour moi, dans leurs habits d'une blancheur éblouissante. Dans mon souvenir, ils étaient aussi nobles et galants que des chevaliers du Moyen Age. Aujourd'hui, il était venu en auto en compagnie de plusieurs autres colons afin de discuter avec D. à propos d'un sac de nœuds politique. Je le trouvai en train de fumer dehors, appuyé contre une barrière, dos au soleil couchant. Il avait le col déboutonné et les cheveux au vent. On aurait cru qu'un crayon l'avait croqué dans cette attitude et placé là.

— La dernière fois qu'on s'est vus, vous portiez encore des couettes ou presque, me dit-il après les présentations. Vous voilà un entraîneur de première classe. J'ai lu vos exploits à la Jubaland dans les journaux. Impressionnant.

Je n'avais jamais su comment réagir face aux compliments mais, venant de lui, c'était différent.

— Je n'ai jamais eu de couettes. Je ne tenais pas en place assez longtemps…

— Cela ne semble pas vous avoir manqué, dit-il dans un sourire. Vous êtes mariée ?

— Si l'on veut.

Comment décrire ma situation ? Plusieurs semaines s'étaient écoulées depuis l'horrible scène devant les Birkbeck, et Jock n'avait pas donné signe de vie. Je lui avais écrit en lui demandant noir sur blanc le divorce et en spécifiant que rien ne me ferait changer d'avis, mais il n'avait pas répondu. Tout allait peut-être bien, au fond. C'était déjà un soulagement d'être séparée physiquement de lui.

— Si l'on veut ? répéta Berkeley avec un sourire en coin à la fois ironique et un peu paternaliste.

205

Il n'insista pas davantage.

— D. cherche à vous embarquer dans quoi ? m'enquis-je en indiquant la maison d'un geste.

D'après les éclats de voix – la voix de baryton de D. – qui nous parvenaient, ça avait l'air de chauffer.

— Oh, je connais tout ça par cœur. Une histoire de comité de vigilance.

— Ah ! Vous devriez prendre vos jambes à votre cou.

D. avait formé ce comité quelques mois plus tôt, afin de tenter de régler une vieille querelle territoriale sur le thème : qui avait le pouvoir au Kenya et pourquoi ? Les colons blancs s'étaient d'emblée comportés en propriétaires établissant leur domination sur la totalité du pays. Les Indiens et les Asiatiques étaient à leurs yeux des intrus qu'il convenait de circonvenir, s'il le fallait à coups de bâton ! Les Africains étaient considérés comme acceptables du moment qu'ils ne se montraient pas trop gourmands et s'inclinaient devant la suprématie de l'homme blanc. Mais récemment, un « livre blanc » – le Devonshire White Paper – du Parlement britannique avait tenté de limiter l'avidité des Blancs justement et de rétablir l'ordre en rappelant que les droits des Africains étaient primordiaux. Le nouveau gouverneur du Kenya, Robert Coryndon, tout en étant britannique jusqu'au bout de ses chaussures Oxford, était pro-asiatique et pro-africain et s'efforçait activement d'appliquer les directives, se montrant intraitable sur un chapitre à propos duquel ses prédécesseurs s'étaient révélés faibles et malléables. Les colons blancs, parce qu'ils avaient été gâtés trop longtemps, étaient furieux et déterminés à répliquer, quitte à employer la force. Comme il fallait s'y attendre, D. comptait parmi ceux qui criaient le plus fort.

— Je suis plutôt content de ne pas avoir été au Kenya pratiquement de toute l'année, ajouta Berkeley.

Il m'informa qu'il avait séjourné à Londres afin de consulter une kyrielle de médecins pour une maladie de cœur.

— Oh, non. Qu'ont-ils dit ?

— Rien de bon, j'en ai peur. Cela fait des siècles que ce salopard m'empoisonne l'existence.

— Qu'allez-vous faire ?

— Vivre jusqu'à ce qu'il me lâche, bien sûr. Et boire le meilleur champagne. Je n'ai pas beaucoup de temps.

Son visage aux traits fins et sensibles me faisait penser à un chat extrêmement bien dressé. Il avait de grands yeux marron dont l'expression rieuse interdisait toute tristesse ou tout apitoiement sur soi. Il jeta d'une pichenette sa cigarette au loin et s'éclaircit la gorge.

— Je m'offre une petite fête d'anniversaire la semaine prochaine, ajouta-t-il. C'est ma façon de faire un pied de nez à la mort. Je parie que vous êtes tout aussi impertinente que moi. Vous viendrez ?

Berkeley avait élu domicile sur les contreforts du mont Kenya, à Naro Moru. Il s'était fait construire une grande maison basse en pierre adossée aux replis de la montagne, comme si elle y avait été encastrée. Devant, des moutons broutaient dans leur enclos et une rivière serpentait entre les grands acacias et les jaunes hamamélis aux branches tordues. Les pics du mont Kenya surplombaient le tout. Vus d'aussi près, ils étaient non seulement d'un noir profond, mais aussi soutenus par des épaules rocheuses solides, et parfaites... La montagne veillait sur Berkeley.

D. fut aussi de la fête. Nous trouvâmes un tas d'autos garées plus ou moins à angle droit sur la pelouse et dans l'allée. Berkeley accueillait ses invités sous la véranda, vêtu d'une élégante queue-de-pie blanche. Il fredonnait des bouts de mélodie qui ne me disaient rien. Il avait bonne mine. En fait, il donnait l'impression de rayonner de santé. Sans doute tenait-il absolument à recevoir ses invités dans une ambiance aussi joyeuse et insouciante que possible.

— Votre rivière est magnifique, dis-je en l'embrassant sur la joue. Des milliers de poissons y faisaient des bonds scintillants quand on l'a traversée.

Il sentait la lotion capillaire.

— C'est bien que vous aimiez la truite. Je n'ai pas pu me procurer une oie, répondit-il en me faisant un clin d'œil. Venez vous servir du champagne avant que Denys ne vide mes réserves.

Denys. J'avais vu son ami Denys une seule fois, dans la rue à Nairobi. Mais, je ne sais pourquoi, en entendant son nom, je sentis mon cœur faire un bond. Nous traversâmes la véranda pour entrer dans la maison pleine de monde qui résonnait de rires. Il était là, adossé au mur dans une pose languide, les mains dans les poches de son pantalon blanc à la coupe irréprochable. Aussi grand que dans mon souvenir, et aussi beau...

— Beryl Purves, me présenta Berkeley. Vous avez déjà rencontré l'honorable Denys Finch Hatton.

Je lui tendis la main en rougissant.

— Il y a longtemps.

— Bien sûr.

Il me sourit et des tas de petits plis se formèrent autour de ses yeux noisette. Il s'exprimait avec une telle désinvolture que je n'étais pas certaine qu'il se souvînt de moi, même vaguement.

— Content de vous revoir, ajouta-t-il.

— Denys est resté une éternité à Londres, se plaignit Berkeley.

— Que faites-vous maintenant que vous êtes de retour au Kenya ?

— Excellente question. Je pourrais me lancer dans le développement du territoire. Tich Miles propose de monter une affaire légale...

Il sourit de nouveau, comme agréablement surpris par l'usage du qualificatif « légale » dans ce contexte.

— ... Et puis je meurs d'envie de faire un safari.

— Pourquoi pas ? intervint D. Le monde réclame à grands cris le grand chasseur blanc !

— Tu es bien placé pour le savoir, répliqua Denys en lui riant au nez. C'est toi qui as inventé l'expression.

— Oui, eh bien, je ne pouvais pas deviner que le Kenya allait attirer des foules folles de trophées. Il ne se passe pas deux mois sans qu'un riche banquier se tire dans le pied ou se jette dans la gueule d'un lion. C'est ridicule.

— Ceux-là, ils n'ont que ce qu'ils méritent, dis-je. Ils n'ont même pas conscience de ce qu'ils ont en face d'eux ni de ce que cela signifie de tuer une bête...

— Vous avez sans doute raison, approuva Denys. Jusqu'ici, je n'ai chassé que pour moi-même. Je ne suis pas sûr de pouvoir supporter des clients.

— Qu'est-ce que tu as contre la vie agricole ? lança Berkeley. C'est plus sûr que de risquer de te retrouver avec une hyène puante ou je ne sais quoi en train de te bouffer le visage au milieu de la nuit.

— C'est plus sûr ? répéta Denys comme un gamin prêt à sortir une blague de potache. Et tu trouves que c'est une vie marrante, toi ?

Denys semblait un peu plus jeune que Berkeley, dans les trente-cinq ans, subodorai-je, et tout aussi bien né. Que je sache, ce type d'homme venait en Afrique attiré par les vastes espaces inexplorés, le gros gibier et l'appel de l'aventure. Des fils d'aristocrates britanniques ayant usé leurs fonds de culotte sur les bancs des meilleures écoles d'Angleterre, accoutumés à avoir tous les droits, débarquaient au Kenya et piochaient dans leur part de fortune familiale pour rafler des milliers d'hectares. Certains étaient sérieux et se bâtissaient un domaine, comme Berkeley, d'autres n'étaient que des play-boys fuyant la vie ennuyeuse du Sussex ou du Shropshire et ne cherchant qu'à s'encanailler. Je n'arrivais pas à savoir dans quelle catégorie ranger Denys, mais il était agréable à regarder, c'est un fait. Il avait surtout un visage merveilleux, à peine rosi par le soleil, avec un long nez fin, une bouche charnue et des yeux noisette aux paupières bien dessinées. Il y avait chez lui une aisance et une assurance qui semblaient faire tourner la pièce autour de lui, comme s'il en constituait l'axe central.

Dès que je m'éloignai en sirotant mon champagne et en écoutant çà et là des bribes de ragots, une nuée de jolies jeunes femmes se jetèrent sur lui. Elles étaient très chics avec leurs robes à la dernière mode, leurs bas et leurs bijoux, leurs coiffures parfaites sans un cheveu qui dépasse. Je comprenais ce qui chez lui pouvait les attirer, mais quoi d'étonnant à cela ?

— Venez jeter un coup d'œil à mon nouveau cheval, me dit Berkeley en me tendant une deuxième coupe. A mon avis, il a l'étoffe d'un champion.

— Avec plaisir, approuvai-je sans réfléchir.

En deux temps trois mouvements, après avoir embarqué Denys au passage, nous nous retrouvâmes à l'écurie, qui abritait une demi-douzaine de chevaux. Celui qu'il souhaitait me montrer s'appelait Soldier, un grand cheval du type longiligne à la robe bai foncé avec une lune blanche sur le front. Pas aussi fier et ardent que les pur-sang que m'avait appris à aimer mon père, mais je lui trouvai un bel aspect de nature un peu rude, et je fus immédiatement intriguée.

— C'est un demi-sang, alors ? demandai-je à Berkeley tandis que nous étions tous les trois devant le box.

— Moitié poney de Somalie, je crois. Pas des origines nobles, mais on voit qu'il est plein de fougue.

211

J'ouvris la porte et approchai doucement mais sans hésitation Soldier, me rappelant les leçons de mon père. J'avais appris de lui à être à l'aise avec les chevaux, à leur parler... à moins que ce talent n'ait été inscrit dans mes gènes. Soldier, sentant que j'étais aux commandes, n'eut même pas un mouvement de recul tandis que je lui caressais le dos et la croupe. Un beau cheval, oui, en pleine forme, et robuste avec ça.

Je sentis soudain le regard de Denys sur moi et les poils de ma nuque se hérissèrent, mais je ne levai pas les yeux.

— Votre opinion ? dit Berkeley.

— Il a du potentiel.

— Combien vaut-il à votre avis ?

— Je ne sais pas...

Fauchée comme je l'étais, je ne pouvais même pas me permettre de marchander, mais ce fut plus fort que moi, je laissai tomber :

— Cinquante livres ?

— J'ai dépensé beaucoup plus pour le champagne que vous buvez !

Denys et lui rirent de conserve. Je voyais bien que Berkeley se régalait autant que moi à marchander.

— Vous devriez le voir courir. Je vais demander à un garçon d'écurie de le sortir...

— Ce n'est pas la peine, répliquai-je. Je vais le monter moi-même.

Il ne me fallut pas cinq minutes pour emprunter un pantalon et me changer. Quand je sortis de la maison, un petit attroupement m'attendait sur la pelouse. Berkeley trouva follement drôle de me voir dans ses vêtements, mais ça m'était égal : ils m'allaient comme un gant et je n'avais pas à me sentir gênée de monter devant cette bande d'aristocrates. J'étais aussi à l'aise sur le dos d'un cheval que les deux pieds sur terre, plus à l'aise même.

Dès que, en talonnant doucement Soldier, je m'éloignai un peu de la petite foule de spectateurs, j'oubliai tout le reste. Derrière le paddock, un chemin de terre battue longeait des corps de ferme coiffés de tôle et descendait vers une clairière en friche. Je mis Soldier au trot. Son dos large et souple qui se prolongeait par des flancs arrondis était aussi confortable qu'un fauteuil tendu de chintz. Malgré les louanges de Berkeley, je ne savais pas encore s'il savait vraiment courir. Je le talonnai un peu plus fort et sentis la poussée de ses antérieurs : il avait une bonne impulsion. Son trot devint plus fluide, plus puissant. Lorsque je le fis passer au petit galop, son encolure et son garrot se détendirent. J'avais oublié combien il était amusant d'essayer une nouvelle monture. Les rênes m'investissaient d'un pouvoir qui se transmettait à mes jambes. Je l'encourageai à aller plus vite, il réagit à la seconde, sa force naissant au centre d'équilibre de son corps, les muscles en parfaite harmonie.

Puis, avec une soudaineté fulgurante, Soldier balança tout son poids sur ses postérieurs et s'arrêta net. Je plongeai en avant sur son encolure, que je heurtai de plein fouet. Je n'eus pas le temps de me redresser qu'il se cabra. Avec un hennissement strident, il se tourna sur le côté. Je m'envolai. J'atterris sur le flanc. Mes dents claquèrent, une douleur aiguë me transperça la hanche. Soldier se cabra de nouveau. Je m'écartai en rampant de crainte qu'il ne m'écrase, mais il décampa en vitesse. Alors seulement je vis le serpent.

A cinq mètres de moi, enroulé sur lui-même comme un gros ruban noir aplati, il me fixait. Dès que je bougeai, le haut de son corps se dressa comme un élastique à une vitesse prodigieuse. Son cou rayé se déploya à la façon d'une cape. C'était un cobra, je le savais. Nous n'en avions pas à Njoro, et je n'avais jamais vu cette espèce, à la peau zébrée et à la tête en forme de pointe de flèche, mais mon père m'avait dit que les cobras en général étaient capables de se tendre entièrement d'un seul coup. Certains crachaient du venin, mais la majorité évitait la confrontation.

A quelques centimètres de ma main, il y avait un rameau tordu d'acajou. J'envisageai de m'en emparer afin de le brandir en cas d'attaque. Je me préparai en observant les mouvements de sa tête. Ses yeux étaient semblables à des perles de verre noires. Le serpent me surveillait aussi et tâtait l'air de sa langue pâle. Je m'obligeai à respirer lentement et j'étais sur le point de me saisir du bâton quand une voix masculine s'éleva derrière moi :

— Ne bougez pas.

Je n'avais pourtant entendu aucun bruit de pas. Le cobra dressait à présent la moitié de son corps, son ventre émaillé de jaune se balançant d'avant en arrière tandis qu'il étalait le capuchon de sa nuque. Ce fut son dernier avertissement avant qu'il ne projette sa tête en avant. Je fermai les yeux en levant les bras au ciel tout en reculant à toute allure. Dans la même seconde, un coup de feu déchira l'air.

La balle passa si près que je sentis vibrer ma boîte crânienne. J'entendis des cloches. Une seconde détonation retentit et Denys passa devant moi. Les deux coups avaient atteint leur cible. Le serpent fit un bond de côté. Des fragments de chair et des gouttes de sang écarlate volèrent dans la poussière. Quand le cobra ne bougea plus, Denys se tourna vers moi et me demanda d'une voix égale, comme si de rien n'était :

— Vous n'avez rien ?

— Non.

En me relevant, je sentis ma hanche. Une douleur affreuse. Au genou aussi. Ma jambe rechignait à supporter mon poids.

— Cette espèce n'a pas peur d'attaquer. Heureusement que vous avez bien réagi.

— Comment m'avez-vous trouvée ?

— J'ai vu le cheval revenir et je me suis dit : Je parie qu'elle n'est pas du genre à se laisser désarçonner sans raison. Ensuite, il a suffi de suivre les traces dans la poussière.

Il s'exprimait avec un calme désarmant.

— On dirait que vous voyez ça tous les jours.

— Pas tous les jours, répliqua-t-il avec un sourire en coin. On rentre ?

J'aurais sans doute pu marcher toute seule, mais Denys m'offrit une épaule sur laquelle m'appuyer. En cheminant tout contre lui, je respirais l'odeur de sa peau sous le coton chaud de sa chemise. Je percevais combien il était solide et plein de bon sens. Et avec quel sang-froid il avait tiré. Il n'avait songé à rien d'autre, totalement immergé dans l'instant présent. J'avais rarement vu un homme aussi maître de lui.

Je ne pouvais hélas pas prolonger très long-temps ce moment. Berkeley m'accueillit d'un air consterné et inquiet ; D. comme un père sou-cieux. Il se tourna vers Berkeley et lui jeta d'un ton accusateur :

— Qu'est-ce qui vous a pris de risquer la vie de mon meilleur entraîneur ?

Je les rassurai tous les deux.

— Je n'ai rien. Ce n'était rien du tout.

Denys minimisa aussi l'incident – presque comme si nous avions conclu un accord préalable. Il passa sous silence sa prouesse et se conduisit comme si ce genre de choses était monnaie courante. J'étais ébahie. Après cela, ni lui ni moi ne mentionnâmes l'épisode, mais il existait désormais entre nous un lien invisible. Il me confia qu'il pensait encore sou-vent à ses années de pension à Eton, il me raconta comment il avait découvert par hasard le Kenya en 1910 alors qu'il avait l'intention de s'installer plutôt en Afrique du Sud.

— Qu'est-ce qui vous a plu ici ?

— Au Kenya ? Tout, ou presque. Je cherchais à m'échapper.

— Vous échapper de quoi ?

— Je n'en sais rien. De tout ce qui pourrait res-sembler à un carcan, je suppose. Ou plutôt du rôle qu'on voudrait me faire jouer.

— Vous n'aimez pas les obligations ? dis-je avec un sourire.

— Vous avez trouvé ça toute seule, je vous félicite.

— Je n'aime pas non plus me sentir obligée.

Nos regards se croisèrent. Sur ce, Berkeley se joignit à nous et les deux amis se mirent à évoquer la guerre. Ils s'étaient tous les deux engagés dans une troupe d'éclaireurs à la frontière de l'Afrique-Orientale allemande avec la région du Kilimandjaro.

— Nos faits de guerre ne sont pas très glorieux, j'en ai peur, dit Denys en m'incluant gentiment dans la conversation. Nos morts sur le champ d'honneur ont pour la plupart été causés par la mouche tsé-tsé et le ragoût de rongeurs.

On aurait dit qu'ils exécutaient un pas de deux tant ils étaient spirituels et intelligents ; ensemble, ils devenaient plus légers que l'air. Le soir ne tarda pas à arriver et nous avions la tête qui tournait un peu à force de nous abreuver de champagne.

— Et si on emportait quelques bouteilles à Mbogani, proposa soudain Denys à Berkeley. La baronne est seule ce soir.

La baronne ? Cela me disait quelque chose… Cockie Birkbeck avait évoqué ce titre le jour où après une course elle m'avait confié la situation de Blix avec son épouse.

— Je ne peux pas abandonner mes invités, dit Berkeley. De toute façon il est tard, et tu n'es pas en état de conduire.

— J'ai déjà une mère, merci…

Denys tourna le dos à Berkeley et me regarda droit dans les yeux.

— Tu veux faire un tour en voiture, Beryl ?

Berkeley me mit en garde d'un hochement de tête. Comme je restais un moment sans voix, me demandant si Denys était sérieux et s'ils parlaient

217

bien de la femme de Blix, Denys piqua droit sur le bar et embarqua trois bouteilles de champagne. Berkeley s'esclaffa tandis que je restais clouée sur place de stupeur.

— Bonne nuit ! lança Denys sans se retourner avant de disparaître dans la lumière crépusculaire.

— Un petit digestif avant de rentrer à l'intérieur ? me proposa Berkeley.

Je tournai vers lui un visage ahuri.

— Qu'est-ce qui vient de se passer ?

— Oh, seulement Denys dans le rôle de Denys, me répondit-il mystérieusement en me prenant par la main.

22

Nous avons dormi chez Berkeley, D. et moi, chacun sur un matelas d'édredons somalis en compagnie d'une poignée d'autres invités en état d'ébriété. Chaque fois que je me retournais, j'avais mal à la hanche et je revoyais le visage de Denys. Le lendemain, à l'heure du départ, il n'était toujours pas revenu. Cette absence ne fit que piquer davantage ma curiosité. L'épisode du cobra nous avait bizarrement rapprochés, et puis il était très beau et sûr de lui ; il m'avait peut-être tapé dans l'œil ? Toujours est-il que je me réjouissais déjà à la perspective de le revoir un jour.

— Tu diras à Denys au revoir de ma part ? priai-je Berkeley alors que D. était parti chercher l'auto.

Il me gratifia d'un drôle de regard en coin.

— Ne me dis pas que tu es tombée amoureuse de Finch Hatton, toi aussi !

— Pas du tout, protestai-je en rougissant. Je le trouve sympathique, voilà tout.

— Eh bien, répliqua-t-il en se lissant la moustache, tu serais l'exception qui confirme la règle. Elles sont toutes à ses pieds, mais lui n'est jamais aux pieds de personne.

— De personne ?

Il haussa les épaules.

— Au fait, je suis vraiment navré pour cette histoire de cheval. J'espère que tu ne m'en voudras pas.

— Mais non. J'aimerais avoir les moyens de l'acheter, mais Jock tient les cordons de la bourse, pour le moment. J'essaye de m'en dépêtrer ; du mariage, je veux dire. Je n'en ai encore soufflé mot à âme qui vive.

— Je commençais à me demander ce qui se passait entre vous deux. Comme tu entraînes pour D. et tout ça...

Il s'exprimait avec gentillesse, sans me juger comme je l'avais craint.

— Il n'y a pas beaucoup d'épouses dans la colonie qui s'éloignent de leur foyer...

Il hocha la tête.

— Préviens-moi si je peux faire quoi que ce soit pour toi.

— Je n'y manquerai pas.

A cet instant, la voiture de D. s'approcha en vrombissant. Une minute plus tard, nous étions en route.

L'entraînement de Ringleader progressait pas à pas. Ses origines et sa hardiesse faisaient de lui un gagnant. Si seulement ses jambes pouvaient se remettre... Je continuais à le faire courir sur les berges souples d'Elmenteita, un moment agréable également pour moi. Même avec les flamants roses, c'était plus paisible qu'au ranch. Quelque chose de calme me pénétrait lorsque j'épousais les mouvements de Ringleader au milieu de ce paysage si beau. Un grand lac oblong cerné d'une savane verdoyante avec çà et là des collines bosselées. Le profil ondoyant de la montagne surnommée « le Guerrier endormi » se mirait dans la surface lisse de l'eau. Piqué de flamants roses au repos, on aurait cru un éventail de pierres précieuses. Quel pays magnifique c'était. Même s'il ne m'émouvait pas autant que Njoro, Soysambu me tenait sous son charme. Je commençais à me dire que je pourrais peut-être y rester et y être heureuse.

Un jour qu'encouragée par son regain d'énergie et d'endurance j'avais poussé Ringleader au grand galop, j'aperçus un camion au loin qui roulait tout droit dans notre direction. Qui avait bien pu avoir le culot de quitter la route ? Il avait plu ces derniers jours, des mottes de boue giclaient sous les pneus du véhicule et les antilopes fuyaient en zigzag vers la brousse. Quand le camion se rapprocha, je reconnus Denys.

Son véhicule avait la robustesse d'un rhinocéros, équipé de roues larges maculées de glaise. J'attachai Ringleader de crainte qu'il ne prît peur et allai à pied à la rencontre du camion qui ralentissait au bord du lac. Comme la berge était essentiellement composée de tourbe, les gros pneus s'enlisèrent lentement. Denys ne semblait pas en avoir cure.

— Alors ? La route ne te revenait pas ? le taquinai-je.

— Peut-être pas tellement, et puis, ajouta-t-il en plissant les yeux, on ne sait jamais sur qui on va tomber par ici.

Il coupa le moteur et enleva son casque colonial.

— En fait, du haut de la côte, je t'ai vue en train de voler avec ton cheval. Je ne savais pas que c'était toi, mais c'était beau. Un spectacle palpitant...

— Je suis assez contente de ses progrès. Aujourd'hui en particulier, il a montré une ardeur inhabituelle. C'est peut-être ce qui t'a attiré l'œil.

Libérées du poids du casque colonial, les boucles brunes de Denys étaient collées par la transpiration. Des mouchetures de boue couvraient son front et ses pommettes. J'avais très envie de les essuyer du bout des doigts, mais je m'informai plutôt de sa destination.

— D. a convoqué une réunion extraordinaire. Coryndon aurait, aux yeux du comité, commis un acte impardonnable. D. veut lui faire sa fête et le flanquer au placard.

— Le rapt d'un gouverneur, voilà bien une des idées géniales de D., ironisai-je.

— En général, je ne me mêle pas de ces histoires. Mais aujourd'hui le temps se prêtait à une promenade.

— Dans la boue ?

— Ah, surtout la boue.

Ses yeux noisette pétillaient, le soleil y jeta des étincelles avant qu'il ne se recoiffe de son casque, prêt à repartir.

— On se reverra peut-être en ville, suggérai-je.

— Je n'y suis plus guère. J'ai récemment déménagé à Ngong, auprès de ma bonne amie Karen Blixen.

Il parlait sans doute de la femme de Blix, la mystérieuse baronne.

— Ah, oui ?

— C'est une femme merveilleuse. Danoise. Elle dirige une plantation de café toute seule pendant que Blix part traquer ses rhinocéros. Je ne sais pas comment elle y arrive, dit-il d'un ton admiratif. Je suppose que tu as déjà rencontré Blix. Peu de jolies femmes lui échappent.

— En effet, et c'est bien ce que j'ai pensé de lui aussi.

Je ne parvenais pas à analyser les paroles de Denys. Vivait-il avec la baronne, maritalement ? Ou étaient-ils de bons camarades, comme il l'était avec Berkeley ? Bien entendu, pas question de l'interroger là-dessus directement.

— C'est bien plus plaisant à la campagne, poursuivit-il. L'air est comme du champagne. Quelque chose à voir avec l'altitude.

— J'ai l'impression d'entendre Berkeley.

— Vraiment ? dit-il en me souriant. Viens nous voir un de ces jours. On adore la compagnie... et Karen a une petite maison inoccupée en ce moment sur sa propriété. Tu pourrais rester aussi longtemps que tu veux. Mais si tu viens, n'oublie pas de te munir d'une histoire à raconter dans ton bagage, ajouta-t-il en faisant démarrer le moteur du camion et en criant soudain très fort. C'est une de nos exigences !

— Une histoire ? Il faudra que j'en invente une, alors.

— Superbe ! me hurla-t-il alors que son engin décollait de la tourbière en vrombissant.

23

Quelques semaines plus tard, alors que je me trouvais un après-midi au paddock, D. m'appela et me tendit un télégramme. Je m'attendais à recevoir des nouvelles – trop rares – de mon père ou une requête de Jock. Mais une adresse londonienne était inscrite au dos. Une légère angoisse s'empara de moi alors que je me détournais de D. pour la décacheter.

Chère Beryl. Harry est décédé. Je retourne à la colonie avec les garçons. Aurais-tu la gentillesse de nous trouver un logement ? Nous ne connaissons personne et ne sommes pas riches. Mère.

« Mère ? » Ce petit mot, il était semblable à une gifle. Je repoussai de toutes mes forces ces souvenirs lointains, en vain, ils revenaient au galop. Je relus fébrilement les quelques phrases. Ma gorge était aussi sèche que si j'avais avalé une poignée de poussière.

— Tout va bien ? s'inquiéta D.

— Clara revient au Kenya, dis-je d'une voix éteinte.

— Seigneur ! Je croyais qu'elle avait disparu pour de bon.

— Eh bien, non.

Je lui tendis la mince feuille de papier comme si elle recelait la clé du mystère.

— Qui est Harry ?

— Harry ?

Il lut en silence puis exhala un profond soupir et se passa la main dans les cheveux.

— Et si on allait boire un petit brandy, qu'en dis-tu ?

J'eus toutes les peines du monde à lui tirer les vers du nez. L'alcool lui délia un peu la langue, ainsi qu'à moi. En une heure, je fus mise au courant de toute l'histoire. Harry Kirkpatrick était un militaire, un capitaine, que ma mère avait rencontré au cours de sa deuxième année au Kenya, à l'occasion d'un bal à Nairobi, après une course de chevaux. Ils auraient voulu garder leur liaison secrète. Mais quand elle était partie à Londres en emmenant Dickie, le scandale avait éclaté et toute la colonie avait été au courant.

— Elle a dû finir par l'épouser, conclut D., mais j'ignore à quel moment. Je l'avais totalement perdue de vue.

— Pourquoi est-ce que personne ne m'a dit la vérité ?

D. fit tourner son verre dans sa paume avant de répondre :

— C'était peut-être une erreur. Qui peut en juger ? Tout le monde a cherché à te protéger. Florence plus que nous tous. Elle disait que ce serait pire pour toi.

Je me rappelai un jour où j'étais penchée sur la carte d'Angleterre dans l'atlas de lady D. Elle m'avait murmuré que, si je le lui demandais, elle pourrait me dire des choses sur elle. Devais-je comprendre qu'elle envisageait de me donner une fausse explication, une version tronquée « pour mon bien » de la vérité ? Ou commençait-elle à se dire que je méritais de savoir ce qui s'était vraiment passé ? Ces questions demeureraient à jamais sans réponse.

— Alors, toutes ces remarques sur le fait que c'était « dur » pour elle, c'était du pipeau ?

— Ta mère était très malheureuse, Beryl. Green Hills était en friche à l'époque. Clutt y consacrait toute son énergie, il n'avait le temps pour rien d'autre. C'est pour toutes ces raisons, à mon avis, qu'elle s'est amourachée de Kirkpatrick. Il lui est sans doute apparu comme la seule échappatoire.

— Alors qu'elle avait des responsabilités ! Elle aurait plutôt dû penser à *nous*...

Je voulais dire à *moi*. Dickie, lui, n'avait pas été abandonné.

— ... Quel genre de type était ce Harry ?

— Un bel homme, si ma mémoire est bonne, et très prévenant avec elle. Elle était ravissante, tu sais.

— Vraiment ?

Mon père avait caché ou jeté les photographies et jusqu'au dernier souvenir de ma mère, surtout une fois Emma entre nos murs. Il l'avait si bien extraite de nos vies qu'elle aurait pu ne jamais avoir existé. Je comprenais à présent pourquoi. Elle était partie avec un autre. Elle l'avait blessé et humilié, comme je l'avais fait moi-même avec Jock. La tête me tourna un peu. Je me rendais compte que, inconsciemment, j'avais suivi plus ou moins la même voie que ma mère, sauf que nous n'avions pas d'enfants.

— Pourquoi ne m'a-t-il pas dit la vérité ?

— Ton père a fait ce qu'il pensait être le mieux. Parfois il n'est pas commode de le définir.

Je ravalai mes larmes, furieuse à l'idée que ma mère puisse me faire pleurer. Pourtant, c'était un fait, même après toutes ces années. Elles finirent par déborder, je n'avais pas plus prise sur mon chagrin que le jour de son départ, à croire que j'avais imaginé m'être remise de l'abandon de Clara. Et si ma force, si la sensation d'être invincible que j'avais éprouvée en relevant d'impossibles défis, en chassant le léopard, en chevauchant à travers la savane sur le dos de Pégase, ivre de vitesse et de liberté, si tout cela n'était qu'une couche de paille sur un immense trou ? Toujours est-il que, pour l'heure, j'étais au fond d'un gouffre.

— Suis-je vraiment supposée me montrer gentille et la présenter à tout le monde ? Comme si rien ne s'était passé ?

— Oh, Beryl, je ne sais pas quoi te dire. Elle a ses défaillances, comme nous tous, je suppose...

Il me prit par les épaules de ses mains rougies par le travail manuel.

— ... Fais ce qui est bien pour toi.

Je n'avais pas la même confiance que D. en ma lucidité. Le télégramme de Clara continua à me torturer en faisant resurgir le passé. C'était étrange d'apprendre seulement maintenant pour quelle raison elle avait quitté la colonie, alors que cette histoire était enterrée depuis près de vingt ans. Certes je n'étais pas étonnée que mon père m'ait caché cette chose essentielle pour moi, comme il avait étouffé en lui ses émotions pour mettre les bouchées doubles à la ferme, mais je regrettais qu'il ne me l'ait pas dit. Il n'y avait pas que lui que Clara avait quitté, moi aussi. Son départ avait bouleversé ma vie, et maintenant elle était de retour ? Cela n'avait aucun sens. Je n'en revenais pas qu'elle ait soudain éprouvé le désir de retourner dans ce pays qu'elle avait été si pressée de fuir autrefois. Et comment avait-elle trouvé le culot de me demander de l'aider ? En quoi cela me concernait-il ?

J'étais tentée de lui écrire qu'elle devrait se débrouiller par ses propres moyens, mais elle n'était pas seule concernée. Il y avait Dickie. Elle ne le mentionnait pas, seulement « les garçons », ce qui signifiait sans doute qu'elle avait eu d'autres enfants avec le capitaine. A présent qu'ils étaient orphelins de père, elle allait les traîner en terre étrangère. Qu'en pensaient-ils ?

Je ne sais pas pourquoi le souvenir de Denys me traversa l'esprit, ou plutôt si : ne m'avait-il pas dit que sa baronne avait une maison vacante sur sa propriété ? Il voulait dire qu'elle m'attendait si jamais je venais leur rendre visite, mais je ne pouvais m'empêcher de trouver la coïncidence troublante : cette information tombait à point nommé. Je n'avais pas encore totalement décidé si je voulais aider Clara, mais cette solution me tendait les bras, comme si cette situation après avoir mis des années à mûrir nous réunissait tels des pions déplacés par des mains invisibles. Ce retour avait le parfum de l'inévitable.

J'annonçai à D. et Boy que je serais absente quelques jours et courus seller Pégase. Je ne m'étais pas sentie aussi bien depuis longtemps. J'ignorais encore comment j'allais réagir à ces retrouvailles avec ma mère, mais surtout j'allais revoir Denys, et peut-être lui raconter une histoire. Il faisait chaud cet après-midi-là, j'étais montée sur un magnifique et robuste cheval, et j'avais un plan en tête.

24

La ferme de Karen Blixen se trouvait à une petite vingtaine de kilomètres de Nairobi, accessible par une route creusée d'ornières qui grimpait résolument dans la montagne. Son altitude était bien supérieure à celle des propriétés de Delamere et de Jock, et on longeait une forêt de grands arbres qui se découpaient sur le ciel pâle. Une vallée s'ouvrait d'un côté de la route, tapissée de ces lis orangés sauvages dont la région se couvrait après la pluie et qui embaumaient, mêlant leur parfum à celui, tirant sur le jasmin, des fleurs blanches du caféier. Le paysage étincelait. Denys avait raison : l'air était comme du champagne.

Même si j'étais presque sûre que la baronne verrait d'un bon œil ma proposition de louer sa maisonnette à ma mère – après tout, elle était inoccupée –, je me demandais si je commettais un impair en débarquant à l'improviste. Les colons habitaient tellement loin les uns des autres au Kenya que les visiteurs étaient en général bienvenus quoi qu'il arrive. Mais j'ignorais si Denys lui avait parlé de moi ; d'ailleurs, quelle était la nature exacte de leurs relations ? J'étais curieuse d'en savoir plus et me réjouissais d'avance de ce qui m'attendait là-bas.

La grande maison basse était construite en pierre grise avec une toiture pentue bardée de tuiles rouges sur de solides pignons. Une véranda en faisait le tour, et une vaste pelouse fraîchement tondue. Alors que j'approchais sur Pégase, couchés sur l'herbe, deux lévriers à poil dur bleu-gris levèrent vers moi d'aimables gueules moustachues. Ils n'aboyèrent même pas. Je descendis de cheval et leur tendis les mains pour qu'ils puissent me renifler.

Surgit alors de l'intérieur de la maison une femme vêtue d'une robe blanche toute simple. Menue, aussi claire de peau que sa chevelure était brune, elle avait un visage extraordinaire. Le regard de ses yeux enfoncés dans les orbites sous des sourcils clairsemés et son fin nez aquilin : un ravissant oiseau de proie. Je me sentis soudain atrocement gênée.

— J'aurais dû vous prévenir par télégramme, veuillez me pardonner, dis-je après m'être présentée. Denys est-il là ?

— Il est en safari. Je ne l'attends pas avant un mois.

Un mois ? Mais avant que je ne perde tout à fait contenance, elle me rassura en me disant que Denys lui avait parlé de moi, et qu'elle était contente d'avoir un peu de compagnie.

— Cela fait des jours que je n'ai parlé qu'à mes chiens, me dit-elle avec un sourire qui adoucit ses traits. Et je viens de recevoir de nouveaux disques pour mon gramophone. Aimez-vous la musique ?

— Oui, même si je ne suis guère mélomane.

— J'essaye de m'éduquer, voyez-vous. Mes amis prétendent que j'ai des goûts trop vieux jeu.

Elle fit la grimace et soupira avant de conclure :

— Mais occupons-nous d'abord de votre cheval.

Entrer dans la maison de Karen, c'était un peu comme retourner à Equator Ranch, le domaine de lady D. J'y retrouvai la même qualité dans les moindres détails de la décoration. Dès l'entrée, des tapis chatoyants réchauffaient le parquet d'acajou. Je contemplai les tables en bois poli, les canapés moelleux tendus de chintz, les fauteuils joufflus, les épais rideaux, les fleurs dans les vases, les fleurs dans les coupes... Et surtout sa bibliothèque immense remplie d'ouvrages reliés pleine peau dont la vue me rendit bizarrement consciente de mes lacunes en matière d'éducation. Je caressai du doigt les tranches des livres. Pas un grain de poussière.

— Vous les avez tous lus ? m'enquis-je.

— Bien sûr. Ils m'ont sauvé plusieurs fois la vie. Les nuits ici sont parfois comme du sirop de mélasse, surtout quand mes bons amis sont loin.

Faisait-elle allusion à Denys ? Elle n'épilogua pas sur ce point. Peu après, elle me conduisait à une petite chambre d'amis afin que je puisse me laver de la poussière de la route. Nous nous retrouvâmes pour le thé sous la véranda. Son *boy*, Juma, nous servit avec des gants blancs trop larges pour ses minces poignets noirs. Il nous présenta ensuite une assiette de biscuits et de confiseries avec des manières de valet stylé que l'on n'avait pas l'habitude de voir chez les domestiques dans ce coin du monde.

— Je suis venue en fait vous demander une faveur, lui dis-je, une fois Juma reparti. Mais vous avez peut-être déjà deviné ce qui m'amène.

— Vous voulez rester ? rétorqua-t-elle vivement, son accent un peu plus prononcé tout à coup.

Elle avait de beaux yeux qui me mettaient un peu mal à l'aise : elle vous observait plutôt que vous regardait.

— Pas tout à fait. Ma mère rentre au Kenya bientôt après de longues années d'absence. Si votre maison est encore libre, je pensais...

Comment lui expliquer ?

— ... Elle vous verserait un loyer, bien entendu.

— Eh bien, oui. Elle est inoccupée déjà depuis un bout de temps. Ce serait agréable d'avoir quelqu'un qui l'habite. Pour vous aussi.

— Elle n'est pas... Nous ne nous connaissons en fait pas très bien.

— Je vois...

De nouveau ces yeux noirs sur moi, scrutateurs.

— ... C'est gentil de votre part de l'aider dans ce cas.

— Sans doute.

Réticente à m'appesantir, je regardai au loin les cinq cimes bleutées qui découpaient une ligne sinueuse sur le ciel.

— Mes collines ne sont-elles pas merveilleuses ? Je les aime d'un amour indécent.

Levant la main, elle serra le poing pour me montrer que la forme de ses jointures rappelait celle de l'escarpement et ajouta :

— Il n'y a rien d'approchant au Danemark. D'ailleurs il n'y a rien de semblable à ce que j'ai ici.

Elle sortit un mince étui en argent de sa poche, alluma une cigarette, secoua l'allumette pour l'éteindre, et cueillit un brin de tabac sur sa langue, tout cela sans me lâcher des yeux.

— Votre peau bronzée s'harmonise merveilleusement avec votre chevelure, dit-elle enfin. Vous êtes une des plus jolies filles que j'aie vues dans la région. J'ai appris par les journaux vos exploits sur le champ de courses. Ce ne doit pas être une vie facile pour une femme, et le milieu n'est pas particulièrement tendre, je me trompe ?

— Vous voulez parler des commérages ?

Elle opina.

— Nairobi est une petite ville. Tellement provinciale... Ce qui est paradoxal étant donné l'immensité du Kenya. On pourrait nous croire entassés joyeusement et échangeant des ragots par les fenêtres... alors que nous vivons à des centaines et des centaines de kilomètres les uns des autres.

— Je déteste ça. Pourquoi les gens ont-ils toujours besoin de sortir des méchancetés ? Ne pourraient-ils pas respecter la vie privée des autres ?

— Cela vous préoccupe autant que cela, ce que racontent les gens ?

Son visage tout en angles me paraissait d'une beauté ténébreuse. Et quel regard profond et perçant ses yeux d'onyx plantaient dans le mien. J'en avais rarement croisé d'aussi intense. Même si elle devait avoir dix à quinze ans de plus que moi, elle était extrêmement séduisante.

— Je suis parfois un peu dépassée par les événements, avouai-je. Je me suis mariée trop jeune.

— Si vous aviez épousé quelqu'un d'autre, un homme fait pour vous, l'âge ne compterait pas. La compatibilité change tout dans un mariage.

234

— Vous avez l'âme romantique.

— Moi ? Romantique ?

Elle me sourit en poursuivant :

— J'en doutais il n'y a pas si longtemps, mais je suis en train de changer d'avis. Je vois l'amour et le mariage d'un autre œil maintenant. On ne peut sans doute pas parler de philosophie, et je ne voudrais pas vous embêter...

Elle se tut et resta un moment sans rien dire. Une petite chouette mouchetée sortit en volant par une fenêtre ouverte et, comme si Karen l'avait appelée en silence, vint se percher sur son épaule.

— Je vous présente Minerve. Elle adore la compagnie... ou est-ce les biscuits ?

25

La ferme de Karen s'appelait Mbogani, signifiant « la maison dans les bois ». De l'autre côté de la grande pelouse s'élevaient des frangipaniers en fleur jaune pâle et rose saumon. Des palmiers, des mimosas géants, du bambou, des acacias et des bananiers ornaient le reste du parc. Un peu plus bas sur l'escarpement, près de deux cent cinquante hectares de terrain avaient été défrichés et labourés pour planter des caféiers aux feuilles vernies. Une autre partie de son domaine était occupée par la forêt vierge, une autre encore par de verdoyantes prairies sans enclos, et enfin la dernière par les *shamba* des Kikuyu qui y élevaient leur bétail et leurs chèvres, y cultivaient leur maïs, leurs citrouilles et leurs patates douces.

Elle me précéda le long d'un sentier encaissé entre des plantes presque aussi hautes que moi où s'enroulaient des lianes. Mbagathi était le nom de la maison qu'elle mettait à la disposition de Clara. Un petit bungalow avec une minuscule véranda. En revanche, il y avait de nombreuses fenêtres et, à l'arrière, une tonnelle de mimosas apportait au jardin une délicieuse fraîcheur. J'essayai d'imaginer ma mère s'y reposant, mais constatai que je ne pouvais l'évoquer sans un frisson d'angoisse.

— Bror et moi avons commencé par nous installer ici, juste après notre mariage. J'aime beaucoup cet endroit.

— J'ai rencontré votre mari une fois, en ville. Il est très charmant.

— N'est-ce pas ? répliqua-t-elle en m'adressant un sourire indéchiffrable. C'est ce qui m'a empêchée de l'étrangler plusieurs fois.

Trois chambres, une cuisine, une salle de bains et un salon meublé de lampes et d'une peau de léopard. En guise de sofa, un lit poussé dans une alcôve douillette. Elle me montra l'horloge française sur la cheminée : un cadeau de mariage. Elle l'épousseta d'un revers de manche en disant :

— Vous avez sûrement entendu des ragots sur mon couple comme j'en ai entendu sur le vôtre.

— Pas tellement, non.

Elle hocha la tête, dubitative.

— Oh, mais peu importe. Personne ne sait ce qui se passe chez les autres. C'est la pure vérité. Et la seule riposte possible quand les mauvaises langues s'en mêlent.

Je me rappelais les blagues humiliantes et les médisances qui avaient gâché non seulement nos derniers jours à Green Hills, mais aussi toutes les bonnes choses que nous y avions accomplies.

— C'est peut-être le secret de la résilience, dis-je, de savoir qu'on n'est pas comme eux...

— Oui.

Elle souleva l'horloge, la fit tourner entre ses mains comme pour se remettre en mémoire la signification de cet objet et ajouta :

— Mais comme cela se confirme souvent, il est plus facile d'admirer cette attitude que de l'adopter.

En quittant Mbagathi, elle m'emmena visiter son « usine », où des dizaines de femmes kikuyu ratissaient de longues tables étroites piquées de cerises de caféier qui séchaient au soleil, passant du rouge à un blanc crayeux.

— Le bâtiment a entièrement brûlé en janvier dernier, m'informa Karen en cueillant une cerise pour la faire rouler entre ses paumes jusqu'à ce que la coque se détache des grains. Un des petits jeux cruels de Dieu. Sur le moment, j'ai cru que je ne m'en remettrais pas, et voilà que je suis toujours là.

— Comment faites-vous ? L'agriculture, c'est si difficile.

— Franchement, je ne sais pas. J'ai pris un maximum de risques, mais le rendement peut être aussi maximal.

— J'admire votre indépendance. Je ne sais pas combien de femmes seraient capables de faire comme vous.

— Merci. Je me suis battue pour mon indépendance, en effet, et ma liberté, et de plus en plus je m'aperçois que ce sont deux choses très différentes.

Sur le chemin du retour, il se mit à pleuvoir à verse. Le temps d'atteindre la pelouse de Karen, nous étions trempées jusqu'aux os et nos bottes étaient crottées de boue rouge jusqu'aux genoux. Nous avions une de ces touches ! Nous riions encore en arrivant sous la véranda et commencions à ôter nos vêtements mouillés quand la vue de Blix assis, pas rasé et couvert de poussière, nous arrêta dans notre élan. Il s'était dépêché avant la pluie, manifestement, et avait eu le temps de déboucher une bouteille de brandy puisqu'il y en avait une à côté de lui.

— C'était moins une, dit-il. Bonjour, Beryl. Bonjour, *Tanne*, ma chère.

— Je vois que tu as fait comme chez toi.

— Mais je suis toujours chez moi.

— C'est ce que tu me rappelles sans cesse.

Ils se taquinaient méchamment, mais je perçus malgré tout sous les apparences une réalité cachée. Ce qui les avait attirés l'un vers l'autre n'était pas mort. Même moi je le voyais.

Un peu plus tard, Karen et moi reparûmes sous la véranda dans des vêtements secs. Blix fumait la pipe. Son tabac avait un arôme exotique, comme s'il avait dû pour l'obtenir ramper à quatre pattes jusqu'au bord du continent.

— Vous avez bonne mine, Beryl.

— Vous aussi. Le Dr Turvy doit mériter ses honoraires.

— Vous avez marché dans ce jeu stupide ? me lança Karen avant de se tourner vers Blix. Où étais-tu passé, cette fois ?

— En Ouganda, et je suis rentré par le Tanganyika avec un Vanderbilt... On a chassé le rhinocéros. Je dois avouer que je l'ai presque perdu.

— Le Vanderbilt ou le rhino ?

— Très drôle, ma chérie. Le Vanderbilt. Deux mâles monstrueux l'ont chargé. Il a de la chance que j'aie eu justement le bon fusil entre les mains.

Blix se tourna vers moi pour préciser :

— Personne n'a envie de faire joujou avec un rhinocéros. Une locomotive ronflante dans une carapace increvable. Quand il se sent menacé, il fonce dans tout ce qui se présente, même si c'est en acier.

— Vous n'avez pas eu peur ?

— Pas vraiment, répondit-il dans un sourire. J'avais le fusil qu'il fallait.

— Si vous restez assez longtemps au Muthaiga Club, intervint Karen, vous entendrez les chasseurs revivre leurs exploits. Les histoires grandissent et grossissent à chaque fois qu'ils les racontent. Bror est le seul que je connaisse à faire une taupinière d'une montagne, et non l'inverse.

— Avec Denys, tu veux dire, rectifia Blix.

— Avec Denys. Oui.

Elle ne sourcilla pas en entendant le nom de Denys tomber de la bouche de son mari. Et Blix avait parlé avec tant d'aisance et de naturel que, soudain, il me parut impossible que Denys soit l'amant de Karen. Enfin, presque. Tout cela était en tout cas fascinant.

— Tu l'as croisé ? demanda Karen à Blix.

Blix fit non de la tête.

— Il paraît qu'il est parti vers l'ouest, au Congo.

— Comment est ce pays ? m'enquis-je.

— D'une noirceur totale, répondit-il en prenant une gorgée de brandy. Ils ont toutes les espèces de reptiles imaginables et, d'après certains, des cannibales.

— Tu essayes de m'effrayer ? demanda Karen.

— De t'inspirer plutôt. *Tanne* gribouille des contes, le saviez-vous, Beryl ? Elle est plutôt bonne, d'ailleurs.

— Je vous raconterai quelque chose au coin du feu un soir, me dit-elle en repoussant d'un geste le compliment de son mari. Je suis meilleure conteuse qu'écrivain.

— D'après Denys, vous aimez aussi qu'on vous en raconte.

— Oh oui, beaucoup. Et Bror se débrouille très bien, lui aussi. Il nous jouera peut-être sa Schéhérazade ce soir.

— A condition d'être dispensé de faire semblant d'être vierge, répliqua-t-il.

L'éclat de rire fut général.

Ce soir-là, le dîner fut servi sous la véranda. Les collines du Ngong virèrent au prune foncé et devinrent d'une immobilité hypnotique pendant que Blix nous distrayait avec ses anecdotes du safari Vanderbilt. Il les enfilait comme un collier de perles. Il en avait des dizaines en réserve et ne cessait de parler que lorsque le cuisinier de Karen, Kamante, nous apportait une nouvelle série de plats. Du poulet légèrement pané dans une sauce à la crème, des légumes rôtis aux herbes aromatiques, du pain de maïs truffé de champignons et de thym, du fromage bien fait et des oranges. Blix veillait à ce que nos verres ne soient jamais vides. Je terminai le repas avec la sensation de léviter, à cause de tout le vin que j'avais bu, bien entendu, mais aussi parce que j'étais sous le charme de ce couple singulier. Ils étaient l'un comme l'autre des personnalités complexes, ce qui me convenait tout à fait, et me rassurait. Ma vie n'était pas simple non plus.

Un mince croissant de lune brillait à présent au-dessus de nos têtes. Après le dessert, le calvados et le café, Blix se leva, nous souhaita bonne nuit et déclara qu'il rentrait en ville.

— N'est-il pas un peu trop ivre pour conduire ? demandai-je à Karen.

— Je ne crois pas qu'il puisse conduire autrement.

Un long silence. Elle contempla la nuit.

— Il m'a demandé le divorce. C'est pour ça qu'il est venu.

Je savais par Cockie que ce n'était pas sa première tentative, mais cela aurait été trop cruel de ma part de lui en faire la remarque.

— Vous le lui accorderez ?

Elle haussa les épaules.

— Vous imaginez deux baronnes Blixen dans la colonie ? Impossible. Il n'y a pas la place. L'une d'elles finirait par être poussée dans les oubliettes.

— Je ne vois pas comment on pourrait vous oublier.

Je n'essayais pas de la flatter. J'étais sincère.

— Bon, on verra.

— Comment avez-vous réussi à rester amis ?

— Nous étions amis avant de dériver vers autre chose. J'étais amoureuse de son petit frère Hans. C'était il y a longtemps, au Danemark. Bror est devenu mon confident quand Hans en a épousé une autre.

Elle se tut et secoua la tête. Ses longues boucles d'oreilles en argent tintèrent.

— Son petit frère ? Vous n'auriez pas eu droit au titre alors ?

— Non. Seulement à l'amour, dit-elle avec un sourire sardonique. Mais ce ne devait pas être. Et puis Bror a eu ce projet, il a voulu recommencer à zéro en Afrique. Si seulement ce nouveau départ ne s'était pas traduit par une montagne de dettes.

— Vous l'aimez toujours ?

— Je voudrais bien répondre par la négative. Mais en Afrique, on se découvre des sentiments dont on n'avait aucune idée. Je croyais que nous pouvions tout avoir... des enfants, l'affection, la fidélité.

Elle ferma les yeux et, quand elle les rouvrit, ils brillaient d'une lueur noire.

— Peut-être est-il incapable d'aimer une seule femme. Ou si, mais ce n'est pas moi. Il n'a jamais été fidèle, même au début. C'est ce que je me répète pour me persuader que je savais dans quoi je m'embarquais dès le départ. Alors qu'en réalité je ne m'en suis pas vraiment rendu compte.

Je bus une lampée de calvados pour me donner du courage.

— Je croirais entendre parler de mon mariage à moi. C'est exactement ce que je ressens.

— Et vous allez obtenir le divorce, à votre avis ?

— Je l'espère. Pour l'instant, je n'ose pas faire pression sur lui.

— C'est fou tout ce que nous n'osons pas faire... mais, si vous péchez par excès de modestie et tombez dans le piège de la peur, vous renoncez à ce que vous êtes... n'est-ce pas ? La vraie question, c'est si vous êtes prête ou non à risquer le tout pour le tout pour être heureuse.

Elle parlait de ma situation avec Jock, mais sa phrase me fit penser aussi à d'autres choses.

— Etes-vous heureuse, Karen ?

— Pas encore. Mais j'ai bien l'intention de l'être bientôt.

26

Quelques télégrammes suffirent à tout arranger avec Clara. Ce bungalow, c'était exactement ce qu'il lui fallait, m'assurait-elle en se confondant en remerciements. Pour ma part, je trouvais toute cette affaire extrêmement troublante. Je n'avais pas vu ma mère depuis seize ans. Quelle conduite adopter avec elle, même par télégramme ? Je me creusai la tête à chaque mot, hésitant sur le degré d'affection qu'il convenait de manifester. Je manquais de pratique – comment même qualifier ce que nous étions l'une pour l'autre ? Une mère et une fille ? Alors que nous ne nous connaissions plus ? Tout cela me plongeait dans la plus grande perplexité.

Dans le télégramme suivant, Clara m'apprit que mon frère, Dickie, résidait au Kenya depuis déjà des années, en ce moment dans le Nord, à Eldoret, où il travaillait comme jockey dans une bonne écurie. Je n'arrivais pas à y croire. Dickie avait été aussi proche, en plus dans le monde des courses, mon monde, sans que je m'en doute une seconde ? Qu'est-ce que cela signifiait ? Que nous allions de nouveau tous être réunis ? Etait-ce même envisageable ?

J'étais toujours tiraillée par des sentiments contradictoires quand Clara débarqua à la fin du mois de mai. Nous avions rendez-vous au Norfolk

Hotel. Au volant de la voiture que j'avais empruntée à D., j'avais les mains qui tremblaient et la gorge pleine de nœuds. De la sueur dégoulinait de mes aisselles et de la saignée de mes genoux, à croire que j'étais soudain saisie d'une fièvre mystérieuse. Je ne sais pas comment j'ai eu la force de rester plantée là quand Clara et les garçons sont descendus me retrouver au salon de thé. J'avais essayé de me rappeler son visage en me demandant si je la reconnaîtrais. J'aurais pu m'épargner cette peine : nous nous ressemblions comme deux gouttes d'eau ; les mêmes traits anguleux, le même front haut et les mêmes yeux bleu pâle. J'eus l'étrange et inquiétante sensation de me trouver subitement en présence du fantôme de moi-même. Heureusement, les garçons me tirèrent de ce mauvais pas. Sept et neuf ans, blonds, propres comme des sous neufs, bien peignés et au début très timides. Ils se cachèrent dans les jupes de leur mère quand celle-ci m'embrassa. Prise de court, je donnai un coup de coude à son chapeau et, confuse, fis un pas en arrière. Je ne voulais pas de ses baisers, mais que voulais-je au juste ?

— Comment s'est passé le voyage ? parvins-je à articuler.

— On a vu des vagues grandes comme des maisons, déclara Ivan, l'aîné.

— Ivan a vomi par-dessus bord, m'informa Alex fièrement. Deux fois.

— Ce fut bien pénible, confirma Clara. Mais nous sommes ici maintenant.

Nous nous assîmes autour d'une petite table. Les garçons se jetèrent sur les confiseries avec la voracité de petites bêtes à qui on vient d'ouvrir la porte de leur cage.

— Que tu es belle ! s'exclama Clara. Et mariée, si j'ai bien compris.

J'acquiesçai, ne sachant comment lui avouer la vérité.

— Harry était ma lumière...

Sa bouche tremblait. Ses yeux brillaient de larmes.

— ...Tu ne peux pas savoir combien ça a été dur, entre les dettes et l'incertitude. Et me voilà de nouveau seule.

Alors qu'elle s'épongeait les yeux, je l'observai. Je m'étais attendue à ce qu'elle essaye au moins d'expliquer les raisons de son abandon, ou même à ce qu'elle me demande pardon. Elle aurait pu s'enquérir de la santé de Clutt, ou de ce que j'étais devenue pendant sa longue absence. Mais elle était trop accaparée par son propre malheur, le dernier en date, comme si elle n'avait jamais traversé d'autres épreuves.

— Mbagathi est un endroit superbe, lui dis-je en me ressaisissant. Les garçons vont adorer. Ils pourront courir autant qu'ils voudront et même peut-être aller à l'école. La baronne a trouvé quelqu'un qui apprend à lire aux enfants kikuyu de son domaine.

— Tu me sauves la vie, Beryl. Je savais que je pourrais compter sur toi, dit-elle en reniflant bruyamment. Votre sœur n'est-elle pas formidable, les garçons ?

J'étais leur sœur, doublée d'une totale inconnue, une vérité qui ne semblait pas autant les émouvoir que moi. Ivan fit comme s'il n'avait rien entendu. Alex leva brièvement les yeux, des miettes de biscuit collées aux lèvres, avant de se replonger dans son assiette.

Deux heures plus tard, je les embarquais tous dans l'auto sans toit de D. En route, les garçons s'amusèrent à cracher par-dessus bord dans la poussière. Clara les gronda distraitement puis me dit :

— C'est fou ce que Nairobi a changé. C'est devenu une vraie ville. Tu l'aurais vue autrefois...

— Tu as été absente longtemps.

— A l'époque, on pouvait à peine circuler dans les rues à cause des troupeaux de chèvres. Le bureau de poste était un trou dans le mur. Il n'y avait aucun magasin à proprement parler. Quant à trouver quelqu'un avec qui avoir un bout de conversation...

Elle agita son mouchoir au-dessus de ses fils qui continuaient à cracher par la fenêtre et se retourna vers la ville que nous laissions derrière nous.

— Je n'en reviens pas !

Elle ne paraissait pas embarrassée d'évoquer le passé devant moi. En fait, elle ne paraissait pas se rappeler que je faisais partie de son passé dans la colonie. Mais à la réflexion peut-être était-ce mieux ainsi, si cela pouvait nous permettre d'avoir des relations impartiales : ni excuses ni regrets. Comme si rien n'avait été perdu. Dans ces conditions, nous avions une chance de nous épargner de nouvelles souffrances. C'est ce que j'espérais en tout cas. Je serrai le volant entre mes mains gantées, cap hors de la ville sur la route défoncée qui menait à Mbogani.

Plus d'un mois s'était écoulé depuis ma visite. Je me rendis d'abord à la grande maison. Karen était en haut à l'usine mais, ayant entendu le bruit de la voiture, elle descendit en courant, les cheveux au vent, une trace de poudre de café sur la joue. Denys n'était visible nulle part. Il n'était pas rentré, ou déjà reparti.

— Désolée de vous recevoir dans cette tenue... J'ai l'air d'une folle...

Karen tendit la main à Clara.

— ... Nous sommes en pleine récolte.

— Beryl m'a expliqué ce que vous faisiez en chemin. C'est admirable. Et votre maison et ce parc, magnifiques.

Clara tourna sur elle-même avec des petits gestes émerveillés.

— Voulez-vous du thé... ou des sandwichs ?

Les garçons manifestèrent bruyamment leur intérêt pour une nouvelle collation. Leur mère leur enjoignit de se taire.

— Nous avons déjà pris le thé.

— Je vous accompagne au bungalow. Une minute et je suis à vous. Il faut que je change de chaussures.

La voiture avait tout juste la place de passer sur le chemin tortueux au milieu des arbres qui tendaient vers nous leurs branches odorantes.

— Oh, qu'elle est mignonne ! dit Clara. On va être comme des coqs en pâte là-dedans.

— Vous restez avec nous, Beryl ? me demanda Karen.

— Je ne me suis pas encore posé la question, avouai-je.

Etait-ce une bonne idée ? Clara était pour moi une inconnue, à l'égard de qui, en outre, j'avais des sentiments mitigés.

— Mais si, voyons, intervint Clara. Nous n'avons pas encore rattrapé le temps perdu...

Elle se tourna vers les garçons accroupis autour d'un scarabée rhinocéros géant transportant une brindille avec sa corne en forme de pince.

— ... Dites-lui, vous, que nous avons besoin d'elle.

— Oui, on a besoin d'elle, pépia Ivan.

Alex, fasciné par le scarabée, se borna à émettre un grognement.

— Bon, alors, c'est décidé, affirma Clara.

Karen nous prêta son cuisinier et son *boy*. Elle donna à Clara les noms de plusieurs *totos* kikuyu qui se présenteraient au bungalow le lendemain, disposés à travailler si elle voulait bien d'eux.

Après son départ, Clara me prit à part.

— Je n'ai rien voulu dire en la présence de la baronne, mais cette maison est un peu rudimentaire, non ?

— Sans doute. Elle est restée longtemps inhabitée.

— C'est beaucoup plus petit que je croyais.

— Il y a trois chambres, et vous êtes trois.

— Pas ce soir, me rappela-t-elle.

— Moi, je peux dormir n'importe où. Je ne suis pas difficile.

— C'est une qualité merveilleuse, Beryl. Tu as toujours été la plus robuste de nous tous.

Je ne pus m'empêcher d'avoir un mouvement de recul que je dissimulai en changeant de position sur ma chaise.

— Dickie est jockey, alors ?

— Oui, il se défend très bien. Tu te rappelles quel bon cavalier il était ?

J'opinai vaguement.

— Il aurait bien voulu être ici avec nous, mais il est souffrant. Il n'a jamais eu ta chance, côté santé, comme tu le sais.

En réalité, je me rappelais à peine de lui... une vision de genoux couronnés à l'époque où la ferme était en construction et jonchée d'outils divers. Un jour, il m'avait donné un coup de pied dans les côtes afin de me reprendre un jouet. Ces souvenirs étaient déjà de trop, dans un sens. Cela aurait été tellement plus simple de tout avoir oublié.

— Il va m'envoyer ce qu'il peut, bien sûr, poursuivit Clara, de nouveau larmoyante. Il faut que tu me pardonnes, Beryl, je suis trop sotte. Pardonne-moi.

Je passai la nuit sur un canapé près du feu, incapable de dormir tant j'étais troublée par l'attitude de Clara, ce mélange étrange de demandes et d'amnésie. Je me pris à regretter d'avoir répondu à son premier télégramme... ou plutôt qu'elle l'ait envoyé. Mais à présent nous étions ici, piégées dans des limbes singuliers.

Vers minuit, les dernières braises éteintes, il se mit à pleuvoir. Le tambourinement monta en intensité. Soudain, Clara se matérialisa à genoux à côté du canapé. En robe de chambre, elle avait à la main une chandelle dégoulinante. Pieds nus et les cheveux dénoués dans le dos, elle avait l'air beaucoup plus jeune.

— Il pleut à verse.

— Il ne faut pas faire attention. Il pleut beaucoup à cette saison.

— Non. Je veux dire à l'intérieur.

Elle me traîna jusqu'à la petite chambre où les garçons dormaient dans le même lit. Une fuite dans le toit laissait passer un filet d'eau qui s'égouttait sur leurs couvertures. Ils allaient être trempés, mais ne paraissaient pas juger nécessaire de changer de place.

— On n'a qu'à déplacer le lit, dis-je.

— Bonne idée.

Clara n'y aurait jamais pensé toute seule. C'était évident. Les garçons descendirent du lit afin de laisser Clara et moi pousser celui-ci contre le mur d'en face.

— Ça fuit aussi par ici.

La deuxième petite chambre était un peu moins poreuse. Il y avait des seaux dans la cuisine. Ne restait plus qu'à les disposer sous les fuites et à chercher les endroits les plus secs afin d'y pousser les meubles.

— C'est sans espoir ! s'exclama Clara en levant les bras au ciel.

— C'est juste un peu de pluie, soupirai-je. Les garçons, ça vous est égal, hein ?

Mais à leur tour, ils manifestaient des signes de défaillance. Tirant par l'oreille son vieil ours

251

en peluche qui s'appelait Teddy, pour Teddy Roosevelt, Alex était prêt à se cacher dans une armoire.

— Il faut tenir bon cette nuit. Demain, nous verrons si on peut faire réparer le toit.

— C'est plus sec ici, déclara ma mère en palpant le canapé. Cela t'embêterait que les garçons et moi prenions ta place ?

— Pas du tout, soupirai-je.

— Merci, et ce serait formidable si on pouvait avoir une petite flambée, n'est-ce pas, les garçons ?

Le bois était humide, la cheminée fumait, j'eus un mal de chien à faire redémarrer le feu. Après quoi, j'étais trop épuisée pour déménager de nouveau les lits. Je m'écroulai sur le premier venu, me recroquevillai entre les draps humides et tentai de dormir.

Le lendemain, il plut des cordes toute la journée. Clara ne savait plus à quel saint se vouer. Karen était intervenue pour essayer d'arranger les choses, mais le déluge refusait de s'arrêter, la pluie s'infiltrait partout. Finalement, elle invita sous son toit Clara et les garçons.

— Vraiment, je suis désolée pour tout ça, ne cessait de répéter Karen.

— Ce n'est pas votre faute, lui assura Clara en retenant ses mèches humides avec des épingles à chignon.

Quelque chose dans son intonation démentait son propos. Elle jugeait bel et bien Karen responsable, à moins que ce ne fût moi. Je n'étais pas tellement étonnée de voir à quel point elle était peu vaillante, et cela m'attrista pour elle. Que ce devait être terrible de se laisser abattre par des broutilles, la pluie, par exemple, alors qu'on venait de perdre son mari. Elle m'inspirait une telle pitié que je n'aurais pas dû lui en vouloir, mais c'était plus fort que moi. A l'heure du dîner, j'en avais tellement assez que je ne songeais plus qu'à rentrer à Soysambu auprès de mes chevaux. Mon travail ne recelait aucun mystère et était une source inépuisable de réconfort.

— Je reviendrai vous voir le week-end prochain, dis-je en reprenant la route dans l'auto de D., qui démarra en faisant voler des mottes de boue rouge.

27

Lorsque je revins à Mbogani trois jours plus tard, Clara avait déclaré forfait. Elle avait loué une voiture avec chauffeur, qui était venue les prendre pour les ramener à Nairobi. A Karen, elle avait laissé un billet s'excusant de l'avoir dérangée.

— J'avais tout préparé et fait faire le ménage avant leur arrivée, me dit Karen. Mais quand il pleut, il pleut. Personne n'y peut rien.

— Elle vous a laissé de l'argent, au moins ? demandai-je à Karen.

— Pas une roupie.

— Oh, je suis désolée, dis-je, horriblement gênée. Je vais vous donner…

— Rien du tout. Ce n'est pas votre faute. Mais restez donc, en revanche, j'ai besoin de compagnie. Je me sens un peu seule en ce moment.

La pluie reprit pendant la nuit. En mai, cela n'avait rien d'exceptionnel. Des orages spectaculaires ravinaient les routes qui avaient tendance à se transformer en torrents infranchissables.

— Vous ne pouvez pas rentrer par ce temps, me dit Karen le lendemain matin en contemplant les rideaux gris qui bouchaient la vue de sa véranda.

— D. va se demander où je suis passée. Je vais peut-être devoir braver les intempéries.

— C'est un homme raisonnable… Enfin, parfois. Vous ne pouvez pas décemment rentrer à la nage.

A cet instant, un jeune Somali déboula dans l'allée, presque nu, avec de la boue rouge qui montait jusqu'à ses hanches minces.

— Bedar est pas loin ! annonça le *boy*. Il arrive bientôt !

Bedar, autrement dit Denys, de toute évidence. Je n'avais qu'à regarder le visage rayonnant de Karen. Elle poussa le garçon à l'intérieur pour qu'il prenne un bain, enfile des vêtements secs et mange quelque chose avant de repartir.

— Les domestiques de Denys lui sont dévoués corps et âme, me confia-t-elle.

Elle se mit à éponger les traces laissées sur le carrelage avec un chiffon en coton. Ce n'étaient pas les serviteurs qui manquaient dans la maison, mais visiblement elle aimait travailler de ses mains et se rendre utile.

— Ils le respectent autant que s'il était l'un des leurs. S'il le leur demandait, je crois qu'ils iraient se jeter dans la gueule d'un lion.

Sentant qu'elle baissait la garde, je risquai un :

— Comment êtes-vous devenus amis ?

— Il y a quelques années, nous avions organisé une chasse avec mon mari. Denys a débarqué en compagnie de Delamere et une fièvre subite l'a cloué au lit. Il a été obligé de rester ici. Moi qui avais presque renoncé à me faire des amis dans ce pays, il tombait du ciel, dit-elle en levant les yeux. Pour tout vous avouer, je n'avais jamais rencontré de ma vie quelqu'un d'aussi intelligent. Ce fut la plus merveilleuse surprise de cette année-là.

— Même fiévreux ?

— Oui, fit-elle en souriant. Ensuite, je suis rentrée dans mon pays, et peu après lui dans le sien. Nous n'avons renoué que depuis peu, voyez-vous. J'ai beaucoup de chance.

Elle se releva et s'essuya les mains sur son tablier. La porte s'ouvrait sur un ciel bas et sombre, une pluie incessante.

— Je vais demander à un *boy* d'emmener votre cheval à l'écurie, à moins que vous ne changiez d'avis...

Je songeai à la route mouillée et glissante qui m'attendait jusqu'à Soysambu et la mis dans la balance avec les yeux noisette et le rire de Denys. J'avais envie de le revoir, et aussi de découvrir comment ils étaient ensemble, Karen et lui.

— Je crois que je n'ai pas trop le choix, dis-je. Ce n'est pas près de s'arrêter.

Karen passa la journée à préparer l'arrivée de Denys, elle composa des menus et fit briquer le parquet, astiquer la maison de fond en comble. Finalement, le *boy* somali refit son apparition, mais cette fois Denys le suivait de près, à cheval, trempé jusqu'aux os mais d'humeur joyeuse. Billea, qui, pour sa part, allait à pied, affichait la même allégresse invincible que son maître.

— J'ai honte de m'être dégonflée quand je te vois, lui avouai-je une fois les salutations terminées.

— Et encore, je ne vous ai rien raconté, mon cheval s'est embourbé jusqu'au cou...

Il me regarda en plissant les paupières et ôta son chapeau dont les bords s'effondrèrent en lâchant une petite cascade.

— … C'est sympathique de te trouver ici, au fait.

Karen l'emmena dans les profondeurs de la maison afin qu'il puisse se changer avant le dîner. Je me retirai au salon, subitement, je ne sais pourquoi, pleine d'appréhension. Karen avait sélectionné pour moi des romans de Thackeray et des récits de voyage. Je feuilletai quelques-uns de ces ouvrages, incapable de fixer mon attention, lisant et relisant des passages sans rien y comprendre, m'agrippant à du vide tandis que, sur son perchoir, la chouette apprivoisée, Minerve, la tête tournée entièrement sur elle-même, me fixait de ses grands yeux ronds qui ne cillaient jamais. Haute comme ma main, elle avait un petit bec crochu aussi brillant que l'extrémité d'un tire-bouton. Je m'approchai d'elle dans l'intention de lui montrer que je cherchais à devenir son amie et réussis à caresser son plumage avec le doigt, comme j'avais vu Karen le faire.

L'inquiétude qui me tenaillait depuis tout à l'heure avait peut-être pour cause une crainte diffuse, me dis-je en contemplant la pile de livres. Denys et Karen étaient tous les deux tellement cultivés… Je risquais d'avoir l'air d'une idiote. Est-ce que cela m'aurait tuée si j'avais passé deux ans de plus au pensionnat afin d'acquérir des connaissances sans aucun rapport avec les chevaux, l'agriculture et mes chasses avec Kibii ? J'avais été tellement pressée de retrouver la vie de la ferme et les activités auxquelles j'excellais ; l'idée que les connaissances accessibles par la lecture pouvaient m'être utiles ne m'avait même pas traversé l'esprit. A présent, il était sans doute trop tard. Je pouvais toujours glaner ici et là un savoir fragmentaire, de quoi briller pendant un dîner, mais cela ferait de moi une sorte d'imposteur, ou pis encore, une pâle imitatrice de Karen. « C'est con », dis-je à haute voix, furieuse contre moi-même, alors que Minerve étirait une serre rayée jaune. Pour le meilleur et pour le pire, je devais rester moi-même. Un point c'est tout.

Après toutes ces semaines à errer dans la brousse, Denys était intarissable. Tout en dégustant un coulis de tomates crues parfumé, de minuscules laitues blanchies et dans une sauce hollandaise des filets de turbot à la chair si tendre qu'elle fondait sur le couteau à poisson, il nous fit le récit de son voyage. Dans le nord du Kenya, non loin d'Eldoret, il avait marqué une halte dans un domaine lui appartenant. Là, il avait entendu dire que des touristes tiraient sur du gros gibier depuis leurs automobiles puis laissaient les dépouilles pourrir sur place.

— Mon Dieu ! m'exclamai-je, horrifiée. Mais c'est du massacre !

— C'est la faute de Teddy Roosevelt, déclara Denys. Ces photos de lui prises le pied posé sur des éléphants abattus comme s'il était une espèce de pirate... C'est comme ça que le safari a acquis une image glamour. Trop facile.

— Je croyais, intervint Karen, qu'il organisait ces chasses pour rapporter des spécimens dans les musées.

— Ça, c'est ce qu'il voudrait te faire croire. C'est un chasseur dans l'âme.

Denys recula sa chaise de la table pour allumer un cigare sans cesser de parler :

— Ce n'est pas tellement Roosevelt qui me dérange, mais ce qu'il a déclenché. Ces animaux n'ont pas à mourir pour rien, parce qu'un type se soûle et a un fusil chargé entre les mains.

— Un jour, on devrait faire des lois, dit Karen.

— Mais en attendant, j'espère ne jamais tomber sur un de ces prédateurs motorisés, ou je ne réponds pas de mes actes.

— Tu te cramponnes au paradis, lança Karen dont les yeux noirs, dans la lueur des bougies, brillaient, intenses, magnétiques. Denys ne peut pas s'empêcher de penser à ce qu'était ce pays avant...

— Moi non plus. C'est inoubliable.

— La mère de Beryl est restée ici quelques jours, expliqua Karen à Denys. J'ai cru que j'avais trouvé une locataire pour Mbagathi.

— Oh, dit-il. Je croyais ta mère morte.

— Ne t'excuse pas. C'est tout comme. Elle est partie quand j'étais petite.

— Je ne sais pas comment j'aurais pu survivre sans l'amour de ma mère, déclara Karen. Je lui écris chaque semaine, le dimanche, et attends toujours avec impatience ses lettres. Cette semaine, je lui parlerai de toi et lui dirai que tu ressembles à la Joconde. Me permettrais-tu de faire ton portrait ? Comme tu es maintenant, ce serait épatant. Ravissante, et un tout petit peu perdue.

Je rougis, gênée comme si elle m'avait surprise dans mon intimité. Ce n'était pas seulement la franchise de ses propos, mais aussi son regard, ces yeux auxquels rien ne semblait échapper.

— Cela ne se voit pas, j'espère ?

259

— Pardonne-moi, je dis des bêtises. Je m'intéresse trop aux autres, voilà. Ce sont des énigmes tellement passionnantes. Quand on y réfléchit. On ne sait en général pas pourquoi on agit de telle ou telle façon, mais on le fait quand même.

— Oui, dit Denys. Quand on est en quête de quelque chose d'important, quand on ouvre de nouveaux chemins, au début, c'est en fait comme si on l'avait perdu, son chemin...

Il s'étira comme un matou longiligne qui prend ses aises au soleil.

— ... Quelquefois, personne ne se rend compte de la différence, surtout pas ce pauvre bougre d'ouvreur de chemins...

Il m'adressa un très discret clin d'œil puis ajouta :

— Et ton histoire, alors ? Sinon tu seras privée de dîner.

J'avais réfléchi à ce que je pouvais bien leur raconter et avais décidé que l'histoire de Paddy à la ferme des Elkington ferait l'affaire. Afin de les captiver, je commençai par camper le décor et leur décrire notre trajet à cheval à Kabete Station en rapportant le discours de mon père à propos des lions. Bishon Singh et son turban qui n'en finissait pas, les groseilliers, le claquement du *kiboko* de Jim Elkington. A mesure que je déroulais le fil de mon récit, je me pris moi-même au jeu, oubliant presque ce qui allait se passer ensuite.

— Tu as dû être terrifiée, dit Karen une fois que j'eus terminé. Peu de gens, j'imagine, ont survécu à une chose pareille.

— Oui, « terrifiée » est le mot. Mais avec le recul, j'ai l'impression que cela a fait office de rite d'initiation.

— Une expérience pareille, ça vous marque, opina Denys. On a tous connu l'épreuve du feu, quoique pas toujours de façon aussi dramatique...

Il marqua une pause pendant laquelle il contempla la flambée.

— ... Etre obligé de faire face au danger, c'est un test. On n'est plus le même après. Se retrouver dans une situation où il faut tout risquer...

Dans le silence qui s'ensuivit, je songeai à ce que Denys venait de dire et les regardai fumer chacun leur cigarette. Au bout de quelques minutes, il tira un livre de petit format de la poche intérieure de son veston de velours marron.

— J'ai trouvé un vrai bijou dans une librairie de Londres. Cela s'intitule *Feuilles d'herbe.*

Il ouvrit le volume à une page dont le coin était corné et me le tendit en me demandant de lire à voix haute.

— Oh non, par pitié, je vais faire un beau gâchis.

— Pas du tout. On croirait que celui-ci a été écrit pour toi.

Je secouai vigoureusement la tête.

— Lis-le-nous donc, toi, plutôt, dit Karen, volant à ma rescousse. En l'honneur de Beryl.

— « Je crois bien que je pourrais m'en retourner vivre chez les animaux, si placides, si autonomes, / Eux que je resterais des heures et des heures à regarder, sans bouger. / Jamais ils ne s'échinent ni ne se lamentent sur leur état,

/ Jamais ne passent la nuit à pleurer sur leurs péchés... »[1]

Il dit le poème d'une voix posée, sans grandiloquence, mais son phrasé équilibrait parfaitement le poids des mots et les faisait sonner dans ma tête. Le poème célébrait la dignité naturelle des bêtes dont la vie a plus de sens que celle des hommes, puisqu'elle n'est pas encombrée par la cupidité, l'apitoiement sur soi et les appels creux à un dieu lointain. Ces idées correspondaient à celles que j'avais toujours eues. Il conclut par le passage suivant :

— « Ce gigantesque, sculptural étalon qui répond facilement à mes caresses, / Tête, front haut, large entre les oreilles, / Pattes luisantes et souples, queue balayant la poussière, / Œil brillant d'étincelles de fureur, oreilles finement coupées, allure flexible. »[1]

— Merveilleux, soufflai-je. Je peux te l'emprunter ?

— Bien sûr.

Il me confia le petit volume, aussi léger qu'une plume et conservant la chaleur de ses mains.

Après leur avoir souhaité bonne nuit, je me retirai dans ma chambre et, à la clarté de la lampe, me délectai de la lecture de quelques autres poèmes. Au bout d'un moment, alors que tout était tranquille, des bruits me parvinrent de l'autre bout du couloir. Mbogani n'était pas si grand que cela et, même étouffés, ces sons ne trompaient pas : Karen et Denys faisaient l'amour.

---

1. Walt Whitman, *Feuilles d'herbe, op. cit.*, pp. 88-89.

Le recueil se referma comme de lui-même entre mes mains. Je sentis monter une bouffée d'adrénaline. Moi qui aurais juré qu'ils étaient seulement les meilleurs amis du monde. Pourquoi en avais-je été si sûre ? Blix avait prononcé le nom de Denys avec tant de désinvolture le soir où je l'avais croisé ici, mais peut-être seulement parce qu'il avait accepté la situation. Et à la réflexion, n'est-ce pas, il me parut évident que ces deux êtres devaient s'attirer mutuellement. Ils étaient tous les deux beaux et brillants, « remplis d'eau profonde », pour emprunter une image aux Kipsigi. Et même si Berkeley avait insinué que Denys était volage, Karen et lui avaient tant de choses en commun. C'était tellement flagrant.

Je rouvris le livre et retrouvai le poème consacré aux animaux que Denys avait récité pour moi, mais les lettres dansaient devant mes yeux. J'étais séparée d'eux par quelques minces cloisons derrière lesquelles les amants se murmuraient des choses, leurs corps se confondant avec les ombres, se séparant, s'unissant. Leur histoire n'avait rien à voir avec moi, pourtant je ne pouvais m'empêcher de penser à eux. Je finis par éteindre ma lampe et par me boucher les oreilles en serrant mon oreiller autour de ma tête, n'aspirant plus qu'au sommeil.

Le lendemain, les nuages s'écartèrent, dévoilant un ciel d'un bleu très pur. Le moment idéal pour une petite partie de chasse. Des autruches s'étaient faufilées dans le parc et avaient fait un sort aux jeunes laitues du potager. Elles avaient signé leur forfait en laissant des déjections et des plumes un peu partout entre les plants.

Denys et Karen étaient manifestement frais et dispos après une bonne nuit de sommeil, ce qui n'était pas mon cas. J'avais très mal dormi. Mais en dépit de ma fatigue et de la gêne que je ressentais après ce que la nuit m'avait dévoilé, l'assurance et le naturel de Denys m'époustouflèrent comme toujours.

— Ces volatiles ont une cerise de café à la place du cerveau, expliqua-t-il en hissant d'un geste fluide sa Rigby au creux de son épaule. Tu peux diriger ta carabine où tu veux, elles viennent en général gambader dans ta ligne de visée.

— Pourquoi ne pas tirer en l'air ?

— Ce n'est pas assez persuasif. Elles ont besoin de sentir les balles siffler à leurs oreilles pour paniquer comme il faut.

Il visa et tira. Les autruches se figèrent de conserve, puis s'égaillèrent précipitamment, aussi gracieuses que des brouettes en roue libre.

Ce spectacle ridicule nous fit rire aux éclats. Comment aurait-il pu en être autrement ? Après avoir réparé les brèches dans la clôture, nous escaladâmes tous les trois l'escarpement afin d'admirer la vue qu'on avait de là-haut. Dusk, le lévrier de Karen, ouvrait la marche tandis que je la fermais, quelques pas en arrière, observant l'aérienne liberté de mouvement de Denys. Des gestes exempts de la moindre inhibition. Il se mouvait comme si ses pieds n'auraient jamais pu se poser ailleurs qu'à cet endroit précis, comme s'il ne faisait qu'exécuter une chorégraphie. Pas un instant il ne semblait douter de lui ni de la place qu'il occupait dans le monde. Je savais pourquoi Karen était attirée par lui, même si elle tenait encore assez à Blix pour rester sa femme envers et contre tous.

— Où as-tu appris à être aussi bon tireur ? lui demandai-je quand je le rattrapai.

— Sur le terrain de golf d'Eton, sans doute. Et toi ?

Il riait.

— Comment sais-tu que je tire bien ?

— Tu ne tires pas bien ?

— Ce sont les Kipsigi qui m'ont enseigné le tir, sur la propriété de mon père. Tu me verrais avec une fronde…

— Du moment que je ne suis pas dans ta ligne de mire, répliqua-t-il avec un sourire.

— C'est Bror qui m'a appris à tirer, dit Karen qui venait de nous rejoindre. Au début, je ne voyais vraiment pas l'intérêt. Mais il y a dans le tir quelque chose qui relève de l'extase, n'est-ce pas ? Pas une extase meurtrière, non, mais cette sensation qui vous prend aux tripes d'être connectée avec la vie. Vous allez peut-être me trouver cruelle.

— Pas moi. Pas si l'animal est tué avec respect.

Arap Maina, d'une habileté hors pair à la chasse, témoignait un infini respect à chaque créature, si petite fût-elle. Je l'avais perçu chaque fois que je l'avais suivi, et aussi quand je marchais à côté de lui, comme maintenant avec Denys. Je ne sais pourquoi, ce dernier me rappelait ma jeunesse à Green Hills. Peut-être parce que je voyais en lui un chasseur élégant et expert, et qu'il éveillait en moi mon âme guerrière, celle qui avait habité la petite Lakwet.

Nous étions au-dessus de la plantation de café. De tortueux torrents bruissaient dans la végétation entre les acacias. La pente se terminait par un plateau offrant une vue aérienne de la vallée du Rift et de son paysage déchiqueté, fragments d'un bol brisé. La pluie avait enfin cessé, mais une couronne de nuages s'attardait au sud sur le sommet plat sculpté d'ombres et de neige du Kilimandjaro. Vers le nord-est, la réserve kikuyu étendait ses plaines ondoyantes jusqu'au mont Kenya.

— Tu comprends maintenant pourquoi je ne voudrais être nulle part ailleurs, dit Karen. Denys veut être enterré ici.

— Des aigles ont leur aire quelque part pas loin, dit-il. L'idée qu'ils puissent planer noblement au-dessus de ma carcasse me plaît beaucoup.

Il leva en plissant les yeux son visage brun et éclatant de santé vers le soleil. L'ombre portée de ses longs bras, de ses longues jambes, s'étirait derrière lui. Un mince filet de sueur dégoulinait entre ses omoplates. Il avait roulé les manches de sa chemise de coton blanc sur ses bras à la peau glabre et bronzée. Impossible de l'imaginer autrement qu'ainsi : vivant jusqu'au bout des ongles.

— Les Kikuyu laissent leurs morts aux hyènes, dis-je. Si j'ai le choix, moi aussi je prends les aigles.

28

En septembre, Ringleader courut le St Ledger et décrocha une deuxième place sans le moindre signe de défaillance, ni jambes enflées ni rappel de son histoire compliquée, comme s'il s'était réinventé. Debout derrière l'enclos des gagnants, je regardai D. recevoir sa coupe d'argent avec le sentiment d'avoir fait du bon travail : j'avais bien interprété les signes chez Ringleader en comprenant qu'il pouvait redevenir un champion, qu'il avait cela en lui.

L'affluence pour la course était grande. Comme Eastleigh grouillait de palefreniers et d'entraîneurs, D. s'était arrangé pour me faire dresser une tente sur la pelouse du club, rien que pour moi, avec une pancarte plantée devant épelant mon nom. Rien de luxueux. Je devais pratiquement me mettre à quatre pattes pour y entrer et me glisser sous la moustiquaire. Berkeley, toutefois, eut l'air de penser que ce serait très amusant d'y boire un verre. Il vint me voir avec une bouteille de champagne frappé. Et nous voilà assis devant ma tente sur des tabourets pliants.

Comme d'habitude, il était merveilleusement bien habillé. Je le trouvai un peu pâle, et surtout amaigri. Mais quand je m'enquis de sa santé, il m'envoya sur les roses.

— Tu vois là-bas ?

Il me montra du doigt un cottage niché dans un bosquet d'eucalyptus. Des murs en stuc, une porte cintrée et un jardin miniature. On aurait dit une maison de conte de fées.

— C'est là que Denys a vécu plusieurs années... avant de déménager à Ngong.

— Tu aurais dû m'avertir pour Denys et la baronne. Ils sont amoureux, si je ne me trompe ?

Nos regards se croisèrent brièvement.

— J'aurais dû ? Je ne pensais pas que tu serais intéressée.

Silence. Il nous resservit du champagne. Nos verres pétillèrent et se couvrirent d'une mousse laiteuse.

— De toute façon, reprit-il, on ne sait pas combien de temps cela durera.

— Parce que Denys est insaisissable ?

— Il y a « s'installer » et puis il y a Denys. Il lui a rapporté d'Abyssinie un anneau d'or si souple qu'il s'adapte à tous les doigts. Elle le porte comme si c'était une bague de fiançailles, ce qui est un contresens, bien sûr. J'aime tendrement Tania (il se servait du petit nom que Denys avait donné à Karen), mais elle a tort d'oublier qui est Denys. Elle n'arrivera jamais à le domestiquer. En tout cas, ce n'est pas ainsi qu'elle trouvera le chemin de son cœur.

— S'il se sent si bridé que cela, pourquoi habite-t-il chez elle ?

— Il l'aime, bien sûr. Ce qui rend certaines choses plus faciles, dit-il en se lissant distraitement la moustache. Elle a eu de graves ennuis récemment. Financiers.

— C'est ma mère qui a jasé ?

— Ah, oui, dit-il avec une grimace. La veuve Kirkpatrick et ses fuites dans le toit.

— J'ai honte.

— De toute façon, le loyer de Mbagathi lui aurait rapporté des clopinettes. Où en es-tu avec ta mère, au fait ?

— Je n'en sais rien. Elle est quelque part en ville, si mes informations sont exactes. Cette situation est de plus en plus bizarre. Pourquoi les gens sont-ils aussi compliqués ?

Il haussa les épaules.

— Que souhaiterais-tu dans un monde idéal ?

— Franchement, je n'en sais rien. Et je m'en fiche, peut-être. Elle s'est absentée si longtemps, je n'aurais jamais imaginé qu'elle pourrait encore me faire du mal, mais à présent…

Je me tus en laissant ma phrase en suspens.

— Mon père est mort quand j'étais jeune. Sur le moment, nous nous sommes tous dit que c'était une bonne chose. Cela nous simplifiait la vie. Mais à la longue… eh bien. Mettons que j'ai inventé un principe selon lequel seuls les disparus laissent vraiment leur marque. Je ne me suis pas encore remis. Peut-être ne survivons-nous jamais à nos familles.

— Oh là là ! Tu appelles ça me remonter le moral ?

Ses lèvres ébauchèrent un mince sourire sous sa moustache.

— Désolé, mon chou. Au moins Tania ne te tient pas rigueur des agissements de ta mère, de cela je suis certain. Je dois aller chez elle ce soir pour un dîner tardif. Viens avec moi.

Je secouai la tête.

— Je compte me coucher tôt.

— Tu as l'énergie de dix malabars, et tu le sais, me dit-il en me dévisageant d'un air pensif. A mon avis, tu as un faible pour Denys et dans ce cas, ma chérie, il…

— Non, Berkeley ! Pas de mise en garde, s'il te plaît, et plus de conseils. Je peux me défendre toute seule, merci beaucoup, et si je me prends des coups, eh bien, je les encaisserai, d'accord ? J'ai la peau dure.

— C'est vrai, quoique personne ne l'ait jamais assez dure. Pas quand il s'agit de ces choses-là.

La bouteille de champagne vidée, il prit la route de Ngong alors que j'allumais ma lampe, me lovais sous ma tente et tirais de mon sac mon petit recueil de poèmes. Cela faisait plusieurs mois que j'avais embarqué comme une voleuse ces *Feuilles d'herbe,* et je n'arrivais pas à me résoudre à les rendre, pas encore. Ouvrant le livre, je lus : « Je crois bien que je pourrais m'en retourner vivre chez les animaux. » Ce qui m'émouvait dans ces vers, c'était que Denys m'y ait reconnue. L'autosuffisance et la liberté d'esprit dont Walt Whitman était le chantre, le lien à la force mystérieuse de la nature et au monde sauvage, cela faisait partie de moi, et de Denys. Nous reconnaissions mutuellement cette parenté, même si rien d'autre n'était possible.

Un courant d'air souleva les pans de ma tente. A travers le triangle de mousseline de la moustiquaire, je voyais battre le cœur de la nuit. Le ciel était un océan d'étoiles, proches, scintillantes.

29

En novembre, Karen organisa une partie de chasse et m'invita à passer quelques jours chez elle. Entre Boy et Jock, et le flot de pensées troublantes à propos de Denys, je n'étais pas certaine que ce fût une bonne idée d'accepter. C'est pourtant ce que je fis.

Je trouvai Denys et Karen occupés à accueillir leurs nombreux hôtes, dont Ginger Mayer, que je n'avais jamais rencontrée, mais dont j'avais entendu parler par Cockie. Si j'avais bien compris, alors qu'elle était la maîtresse de Ben depuis des années, les deux femmes étaient restées amies. A mon arrivée, elles étaient en train de jouer sur la pelouse à ce qui me parut être un croisement entre le cricket et le golf, un jeu qui nécessitait en tout cas à la fois des raquettes de squash, des maillets de croquet et... une cravache en cuir. Ginger avait noué entre ses jambes l'ample jupe de sa robe de soie, ce qui lui faisait une étrange culotte bouffante. Elle était très belle, la peau dorée par ses taches de rousseur et ses cheveux d'un roux cuivré arrangés en une coiffure crantée à la dernière mode. Cockie et elle ressemblaient à deux sœurs tandis qu'elles couraient de-ci de-là en se renvoyant une vieille balle en cuir.

— Bonjour ! lançai-je à Cockie quand elle s'avança pour me saluer. Je croyais que Karen ne te parlait plus ?

— Elle ne me parle toujours pas, en principe, mais nous sommes en train de négocier une trêve. Peut-être parce qu'elle a eu finalement ce qu'elle voulait.

Nous nous tournâmes ensemble vers la véranda où Karen et Denys passaient en revue les réserves de vin. Nul n'aurait pu douter qu'ils étaient le maître et la maîtresse de maison.

— Comment ça se passe avec Jock ?

— On est dans une impasse. Je voudrais que l'on divorce, mais il ne me répond pas. Pas de manière raisonnable en tout cas.

— Tu m'en vois désolée, ma chérie. Mais ça finira bientôt par s'arranger, non ? Tout, même les pires choses, finit par s'arranger… La vie continue, et nous avec.

Je la laissai retourner en sautillant à son jeu et entrai dans la maison. Karen s'était surpassée. Il y avait des bougies et des fleurs partout. La table était dressée avec un service en porcelaine d'un goût exquis. Chaque objet avait été disposé avec un art consommé autant pour le plaisir des yeux que pour le côté pratique. Outre la peinture et l'écriture, elle pouvait ajouter à son palmarès la décoration intérieure.

— On fête quelque chose de spécial ? lui demandai-je.

— Pas vraiment. Je suis si heureuse que je n'ai pas envie de garder mon bonheur pour moi.

Sur ces paroles, elle s'en fut donner ses instructions à Juma au sujet de quelques détails du menu. Un souvenir me revint alors. Ne m'avait-elle pas dit plusieurs mois plus tôt qu'elle avait « bien l'intention » d'être heureuse ? Sur le moment, j'avais perçu sa détermination, et maintenant elle brandissait son trophée, tel un gibier pourchassé et abattu. Elle s'était lancée à fond de train sur le champ de courses de sa vie et avait remporté le grand prix.

Au dîner, les *boys* faisaient le service en veste et gants blancs sous la direction discrète de Karen qui présidait et dirigeait les opérations à l'aide d'une clochette en argent. Quand j'étais venue lui rendre visite, je ne l'avais jamais vue qu'en jupe et corsage blancs, mais ce soir elle portait une somptueuse robe de soie prune. Un diadème en strass retenait ses boucles sombres. Son visage était très poudré et ses yeux fardés de noir. Elle offrait à elle seule un spectacle fascinant, même si ce n'était pas moi qu'elle cherchait à impressionner.

Vêtue d'une des deux robes que je possédais pour mes virées à Nairobi, j'avais la désagréable sensation de ne pas être assez habillée. J'avais en outre d'autres raisons de me sentir à part. Ils avaient l'air de connaître les mêmes blagues et les mêmes chansons. Denys et Berkeley étaient tous les deux des anciens élèves d'Eton. Ils passèrent la soirée à entonner haut et fort – surtout Denys, de sa splendide voix de ténor – l'hymne de l'aviron, « ramons, ramons ensemble, tous les huit en même temps »... Les rires et le vin coulaient à flots. Je ne pouvais m'empêcher d'avoir l'impression d'être de trop. J'étais, et de loin, la plus jeune et aussi la plus provinciale. D'ailleurs Karen, quand elle parlait de moi, m'appelait « l'enfant ». A Ginger, par exemple, elle avait dit : « As-tu jamais vu une enfant aussi ravissante que notre Beryl ? »

Ginger était assise à ma gauche. Je ne savais rien d'elle, sauf que, d'après Cockie, elle était la maîtresse de Ben. En faisant tomber la cendre de sa cigarette dans un cendrier en cristal taillé, elle me déclara :

— Tu as une démarche de félin. On te l'a déjà dit ?

— Non. C'est un compliment ?

— Bien sûr que oui, répliqua-t-elle en secouant ses boucles rousses. Tu n'as rien à voir avec les femmes réunies autour de cette table, n'est-ce pas ?

Sous le regard inquisiteur de ses grands yeux bleus perçants, je n'étais pas très à l'aise, mais je refusais de plier l'échine.

— N'y a-t-il ici qu'une sorte de femme ?

— On pourrait m'accuser d'être une langue de vipère, je sais, mais c'est ainsi. Je rentre tout juste de Paris où elles portaient toutes la même robe de chez Lanvin et le même rang de perles. Il a suffi d'une soirée pour que tout cela se démode.

— Je n'ai jamais voyagé.

— Oh ! Il le faut absolument ! Le plus beau, c'est quand vous rentrez chez vous et que vous relativisez tout ce que vous voyez. C'est la partie que je préfère.

Levés de table, on se rassembla autour de la cheminée dans des fauteuils, sur des bancs ou des poufs. Karen se plaça dans un coin à la façon d'une œuvre d'art, un long fume-cigarette en ébène dans une main et dans l'autre un verre rouge. Denys s'assit à côté d'elle. En me rapprochant, j'entendis qu'ils discutaient de Voltaire. Ils terminaient mutuellement leurs phrases. On aurait pu les prendre pour les deux moitiés de la même personne. Ils semblaient avoir été assis depuis la nuit des temps dans la même posture, penchés l'un vers l'autre, les prunelles lumineuses.

Le lendemain, je me levai à l'aube pour aller chasser avec les hommes. Je tuai plus de canards que tout le monde, sauf Denys, ce qui me valut quelques claques dans le dos.

— Si je ne fais pas gaffe, tu vas devenir meilleur chasseur que moi, me dit Denys en épaulant sa Rigby.

— Ce serait si terrible ?

— Merveilleux, tu veux dire, répliqua-t-il en plissant les yeux, ébloui par le soleil. J'ai toujours aimé les femmes qui savent tirer et monter à cheval mieux que moi… Le genre qui se tient bien assuré sur ses deux jambes et tient le reste du monde en haleine. Je laisse à mes congénères masculins les modestes et les peureuses.

— Ta mère était-elle une de ces femmes ? Cela explique-t-il ta préférence ?

— Oui, ma mère aurait pu devenir une grande exploratrice si elle n'avait pas eu la charge d'une maison.

— Tu n'es guère féru de vie de famille.

Je me contentais d'énoncer un constat. Je voyais de plus en plus clairement en lui.

— On y est atrocement à l'étroit, tu ne trouves pas ?

— L'Afrique est le remède, en effet, le contraire du confinement. T'a-t-elle déjà déçu ? Je veux dire, as-tu jamais eu peur de t'y ennuyer ?

— Jamais ! répondit-il sans hésiter. L'Afrique est toujours nouvelle. Elle se réinvente sans cesse, n'est-ce pas ?

— C'est vrai.

Je regrettais de n'avoir pas répliqué en ces termes à Ginger la veille au soir. Je n'avais pas su trouver les mots pour traduire ce dont j'étais pourtant convaincue en mon for intérieur. Le Kenya était en mue perpétuelle, une matière toujours renouvelée. Inutile d'embarquer sur un paquebot pour voir du nouveau. Il suffisait de se retourner.

Denys passa devant moi et s'éloigna sur ses longues jambes. Je lui emboîtai le pas dans mes bottes crottées, de plus en plus persuadée que de bien des manières nous étions semblables. Il m'était impossible de rivaliser avec Karen sur le chapitre du raffinement et de la culture. C'était une bataille perdue d'avance, mais elle, de son côté, aurait eu du mal à faire ce que je faisais.

A notre retour à Mbogani, deux belles automobiles garées dans la cour témoignaient de l'arrivée d'une nouvelle fournée d'invités, en l'occurrence Mr et Mrs Carsdale-Lucks, les riches propriétaires du haras Inglewood au nord du Kenya, à Molo, et John Carberry accompagné de sa ravissante épouse, Maia, qui possédait une plantation de café non loin de Nyeri, à l'autre bout des Aberdare.

Carberry était un aristocrate irlandais, mais cela ne se voyait pas. Chevelure blonde, style bourlingueur aventurier, il s'exprimait avec un accent américain prononcé, accent qu'il avait acquis, paraît-il, depuis qu'il avait quitté son pays natal et renié son héritage irlandais.

Karen me le présenta comme « lord Carberry ». Il me donna une solide poignée de main en rectifiant avec son accent traînant : « J.-C. ». Maia était une jolie jeune femme vêtue de soie légère et de bas en dentelle, perchée sur des hauts talons qui lui donnaient une tête de plus que la fade et mal fagotée Mrs Carsdale-Lucks qui, éventail à la main, se plaignait de la chaleur.

— J.-C. et moi, on part pour les Etats-Unis la semaine prochaine, expliquait Maia à Karen et à Mrs Carsdale-Lucks. Nous allons terminer là-bas notre formation de pilotage.

— Vous avez combien d'heures de vol jusqu'ici ? s'enquit Denys, très intéressé.

— Dix seulement mais, d'après J.-C., je suis comme un poisson dans l'eau.

— J'ai tellement envie de voler, déclara Denys. J'ai eu mon brevet pendant la guerre, mais je n'ai pas eu l'occasion de reprendre le manche depuis. Je n'ai même pas vu d'avion !

— Vous n'avez qu'à voler avec le nôtre, lui proposa J.-C. Je vous enverrai un télégramme dès que nous serons rentrés.

— Mais il ne faut pas beaucoup d'entraînement ? demanda Karen, méfiante.

— C'est comme monter à bicyclette, répondit J.-C. d'un ton désinvolte.

Sur ce, les deux hommes s'éloignèrent pour inspecter une nouvelle carabine.

Les avions ne faisaient pas partie de mon univers. J'en avais parfois aperçu très haut au-dessus de ma tête, rayant le bleu pâle du ciel de panaches de fumée qui les rendaient encore plus semblables

277

à des jouets, à mes yeux des objets inutiles. Mais, manifestement, Denys avait l'air de leur trouver du charme, tout comme Maia.

— Vous n'êtes pas terrifiée à l'idée de tomber d'aussi haut ? s'enquit Mrs Carsdale-Lucks en agitant son éventail devant son visage et son cou luisant de sueur.

— Il faut bien tirer sa révérence d'une façon ou d'une autre...

Maia sourit. Une fossette creusa l'une de ses joues roses.

— ... Au moins ce sera radical.

30

Kekopey Ranch était la propriété du frère de Berkeley, Galbraith Cole. Ses terres s'étendaient sur les berges occidentales du lac Elmenteita, non loin de sources chaudes. En massaï, *kekopey* signifie « l'endroit où ce qui est vert devient blanc ». Une écume de bicarbonate de soude vole au vent comme de la neige. La gorge vous pique, vous avez les yeux qui pleurent, mais il paraît que c'est bon pour la santé. A l'époque, je me rappelle, les gens s'y baignaient en repoussant serpents et scorpions. Personnellement, ce n'était pas ma tasse de thé, même si j'appréciais un bon bain chaud. Pourtant ce fut avec plaisir que j'accompagnai D. à cheval le lendemain de Noël, histoire de me changer les idées, et parce que je pensais que l'escapade serait amusante.

Nous trouvâmes Denys et Berkeley buvant l'apéritif au coin du feu. Ils avaient débarqué au milieu de la nuit. Leur auto étant tombée en panne, ils avaient fait tant bien que mal le trajet depuis Gilgil dans l'obscurité. Karen était restée à Mbogani.

— On a d'abord essayé de réparer la suspension avec des sangles de cuir, expliqua Berkeley, mais il faisait trop noir, on n'y voyait rien. Finalement on s'est chargés nous-mêmes des canards, et en avant !

— Cinquante kilos de canard, précisa Denys.

— Un miracle que vous n'ayez pas attiré les lions, fit remarquer D.

— C'est exactement ce à quoi je pensais, ou plutôt ce à quoi je m'efforçais de ne pas penser, dit Berkeley.

Denys m'embrassa sur la joue.

— Tu as l'air en forme, Beryl.

— N'est-ce pas ? renchérit Berkeley.

C'est alors qu'intervint Nell, la femme de Galbraith, une petite brune pas tellement différente de Karen, moins le fond de teint, le khôl et la vivacité d'esprit.

— Berkeley a le chic pour deviner ce que les femmes ont envie d'entendre.

— Beryl sait qu'elle est belle, dit Denys. Elle l'était quand elle s'est regardée dans la glace ce matin. Qu'est-ce qui aurait pu changer ?

— Ne fais pas la bête, Denys, le gronda gentiment Nell. Toutes les femmes aiment être admirées de temps en temps.

— Et si tu avais faux ? Si elles s'aimaient déjà assez comme ça et n'avaient pas besoin qu'on se perde en salamalecs. Restons simples, par exemple ! Non ?

— Ne fais donc pas autant d'histoires pour des compliments, Denys, je t'en prie, lança Berkeley.

— Je comprends son point de vue, dis-je. De toute façon, la beauté ne vous mène pas loin. Qu'en est-il de la force ? Qu'en est-il du courage ?

— Oh là là ! dit Berkeley en se tournant vers Nell. Maintenant, c'est à deux contre un.

Nell avait disposé à la salle à manger des coupes à champagne pleines. Je bus la mienne d'un trait.

Les bulles me picotèrent le nez. J'en rapportai deux au salon, une pour Berkeley, l'autre pour Denys.

— Le champagne est obligatoire en Afrique, déclarai-je en parodiant Berkeley.

Ce dernier éclata de rire, les yeux réduits à deux fentes entre ses paupières plissées.

— J'ai bien cru avoir parlé tout haut.

Je hochai la tête.

— Joyeux Noël.

— Joyeux Noël, Diane, chantonna doucement Denys.

Ses paroles me traversèrent à la manière d'une chose vivante.

On nous servit à dîner un cochon de lait rôti au feu de bois accompagné de mets aussi succulents que rares dans nos contrées : relish aux airelles, châtaignes grillées et Yorkshire pudding. J'étais assise en face de Denys, qui mangea comme quatre.

— J'ai un permis spécial pour l'ivoire et l'intention de passer trois mois en safari après la fête du nouvel an, annonça-t-il. Je ferais bien de garnir mes poches de ces châtaignes.

— Pauvre Denys, fit D.

— Pauvre Denys, tu parles. Il va gagner une fortune, argua Berkeley.

— Où vas-tu, cette fois ? m'enquis-je.

— Au Tanganyika.

— Mais c'est la réserve massaï, objecta D.

— Je sais, il n'y a quasiment pas de routes, mais il y aura des animaux et la chasse devrait être bonne si mon camion ne me lâche pas.

— N'oublie pas tes sangles de cuir, on ne sait jamais, dis-je.

— Ah, oui, bonne idée, opina-t-il en se reservant copieusement.

Après le dîner, des jeux de société s'organisèrent, puis on fuma au coin du feu et ensuite vint l'heure des digestifs, enfin, du brandy. Et moi j'avais la sensation à la fois que le temps s'était figé et que tout était déjà terminé. Je n'aurais su expliquer pourquoi, mais je ne voulais plus quitter Denys, ou plutôt je ne manquais pas une occasion d'être auprès de lui. Un étrange sentiment prenait possession de moi, que je ne pouvais pas nommer.

Lorsque D. se déclara prêt à rentrer, j'inventai trois excuses différentes pour rester. A mon avis, il ne crut à aucune d'entre elles, mais il prit son chapeau et nous souhaita bonne nuit. Avant de disparaître dans les ténèbres, il me jeta un coup d'œil dubitatif. « Je n'agis pas sur un coup de tête. » J'avais ces mots sur le bout de la langue. Bien sûr, ce n'était pas vrai.

C'était en effet manquer de réflexion que de rester seule au coin du feu avec Denys alors que les autres étaient tous allés se coucher, c'était irréfléchi de chercher des moyens de me rapprocher de lui alors qu'il appartenait à Karen. Irréfléchi et mal. Mais plus fort que moi. Deux bûches rougeoyaient dans l'âtre. Dans les lueurs chaudes et vacillantes, le dos, les plis, les creux de ses mains avaient sur moi un effet hypnotique.

— Tu parles du safari comme si tu y cherchais quelque chose d'introuvable ailleurs. C'est ainsi que je voyais autrefois la ferme de mon père près de Njoro.

— Un pays magnifique.

— Le plus beau.

— Quand j'ai commencé, tu sais, il n'y avait pas encore de camions. On avait des porteurs et il fallait se frayer un chemin à coups de machette. Si tu savais les horribles histoires qui circulaient... à propos de chasseurs se faisant encorner ou dévorer. Celui-ci avait eu le visage arraché par les cornes d'un buffle. Un autre était tombé sur un lion au pied du mont Longonot. Le lion l'avait délesté de ses entrailles. Tout était imprégné d'une force sauvage supérieure à ce qu'elle est devenue aujourd'hui. Partir en expédition revenait à tenter le hasard alors que l'adversaire avait de loin les meilleurs atouts.

— Tu exagères d'être nostalgique d'un temps où on se faisait encorner comme un rien, dis-je en souriant.

Il me répondit par ce sourire en coin qui plissait un peu ses yeux. Je finissais par connaître par cœur les variations de son visage. Même paupières closes, j'aurais pu voir son expression avec la même netteté.

— La dernière fois, mon client exigeait quatre vins différents à chaque repas. Nous transportions une glacière, et des peaux d'ours.

— Très peu pour moi, je n'ai besoin que des étoiles, merci beaucoup.

— C'est ce que je veux dire. Si un client veut s'aventurer dans la brousse, il doit jouer le jeu. Voir la nature pour ce qu'elle est. Ils ne pensent qu'à leurs trophées, mais que représentent-ils s'ils n'ont même pas vécu pleinement ces moments ? S'ils n'ont pas été vraiment là, sur place, au milieu de tout ça ?

— Tu m'emmèneras un jour ? J'aimerais voir ce paysage, avant qu'il disparaisse.

— Entendu. Je crois que, toi, tu comprendrais.

— Je pense aussi que oui.

Le serval apprivoisé de Galbraith s'approcha en quête de restes et de caresses. Il s'étala de tout son long par terre aux pieds de Denys et nous montra la fourrure pâle et tachetée de son ventre. Dans la cheminée, les braises s'éteignaient. La nuit s'écoulait comme les eaux d'un fleuve. Denys se leva et s'étira. Et je m'entendis lui demander :

— Je peux rester avec toi ?

— Est-ce une bonne idée ? dit-il, manifestement pris de court. Je croyais que Tania et toi étiez maintenant de bonnes amies.

— Je ne vois pas ce que cela a à voir avec ma question...

Je mentais mais, voilà, je n'arrivais pas à le lui dire autrement. Je voulais passer cette nuit-ci avec lui. Une seule nuit, et ensuite je l'oublierais.

— ... Nous sommes amis, nous aussi.

Il planta ses yeux dans les miens. J'avais beau jouer, enfin, essayer de jouer les désinvoltes, ce regard me retourna les tripes. Je me levai. Nous n'étions qu'à un pas l'un de l'autre. Il tendit la main et posa un instant le bout d'un doigt sur mon menton. L'instant d'après, sans un mot, il pivota sur lui-même et s'éloigna dans le couloir vers sa chambre. Je le suivis quelques minutes plus tard. Il faisait tellement noir que je dus progresser à tâtons. Je me coulai par la porte qu'il avait laissée ouverte. Sous mes pieds les lattes du plancher étaient lisses et muettes. La nuit m'enveloppait d'une douce étreinte animale. Ni lui ni moi ne fîmes un bruit, mais un sixième sens me guida jusqu'à lui. Un pied devant l'autre, dans les ténèbres.

31

Je me réveillai par une nuit incroyablement noire. Denys était auprès de moi. J'entendais sa respiration tranquille et régulière. Peu à peu se découpa la courbe longue de sa hanche. Une jambe repliée sur l'autre, relâchée. Il m'était déjà arrivé de m'imaginer dans ses bras, le contact de ses muscles, le goût de ses baisers, mais je n'étais jamais allée jusqu'à envisager ce qui se passerait après, ce que nous nous dirions, ce que cela changerait entre nous. C'était trop bête. Me voilà dans un drôle de pétrin, songeai-je.

Alors que je l'observais, il ouvrit les yeux. Mes pensées s'envolèrent instantanément, le monde cessa d'un seul coup de tourner. Il ne cilla pas, ne détourna pas le regard, et m'attira contre lui, sous lui, dans un mouvement lent et résolu. La première fois avait été rapide, comme si nous ne voulions pas nous accorder le loisir de respirer ni de réfléchir aux conséquences. Mais là, le temps s'était arrêté et nous avec. La maison était silencieuse. Derrière la fenêtre, la nuit se tenait coite. Il n'y avait que nos deux corps que les ombres caressaient. Proches, de plus en plus proches, désireux de franchir un cap. Mais même alors, je ne me suis pas dit : « Il est l'amour qui va bouleverser ma vie. » Je n'ai pas pensé : « Je ne m'appartiens plus. » Je l'ai embrassé, c'est tout, je me suis dissoute, et c'était fait.

Lorsque Denys se rendormit, je m'habillai sans un bruit et me glissai hors de la maison jusqu'aux écuries dans l'intention d'emprunter un cheval à Galbraith. Ce forfait me coûterait forcément en explications le lendemain, mais pas autant que ce qui serait inscrit sur mon visage si je restais là. Je choisis un poney arabe au pied sûr. Il faisait encore noir, mais je n'avais pas peur. Au bout de quelques kilomètres, une lumière pâle éclaira l'orient puis le soleil se leva, propre et net, de la même teinte rutilante que les flamants roses au repos dans les hauts-fonds du lac Elmenteita. En me rapprochant de la berge, je vis qu'ils sortaient collectivement de leur torpeur, à croire qu'ils étaient liés par des fils invisibles sous la surface. Quand ils se nourrissaient, ils s'y prenaient à deux ou à trois, piétinant la vase les uns pour les autres, dessinant des huit de leurs longues pattes.

J'avais vu ce paysage des centaines de fois, pourtant il semblait avoir une signification autre. Le lac faisait peau neuve, comme au premier matin du monde. Je descendis de cheval pour le laisser boire tout son soûl. Remontée en selle, je lui fis prendre le petit galop. Les flamants roses se soulevèrent puis refluèrent comme l'onde d'une marée qui retombe. C'est-à-dire qu'ils volèrent tous dans la même direction au-dessus des bords du lac, ventres clairs, coups d'ailes rapides, puis ils rebroussèrent chemin tel un seul organisme vivant, se muant en une toupie multicolore dont la vue provoqua chez moi une sorte d'illumination. J'eus la sensation de me réveiller d'un long assoupissement. Dès lors que mon père m'avait annoncé qu'il fallait faire une croix sur la ferme, je m'étais réfugiée dans le sommeil, ou la fuite, ou bien les deux. Et là, soudain, il y avait le scintillement du soleil sur l'eau et le bruit de milliers d'ailes hachant l'air. J'ignorais ce qui m'attendait si je continuais dans cette voie. Ce qui se passerait avec Denys et Karen… Parviendrais-je à harmoniser mes sentiments discordants ? Je n'avais aucune idée sur rien, mais maintenant j'étais éveillée. C'était déjà ça.

Quatre jours après, D. organisa une fête de nouvel an dans un hôtel dont il était le propriétaire à Nakuru. Les invités affluèrent dans leurs plus beaux atours pour dire au revoir à 1923 en soufflant dans des cornes de papier avant de tirer vers eux l'écran blanc de l'année qui venait. Les musiciens de la fanfare s'étaient entendu promettre du caviar et tout le champagne qu'ils pouvaient ingurgiter s'ils avaient la gentillesse de jouer jusqu'à l'aube. La petite piste de danse, prise d'assaut, présentait un tourbillon de bras et de jambes.

— Comment se porte ton cœur en ce moment ? demandai-je à Berkeley pendant que nous dansions.

Les couleurs vives de sa cravate de Noël contrastaient avec son teint gris et les cernes noirs sous ses yeux.

— Un peu capricieux, mais il bat toujours. Et le tien ?

— Toujours pareil.

Notre valse nous fit passer devant la table de Denys et Karen qui bavardaient, lui dans un costume blanc éblouissant, elle drapée dans une robe de taffetas noire qui découvrait ses épaules pâles. Rien qu'à les regarder, j'avais la poitrine qui se serrait douloureusement. Je n'avais pas vu Denys et encore moins parlé avec lui depuis que je m'étais enfuie de sa chambre comme une voleuse. Je n'avais eu aucun contact avec Karen depuis la partie de chasse. Je me sentais désormais incapable de me conduire normalement avec eux. Hélas, rien ne serait plus jamais normal entre eux et moi.

Après cette danse, je m'excusai auprès de Berkeley en disant que j'avais soif. Il me fallut un siècle pour arriver au bar, et découvrir que Karen m'avait devancée. Elle agita entre nous son long fume-cigarette en ébène.

— Bonne année, Beryl.

— Bonne année, lui dis-je en me penchant pour l'embrasser sur la joue, griffée par les petits coups de canif de la culpabilité. Comment vas-tu ?

— Dans une panade totale. Mes investisseurs me poussent à vendre la ferme.

— C'est si grave que ça ?

— Ça ne change pas.

Ses dents tintèrent sur l'ébène de son fume-cigarette alors qu'elle inhalait la fumée, qu'elle souffla lentement, sans rien révéler. C'était Karen tout craché. Ses paroles pesaient si lourd qu'on avait l'impression de tout connaître d'elle, mais c'était un tour de magicienne.

— Tu dois être contente d'avoir Denys auprès de toi.

Je m'efforçais d'être la plus naturelle possible.

— Tu as raison, sa présence change tout. Sais-tu que je meurs un peu à chacun de ses départs ?

Mon cœur chavira. Sa veine poétique était indéfectible, mais quelque chose dans ses intonations me fit dresser l'oreille : elle me mettait en garde, ou affirmait son droit de propriété. A travers les filets ondoyants de la fumée, j'observai son visage aux pommettes anguleuses et admirai sa faculté de percer les autres à jour. J'étais peut-être encore à ses yeux « l'enfant », mais elle devait sentir qu'il s'était produit un changement. Elle le humait dans l'air.

— Tu ne peux pas convaincre tes investisseurs de t'accorder une dernière chance ?

— Je l'ai déjà eue. Deux fois, en fait. Mais il faut que j'agisse. Je pourrais par exemple me marier.

Je parvins à articuler :

— Tu n'es pas toujours mariée ?

— Bien sûr que si. Seulement je vois loin.

Elle me gratifia d'un regard un peu hautain avant de poursuivre :

— Ou bien je laisserai tout tomber et je migrerai en Chine ou à Marseille.

— Tu plaisantes.

— Parfois… je caresse l'idée de tout recommencer à zéro. Cela ne t'arrive pas, à toi ?

— Quitter le Kenya ? Non, je n'y ai jamais pensé. Ce ne serait plus pareil ailleurs.

— Tu changeras peut-être d'avis un jour. Si tu souffres assez.

Elle darda sur moi un de ses regards clairvoyants et s'éloigna.

Je passai les heures suivantes debout contre le mur derrière l'orchestre à ruminer les propos de Karen. Etait-elle au courant pour Denys et moi ?

Il n'allait sûrement pas prendre le risque de venir parler avec moi, et dans un sens je m'en félicitais. Je n'aurais pas su quoi lui dire, je ne savais même pas ce que je voulais. Partout où mes yeux se posaient, je voyais des couples autour desquels flottaient de complexes auras se faire et se défaire à la manière des liens entre les protagonistes d'un mélodrame. Des vies bouleversées. En un clin d'œil... c'était ainsi qu'une chose survenait, ou s'achevait à jamais. Parfois la différence entre ces deux phénomènes était imperceptible, pourtant l'un comme l'autre avaient un coût élevé.

L'aurore pointait lorsque je quittai le Nakuru Hotel à pied, entre D. et Boy Long, soulagée que cette nuit fût enfin terminée. Je ne m'étais trouvée qu'une fois nez à nez avec Denys, au bar, quand nos regards s'étaient croisés et ne s'étaient plus quittés. Puis Karen avait posé la main sur son épaule, et il s'était détourné, un point c'est tout. A présent, je me sentais abattue, épuisée. Cela explique sans doute pourquoi je ne me rendis pas tout de suite compte de ce qui se passait. Jock avait surgi comme de nulle part et traversait la rue dans notre direction en criant quelque chose d'incompréhensible. Sa vue me pétrifia.

— Tu devais la surveiller ! dit-il à D. d'une voix pâteuse, les yeux fous, hagards.

A mon côté, Boy contracta tous ses muscles, prêt à bondir. Mais D. s'interposa.

— Parlons calmement, d'homme à homme.

— Je ne permettrai pas qu'on me ridiculise, éructa Jock.

Sur ces paroles, il lança son poing en l'air et manqua de peu D. Mon sang se glaça dans mes veines. Il savait pour Denys. C'était tout ce qui me venait à l'esprit.

D. eut un mouvement de recul qui manqua de lui faire perdre l'équilibre. Je voyais bien qu'il était secoué, et sans doute aussi terrifié. Boy cessa de ronger son frein et s'élança pour saisir Jock par le bras, mais Jock s'esquiva et donna un nouveau coup de poing qui, cette fois, atteignit D. au menton avec un bruit mat écœurant. D. vacilla un instant sur lui-même, puis mit un genou à terre en se vidant de tout l'air qu'il avait dans les poumons. Boy tenta de maîtriser Jock qui multipliait les coups en vociférant je ne sais quoi à propos d'obtenir satisfaction.

Mais même si mon histoire avec Denys avait été mise au jour, qu'est-ce que cela avait à voir avec D. ? Pour quelle raison en voudrait-il à un homme âgé, innocent de surcroît ? Rien n'avait de sens et Jock était ivre à en être anesthésié, réduit à cet être décharné, sauvage, qui se débattait.

— Arrête ! lui ordonnai-je à tue-tête. C'est D. D. ! Arrête !

Je me glissai derrière lui et le tirai par sa chemise, puis le frappai dans le dos avec mes deux poings. Il me repoussa d'une chiquenaude. Je me relevai aussitôt de ma chute.

D. s'était recroquevillé par terre, les mains sur la tête, pour se protéger des coups de Jock. Tout se passait si vite.

— Arrête ! Arrête !

Je criai, criai, saisie d'effroi à l'idée que Jock pourrait tuer D.

Je criai à Boy d'aller chercher des renforts à l'hôtel. Et enfin, il revint en courant avec plusieurs hommes qui parvinrent tant bien que mal à se glisser entre Jock et D. Ils immobilisèrent Jock contre un mur. Le visage empourpré de rage, il continuait à leur résister.

— Salope ! Egoïste !

Ces mots, il les crachait dans ma direction.

— ... Tu croyais que tu pourrais baiser comme une sale pute sans que je l'apprenne ? Tu croyais que je fermerais les yeux ?

Dans un sursaut d'énergie forcenée, il réussit à écarter les bras qui le retenaient et s'élança en titubant. Il disparut dans les ténèbres de la rue.

D. était une loque. Nous le transportâmes non sans mal à l'hôpital. Son œil était déjà gonflé, sa bouche et son nez pissaient le sang. On tira un chirurgien du lit pour le soigner. Boy et moi attendîmes des heures pendant qu'on lui faisait des points de suture et un plâtre. Il avait une triple fracture au bras, un traumatisme du cou et la mâchoire cassée. Lorsque le chirurgien dressa la liste de ses blessures, j'enfouis mon visage dans mes mains. J'avais tellement honte, j'étais anéantie. J'avais par ma témérité fait basculer Jock dans une crise de folie. J'aurais dû savoir de quoi il était capable. C'était ma faute, entièrement ma faute.

— Il guérira ? demandai-je au chirurgien.

— Avec le temps. Nous allons le garder plusieurs semaines au moins et, une fois rentré chez lui, il aura besoin d'une infirmière.

— On fera ce qu'il faudra, lui assura Boy.

Après le départ du chirurgien, je revis en esprit Jock s'éloignant dans la nuit, impuni.

— On devrait porter plainte de toute façon, dis-je à Boy.

— D. ne veut aucune publicité. Il te protège... nous protège tous les deux, je suppose, mais aussi lui-même. De quoi ça aurait l'air si la tête du comité se montrait aussi vulnérable ?

— Je suppose... que ce n'est pas bien.

— Le bien... le mal... Cela ne compte pas toujours dans ce genre d'affaire.

— Pourtant, ça compte, non ?

J'étais crucifiée, c'était affreux, car c'était moi la responsable, moi seule.

Enfin, je fus autorisée à voir D. Sa mâchoire violette, son front guère mieux, les attelles et le plâtre. Les croûtes de sang séché dans sa chevelure blanche. L'expression crispée de douleur de son visage. Je pris sa main.

— Pardon.

D. ne pouvait pas parler, mais il cligna des yeux dont le blanc était injecté de sang. Il paraissait incroyablement fragile et vieux.

— Je peux faire quelque chose ?

Il cilla de nouveau puis ses paupières se fermèrent. Une toux rauque le secoua, il fit la grimace, sa respiration reprit un rythme régulier. Je restai longtemps à contempler sa poitrine qui se soulevait doucement, puis me laissai sombrer dans un mauvais sommeil.

32

Au cours des semaines qui suivirent, Soysambu, et mes oreilles, devint le réceptacle de ragots en provenance des quatre coins de la colonie. Je m'étais fait remarquer au prix St Ledger et les mauvaises langues étaient de nouveau allées bon train à propos de Boy. Jock avait eu vent de la chose et avait décidé d'en finir. A ce stade, tout le monde était au courant pour mon mariage. Peut-être d'ailleurs depuis longtemps. Heureusement, rien ne semblait avoir transpiré à propos de ma nuit avec Denys. Ce secret, au moins, avait été préservé.

D. était toujours en convalescence à Nairobi et Boy s'apprêtait à partir. Il avait donné sa démission au ranch et réservé une place à bord d'un bateau pour l'Angleterre.

— Finalement je vais épouser ma fiancée de Dorking, me dit-il en jetant dans son sac de voyage des vêtements de couleurs vives que n'aurait pas désavoués un pirate. Ça me fait bizarre de te laisser en plan.

— Ça ira. Je comprends pourquoi tu veux t'en aller.

Il ne leva pas les yeux, mais je vis qu'il cherchait un moyen de ne pas perdre la face.

— Si tu as besoin de quoi que ce soit, tu sais que je serai toujours là pour toi.

— Dorking ? fis-je, sceptique.

— Pourquoi pas ? On est des amis, non ?

— Tout à fait.

Je l'embrassai sur la joue.

Boy envolé, ma conscience continua à m'asticoter et à m'empêcher de fermer l'œil la nuit. Pourtant, en quittant Jock et en folâtrant avec Boy, je n'avais rien fait de plus extraordinaire que les autres membres de la colonie. Cependant, à en croire les rumeurs qui circulaient parmi les garçons d'écurie de Soysambu, Jock menaçait d'abattre Boy si jamais il le voyait en ville. D'où sa fuite à Dorking.

Je me sentais seule et sans défense. Mon père me manquait comme jamais. J'aurais eu besoin de sa présence et de ses conseils. Devais-je ignorer les médisances, ou y avait-il moyen d'y mettre un terme ? Et comment devais-je m'y prendre avec Jock devenu ingérable ?

À son retour, D. était incroyablement fragile et traumatisé. Il avait encore devant lui six mois de convalescence.

— Je m'en veux terriblement pour ce que Jock vous a fait, lui dis-je tandis que l'infirmière préparait son lit et changeait ses pansements.

Il avait le bras dans le plâtre jusqu'à l'épaule. Il portait une minerve.

— Je sais. Mais, vois-tu, la colonie se montre très protectrice à mon égard. Plus que je ne le suis moi-même.

— Que voulez-vous dire ?

Il pria l'infirmière de nous laisser seuls quelques minutes.

— J'ai essayé de garder ton nom en dehors de tout ça mais, quand la colonie décide de se scandaliser, il n'y a rien à faire.

Je fus parcourue d'un frisson de honte et de rage, entrelacées comme les deux cordons d'une tresse.

— Je me fiche bien de ce que les gens pensent de moi.

— Peut-être, mais je ne peux pas m'offrir ce luxe.

Il baissa les yeux sur ses mains posées sur les draps aux plis impeccables.

— Il vaudrait mieux que tu évites le monde des courses pour quelque temps.

— Pour faire quoi ? Mon travail, c'est toute ma vie.

— Les gens finiront par oublier, mais pour l'instant c'est trop frais. Ils veulent ta tête.

— Pourquoi pas celle de Jock ? C'est lui qui est devenu fou.

Il haussa les épaules.

— On se montre tous très tolérants, mais jusqu'à quel point ? C'est un fait, on a plus de sympathie pour un mari fou de jalousie que pour une épouse… infidèle. Ce n'est pas juste, mais qu'est-ce qui l'est ?

— Vous me renvoyez, si je comprends bien.

— Je te considère comme ma fille, Beryl. Tu auras toujours une place chez moi.

Je déglutis avec l'impression d'avoir la bouche pleine de craie.

— Je ne vous reproche rien, D. Je n'ai que ce que je mérite.

— Qui peut jeter la pierre ? On aime se donner le rôle de juge et de juré mais, sous les apparences, nous sommes tous d'affreux rancuniers, dit-il en avançant le bras pour tapoter affectueusement le dos de ma main. Laisse le feu s'éteindre et tu pourras revenir. Surtout, prends bien soin de toi.

Je refoulai les larmes qui me brûlaient les yeux, le remerciai et sortis de sa chambre sur des jambes flageolantes.

Au début, je ne savais pas où aller. Chez ma mère, il n'en était pas question. Cockie était à Londres dans sa famille. Berkeley était trop inquiet pour moi, trop perspicace. Quant à Karen, jamais plus je ne me tournerais vers elle. Je l'avais trahie – il n'y avait pas d'autre mot – et si je l'aimais et l'admirais toujours, en dépit de mes sentiments pour Denys, eh bien, c'était à moi de me sortir toute seule de ce dilemme. De toute façon, j'avais sans doute déjà perdu son estime, et celle de Denys également.

Maintenant que ma vie était exposée aux yeux de tous, je souffrais de voir combien ces questions de réputation prenaient de l'importance. Cela me rappelait l'époque de Green Hills et du scandale qui avait entouré la faillite de mon père. Il avait eu la peau plus dure que moi, les médisances ne semblaient pas l'avoir atteint. Alors qu'elles m'avaient bouleversée, moi, et c'était de nouveau la même histoire, la même sensation d'être dépouillée de moi-même. Je ne pensais plus qu'à une chose : fuir la colonie aussi vite que possible, hors d'atteinte des regards indiscrets et des méchantes langues. Le Cap n'était

298

pas assez éloigné. Mais quel endroit l'était ? Je tournai et retournai ce problème dans ma tête, et fis l'inventaire de ma fortune. J'avais tout au plus soixante livres, presque rien. Où ce presque rien pouvait-il me mener ? En quel pays ?

33

Dans la vitrine de chez Fortnum's, des châtaignes en boîte et des dragées. Regent Street et ses
mannequins de tailleur égayés de chemises rayées
pastel, de foulards et de pochettes. Des chauffeurs
de camion forçant le passage à coups prolongés de
klaxon. Les couleurs et les bruits de Londres me
donnaient le vertige et m'empêchaient de penser.
Et puis il y avait le froid. J'avais quitté Mombasa
par une chaleur étouffante. Debout sur le pont du
bateau, j'avais regardé le port de Kilindini rapetisser, les cheveux soulevés par un vent chaud qui
plaquait contre ma peau mon mince chemisier. A
Londres, les pavés étaient sertis dans de la neige
sale. J'avais les pieds glacés dans mes petites chaussures. Je n'avais ni manteau ni souliers, et une
seule adresse en poche pour me servir de guide :
celle de Boy Long et de sa jeune épouse, Genessee,
à Dorking. Pour toutes sortes de raisons, il était
incongru de ma part de me pointer chez mon ex-
amant mais, après tout ce qu'on avait traversé, je
me raccrochais à sa promesse d'être là pour moi.
J'avais confiance en lui. Je ne voyais pas plus loin.
   A Dorking, quelle ne fut pas ma stupéfaction de
me trouver face à face avec un autre Boy. Au Kenya,
j'avais dit au revoir à un pirate. Et voilà que je le
retrouvais en pantalon pied-de-poule, bretelles et

chaussures Oxford impeccablement cirées. Comme Genessee l'appelait non pas Boy, mais Casmere, je l'imitai.

Par bonheur, Genessee était la gentillesse même, et aussi grande que moi. Elle me proposa de me prêter des vêtements, ce qui m'éviterait d'être la risée des Londoniens et d'attraper la mort. C'est ainsi que, réchauffée par son tailleur en tricot, je suivis les indications de Boy et pris le train puis le métro jusqu'à West Halkin Street, au cœur de l'élégant quartier de Belgravia, à la recherche de Cockie.

L'après-midi tirait à sa fin quand je me présentai chez elle à l'improviste. J'ignorais quasiment tout de sa situation familiale, mais manifestement il y avait de la fortune dans l'air. A un jet de pierre ou presque de Buckingham Palace, sa maison s'insérait dans une rangée de façades identiques revêtues de pierre blanc cassé et soulignées de longs balcons filants en fer forgé noir. Sous la profonde saillie du porche, je rassemblai mon courage et frappai. J'aurais tout aussi bien pu m'abstenir. La bonne était seule à la maison. Elle me toisa, prenant sans doute cette jeune visiteuse sans manteau pour un parent pauvre venu demander l'aumône. Je baissai les yeux sur mes pieds mouillés sur le parquet. Finalement, je ressortis dans le froid sans même avoir laissé mon nom.

Comme je n'avais pas envie de me retaper le long chemin jusqu'à Dorking, je me promenai au hasard autour de Regent's Park, Piccadilly Circus et Berkeley Square. Lorsque je ne sentis plus mes orteils, j'entrai dans un bed and breakfast à Soho, dont le prix était raisonnable. Le lendemain matin, je retournai frapper chez Cockie, mais elle était de nouveau sortie, cette fois chez Harrods.

— Je vous prie de bien vouloir attendre, me dit la femme de chambre. Elle m'a dit de vous retenir.

Cockie surgit enfin juste avant l'heure du déjeuner. Elle lâcha ses sacs par terre et me saisit par le bras.

— Beryl, je me doutais je ne sais pourquoi que c'était toi. Comment es-tu arrivée jusqu'ici ?

— C'est une triste histoire.

J'admirai sa bonne mine, ses formes rondes et l'élégance de sa tenue, sa jupe, ses chaussures, son manteau de fourrure piqué de flocons de neige. En fait, hormis le manteau, elle n'avait guère changé depuis la dernière fois que je l'avais vue à Nairobi. Alors que pour moi, rien n'était plus pareil.

— Mais avant de te la raconter, pourrait-on boire un petit brandy ?

Je mis un temps fou à dérouler le récit de ma sordide aventure, par bribes, et encore, seulement certaines bribes. Je ne citai même pas Denys, ni les aléas de mon amitié avec Karen. Cockie me prêta une oreille attentive et garda ses pires grimaces pour la fin.

— D. te reprendra sûrement dès que le soufflé sera retombé.

— Je ne sais pas si c'est une bonne idée. Il doit veiller à sa réputation.

— Dans la vie, on a toujours des soucis. Tu n'as pas commis plus d'erreurs que les autres.

— Je sais… mais je n'ai pas été la seule à en payer le prix. C'est ce que je n'arrive pas à accepter.

Elle hocha la tête, pensive.

— Où est Jock maintenant ?

— Je n'ai pas eu de nouvelles depuis que je l'ai vu disparaître en courant dans la nuit à Nakuru. Il ne pourra plus me refuser le divorce, je suppose.

— Peut-être pas. Mais tant que tu es mariée, tu as droit à un soutien financier.

— Quoi ? Mais je ne veux pas de son argent ! Plutôt crever de faim.

— Tu comptes vivre comment alors ?

Elle regarda mon tailleur qui passait encore en province, mais ne me mènerait pas loin à Belgravia.

— Tu n'as sûrement pas grand-chose.

— Je vais trouver un travail. Je t'assure, je vais retomber sur mes pieds. Je m'en sors toujours.

En dépit de mes efforts pour la rassurer, Cockie s'inquiétait pour moi et devint mon ange gardien. Je passai les semaines suivantes sous son toit et acceptai de l'accompagner à des soirées où elle me présentait toutes sortes de gens. Elle tenta aussi de m'enseigner les mœurs financières londoniennes. Je n'avais jamais fait trop attention à ces questions et, personnellement, ne connaissais que le système de la tontine. Au Kenya, les marchands vous faisaient crédit autant que vous le vouliez, étirant les remboursements sur des années en temps de vaches maigres. Mais à Londres, apparemment, pour obtenir un prêt, il fallait déjà avoir de l'argent.

— Mais si j'en avais, pourquoi je demanderais qu'on m'en prête ?

Elle sourit et soupira :

— Il va falloir te trouver un protecteur, de préférence bel homme.

— Un protecteur ? m'écriai-je, échaudée après les humiliations que j'avais essuyées.

— Tu n'as qu'à les voir comme des sponsors, ma chérie. N'importe quel type aurait de la chance de se pavaner avec toi à son bras en échange de quelques menus cadeaux. Des bijoux de préférence...

Elle sourit de nouveau.

— ... Ça te permettrait de passer le cap.

Cockie non seulement était plutôt ronde, mais avait aussi une tête de moins que moi. Aucune de ses affaires ne m'allait. Elle m'emmena faire quelques boutiques, et surtout chez de riches amies à elle dont on pilla les armoires. Je lui étais reconnaissante de chercher à s'occuper de moi et à m'aider à m'en sortir. Mais je ne me sentais pas dans mon élément à Londres. A vrai dire, je n'étais pas dans mon assiette depuis que le bateau avait quitté Mombasa et que le mal de mer m'avait clouée sur ma couchette. La nausée avait persisté longtemps après que j'ai eu remis les pieds sur la terre ferme, en fait, jusqu'à ce séjour à Belgravia, où elle s'était muée en fatigue. J'hésitais à en parler à Cockie, mais elle s'en rendit compte toute seule et m'interrogea sur mes symptômes.

— Tu as peut-être la grippe, ma chérie. Ici les gens en meurent. Va consulter mon médecin.

— Je n'ai jamais attrapé la moindre fièvre.

— Oui, mais ici c'est différent. Tu iras, n'est-ce pas ? Pour moi.

J'évitais en général tout contact avec la médecine moderne depuis le jour où *arap* Maina nous avait raconté, à Kibii et à moi, que ces cinglés de docteurs *mzungu* prenaient du sang à un autre corps que le vôtre pour vous guérir. Il avait appuyé ses paroles d'un geste de la main signifiant que les hommes blancs étaient décidément fous tandis que Kibii et moi frémissions d'horreur à la pensée du sang gluant d'un autre s'infiltrant dans nos veines. Pouvait-on rester soi-même après un pareil traitement ?

Cockie ne voulut rien entendre. Elle me traîna au cabinet, où le médecin prit ma température, mon pouls et me posa des tas de questions à propos de mon voyage et de mon hygiène. Finalement, il me déclara en pleine forme. « Un peu de constipation tout au plus », dit-il avant de me prescrire une brève cure d'huile de foie de morue.

— Tu es contente ? me demanda Cockie dans le taxi sur le chemin du retour à West Halkin Street. Maintenant, tu peux être tranquille.

Sauf que je ne l'étais pas. Quelque chose ne tournait pas rond chez moi, et cela n'avait rien à voir avec un problème intestinal. Je la remerciai et retournai à Dorking, soulagée de me reposer un peu après l'effervescence de la capitale. Boy et Genessee se montrèrent tout aussi chaleureux et compréhensifs que la première fois, mais un beau matin, en me réveillant dans mon lit douillet, je me rendis à l'évidence : nausée, vertiges, fatigue ; c'était clair comme deux et deux font quatre. Et ces petites rondeurs qui se profilaient sous mes vêtements d'emprunt... Je cherchai à me rappeler la date de mes dernières règles : impossible. Je glissai la main sous l'édredon et la posai sur ma taille, laquelle, en quelques semaines, s'était incroyablement épaissie. J'avais mis ce nouvel embonpoint sur le compte des *crumpets* beurrés et de la crème caillée, mais à présent la vérité pointait son vilain nez.

Adossée à mes oreillers, je m'efforçai de trouver quelque chose à quoi me raccrocher. A l'époque, les procédés de contraception étaient approximatifs. Depuis la fin de la guerre, les hommes pouvaient disposer de préservatifs, mais ces modèles au latex épais et irritant se déchiraient à la moindre provocation. En général, l'homme se retirait avant, ou bien la femme s'efforçait d'éviter les jours fertiles du mois, comme je l'avais fait avec Boy pendant notre liaison. Mais avec Denys, cela s'était passé si vite que je n'avais pris aucune précaution. Et à présent, j'étais dans de beaux draps. Si j'avais été chez moi, je serais allée trouver une femme du village somali qui m'aurait donné une infusion de menthe pouliot ou de genévrier sabine en espérant faire passer le problème... Mais ici, en Angleterre ?

Je roulai sur le ventre et enfouis la tête sous les couvertures en pensant à Denys. Une seule nuit et voilà où j'en étais... C'était cruel. Impossible de me raconter qu'il serait content d'apprendre que je portais son enfant. La vie de famille rimait pour lui avec prison. Mais moi, là-dedans, qu'est-ce que je devenais ? J'avais vingt et un ans, je n'avais pas de mari ni de parents sur qui compter et je me trouvais à des milliers de kilomètres du monde qui m'était le plus familier… de chez moi. En outre, le temps ne jouait pas en ma faveur.

Un peu plus tard ce jour-là, je présentai mes excuses à Boy et Genessee, les remerciai de tout ce qu'ils avaient fait pour moi et pris le train pour Londres, frissonnante de peur.

Le médecin de Cockie parut étonné de me revoir, à vrai dire un peu contrarié. Il m'avait gentiment mise à la porte en me prescrivant de l'huile de foie de morue, et voilà que je revenais par la fenêtre. Quelques semaines supplémentaires rendaient le diagnostic évident. Cockie attendait dans un petit salon. Je m'allongeai sur la table d'auscultation et fermai les yeux en serrant très fort les paupières. Pendant qu'il me palpait dans tous les sens, je me transportai ailleurs ; je revoyais Njoro – la courbe de la piste au pied de la colline dorée par le maïs, le ciel plat et immobile, la chaleur matinale s'élevant en vaguelettes du sol de poussière. Si seulement je pouvais rentrer chez moi, chez moi je pouvais supporter n'importe quoi.

— Vous êtes enceinte de plusieurs mois, me déclara le médecin lorsque je me relevai.

Il s'éclaircit la gorge et se détourna. Le plancher penchait dangereusement.

Lorsque le médecin répéta sa déclaration dans son bureau en présence de Cockie, celle-ci s'écria en hurlant presque :

— Comment avez-vous pu ne pas le voir la première fois ?

Un soleil mouillé d'avril inondait la pièce. Sur le plateau de cuir du bureau était posé un papier buvard bleu marine. A côté de mes chevilles croisées, une corbeille à papier immaculée qui n'avait sans doute jamais servi.

— Ce n'est pas une science exacte.

— Il y a cinq semaines, vous disiez qu'elle était constipée ! Vous ne l'avez même pas examinée. Et maintenant, c'est mille fois pire !

Cockie n'allait pas le laisser s'en tirer comme ça. Je restai rivée à mon fauteuil, aussi immobile qu'une pierre tombale. Mon champ de vision était flou sur les côtés, comme si je voyais du bout d'un long tunnel de longueur indéterminée.

— Il est arrivé à certaines jeunes personnes en situation... délicate de se rendre en France, dit-il sans nous regarder ni l'une ni l'autre.

— J'ai le temps de faire le voyage ? m'enquis-je.

— Peut-être pas, finit-il par admettre.

En le poussant un peu plus dans ses retranchements, nous réussîmes à lui soutirer une adresse.

— Ce n'est pas moi qui vous envoie là-bas. Je ne vous connais même pas.

Je n'avais entendu que des horreurs sur ce « là-bas » où les femmes ayant des « ennuis » se débrouillent pour « s'en débarrasser ». Dans le taxi qui nous ramenait chez Cockie, je frissonnais de terreur, le cœur pris dans un étau de métal.

— Je ne sais pas où je vais trouver tout cet argent, dis-je à mon amie.

— Attends...

Elle regardait par la vitre le crachin gris et triste. Avec un profond soupir, elle serra ma main dans la sienne.

— ... Laisse-moi réfléchir.

Il s'avéra que c'était vraiment la dernière limite. Deux jours plus tard, nous débarquâmes dans une petite pièce donnant sur Brook Street. Cockie ne m'avait pas interrogée, elle ne m'avait manifesté que de l'affection et de la gentillesse. Cependant, dans le taxi, la vérité me brûla les lèvres et je ne pus retenir l'aveu :

— C'est l'enfant de Denys.

Les yeux me piquèrent et de grosses larmes chaudes ruisselèrent sur mes joues et se glissèrent sous le faux col qu'on m'avait prêté.

— Denys ? Oh, ma chérie. Je ne m'étais pas rendu compte combien ta vie s'était compliquée. Tu ne veux pas le lui dire d'abord ?

Je fis non de la tête, sachant que ce n'était pas la peine.

— Karen ne sait rien. Cela détruirait son bonheur, leur bonheur à tous les deux. Je ne pourrais plus me regarder en face.

Cockie laissa échapper une longue expiration, opina puis se mordit la lèvre.

— J'aimerais pouvoir t'ôter un peu de ce poids ou au moins te faciliter les choses.

— Personne ne peut rien pour moi. De toute façon, je l'ai cherché.

— Mais non, voyons, Beryl. Tu es encore une enfant.

— Plus maintenant.

34

Je ne sais pas si « se remettre » est le mot approprié, mais c'est ce à quoi je m'employai à Dorking entre Boy et Genessee. Je leur avais raconté que j'avais eu la grippe et ils m'installèrent au soleil sous le platane du jardin. Je feuilletais distraitement des magazines en buvant des litres de thé, malade de chagrin. Même si je savais qu'il n'y avait pas eu d'autre solution, cette pensée ne me consolait pas. Denys et moi avions créé ce qui aurait pu nous unir pour la vie, et moi j'avais délibérément détruit cette création. De me dire que, de toute façon, il n'en aurait pas voulu me rendait seulement plus triste. Il n'existait pas, le monde où j'aurais pu lui montrer combien je l'aimais et ce que je désirais au fond de moi. Je n'étais pas assez folle pour l'envisager, même en rêve !

Plusieurs fois par jour, je me forçais à longer lentement la courbe du muret de pierres sèches jusqu'à la haie en bas de la côte. J'avais beau être persuadée que j'avais choisi la seule option raisonnable, je pris la résolution de ne jamais révéler à Denys ce terrible secret. Karen n'en saurait rien non plus. Pourtant nous étions désormais tous les trois liés par un fil invisible, une broderie souterraine si complexe que je ne parvenais pas à me les ôter de l'esprit : Karen et Denys. La lumière à

Dorking était tamisée, jamais intense. Des éperviers se perchaient à la cime du platane, non les aigles magnifiques du Ngong, ce qui ne m'empêchait pas, en mon for intérieur, dans le tréfonds de mon cœur, de passer une partie de la journée en ce pays éloigné qui était le mien.

Par une étrange coïncidence, les journaux bruissaient des nouvelles du Kenya. En dépit du féroce combat mené par le comité de vigilance de D. et consorts, les déclarations de principe du fameux « livre blanc » du gouvernement – le Devonshire White Paper – commençaient à trouver une application et on murmurait que les Africains auraient désormais droit à la parole. Les Indiens représentaient toujours la plus grande menace aux yeux des colons blancs, parce qu'ils revendiquaient des sièges au Conseil législatif et la fin du monopole des fermiers européens sur les hautes terres. Pour la première fois, il soufflait un vent de contestation et nul ne savait comment cela allait finir. Cela dit, l'idée que de pareils bouleversements étaient dans l'air nous paraissait en soi choquante.

— C'est drôle dans un sens, me fit remarquer Cockie lors de sa visite vers la fin mai. Le *Times* n'arrête pas de nous taper dessus en nous accusant d'avoir par cupidité fichu la pagaille dans l'administration du pays et d'avoir fait main basse sur tout. Mais ils se sentent obligés d'imprimer une carte du Kenya à chaque article. Sinon, les Londoniens ne sauraient même pas que le pays existe.

Elle ferma le journal d'un coup sec.

— Ça ne fait rien, dis-je, moi qui étais tout à fait engourdie. Personne ne peut morceler l'Afrique ni même la défendre. L'Afrique n'appartient à personne.

— Sauf aux Africains, tu veux dire.

— Plus qu'aux autres, c'est probable. Ou c'est peut-être idiot de penser qu'on peut en posséder un morceau.

— Tu vas rentrer ? C'est ce que tu es en train de mijoter ?

— Comment ?

Je levai les yeux vers l'autre bout du pré au-dessus duquel un épervier planait lentement en se laissant porter par les courants aériens, sans bouger une seule plume.

— … Si j'avais des ailes peut-être.

Le muret de pierres sèches qui clôturait le champ présentait cet aspect de vétusté qu'en Angleterre on juge plein de charme, à moitié écroulé par endroits et envahi par la mousse. Je me levai et allai à pas lents m'y asseoir. Je ramassai une poignée de feuilles mortes que je broyai en une fine poudre entre mes paumes. Je laissai resurgir le souvenir de ma nuit avec Denys, à Kekopey. Il avait été tendre avec moi, et totalement vrai. Il m'avait regardée au fond des yeux et je m'étais sentie comprise : il voyait qui j'étais vraiment. Je l'avais compris aussi et à présent, même si je souffrais d'avoir à traverser seule ici une pénible épreuve, même si j'étais frustrée à la pensée qu'il ne serait jamais à moi, j'avais la certitude que jamais il n'appartiendrait à *personne*. Ce qui ne m'avançait guère. La vie avait malmené mon cœur et rien ne pouvait me faire recouvrer mon équilibre, sauf rentrer chez moi. Il fallait que je trouve un moyen.

Cockie vint s'asseoir à côté de moi, au bord du muret.

— Comment tu as réussi à avoir autant d'argent... Pour le médecin ? lui demandai-je.

— Pourquoi tu veux savoir ?

— Comme ça. Dis-moi.

— Greswolde.

— Frank ?

Un vieil ami de la colonie, un autre de ces propriétaires de chevaux de course que mon père fréquentait quand j'étais petite. Cockie et moi l'avions croisé le mois précédent à une soirée, en même temps que toute une bande de riches Londoniens d'un style plus ostentatoire. Il n'avait pas eu l'air de s'intéresser plus que ça à moi, s'étant borné à me demander comment allait Clutt, dont je n'avais au demeurant aucune nouvelle.

— Frank a bon cœur.

— Les poches pleines, tu veux dire.

— Beryl, enfin ! Un homme peut avoir les deux. Quand je lui ai soufflé, oh, tout à fait discrètement, dans quelle misère tu étais, il a insisté pour apporter sa contribution.

— C'est ça, tes sponsors ! Qu'est-ce qu'il attend en échange ?

— Je ne pense pas qu'il ait des idées derrière la tête. Mais il voudra sûrement te sortir, lorsque tu te sentiras d'attaque. Il n'y a rien de mal à cela.

A ses yeux, sans doute, mais pour ma part je détestais la perspective d'avoir un protecteur de quelque acabit que ce soit. Dans mon esprit, je n'avais besoin de rien. Hélas, en la circonstance, je ne voyais pas d'autre solution.

— Alors, retournons à Londres, annonçai-je. Je veux aller de l'avant !

— Ne te méprends pas sur les intentions de Frank, ma chérie. Je suis sûre que tu peux faire ce que tu veux avec lui, ou rien.

— De toute façon, ça m'est égal. Je n'ai plus rien à perdre.

Troisième partie

35

Le port de Mombasa, bouillonnant, fabuleux, avec ses cargos et ses bateaux de pêche aux ponts plats où séchaient au soleil des morceaux de viande de requin en saumure à côté de baquets grouillant d'anguilles. La longue courbe du front de mer accablée de chaleur, sillonnée de trolleys et de charrettes à bœufs. Les bungalows roses et jaunes qui escaladaient les pentes douces des collines, leurs toits de tôle vert pâle tranchant sur la couleur des baobabs obèses presque violets. Je humais avec volupté les odeurs de poisson, de poussière et d'excréments qui m'arrivaient par bouffées tandis qu'appuyée au bastingage je regardais mon pays se rapprocher et devenir plus large, plus net, plus sauvage. A mon cou, le contact doux d'un rang de grosses perles luisantes. Ma robe en soie coupée sur mesure épousait mes formes élancées. Auprès de ma main sur la rambarde, la main de Frank. Elle était là de plein droit. J'étais sa maîtresse.

— Devrait-on rester quelques jours à Mombasa ? me demanda-t-il. Ou bien descendre la côte en auto ?

Sa bedaine était pressée contre les barreaux blancs. Un valet nous apporta à chacun un verre de vin. Tout en le sirotant, il se tourna face à moi, de sorte que je voyais la cicatrice qui plissait sa peau sous le bandeau noir de son œil droit. Il l'avait perdu lors d'une chasse quelques années plus tôt et pensait que ça lui donnait l'air d'un dur, pourtant il n'avait rien de dur. Du moins à mon égard.

— Je me sens prête à rentrer chez moi, lui dis-je.

— Je suppose que le scandale est de l'histoire ancienne maintenant. Cela fait six mois.

— Autant dire un siècle à la colonie, répliquai-je en espérant ne pas me tromper.

A son petit doigt, Frank portait une chevalière sertie d'un béryl aigue-marine. Il l'avait achetée à Londres et avait été tout content de me la montrer.

« Le béryl pur est incolore, m'avait-il dit, mais celui-ci est tellement plus joli.

— Il est comme le ciel d'Afrique.

— Toi aussi. »

Si les paroles de Frank étaient celles d'un amoureux, elles ne m'émouvaient pas autant, et de loin, que sa loyauté. C'était elle qui comptait le plus pour moi, ainsi que le fait qu'il croyait en moi. Il avait fait sien mon vœu le plus cher – rentrer au Kenya et travailler. Depuis le jour où Cockie nous avait présentés, Frank n'avait eu de cesse de me répéter qu'il rêvait de m'acheter une écurie. Je pourrais entraîner mes propres chevaux, sans devoir rien à personne, me promettait-il, et jusqu'ici il avait tenu sa promesse. Avant la tombée de la nuit, nous allions monter à bord d'un train à destination de Nairobi. Puis nous ferions la route en auto jusqu'à Knightswick, le ranch de Frank, au pied de l'escarpement de Mau. Et là, je serais libre de reprendre ma carrière d'entraîneur.

— Tu es heureuse ?

Le paquebot entra dans le port aussi lentement que si l'eau avait été de la mélasse. Colosse escorté de bois flotté, de couleurs, de bruits – la cacophonie de Mombasa, ses palmiers courbés et son sable rouge, sa haute voûte céleste bleu pastel. Les débardeurs lui lancèrent leurs longues amarres noueuses aussi épaisses que des cuisses d'homme.

— Oui. Tu sais, même les odeurs me font du bien, je me sens de nouveau moi-même. Toute cette bigarrure aussi. Si seulement je pouvais ne voir personne, je crois que je serais déjà en pleine forme.

— On n'a qu'à aller droit à Knightswick.

— Ce serait lâche. Reste auprès de moi, si tu veux bien ?

— Bien sûr, dit-il.

Et il serra ma main dans la sienne.

Deux jours plus tard, nous fîmes une entrée vrombissante à Nairobi dans la petite Ford de Frank. La ville avait le même aspect que lors de mon départ : des rues de poussière rouge bordées de cafés et de magasins coiffés de tôle, des chariots chargés de ravitaillement, les grands eucalyptus aux troncs qui pelaient et au feuillage vert pâle frémissant dans la brise légère.

Une fois le portail rose du Muthaiga Club franchi, l'allée contournait une pelouse fraîchement tondue. Nous nous arrêtâmes sous le portique, et un valet en gants blancs s'avança pour m'ouvrir la portière. J'étais vêtue d'une robe, de bas et d'un chapeau beaucoup plus élégant que

319

tout ce que j'avais porté au club, ce dont j'étais intensément consciente tandis que nous traversions le hall d'entrée plongé dans la pénombre. Frank me tenait ostensiblement par le coude, comme si je ne connaissais pas le chemin du bar. Mais j'avais peut-être tort. Depuis mon départ, j'avais changé de peau, au moins une fois, sinon plus.

— Voyons qui est là, dit Frank.

Il parlait de ses amis à lui. Je ne savais pas grand-chose à leur sujet hormis les ragots et, de cette denrée-là, il y en avait à la pelle. Ils étaient tous membres de ce qu'on appelait la « vallée heureuse », de richissimes hédonistes qui s'étaient approprié d'immenses parcelles non loin de Gilgil et de Nyeri, où ils s'adonnaient à l'oisiveté ou s'amusaient à jouer les fermiers sans aucun respect pour les règles suivies par les autres. Ils avaient les leurs, ou aucune – ce qui arrive quand on ne sait pas quoi faire ni de son argent ni de son temps. Ils faisaient passer le leur en s'empruntant réciproquement leurs conjoints et en fumant des tonnes d'opium. Il arrivait que l'un d'eux débarque à Nairobi à moitié nu et délirant.

Frank n'appartenait pas tout à fait à leur monde, parce qu'il n'était pas assez raffiné, je ne vois pas d'autre mot. Il parlait comme un charretier et marchait en claudiquant. A mon avis, ils cultivaient sa compagnie pour la simple raison que Frank savait où se procurer la meilleure cocaïne. Il en avait toujours sur lui, dans une bourse en velours marron. Il l'avait sortie à Londres devant moi une ou deux fois, mais je n'y avais jamais touché. Les drogues ne piquaient pas ma curiosité. L'idée même de perdre mes repères me rendait d'avance vulnérable. Frank respectait mon choix et ne cherchait jamais à insinuer que j'étais trop puritaine, en tout cas cela avait été ainsi à Londres. Je me demandais si cela allait changer.

On était au milieu de l'après-midi. Les stores en bois laqué étant descendus pour faire barrage à la chaleur, il faisait sombre et un peu humide, comme dans une grotte. Frank promena son regard autour de la pièce à la manière d'un prospecteur, mais il ne vit personne de connaissance. Nous prîmes quand même un verre, en silence, discrets, puis il me laissa pour honorer un rendez-vous d'affaires en ville. Je m'installai dans un coin de la salle à manger où je déjeunai et bus un café. J'étais restée, personne n'ayant tenté de m'aborder ou ne m'ayant reconnue dans mes nouveaux habits. Je commençais à me dire que la vie m'avait bel et bien changée en quelqu'un d'autre, quand Karen entra, coiffée d'un chapeau blanc à large bord, une étole colorée autour des épaules. Elle m'inspecta en passant puis se figea sur place.

— Beryl. C'est toi. Tu es revenue.

Je posai ma serviette sur la table et me levai pour l'embrasser.

— Tu pensais que je ne reviendrais pas ?

— Non, non, dit-elle en battant des cils comme une chatte exotique. Je me demandais seulement en quelles circonstances. Tout avait l'air tellement noir quand tu es partie.

— En effet...

Je m'éclaircis la gorge et me forçai à la regarder dans les yeux.

— J'espère que je ne tomberai plus jamais aussi bas. Comment va D. ?

— Tout à fait remis... et irascible comme jamais. Tu le connais.

— Oui... J'espère que c'est encore vrai aujourd'hui. En six mois, la poussière a le temps de retomber, mais la distance qui sépare les gens a aussi le temps de s'élargir. Il me manque.

— Tu lui manques aussi, j'en suis certaine.

Ses yeux se posèrent sur mon collier de perles, puis sur mes escarpins neufs. Je voyais bien qu'elle brûlait de m'interroger, mais je savais qu'elle se retiendrait.

— Prends un verre avec moi.

— D'accord.

Une fois assise, elle ôta son chapeau et lissa sa nouvelle coiffure crantée. Ce style femme « libérée » faisait fureur à Londres, mais je n'aurais jamais pensé que Karen se plierait aux diktats de la mode.

— C'est horrible, n'est-ce pas ? dit-elle en riant. Je ne sais pas pourquoi je les ai fait couper comme ça.

Son visage devint soudain grave et elle s'enquit :

— Où en es-tu avec ton divorce ? Tu l'as finalement obtenu ? Tu es libre ?

— Pas encore.

Cockie m'avait poussée à écrire à Jock de Dorking, en insistant pour qu'il me l'accorde, mais pour l'instant je n'avais aucune nouvelle de lui. J'interrogeai Karen :

— Jock a-t-il été poursuivi ?

— Pas pour ça.

— Pour quoi, alors ?

— Il y a eu un autre incident récemment. Sans témoins, on ne sait pas exactement ce qui s'est passé, mais Jock a embouti une voiture avec la sienne, volontairement, à Nakuru. Il accuse le couple qui conduisait, comme si c'était leur faute au lieu de la sienne. Les deux voitures ont pris feu.

— Mon Dieu, il y a eu des blessés ?

— Heureusement, aucun. Ils ont porté plainte, mais rien n'est encore décidé.

— Il était ivre, sans aucun doute.

— C'est hautement probable.

Elle joua avec l'extrémité de son étole, l'air gêné. S'ensuivit un long silence tendu qu'elle finit par briser :

— Tu as vraiment bonne mine, Beryl. Si un jour je fais ton portrait, je veux que tu portes du blanc. C'est ta couleur.

Le verre que j'avais à la main était lisse et frais. Des gouttes de gin-fizz – gin et blanc d'œuf – étaient collées à la glace pilée. Je m'étais enfuie pour éviter le scandale et je m'apercevais qu'il était toujours là, tapi aux aguets. Il y avait tant de choses qui n'avaient pas été réglées, tant de vérités qui n'avaient pas été dites et formaient à présent un nœud inextricable. Pourtant j'étais ravie de revoir Karen. Sa compagnie m'avait manqué.

A son retour, Frank me trouva seule – Karen et moi nous étions dit au revoir.

— Tout s'est bien passé ?

— Apparemment. Mais je me sens mal à l'aise en ville. Les méchantes langues ne vont pas tarder à cracher leur venin.

323

— Il y en avait aussi à Londres. Les gens adorent dire du mal des autres. C'est plus fort qu'eux.

— Eh bien, j'en ai assez...

Mon verre était vide depuis un bon bout de temps. Je fis tourner la glace fondue au fond.

— ... Je crois que je pourrais m'en retourner vivre chez les animaux.

— Comment ?

— Rien... juste un poème que j'ai entendu une fois...

Il haussa les épaules et je me levai en repoussant la table d'un geste résolu.

— ... Je suis prête. Tu peux m'emmener chez nous.

36

Frank ne s'intéressait guère à l'agriculture, il embauchait des gens pour cultiver ses terres pendant qu'il partait à la chasse ou rendre visite à des amis. Il s'était fait construire, à moins de vingt kilomètres de la maison à Knightswick, dans la vallée de Kedong, une cabane pour observer le gibier. Il y passait presque toutes ses nuits en compagnie de son guide, Bogo, ne revenant que de temps à autre pour voir où j'en étais. Nous déjeunions, ou dînions, puis il m'emmenait dans la chambre. Après m'avoir regardée me déshabiller, il m'allongeait sur le lit. Il aimait quand ma respiration se coupait, quand il voyait et sentait mes hanches bouger, mes mains agripper les draps. Il semblait prendre plaisir à m'en donner encore plus qu'à soulager sa propre tension, et je suis sûre que c'était sa façon de prendre soin de moi. Et dans un sens, il avait raison.

Frank ne s'est jamais imposé à moi, pourtant je dois avouer qu'il ne m'a jamais attirée. Son allure était si bizarre, on aurait dit un ours dressé, il avait des mains et des pieds carrés, et son ventre était rond et aussi tendu qu'un tambour. A table, il n'avait pas beaucoup de conversation, mais n'oubliait jamais de me demander comment j'allais, et ce que j'avais fait, et à quoi je pensais. Il me racontait ses histoires de chasse, ou de randonnées à cheval. Il ne m'invitait jamais à l'accompagner, ce qui m'allait très bien. Je le voyais déjà assez souvent comme ça. Pour moi, nos rapports sexuels étaient de l'ordre d'un acte de commerce physique. Nous échangions quelque chose, même si ce n'était pas de l'affection. Je fermais les yeux, ou les tenais rivés sur les poils frisés gris de son poitrail, en essayant de ne pas me dire qu'il était aussi vieux que mon père. Il avait le cœur sur la main. Il s'occupait de moi. Il ne me laisserait pas tomber.

Il avait rangé dans un tiroir du secrétaire de sa chambre une liasse de billets mis de côté spécialement pour moi afin que je puisse acheter des chevaux, ou ce que je voulais d'autre. J'ouvrais souvent ce tiroir pour les contempler, avec la sensation étrange d'être en marge d'un monde qui tournait grâce à la magie des roupies. J'avais été fauchée pendant si longtemps que j'aurais dû me féliciter de cette chance qui m'était offerte, pourtant je n'en faisais rien. J'étais reconnaissante à Frank et certaine qu'il était animé des meilleures intentions, en outre je voulais m'investir de nouveau à fond dans l'entraînement de chevaux de course. Mais je n'étais pas prête à lier ma vie à la sienne, pas encore. A ce stade, je n'étais sûre de rien. Je me promenais seule avec Pégase ou je traînais dans la propriété dans le pyjama en soie imprimée que Frank m'avait offert à Nairobi. Son amie Idina Gordon portait le sien même en ville. Frank pensait que cela me donnerait l'air aussi sophistiqué et indolent qu'elle.

Avant notre visite à Idina à Slains, son domaine des environs de Gilgil, il me supplia de le porter, en me jurant que je me sentirais plus à l'aise, mais je tins bon et mis ma robe de soie blanche, celle dont Karen avait dit qu'elle était de la bonne couleur pour moi, des bas, des escarpins à talons et le rang de perles qu'on avait trouvé dans une boutique de Belgravia pas longtemps après que Frank fut entré dans ma vie. Je suppose que j'avais envie qu'Idina et ses amis aient de moi la vision d'une jeune femme respectable, quoique, au fond, je m'en fichasse pas mal.

Nous arrivâmes à Slains par un torride après-midi de juillet. Tel un joyau brut, les huit cents hectares du domaine surplombaient Gilgil en épousant les ondulations des contreforts de la chaîne bleutée des Aberdare. Les routes en lacets se rétrécissaient à mesure que l'on gagnait en altitude. Nous atteignîmes enfin la maison mi-brique, mi-colombages, mais néanmoins accueillante.

Idina et son mari, Joss, avaient construit la maison, mais ne s'occupaient pas eux-mêmes de cultiver les terres. Il était en fait son troisième mari et tous les deux semblaient sortir des pages illustrées d'un magazine. Pâles, minces, les cheveux châtains crantés, ils étaient l'un comme l'autre coiffés avec une raie sur le côté. Il avait autant une allure féminine qu'elle une allure masculine. Toujours est-il qu'ils ressemblaient à des jumeaux radieux alors qu'ils s'avançaient à la rencontre de notre voiture, suivis de plusieurs serviteurs en fez et longue robe blanche. Ces derniers emportèrent nos sacs de voyage tandis qu'Idina et Joss, les pieds nus, nous précédaient en haut d'un monticule herbeux où nous attendait un pique-nique élaboré. Un autre couple était à moitié allongé sur une couverture écossaise, chapeaux de paille sur la tête et à la main un *whiskey sour* dans un verre givré. En général, ce genre de déjeuner sur l'herbe impliquait des sandwichs farineux et de l'eau tiède dans des gourdes. Là, il y avait une glacière sur générateur bourdonnant comme un majordome au garde-à-vous. Un gramophone égrenait des accords de jazz.

— Bonjour ! roucoula la mince et jolie jeune femme en se dressant sur son séant.

Elle croisa les jambes et remit son chapeau d'aplomb. Les présentations : Honor Gordon et son nouveau mari, Charles, un ténébreux et pâle Ecossais qui avait été éconduit quelques années plus tôt par nulle autre qu'Idina. Ils semblaient s'être réconciliés, et être aussi en termes très amicaux avec Frank qui, dès son cocktail avalé, sortit sa bourse de velours marron.

— Oh, Frank, mon cher, dit Idina. C'est pour ça qu'on t'invite. Tu as les joujoux les plus épatants.

— Et un goût délicieux en matière de femmes, lança Joss en tendant la main vers la bourse.

— Tu es un régal pour les yeux, me déclara alors Idina. Même si je me demande comment Frank a pu te mettre le grappin dessus. Rien de personnel, Frank...

Elle lui jeta un coup d'œil, souriante.

— ... mais tu n'as rien d'un sir Galahad.

— Frank a été pour moi un ami précieux, dis-je.

— Que ferions-nous sans amis ? approuva Idina.

Elle roula sur le dos en pliant les jambes sur le côté. Sa robe sarong glissa sur ses hanches, révélant ses cuisses pâles.

— Tu es toute blanche ! s'exclama Honor. Pourquoi ne bronzes-tu pas comme tout le monde ici ?

— C'est un vampire, affirma Joss en riant. Ce n'est pas son propre sang qui coule dans ses veines, seulement celui des autres mélangé à du whisky.

— Tu as raison, mon lion, ronronna Idina. C'est pourquoi je suis immortelle.

— Du moment que tu ne me laisses pas seul.

Sur ces paroles, il se pencha sur le rail de cocaïne qu'il avait formé sur un plateau. Appliquant à sa narine un petit morceau de papier roulé, il renifla bruyamment.

Nous restâmes à l'ombre des arbres jusqu'à ce que les rayons du soleil s'étirent et se transforment en or liquide. Puis nous allâmes nous habiller pour le dîner. Dans la chambre mise à notre disposition, entre les tapis, les plaids, les meubles chantournés ou peints, régnait une ambiance feutrée. Le lit était immense. Sur les deux oreillers ronds étaient soigneusement pliés deux pyjamas en soie : cadeaux d'Idina.

— Je t'avais prévenue pour les pyjamas, dit Frank en ôtant son pantalon en velours côtelé.

Au-dessus des élastiques qui retenaient ses chaussettes, ses jambes étaient épaisses et velues. Il s'enquit :

— Ils sont sympathiques, tu ne trouves pas ? Tu en fais une tête !

— Juste que cela me semble un peu creux. Tout semble les amuser, surtout de dire du mal des autres. Je ne comprends pas vraiment ce genre de divertissement.

— Si tu buvais plus, tu serais capable de te détendre.

— Je n'ai pas envie de perdre mes moyens.

Il rit.

— Aucun risque en ce qui te concerne. Je dis ça pour toi.

— Tout va bien.

Et qu'on n'en parle plus ! J'avais hâte que cette journée se termine. J'enlevai mes bas en les roulant et j'étais en train de dégrafer mon soutien-gorge humide quand la porte s'ouvrit sans que personne ait frappé au préalable. Joss se tint sur le seuil en ouvrant grands les yeux, un large sourire à la bouche.

— Bonsoir, les amis. Vous n'avez besoin de rien ?

Je sentis mon épine dorsale se raidir, mais résistai à l'envie de me couvrir. Un geste aussi pudique aurait été assimilé à de la pudibonderie.

— De rien, merci.

— Idina voudrait te voir avant le dîner, Beryl. Elle est au bout du couloir, à droite.

Il me fit un clin d'œil et se retira en fermant la porte. Je tournai vers Frank un regard exaspéré.

Avec un haussement d'épaules, il continua à se bagarrer avec les boutons en os de son pyjama. A sa façon de bouger, je voyais qu'il était ivre, et cela ravivait de mauvais souvenirs, provoquait le retour d'un fantôme familier. Frank n'était pas du tout comme Jock, mais cela ne me plaisait pas quand même.

— Tu ne peux pas lui en vouloir.

— Ah bon ? C'est donc à toi que je devrais en vouloir ?

— Je vois que tu es de mauvais poil.

Il s'avança vers moi pour me prendre dans ses bras.

— S'il te plaît, Frank, dis-je en me dégageant. Je me sens bizarre ici.

— C'est juste un dîner. On s'en va demain, si tu veux.

— Aucun d'eux ne travaille. Dieu sait ce qu'ils font de leur temps.

— Quand tu as assez d'argent, je suppose qu'il est possible de jouer indéfiniment.

— Le travail est plus qu'un gagne-pain, dis-je, étonnée moi-même par mes intonations passion-nées. Le travail donne un sens à la vie.

— Décidément, tu as besoin d'un verre, me lança-t-il en se tournant vers la glace.

La chambre d'Idina était trois fois plus grande que la nôtre. Au plafond, pile au-dessus du lit enfoui sous des fourrures soyeuses, était accroché un grand miroir dans un cadre doré. Je n'avais jamais vu ça.

— Je suis ici, carillonna la voix d'Idina dans la salle de bains.

Etendue dans une baignoire en onyx d'un vert magnifique, elle était plongée jusqu'au menton dans une eau parfumée d'où s'élevait une fine vapeur.

— Il te va comme un gant, me dit-elle en dési-gnant mon pyjama. Il te plaît ?

— Beaucoup, merci.

A son regard et à la manière dont elle tendit la main vers son fume-cigarette noir et gratta une allumette avec ses doigts mouillés, je compris qu'elle me trouvait guindée.

— Tu ne me tiens pas rigueur de ce que j'ai dit tout à l'heure, à propos de Frank ?

— Bien sûr que non. Je suis juste fatiguée.

Elle souffla un nuage de fumée, sans me quitter des yeux.

— Je n'aurais pas aimé être blonde, mais tes cheveux sont ravissants.

— Du vrai crin de cheval, répliquai-je en soulevant une mèche et en la relâchant. On ne peut rien faire avec.

— Pourtant, ils font leur petit effet, dit-elle en chassant la fumée d'une main. Tes yeux ne sont pas mal non plus... deux éclats de verre bleu.

— J'ai le droit maintenant de passer en revue ta physionomie ?

— Je ne fais que te complimenter, mon chou. Le regard des hommes sur toi n'a pas l'air de te déplaire.

— Faux. A moins que ce ne soit un homme qui me plaise.

— Raconte, dit-elle avec un petit rire. Je suis en manque de potins.

— Tu devrais peut-être faire plus souvent des virées à Nairobi.

Elle rit de bon cœur, sans me tenir rigueur de mon insolence.

— De qui es-tu amoureuse ?

— Personne.

— Ah bon ? Je pensais que c'était de Finch Hatton...

Elle haussa un sourcil, curieuse de voir ma réaction. Je n'allais sûrement pas lui accorder cette satisfaction.

— ... Tu ne trouves pas que Karen lui en demande un peu trop ? Pauvre Tania... Comme elle soupire quand il s'en va.

— J'ignorais que vous étiez en relation toutes les deux, dis-je, prenant instinctivement la défense de Karen.

— Bien sûr que oui. Je l'adore. Mais elle n'a pas ce qu'il faut pour retenir Denys. Il n'y a rien de sauvage chez elle.

— Elle est bien plus que cela...

Je supportais mal cette façon qu'Idina avait de rabaisser Karen. Celle-ci était beaucoup de choses, mais sûrement pas méprisable.

— ... Ils ont beaucoup de sujets de conversation.

— Tu crois, vraiment ? Si tu veux mon avis, il restera célibataire envers et contre tout. Pourquoi en choisir une si on peut en avoir dix ?

— Il peut en avoir plusieurs dizaines...

L'émotion étreignait ma gorge. Il y avait longtemps que je n'avais parlé de Denys, et jamais à quelqu'un que je connaissais à peine.

— ... mais on ne peut pas avoir à la fois le beurre et l'argent du beurre, n'est-ce pas ? poursuivis-je.

— Pourquoi pas ? Une femme a le droit de prendre autant d'amants que ça lui chante. Treize à la douzaine, pourquoi pas, tant qu'elle est maligne et ne va pas le crier sur les toits.

— Ça ne marche jamais. Quelqu'un finit toujours par l'apprendre.

— Alors, c'est que l'on s'y prend de travers, décréta-t-elle.

Dans un bruit d'étoffe que l'on froisse, elle se leva. L'eau vernissait sa peau rose pâle. Son corps parfait tenait de l'œuvre d'art... une figurine en porcelaine. Elle ne tendit même pas la main vers la serviette, se bornant à s'exposer à mon regard, sachant que je n'oserais pas me détourner.

Je rougis, furieuse contre elle et son mode de vie. Si elle était un modèle de retenue et de raffinement, très peu pour moi.

— Je n'ai peut-être pas envie de m'y prendre bien, répliquai-je.

Ses yeux pétillèrent, sans une once d'humour toutefois.

— Je ne te crois pas, mon chou. Tout le monde veut toujours *plus*. C'est notre raison d'être.

Le dîner fut servi à une longue table basse au coin du feu. Il faisait toujours froid le soir sur les hauts plateaux, mais la flambée dans la cheminée avait aussi une fonction esthétique. Ses lueurs réchauffaient non seulement la température mais aussi l'atmosphère, et faisaient rutiler les joues d'Idina, laquelle présidait en bout de table. L'âtre s'ouvrant dans son dos, sa chevelure était soulignée d'une aura scintillante. Au-dessus d'elle, des cornes de buffle sortaient d'une planche de bois.

Idina avait quelque chose du rapace. Dans les yeux aussi bien que dans les propos. Elle semblait s'attendre à ce que les autres soient comme

334

elle, constamment affamés, toujours en quête de nouvelles expériences, de plus en plus osées. Je ne comprenais pas ce que Frank fabriquait avec cette bande. Des enfants gâtés, blasés, dont les joujoux étaient l'alcool, la morphine et le sexe. Les autres étaient également des jouets pour eux. Idina m'avait invitée dans sa salle de bains dans le seul but de jouer au chat et à la souris, curieuse de voir si j'allais rester paralysée ou me sauver. A présent, elle nous préparait une autre de ses petites espiègleries ludiques. Chaque participant devait à son tour inventer une phrase pour rallonger un récit qui fonctionnait en boucle, l'objectif étant de vous obliger à révéler quelque chose sur vous.

— Il était une fois, avant que le Kenya soit le Kenya, commença Idina, donnant le coup d'envoi, je n'avais pas encore rencontré mon premier lion et j'ignorais combien ce pays allait m'ensorceler...

— C'est gentil tout plein, dit Joss avec un immense sourire qui, dans les lueurs du feu, prenait un caractère diabolique. Il était une fois, avant que le Kenya soit le Kenya, je me suis plongé avec Tallulah Bankhead dans une baignoire pleine de champagne...

— Ça ne t'a pas chatouillé ? ricana Charles.

Idina ne broncha pas.

— Si, délicieusement. A ton tour, Beryl.

— Je crois que j'ai trop bu, dis-je, préférant m'abstenir de participer.

— Qu'est-ce que c'est que ça ? s'écria Joss. Je n'ai jamais vu personne de plus sobre. Allons, c'est ton tour.

— On ne pourrait pas plutôt jouer aux cartes ?
Je ne comprends pas les règles de ce jeu-ci.

— Il suffit de dire quelque chose sur ton passé.
C'est tout.

C'est tout ? Un jeu infantile et gentillet qui, a
priori, ne payait pas de mine. Mais le fait était
que, peu à peu, vous étiez mis au pied du mur. Je
refusais de dire à ces mondains quoi que ce soit me
concernant, surtout à propos de mon cher passé.
Mais il fallait quand même bien que je trouve un
truc à leur dire.

— Il était une fois, avant que le Kenya soit le
Kenya, j'ai glissé un mamba noir dans le lit de ma
gouvernante.

— Haha ! Je savais bien qu'il y avait un brin de
malice chez toi ! s'exclama Joss.

— Comme je saurai qu'il ne faut pas trop
t'embêter, ajouta Idina.

— Montre-nous ce que tu fais avec le mamba
noir de Frank, lança Charles en s'esclaffant de sa
mauvaise blague de potache.

Les autres rirent avec lui. Et le jeu se poursuivit
impitoyablement. Pour y survivre, ainsi que pour
passer le cap de cette nuit, il valait mieux que
je sois ivre. Ce ne fut pas facile de rattraper les
autres. Cela me coûta un gros effort et, quand j'y
parvins, le whisky me rendit larmoyante ; et pour
chaque aveu que je fis à haute voix un deuxième
résonnait en mon for intérieur, menaçant de me
déprimer complètement. « Avant que le Kenya soit
le Kenya, Green Hills était prospère et mon père
m'aimait. J'étais capable de sauter aussi haut que
Kibii et de traverser la forêt sans faire de bruit.

Rien qu'en froissant du papier, je faisais sortir un phacochère de son terrier. Je pouvais être mangée par un lion et rester en vie. J'étais toute-puissante, car j'étais encore au paradis. »

A minuit, alors que nous avions tous l'œil brillant et l'esprit embrumé, Idina passa à un autre jeu. Elle nous fit asseoir en cercle et souffler à tour de rôle sur une plume. Celui ou celle sur qui se posait la plume devait être notre partenaire pour la nuit. Je crus tout d'abord à une plaisanterie mais, quand Honor souffla sa plume sur les genoux de Frank, ils se levèrent tous les deux et s'éloignèrent, le dos de Frank paraissant d'autant plus large et carré que Honor était filiforme. Nul ne fit la moindre remarque. J'avais la tête qui tournait à cause de tout le whisky que j'avais bu. Tout était de guingois, j'avais la sensation de me mouvoir dans un tunnel. Les sons m'atteignaient avec un bref temps de retard. Idina riait de voir Charles à quatre pattes lui apporter la plume entre ses dents.

— Je suis trop vieille pour toi, mon chou…

Elle fit mine de le menacer avec son fume-cigarette.

— … Il y a erreur sur la personne.

— Je vois tout flou, dit-il en riant. Refais-le pour moi !

Une fois ces deux-là partis, je me tournai vers Joss. J'avais mal au cœur. J'étais ivre. Ma langue était pâteuse et trop grosse pour ma bouche. Mes paupières pesaient des tonnes.

— Je vais me coucher.

Il me fixa de ses yeux vitreux et luisants, aussi expressifs qu'un miroir.

— C'est le but du jeu, non ?

— Non, je t'assure, je ne me sens pas bien.

— J'ai un bon remède.

Il me caressa l'intérieur de la cuisse d'une main aussi brûlante qu'un fer à repasser à travers la soie de mes bas. Il s'approcha pour m'embrasser, mais je me reculai instinctivement. Lorsque son regard refit le point sur moi, il eut l'air de me voir.

— Frank m'avait prévenu que tu serais un peu froide au début, mais que je ne devais pas baisser les bras.

— Quoi ?

— Ne joue pas les innocentes, Beryl. On sait tous que tu n'es pas novice.

Ces paroles ne m'étonnaient pas de Joss mais, si Frank avait eu l'intention de me livrer aux fauves en m'amenant ici, il allait en être pour ses frais. Sans un mot, je me levai. La porte de notre chambre était verrouillée. Je frappai du poing. Des rires me répondirent.

— Frank ! hurlai-je.

Il ne me répondait toujours pas.

Le couloir était plongé dans le noir, toutes les autres portes verrouillées. Ne voyant pas d'autre solution, je m'enfermai à clé dans un cabinet de toilette et m'assis par terre en attendant l'aube. La nuit serait longue, c'était certain, mais j'avais mes souvenirs pour me tenir compagnie... des souvenirs que je n'aurais partagés avec personne pour tout l'or du monde. « Avant que le Kenya soit le Kenya, je chassais à la lance et au casse-tête *rungu*. J'aimais un cheval ailé. Je ne me sentais jamais ni seule ni bête. J'étais Lakwet. »

37

A notre retour de Slains deux jours plus tard,
Frank se retira dans son pavillon de chasse et
je me préparai à le quitter, sans affolement. Je
fis mes bagages tranquillement, c'est-à-dire que
j'entassai dans mon sac tout ce qui appartenait à
ma vie d'avant. Tout ce que Frank m'avait donné,
y compris l'argent, je le laissai dans le secrétaire.
Je n'étais pas en colère, ni contre lui ni contre
personne. Je voulais seulement mener ma vie à ma
manière, être sûre de qui j'étais et de ce qu'étaient
mes valeurs.

Avant mon départ de Londres, Cockie m'avait
parlé de Westerland, une écurie de Molo gérée
par son cousin, Gerry Alexander. Elle pensait qu'il
pourrait m'offrir une seconde chance. J'ignorais,
bien entendu, si ma réputation m'avait précédée
dans le nord du pays, et si Gerry avait même besoin
d'un entraîneur, mais j'avais confiance en Cockie.
Toutefois, pour commencer, je voulais d'abord retourner chez moi.

Après avoir suivi la route de Naivasha, je coupai
vers l'est sur de simples pistes à travers la brousse.
Les monticules de pierres et les hautes graminées
dorées cédèrent la place à la poussière rouge, aux
acacias et à la savane à perte de vue. Pégase main-
tenait une allure régulière, comme s'il savait qu'on

ne sortait pas pour une promenade ordinaire, ne manifestant aucune nervosité devant les accidents du terrain, impavide devant le silence inquiétant. Et quand un gigantesque phacochère sauta d'un ravin à une centaine de mètres pour piétiner en grognant la piste de ses sabots fendus, furieux d'avoir été dérangé, Pégase se borna à s'arrêter un instant avant de repartir tranquillement au pas sur ses jambes robustes.

Le chemin se remit à grimper et à l'autre bout de l'escarpement se dessina la frange verte de la forêt Mau. Les arbres se pressaient, et depuis les sommets tourmentés des falaises s'offrait la vue que j'aimais le plus au monde : Menengaï, Rongaï, la ligne bleue et ondoyante des Aberdare.

Je trouvai Jock dans la maison en train de terminer de déjeuner. J'avais eu l'intention de le surprendre, et c'était réussi. Son visage devint livide tandis qu'il se levait de table en tordant sa serviette dans ses poings serrés.

— Qu'est-ce que tu fais ici ?

— Tu ne réponds pas à mes lettres.

— Je me disais que tu avais peut-être changé d'avis.

— Ah oui ?

— Non. Je ne sais pas. Rien n'a marché comme prévu.

— Même chose de mon côté.

J'avais envie de lui énumérer les préjudices que sa conduite m'avait causés et de lui montrer ce qu'il m'avait coûté. Mais, bien entendu, j'avais ma part de responsabilité. Lui aussi avait écopé par ma faute.

— S'il te plaît, Jock. Il suffit de me dire que tu m'accordes le divorce. Cette histoire a assez duré.

Il se campa à la fenêtre qui donnait sur la vallée.

— J'aurais dû trouver un moyen d'arranger les choses. Cette pensée me hante.

— Quand les papiers seront prêts, je te les enverrai.

— Bon, d'accord...

Il me fit face – après tout ce temps – et je perçus chez lui l'ombre d'un remords, d'un regret sincère.

— ... Au revoir, Beryl.

— Au revoir.

Et en franchissant la porte, je sentis un poids quitter mes épaules et s'élever vers le ciel.

Je piquai droit sur Green Hills pour trouver le domaine gagné par les hautes herbes et ce qui restait des écuries et de la maison en train de se transformer en poussière. Le moulin avait disparu depuis longtemps. La nature reprenait ses droits. Les efforts de mon père, notre bonheur, tout cela aurait pu ne jamais exister. Curieusement, au lieu d'avoir une impression de vide, j'eus la certitude que désormais rien ni personne ne pourrait me priver de ce que j'avais vécu ici, ni me faire oublier ce que cela avait signifié pour moi. Sur le bord du sentier qui menait dans la forêt, un monticule de pierres marquait la tombe de Buller. Je tirai sur les rênes de Pégase et restai un moment à me remémorer le jour où je l'avais enterré. Il avait fallu creuser un trou assez profond pour le préserver des hyènes. Pas un caillou du cairn n'avait été déplacé. Buller, ses vieilles cicatrices et ses victoires étaient en sécurité. Nul vil prédateur ne viendrait troubler son repos.

Je descendis la colline par le sentier en lacets jusqu'au village kip. J'attachai Pégase aux branches épineuses du *boma*. En entrant dans l'enclos, je fus aussitôt repérée par une jeune femme du nom de Jebbta. Je ne l'avais pas vue depuis des années, à l'époque où nous étions toutes les deux de jeunes adolescentes, mais je ne fus pas étonnée de trouver, quand elle se tourna, un bébé à califourchon sur sa hanche, aussi rond qu'une calebasse.

— Bienvenue à toi, *memsahib*. Viens.

Elle était devenue une femme, et en avait les lourdes responsabilités. C'était ainsi au village. Rien n'avait changé.

— C'est ton fils unique, Jebbta ?

— Le plus jeune. Et les tiens, *memsahib* ?

— Je n'en ai pas.

— Tu n'es pas mariée ?

— Je ne le suis plus.

Elle hocha la tête comme si elle comprenait, mais je savais que de sa part c'était seulement de la politesse. Des langues de feu léchaient une marmite noire où bouillaient des céréales. L'odeur réveilla chez moi une faim dont j'avais oublié l'intensité.

— Je suis venu voir *arap* Ruta, Jebbta. Il est là ?

— Non, *memsahib,* il est à la chasse avec les autres.

— Ah, oui. Tu lui diras que je suis passée et que j'ai demandé de ses nouvelles ?

— Oui. Il sera désolé d'avoir manqué une amie aussi chère que toi.

Molo se trouve à trente kilomètres au nord-ouest de Njoro, sur un plateau au sommet de l'escarpement Mau, plus proche des étoiles de deux mille cinq cents mètres. A cause de l'altitude, le paysage n'avait rien à voir avec celui auquel j'étais habituée. Des petits ruisseaux glacés serpentaient sous le couvert dense de fougères, des moutons broutaient au bas des pentes noyées de brume. Je passai devant des fermes, des hectares et des hectares de pyrèthre de Dalmatie, ces chrysanthèmes qui pullulent sur les hauts plateaux et dont les fleurs blanches une fois séchées et réduites en poudre servent à la confection d'un insecticide. C'était la pleine saison et les buissons blancs comme neige évoquaient des congères. D'ailleurs, il arrivait qu'il neige ici et je me demandais si j'étais prête pour ça.

Le village était un ramassis de maisons en bois, de magasins aux toits de tôle ondulée, de chaumières. Des rues inhospitalières et froides. Un lieu moins accueillant que Njoro, Nakuru ou Gilgil. J'aurais plus de mal à l'aimer, me dis-je. Au premier café sur ma route, je descendis de cheval, attachai Pégase et entrai dans l'intention de m'enquérir de Westerland. Quelques questions suffirent à m'apprendre ce que j'avais besoin de savoir, et un peu plus même : le domaine voisin, Inglewood Farm, appartenait à Mr et Mrs Carsdale-Lucks, un couple sans charme que j'avais rencontré lors de la partie de chasse organisée par Karen l'année précédente. Je leur avais à peine adressé la parole pendant ces deux jours mais, tout en me dirigeant vers la ferme Westerland, je réfléchis à ce que je pourrais leur dire afin de mettre à profit cet heureux hasard. Il allait falloir faire preuve d'habileté, mais je n'étais pas tout à fait née de la dernière pluie. Je connaissais mon affaire et pouvais en apporter la preuve. C'était une question de patience et d'un peu de foi.

Gerry Alexander, le manager de Westerland, se révéla être un chic type plein de bon sens. Il avait entendu parler de mes succès par Cockie et me confia à l'essai un étalon âgé de deux ans, The Baron, dont il était le copropriétaire avec un certain Tom Campbell Black. The Baron n'était pas encore affûté, mais il était aussi fougueux que courageux. Je savais qu'il avait du potentiel, au même titre que Wrack, un poulain, fils de Camciscan, la vedette de l'écurie d'étalons reproducteurs de mon père autrefois. Wrack appartenait aux Carsdale-Lucks, qui étaient également tombés d'accord pour parier sur ma compétence. Ils m'avaient aussi prêté une pouliche agile appelée Melton Pie, une hutte sur leur propriété et les services d'un de leurs *boys,* qui devait me servir de palefrenier.

— Vu que le sang de Camciscan coule dans ses veines, Wrack a sûrement l'étoffe d'un crack, promis-je au couple quand il vint assister à l'entraînement.

Les cigares épicés de George Carsdale-Lucks parfumaient le paddock d'une odeur de clou de girofle qui me rappelait Noël. Sa femme, Viola, souffrait d'un excès de transpiration même dans l'atmosphère frisquette de Molo. Ses cols étaient toujours humides et elle agitait sans cesse un éventail en papier devant son visage en sueur. Un jour, alors que je venais de terminer avec Wrack un canter à demi-train sur une distance de deux mille mètres et que je passais fièrement devant elle, elle me lança :

— Je n'ai pas souvent vu des femmes entraîneurs de chevaux de course. Vous n'avez pas peur que ça vous endurcisse ?

— Non. Je ne pense jamais à ça.

En un mot, Viola me rappelait de bien des manières Emma Orchardson. Si je ne l'arrêtais pas, elle me conseillerait de porter un chapeau et des gants. Sauf qu'une fois que Wrack aurait remporté une première place et rapporté un pactole elle ne serait plus gênée par mon côté rugueux. Je n'avais que quelques mois, jusqu'à juillet, pour le préparer aux Produce Stakes, qui allaient se courir à Nairobi. Et ces mois, j'allais les employer à l'entraîner et à éviter la société des autres au maximum.

Ce n'était pas compliqué de m'y dédier à Molo. Je me levais aux aurores, bossais jusqu'au coucher du soleil et me jetais sur mon lit, épuisée. Parfois, tard dans la nuit, je me prenais à songer au Muthaiga Club. Quelle blague était en train de raconter Berkeley, que buvait-il ? Quel style de robes portaient les femmes pour danser et prendre le thé ? Quelqu'un mentionnait-il parfois mon nom, même comme ça, en passant ? Si l'insomnie me tenait, je baissais la garde et me permettais de penser à Denys. Peut-être était-il affalé dans un fauteuil en cuir de Karen, à côté de la table de pierre dont le plateau était une ancienne meule de moulin, à lire des poèmes de Walt Whitman en écoutant distraitement un nouveau disque sur le gramophone. Ou était-il dans son cottage de conte de fées au Muthaiga, en train de siroter un bon scotch, ou bien en safari au Congo, ou dans la réserve massaï, à la poursuite d'ivoire, ou de grands koudous ou de lions, levant à cet instant même les yeux vers les constellations que je voyais de ma fenêtre.

Combien certaines personnes peuvent sembler proches de nous alors qu'elles sont physiquement aussi loin qu'il est possible de l'être, à l'extrême bord de la mappemonde. Combien inoubliables.

38

Je partis un matin avant l'aube avec Pégase m'occuper d'un réapprovisionnement. Courbée sur son encolure dans ma veste en daim, les doigts gelés, j'aperçus une automobile dont le capot relevé en accordéon jetait un éclat de lumière froide. Un homme était penché sur le moteur. Je voyais sa salopette et ses mocassins, on aurait presque dit les miens. Le passage d'une auto était un événement rare à Molo, toujours en retard sur Nairobi, laquelle était déjà en retard sur Londres. Molo n'était pas facile d'accès, l'escarpement s'ingéniant à vous barrer la route. Ce n'était pas non plus un bon endroit où tomber en panne, aussi, je me sentis obligée de proposer mon aide.

Sans descendre de cheval, je demandai :

— Je peux vous donner un coup de main ?

— Quoi ?

Il se redressa en essuyant ses mains noires de cambouis sur un chiffon qui n'avait guère l'air plus propre. Jeune, avec beaucoup de cheveux noirs. De ses lèvres minces surmontées d'une moustache bien taillée s'élevaient des bouffées de vapeur blanche.

— Vous avez des ennuis.

— Je n'ai pas encore renoncé.

— Alors c'est que vous vous y connaissez en mécanique.

— Pas vraiment, mais j'apprends. Ce moteur-ci me met à l'épreuve, pour savoir si je suis un élève sérieux.

— Je ne crois pas que j'aurais la patience.

— Vous ne croyez pas que celui-ci vous met à l'épreuve ? dit-il en indiquant Pégase.

En riant, je descendis de cheval et tins Pégase par ses rênes.

— On se met mutuellement à l'épreuve. Mais c'est dans l'ordre des choses. Les hommes et les chevaux cohabitent depuis des siècles. Je me dis parfois que les automobiles vont finir par toutes tomber en panne. Leurs épaves seront abandonnées au bord des routes comme des squelettes…

— Quel charmant tableau vous brossez là. Moi je parie que ce sera le contraire. Nous sommes seulement à l'aube de l'automobile. Les hommes recherchent la vitesse et la sensation de liberté qu'elle procure.

— Pégase me suffit, merci.

Il sourit.

— Pégase ? Il est sûrement très rapide mais, si vous montiez dans un avion, vous ravaleriez vos paroles, et votre cœur avec, peut-être bien.

Je songeai à Denys, à J.-C., à Maia, à leur enthousiasme pour l'aviation. Le ciel au-dessus de nos têtes était vide, il n'y avait même pas de nuages.

— C'est comment ?

— Comme se libérer de tous les liens qui vous retiennent de vivre pleinement. Là-haut, aucune barrière ne vous empêche d'aller de l'avant. L'Afrique se déploie sous votre appareil. Rien ne vous retient, rien ne vous interdit d'aller plus loin.

— Je vois que vous êtes poète.

— En réalité, je suis un fermier, dit-il avec un large sourire. J'ai un modeste domaine non loin d'Eldama. Que faites-vous par ici ?

Je me présentai. A présent, tout s'expliquait. J'étais tombée sur l'associé de Gerry, Tom Campbell Black, le copropriétaire de The Baron.

— Votre cheval est magnifique, lui dis-je. Je suis prête à parier qu'il décrochera la timbale en juillet. Peut-être aurez-vous alors de quoi vous acheter votre avion.

— Voulez-vous me tenir ça ?

Il se pencha de nouveau sur le moteur, puis il m'avertit :

— Tenez bien votre cheval, je vais essayer de la faire démarrer.

Après un accès de toux asthmatique, le moteur se mit en marche. Il rabattit le capot, puis rangea ses outils dans le coffre. Pégase piétinait sur place. Il avait froid. Sa cavalière aussi.

— Bonne chance ! criai-je pour me faire entendre au-dessus du bruit du moteur.

Nous nous saluâmes mutuellement d'un grand signe de la main.

Quelques mois plus tard, les choses menacèrent soudain de tourner mal pour moi à Molo. Un gond de la porte de l'écurie de Westerland était rouillé et, je ne sais comment, une nuit, Melton Pie réussit à s'échapper. Prise de panique, elle s'emmêla les jambes dans du fil barbelé, avec pour résultat de graves déchirures au ventre et aux antérieurs. Elle allait se remettre, mais la facture du vétérinaire était exorbitante. George et Viola, outrés, voulurent me faire porter le chapeau.

— Un gond rouillé, c'est ma faute peut-être ? m'exclamai-je alors qu'ils m'avaient tous les deux mise sur la sellette dans leur bibliothèque à Inglewood.

— Elle est sous ta responsabilité ! vociféra George. Tu dois avoir l'œil à tout !

Je me tournai vers Gerry, m'attendant à ce qu'il prît ma défense. Cloué à son siège, le cou rouge sous sa barbe bien taillée, il finit par soupirer :

— Tu pourrais proposer d'en payer la moitié, Beryl.

— Avec quel argent ? Je vis comme une misérable, Gerry. Tu le sais aussi bien que moi. En outre, pourquoi est-ce que je payerais les soins de Melton Pie ? C'est le rôle du propriétaire. Si elle termine gagnante, je ne toucherai pas un centime.

— Elle ne s'est jamais placée, argua Viola d'un ton neutre.

— Je n'ai pas encore terminé avec elle, protestai-je.

— Je ne vois pas comment on peut prendre ce risque maintenant, déclara George en croisant les bras sur son gilet trop serré autour de sa bedaine.

L'affaire était close, en ma défaveur. Il me faudrait, Dieu sait comment, endosser une part de la facture du vétérinaire, et les Carsdale-Lucks me donnaient congé. Ils m'accordaient une semaine pour trouver un autre logement et dégager de leur propriété. Ce soir-là, je retournai à ma hutte glacée en proie à un vif sentiment d'injustice. Gerry m'avait promis de ne pas m'enlever The Baron, n'empêche, il me faudrait trouver d'autres chevaux à entraîner et un endroit où dormir... Je veillai tard, et épluchai mes comptes en me demandant comment j'allais réunir assez d'argent pour Melton Pie, quand des pas résonnèrent dehors. Comme ma porte n'était pas bâclée, je me figeai, sur le qui-vive. George Carsdale-Lucks venait-il réclamer son dû en pièces sonnantes et trébuchantes ? Etait-ce Jock venu m'annoncer qu'il avait changé d'avis concernant notre divorce ? Mon cœur se serrait et grondait dans ma poitrine.

— *Hodi.*

Une voix d'homme.

— *Karibu,* rétorquai-je en me levant pour me poster derrière ma porte.

Je n'avais toujours pas reconnu la voix. Je poussai la porte en chaume. Se tenait devant moi un guerrier de haute taille, sa *shuka* drapée autour de son corps musclé et nouée à l'épaule. Un sabre à lame courbe pendait contre sa hanche mince dans un fourreau en cuir. Son crâne était tondu, sauf pour une grosse tresse qui commençait sur son front et se terminait sur sa nuque. Ses yeux noirs me fixèrent d'un regard profond qui me donna envie de pleurer. *Arap* Ruta m'avait retrouvée. Même ici.

Je regardai ses pieds nus, les sandales cousues de perles attachées à ses chevilles poudreuses. Il avait marché depuis Njoro, en piquant droit sur moi comme une flèche dont la trajectoire aurait été de plusieurs centaines de kilomètres. En dépit de l'immensité du Kenya, il était incroyablement difficile de disparaître, volontairement ou pas. On était si peu nombreux qu'on laissait dans son sillage des traces aussi aisées à déchiffrer que des signaux de fumée. Que Ruta fût parvenu à me localiser ne m'étonnait pas, mais qu'il en ait eu le désir... Je pensais qu'il m'avait oubliée.

— Je suis tellement contente de te voir, Ruta. Tu as l'air en bonne santé. Comment va ta famille ?

— Il y a eu la maladie du bétail au village...

Il fit un pas en avant, entrant dans la flaque de lumière dispensée par ma lanterne.

— ... Il n'y a rien à manger pour eux.

— C'est horrible, dis-je. Je peux faire quelque chose ?

— Rien n'est plus pareil. Il n'y a pas de travail. Toi tu as peut-être du travail pour moi.

Il avait été un petit garçon très fier et, devenu un homme, il l'était encore davantage. Je savais ce que cela avait dû lui coûter de venir me demander ce service.

— Tu es mon plus vieil ami, Ruta. Je ferais tout mon possible pour t'aider, mais pour le moment, ici, il n'y a du travail pour personne.

Il me dévisagea comme s'il cherchait à comprendre ce que cachaient mes paroles.

— Ton père était content de moi dans ses écuries. J'ai pas oublié ce que je sais sur les chevaux. Je pouvais monter n'importe quoi, autrefois. Je peux toujours.

— Oui, je me rappelle. Mais entre donc...

Il essuya la poussière de ses pieds et s'assit sur un tabouret pliant.

— Je ne suis pas riche, Ruta. C'est difficile pour moi. Un jour, j'aurai peut-être plein de chevaux à

352

entraîner et de l'argent pour tout le monde, mais pour l'heure...

Je laissai ma phrase en suspens.

— Je suis patient, déclara-t-il en me fixant du regard limpide et ferme de ses prunelles noires. Quand nous gagnerons, tu me payeras.

— Mais je ne sais pas quand ça sera. Ma meilleure chance est avec The Baron, à la prochaine course, dans quatre mois. Je n'ai même pas encore fait mes preuves.

— Je crois qu'on gagnera, *memsahib*.

— Tu crois vraiment ? dis-je en souriant malgré moi. J'ai fait mes galops toute seule jusqu'ici, mais j'ai l'impression que je perds confiance en moi.

— Je ne t'ai jamais vue avoir peur. Moi non plus, je n'ai pas peur. Je vais envoyer quelqu'un chercher ma femme. Elle fera la cuisine pour nous.

— C'est un bon projet, Ruta, mais où tout ce joli monde dormira-t-il ?

— Nous sommes déterminés, nous allons gagner ces prix. On trouvera de la place.

J'étais stupéfiée par son optimisme. Combien tout semblait simple quand il l'exprimait ainsi. Pourtant, rien n'était simple. Nous avions tous les deux besoin du soutien l'un de l'autre. C'était bon signe. Peut-être allions-nous finir par gagner... un jour.

— Tiens, prends du café. Il n'est pas très bon, hélas.

— Tu n'as jamais été douée pour la cuisine, fit-il avec un petit sourire.

— Ça, c'est bien vrai.

Je nous servis du café sur la minuscule table en cèdre. Il m'apprit que sa femme, Kimaru, et lui avaient un fils âgé de deux ans, Asis. Je lui expliquai que je n'étais plus mariée, sachant qu'il ne comprendrait pas et désapprouverait. Pour un Kip, une épouse était un bien qui lui appartenait. La question de qui avait le pouvoir ne se posait même pas. Les hommes étaient les chefs de la famille, c'était ainsi, c'était la loi et elle était respectée par les femmes.

— *Bwana* Purves n'est pas ton père, conclut-il lorsque j'eus terminé mon histoire.

— Non, ni le tien.

Mes choix lui resteraient à jamais incompréhensibles, c'était certain, mais il n'était pas nécessaire de nous accorder sur tout pour nous entraider. Il avait ses raisons pour avoir fait ce long voyage à travers la vallée pour venir jusqu'à moi, ici, dans ma hutte de Molo. Je repris :

— Tu ne peux pas savoir combien ton aide va m'être précieuse, mon ami. Je n'en avais pas conscience moi-même jusqu'à ce soir.

— Je suis content d'être venu. Mais, dis-moi, il fait toujours aussi froid ?

— Je crains que oui.

— Alors, il va falloir construire un feu plus grand, Beru.

— D'accord.

« C'est déjà fait », ajoutai-je en mon for intérieur.

39

Avec Ruta à mes côtés, j'étais de nouveau une « sans-peur », comme autrefois. Je me lançai à la recherche de chevaux à entraîner et, dès le début du mois d'avril, j'avais entre les mains, en plus de The Baron, un étalon bai foncé à la poitrine large appelé Ruddygore. Je saluai aussi le retour de Wrack et Melton Pie. Les Carsdale-Lucks les avaient vendus et leur nouveau propriétaire m'avait tout de suite fait confiance, ce qui n'avait jamais été leur cas. Je fus autorisée à quitter Molo pour Nakuru, ce qui nous permit, à Ruta et à moi, de trouver une solution à notre problème de logement. Il faisait tellement froid à Molo. Nous nous débrouillâmes pour louer une place pour les chevaux à l'hippo-drome de Nakuru, non loin de Soysambu et d'un territoire que je connaissais comme ma poche. Ruta et sa femme s'installèrent dans une petite hutte de terre derrière le paddock principal. Quant à moi, je dormis tout en haut dans les tribunes, sous un toit en tôle dentelé, sur un lit bricolé à partir de caisses renversées, avec une botte de foin pour table de chevet et une autre en guise de chaise. Je me sentis tout de suite à l'aise, comme chez moi... La vie était redevenue vivable. Ruta et moi nous serrions les coudes et une bonne course se profilait à l'horizon. Que demander de plus ?

Wrack était celui dans lequel je plaçais le plus grand espoir. Il avait eu d'emblée l'étoffe d'un crack : une constitution parfaite, un beau pedigree. Mais voilà, les plus belles promesses ne sont pas toujours tenues. Des aptitudes peuvent s'envoler en fumée. De toute façon, ce sont les dernières étapes de l'entraînement qui forgent un champion. En quelques mois, le poulain volontaire et arrogant était devenu un splendide étalon. Ses muscles roulaient sous sa robe baie comme sous un ruissellement huileux, dégageant une impression de puissance et de grâce. Ses jambes étaient des pistons, son corps resplendissait. Il était fait pour courir, il était fait pour gagner, et il le savait.

Wrack mettait la chance de notre côté. Il allait nous permettre, à Ruta et à moi, de nous faire une place au soleil et de laisser notre marque.

Un après-midi, quelques semaines avant la grande course, j'étais en ville pour régler un problème concernant une commande d'aliments pour les chevaux quand je décidai de faire un saut à l'hôtel de D. Cela faisait plus d'un an que je n'y avais pas mis les pieds, depuis ce soir terrible où Jock s'en était pris à lui et l'avait presque tué. Cela ne m'aurait pas été difficile d'éviter l'endroit, tous ces souvenirs et une rencontre fortuite avec D., mais je me sentais prête à lui parler, curieuse de voir où il en était vis-à-vis de moi. J'attachai Pégase dehors, secouai la poussière de mes mocassins et me recoiffai avec les mains en me demandant si j'étais vraiment présentable. A l'intérieur, il faisait si sombre que ma vue mit un certain temps à accommoder.

Je finis par me rendre à l'évidence : D. n'était nulle part en vue. En revanche, la longue silhouette de Denys était installée dans un fauteuil, un verre à portée de main, ainsi que son chapeau duveté de poussière. Je crois que j'arrêtai de respirer.

— Tu as une mine magnifique, Beryl, me dit-il quand je m'approchai de lui comme sur un nuage. Qu'est-ce que tu deviens ?

— Je me débrouille, parvins-je à répliquer. Et toi ?

— Pas trop mal…

Il me regarda en cillant de ses yeux noisette et je sentis mon cœur s'emballer, comme toujours lorsque je me trouvais près de lui.

— … Il paraît que tu étais à Londres ?

— En effet, dis-je en m'appuyant d'une main au dossier d'un fauteuil.

— Moi aussi, je me suis absenté… Les funérailles de ma mère.

— Oh, je suis désolée, Denys.

— Son heure avait sonné, je suppose… En tout cas, c'est ce que les gens disent.

— Et tu travailles maintenant ?

— J'ai pris mon premier client professionnel il y a quelques mois. Un chic type… Un Américain, en fait. Il a appris à se servir d'une machette et à porter son propre matériel.

— Tu vois ? Je savais que tu leur mettrais du plomb dans la cervelle, à ces Teddy Roosevelt gâtés…

— N'en sois pas si sûre. Blix en a eu un récemment qui a absolument tenu à prendre avec lui son piano.

— Oh, Blix. Il me manque.

Mes paroles restèrent suspendues quelques instants entre nous comme des filaments ou un filet.

— Comment va Karen ?

— Elle est au Danemark en visite chez sa mère, mais aux dernières nouvelles elle va bien.

— Ah.

Un nouveau silence. Je le dévisageai de nouveau. Sous son bronzage, il avait les traits tirés par la fatigue, ou était-ce les soucis ?

— Et Berkeley ?

— Berkeley ne va pas trop fort, je le crains. Il a été cloué au lit à Soysambu pendant un mois. Son cœur menaçait de lâcher. Le médecin lui a ordonné de ne plus bouger, mais il refuse d'écouter.

— C'est bien du Berkeley. Où est-il maintenant ?

— Chez lui. Je ne sais pas combien de temps il lui reste.

— Berkeley ne peut pas mourir. Je ne le permettrai pas.

— Tu devrais peut-être aller le lui dire toi-même sans tarder alors.

Pendant la minute de silence qui suivit, je m'efforçai de ravaler tout un flot d'émotions. Berkeley allait se remettre, bien sûr ! Et Denys ? Allions-nous pouvoir redevenir des amis ?

— Viens à Mbogani un de ces quatre, me dit-il alors que je faisais mine de me lever. Prendre un verre avec moi.

— Je croyais Karen au Danemark.

— C'est vrai, mais tu es toujours la bienvenue.

J'eus seulement la force d'articuler un :

— Oh.

Puis je me levai et me penchai pour frôler de mes lèvres sa joue rasée de près.

— Bonsoir, Denys.

Le lendemain, je me rendis à cheval à Solio, que j'atteignis à l'heure de l'apéritif. Connaissant Berkeley, je m'attendais à le trouver dans le jardin, une bouteille de champagne dans chaque main. Il était couché, dans son lit. Cela me brisa le cœur de le voir ainsi, faible et d'une pâleur maladive, aussi frêle qu'un enfant.

— Beryl, mon ange, dit-il quand je lui donnai le gros cigare que je lui avais acheté à Nakuru. Tu l'allumes pour moi, tu veux bien ? Je ne suis pas sûr d'avoir assez de souffle.

— J'ignorais... Sinon je serais venue avant.

— Qu'est-ce que tu veux dire ?

Il donnait le change. Il était livide au point que même ses dents semblaient grises. Il n'avait plus qu'un filet de voix.

— Sais-tu que la ferme n'a jamais été aussi rentable ? Je commence tout juste à comprendre comment ça marche. Juste à temps.

Il essaya de s'asseoir, je me penchai pour l'aider et entasser des oreillers dans son dos sous l'œil réprobateur des domestiques somalis.

— Ils pensent que tu ne devrais pas me toucher, murmura-t-il. Ce n'est pas souvent que j'ai une femme ravissante dans mon lit.

— Je ne te crois pas une seconde. Tu es un prince, Berkeley. C'est vrai, tu es le meilleur de tous.

— Sauf pour un détail insignifiant...

Il contempla le cigare que j'avais placé entre ses doigts, les volutes diaphanes de fumée argentée qui montaient en tournoyant avant de se dissiper dans l'air.

— Mais je vais tirer ma révérence à la manière des grands poètes, n'est-ce pas, avec passion et mélancolie ?

— Espèce de lâcheur, je te l'interdis. Je t'en supplie.

Il ferma les yeux.

— Entendu. Pas aujourd'hui.

Je trouvai deux verres et il m'indiqua où se cachait une bonne bouteille, dans le fond du placard près de son lit.

— C'est un falerne, dit-il, levant la bouteille à contre-jour. Un des vins les plus réputés de la Rome antique. Certains estiment que c'est le meilleur du monde.

— Dans ce cas, il vaudrait peut-être mieux ne pas le gâcher avec moi.

— Pauvre belle Beryl. Es-tu sûre que tu ne peux pas m'épouser ? Tu hériterais de ma fortune à ma mort. Je te vois d'ici : jeune veuve joyeuse.

— Pauvre beau Berkeley. Tu trouves toujours le bon mot mais, dis-moi, qui possède ton cœur ?

— Ah, ça...

Il leva sa manche devant sa bouche pour tousser.

— ... c'est un immense secret...

Entre ses cils noirs, ses yeux marron brillaient d'un éclat très doux, sans illusions sur ce qui l'attendait.

— ... Ouvre un livre et lis-moi un passage à haute voix, s'il te plaît. Je suis en manque de poésie.

— Je n'ai pas besoin de livre, dis-je en commençant à réciter les vers de Walt Whitman tirés de « Chant de moi-même » que je connaissais par cœur et chérissais tendrement.

Comme je n'avais pas le courage de le regarder, je fixais ses fines mains pâles sur la couverture neigeuse. Lunules bleu clair, ongles courts, minuscules cicatrices, veines gonflées.

Lorsque j'eus terminé, nous restâmes quelques instants silencieux. Il fit tourner le vin dans son verre.

— Quelle merveilleuse couleur ambrée, tu ne trouves pas ? Comme les lions dans les hautes herbes.

— Comme les lions, oui.

— Dis-moi de nouveau ton poème, plus doucement. Que je ne loupe rien.

Pendant que je récitais, sa respiration devint presque inaudible, ses prunelles comme liquides, il ferma les paupières. Un sourire flottait sur ses lèvres cireuses. Ses longs cils posés sur ses joues évoquaient de fragiles fougères. Comment lui dire au revoir ? Je ne pouvais pas, je ne voulais pas. Pourtant il le fallut. Je l'embrassai avant de partir, il avait le goût de son falerne.

40

La saison des pluies débuta avec le passage suc-
cessif de noirs orages mais, le jour de l'enterrement
de Berkeley, il faisait un temps splendide. Il avait
souhaité reposer chez lui, au bord de sa rivière
qui, à l'entendre, charriait l'eau pure des glaciers
du mont Kenya. Le long d'un méandre arrondi
comme la hanche d'une femme, l'onde gazouillait
sur des rochers de basalte noir et entre des bancs
de tourbe. C'est là que nous assistâmes à la mise
en terre de Berkeley, tandis que des étourneaux
superbes et des todirostres enchantaient les arbres
de leurs gammes cristallines.

Nous étions plusieurs dizaines d'amis réunis
autour de lui. Blix accouru du Somaliland était
encore couvert de poussière jaune. Sous le bord
incurvé de son casque colonial, les yeux de D.
étaient sombres mais, une fois prononcés les derniers adieux et le cercueil de Berkeley recouvert
de terre, il s'approcha, et ses mains étaient légères
quand elles prirent les miennes.

— Je m'en veux horriblement de t'avoir congédiée.

— Vous n'aviez pas le choix. J'avais compris.

Il se racla la gorge et secoua la chevelure blanche
qui balayait sa nuque.

— Si tu as besoin de moi, tu sais où me trouver.
Tu es encore jeune. Je l'oublie trop facilement. A

l'époque où Florence et moi avions ton âge, on n'avait pas plus de bon sens que de monter les vaches au grenier.

Il plongea son regard dans le mien. Si je m'étais jamais sentie humiliée, je ne l'étais plus. La leçon avait été sévère mais fructueuse.

— Merci, D.

De la véranda ombragée de Berkeley s'échappaient les premières mesures lentes d'une musique mélodieuse. Nous y rejoignîmes Denys autour du gramophone, pavillon évasé et aiguille sifflante.

— Je croyais que tu détestais Beethoven ? lui lança D.

Les pommettes saillantes de Denys se colorèrent.

— Berkeley ne le déteste pas.

Les amis s'attardèrent longtemps à porter des toasts à la mémoire de Berkeley, égrenant toutes les anecdotes dont ils se rappelaient. Puis le ciel se couvrit, les nuages s'ourlèrent d'anthracite et le jour baissa. Lorsque tout le monde fut parti, Denys me dit :

— Accompagne-moi à Ngong.

— J'ai Pégase.

— Je te ramènerai le chercher.

— Entendu, répliquai-je comme si cela se produisait tous les jours, comme si je n'étais pas en train de tomber en morceaux intérieurement sous l'effet conjugué de la confusion et du désir.

Sur la route, nos échanges furent réduits au minimum. Les cieux menaçants finirent par s'ouvrir et lâcher un lent déluge tropical. La pluie ruisselait sur les vitres et tambourinait sur la capote en cuir. Il ne me prit pas la main, il n'ébaucha pas un geste, moi non plus. Tant de non-dits jalonnaient l'espace entre nous que toute tentative de conversation tournait court.

Non loin de la ferme de Karen, il sortit de la route principale pour prendre le chemin de Mbagathi. Je compris tout de suite. Il ne voulait pas être avec moi sous son toit, au milieu de ses affaires. Sa maison était leur refuge à eux. Il allait falloir s'en fabriquer un rien qu'à nous.

Denys coupa le moteur et nous courûmes, trempés, mais à l'intérieur de la maison nous ne fûmes pas beaucoup plus au sec. Une année s'était écoulée depuis la visite malencontreuse de ma mère, et l'état du toit ne s'était pas arrangé. Ça fuyait de partout. En évitant les filets d'eau, nous fîmes un feu dans la cheminée. Le bois humide fumait, récalcitrant. Denys sortit un vieux brandy. Nous bûmes au goulot, en nous passant la bouteille. Malgré le tintamarre de la pluie et le sifflement des bûches de cèdre dans l'âtre, j'entendais le bruit de nos respirations.

— Pourquoi Berkeley ne s'est jamais marié ? lui demandai-je.

— Il l'était, à sa manière. Une Somali, elle faisait partie de son personnel. Ils étaient depuis longtemps ensemble, ils s'aimaient.

— Quoi ? Pendant des années ? Et personne n'a rien su ?

— La colonie se montre tolérante pour certaines choses, mais pas pour ça.

Tout s'éclairait : Berkeley gardant ses distances avec les femmes de la colonie, Berkeley gêné par mes questions sur ses amours... J'étais heureuse d'apprendre qu'il avait eu une compagne, mais à quel prix ? Le poids du secret n'avait-il pas été trop lourd à porter ?

— Crois-tu qu'un jour cela sera accepté par la société ?

— Je l'espère, répondit-il, mais les pronostics ne sont pas terribles.

La bouteille vide, il me guida vers la petite chambre du fond et me déshabilla sans un mot, sa bouche sur mes paupières, ses doigts caressant l'intérieur de mes poignets. Lorsque, enfin, nous nous allongeâmes sans plus rien entre nous, bras et jambes enlacés, il enfouit son visage dans mes cheveux et mon cou. J'avais beau le désirer de toutes les fibres de mon corps, je me rappelais ce qui s'était passé la dernière fois, et tous les jours après ça. Mon cœur galopait si fort qu'il était près d'exploser.

— J'ignore la nature de ce qu'il y a entre nous, parvins-je à lui dire. Peut-être n'y aura-t-il pas de lendemain à ce que nous vivons ici et maintenant.

Je caressai ses flancs, sa poitrine qui s'élevait et s'abaissait au même rythme que la mienne. Nos ombres se confondaient sur le mur.

— Mais je tiens beaucoup à toi, Denys.

— Moi aussi je tiens beaucoup à toi, Beryl. Tu es une femme extraordinaire. Mais ça, tu le sais, bien sûr.

D'un côté, j'aurais voulu tout lui révéler – lui dire ce que j'avais fait à Londres. Et aussi l'interroger sur Karen, pour connaître son point de vue sur leur couple. Mais d'un autre côté, j'étais persuadée que rien ne pouvait se régler par des explications. Nous avions choisi nos routes à la croisée des chemins, séparément aussi bien qu'ensemble, n'est-ce pas ? Rien ne nous ferait changer.

Me mettant à genoux, je posai les mains à plat sur sa poitrine et suivis les creux de sa gorge, la largeur de son cou, ses épaules, ses bras. Je mémorisai son corps à travers mes paumes.

— Je ne sais pas. Nos erreurs, c'est peut-être elles qui font de nous ce que nous sommes.

Après quelques minutes de silence, il reprit :

— La seule chose qui me fasse peur, c'est de me retirer de la vie, de ne plus ouvrir de nouveaux chemins en quête de ce je-ne-sais-quoi... Tu comprends ?

— Je crois, oui.

Je posai ma main sur son cœur dont les doux battements résonnèrent au plus profond de ma chair. Il avait fallu combien de tours et de détours, chacun plus douloureux, pour me mener dans cette chambre ? Pourtant je ne m'étais jamais sentie aussi vivante. Terrifiée, je n'avais néanmoins pas envie de me sauver. Je ne m'en irais pas... pas de ma propre volonté.

— Hmm ?

— Je suis heureuse que nous soyons ici.

— Oui, dit-il contre ma bouche, dans le martèlement incessant de la pluie.

Le toit aurait pu s'écrouler, cela m'aurait été égal. J'étais dans les bras de Denys. Je me serais noyée avec bonheur.

41

Depuis le coup d'envoi jusqu'aux ovations rugissantes de la foule en liesse dans les tribunes, une course est un événement vite passé, follement éphémère. Dix chevaux galopant comme si leur vie en dépendait. Deux mille huit cents mètres – un battement de cils – et pourtant le temps s'y déplie et s'y déploie à l'image du souffle, multipliant les victoires et les échecs.

Aux Produce Stakes, Wrack courut comme le vent ; pure incarnation du courage, il mena le train depuis le début. Je ne le lâchai pas des yeux à travers mes jumelles, animée d'une passion superstitieuse. Ruta se tenait à mon côté, figé, comme en prière, alors que Wrack perdait l'avantage, grignoté millimètre par millimètre. Pourtant il donnait son maximum, sans rien retenir. Quand il se fit voler la barre par un hongre rapide comme l'éclair, je respirai, enfin, navrée.

— Tu as vu comme c'était près ? dit Ruta une fois la poussière retombée, tandis que mon cœur s'était remis à battre. La prochaine fois, Wrack se souviendra de cette course et attaquera plus fort.

— Je ne crois pas que ça marche comme ça pour les chevaux, Ruta.

J'essayais de me ressaisir en pensant moi aussi à la prochaine course, si le propriétaire de Wrack,

Ogilvie, voulait bien continuer à nous confier son entraînement.

— Pourquoi pas ?

— Je ne sais pas. Ils n'ont pas le même genre de mémoire que nous. Chaque course est une nouvelle découverte pour eux.

Cela dit, Ogilvie eut l'air de partager l'avis de Ruta.

— Tu as vu comme c'était près ? La prochaine fois, il gagnera.

Et c'est ce qu'il fit.

Pendant le reste de l'année 1925, mes chevaux gagnèrent ou se placèrent si bien que le petit monde des courses de Nairobi s'ouvrit enfin pour m'accueillir, comme une « des leurs ». D. réclama mon retour, me disant que j'étais libre de choisir mon moment, il y aurait toujours une place pour moi dans ses écuries à Soysambu. Ben Birkbeck m'écrivit pour me proposer des chevaux, me disant que j'étais en bonne voie de reprendre à mon compte l'excellente réputation de mon père dans la colonie. Je croisai même une fois ma mère à l'hippodrome. De dessous son immense chapeau à plumes, elle me prodigua force encouragements. Je ne l'avais pas revue depuis l'année précédente et j'étais de nouveau en proie à des sentiments mitigés. Je n'avais pas encore décidé ce qu'elle représentait pour moi, et en sa présence je me sentais piégée. Peut-être était-ce un problème insoluble.

— Je suis tellement fière de toi ! me dit-elle après la course. Toutes mes félicitations.

Nous bavardâmes quelques minutes sans qu'elle cesse de siroter un cocktail rose vif. Elle habitait près d'Eldoret avec Dickie et « les garçons » et cherchait du travail, pour aider Dickie à joindre les deux bouts.

— Si je peux faire quelque chose, préviens-moi, m'entendis-je lui dire.

En fait, j'étais sincère. Berkeley avait eu raison à propos des liens familiaux : jamais on ne parvient à les surmonter. Pas vraiment. Mes sentiments pour Clara avaient été d'emblée ambivalents et le seraient toujours. Que cela me plaise ou non, le spectre de son abandon me resterait collé à la peau. Cela dit, je ne pouvais quand même pas lui tourner le dos et ignorer ses ennuis.

— On se débrouillera, fit-elle après m'avoir remerciée, curieusement stoïque.

Elle vida son verre et fit mine de se lever en disant :

— C'est merveilleux de voir que tu réussis si bien, tu le mérites.

Grâce à un chapelet de victoires, j'étais contente de pouvoir enfin payer à Ruta le salaire qu'il méritait, en effet, et d'offrir à sa femme une nouvelle paire de chaussures et une panoplie de casseroles. Je me promis aussi de m'acheter un lit convenable pour ma tente sous les tribunes, et d'économiser pour une auto. Je n'avais pas pour autant l'intention de me reposer sur mes lauriers.

J'adoptai la même attitude à l'égard de Denys. Chaque heure volée avec lui était délicieuse. Il m'avait prêté une motocyclette qui appartenait à Karen afin que je puisse lui rendre visite à Mbogani. Le plaisir de sentir la moto bondir entre mes jambes sur la terre rouge, les nids-de-poule et les cailloux, c'était presque aussi intense que lorsque j'étais près de lui. Le danger était équivalent, tenant de la témérité et du crime de lèse-majesté. Karen serait morte une douzaine de fois si elle avait su que j'étais sous le toit passoire de Mbagathi, dans les bras de son amant, pendant qu'elle était loin, au Danemark. Mais je m'interdisais d'y penser, à ça, ou à elle. Sinon, je n'aurais jamais pu, et ç'aurait été pire encore.

Karen n'allait pas tarder à rentrer. Lorsque Denys se mit à me parler d'une expédition de reconnaissance dans le sud du mont Meru en me proposant de me joindre à lui, je sus que c'était une manière de me dire que ce serait notre dernier moment à tous les deux, ensemble.

— Ce n'est pas loin de Nakuru, me dit-il. Tu pourrais venir me retrouver à cheval.

Nous nous organisâmes. Je devais me rendre à Solio, la ferme de Berkeley au pied des Aberdare. J'y laisserais Pégase, et nous continuerions dans sa Hudson. A notre retour, nous nous séparerions pour aller chacun de son côté.

Rendez-vous fut pris en février. Entre-temps, il partait pour un long safari avec un riche client venu d'Australie et pour ma part je préparai Wrack pour le St Ledger, la course la plus importante au Kenya. A la suite de sa série de victoires, Wrack était le favori, et je comptais bien peaufiner son talent pour qu'il se surpasse.

L'après-midi où j'avais rendez-vous avec Denys, il se mit soudain à pleuvoir des cordes, interminablement.

Ruta se campa devant le rideau de pluie qui barrait la porte de l'écurie.

— Tu restes alors, *msabu* ?

Il connaissait mes intentions ; je ne lui cachais rien.

— Non, mais je vais seulement retarder mon départ. Tu désapprouves mes relations avec Denys. Je le sais.

Il haussa les épaules puis récita dans un soupir un proverbe swahili :

— Qui peut comprendre les femmes et le ciel ?

— Je l'aime, vois-tu, Ruta.

Même tout bas, je ne m'étais jamais permis de l'admettre.

Ses yeux d'encre noire brillèrent mystérieusement.

— Qu'est-ce que tu as à faire de mon approbation ? Tu iras le retrouver de toute façon.

— Tu as raison.

Je passai la journée à regarder les trombes d'eau changer la terre en boue rouge creusée de milliers de ruisseaux. Dès que je vis pointer une éclaircie, des nuages moins noirs, un rayon de soleil, je m'empressai de seller Pégase. Solio était à l'autre bout des Aberdare, à soixante kilomètres à l'est. Par beau temps, j'aurais contourné la montagne par le nord pour ménager Pégase. Mais il était déjà tard et je me dis qu'il serait plus sage de prendre par l'étroit et sinueux sentier de crête.

Me trouver à cheval dans la montagne au milieu de la nuit ne me faisait pas peur. J'avais déjà voyagé dans ces conditions, et pour des raisons qui me tenaient moins à cœur. J'avais confiance en Pégase. Il avait le pied aussi sûr qu'un chamois.

Au début, nous fîmes bonne route. L'air pur caressait ma peau, l'étroit chemin grimpait gentiment tandis qu'en contrebas les lumières de la petite ville éclaboussaient çà et là les ténèbres. J'imaginais les marchands au fond de leur lit, leurs enfants dormant à poings fermés à même le sol ou sur des nattes en jonc. Il était inconcevable qu'un jour je coule des jours aussi tranquilles avec Denys. Ni lui ni moi n'étions faits pour une existence routinière, le train-train de la vie conjugale : il y avait seulement cette nuit et la suivante. Des baisers pirates. Un bonheur délicieux et terrifiant. Pour une heure de plus dans ses bras, j'étais capable de tout.

Nous avions déjà parcouru la moitié du chemin, quand je sentis l'odeur de l'eau. Bientôt j'entendis aussi le chant de la rivière. Pégase s'approcha prudemment à la faible clarté de la lune. Je devinais les tourbillons du courant, ces ombres qui se tordaient dans tous les sens en tournoyant. La berge était pentue et rase. Je ne pouvais pas faire descendre Pégase là-dedans, surtout qu'il m'était impossible d'évaluer la profondeur. Pourrait-on passer à gué ou mon cheval serait-il obligé de nager ? Aussi décidai-je de continuer à progresser vers le nord en longeant le cours d'eau en quête d'un passage à gué. Je ne tardai pas à tourner bride et à redescendre vers le sud.

Finalement, j'avisai ce qui ressemblait à un pont suspendu. En me rapprochant, je vis qu'il s'agissait d'une de ces passerelles primitives en tiges de bambou attachées ensemble par des cordes épaisses que les tribus locales construisent pour leur propre usage. Etait-elle assez robuste pour supporter le poids de Pégase ? Elles devaient permettre le passage de petits chariots et de bœufs. Je pouvais sans doute y aller.

Je descendis de cheval et, en le tenant par la bride, le précédai sur le talus qu'il nous fallait descendre. Ses sabots dérapaient sur les cailloux. Il renâcla de surprise. La passerelle semblait solide, mais le tablier de cordage et de bambou se mit à osciller sous nos pas. J'avançai, l'estomac noué par un vague mal de mer. Je savais que Pégase n'était guère plus rassuré.

A une dizaine de mètres en contrebas, le torrent grondait : une écume blanche gambadant au clair de lune comme un animal. L'eau noire giclait, argentée sur les bords. Lorsque l'autre extrémité de la passerelle surgit dans l'obscurité, je ressentis un intense soulagement. J'étais justement en train de me dire que j'avais pris un trop gros risque, mais à présent je distinguais le talus pâle de la berge. Nous y étions presque. Nous allions retrouver la terre ferme.

Les cordes crièrent. S'ensuivit un bruit de scie qui grince, puis de quelque chose qui se déchire. Le bambou se mit à craquer. Je vis Pégase tomber. En entendant son rugissement, je crus que je l'avais perdu. Puis la passerelle se stabilisa et je compris alors que ses jambes étaient passées à travers la trame. Il s'était enfoncé jusqu'au ventre et à la poitrine, soutenu par les lattes de bambou. De la rivière torrentielle s'élevait vers nous un vacarme assourdissant. J'étais sans doute moi aussi sur le point de chuter, mais je ne pensais qu'à Pégase et au danger auquel je l'avais exposé.

Les pur-sang sont des créatures nerveuses et délicates, mais Pégase avait toujours su garder la tête froide. Un cheval courageux et calme, même là, qui me regardait en cillant de ses grands yeux dans le noir, convaincu que j'allais trouver un moyen de le tirer de ce mauvais pas. Parce qu'il croyait en moi, je me ressaisis et réfléchis. Il y avait une longe attachée à la selle. Elle serait peut-être assez longue, à condition de l'arrimer solidement quelque part.

J'avançai sur la passerelle avec la sensation de marcher sur un matelas à ressorts. Une fois sur la berge, je cherchai un acacia adéquat, c'est-à-dire un peu tordu et orienté dans le bon sens. Je trouvai un arbre un peu jeune, mais je n'avais pas le choix. Je retournai auprès de Pégase, qui m'attendait avec une patience digne d'un destrier dans un récit épique. Je fis un double nœud coulant que je lui passai autour de la tête à la manière d'un licol. La longe avait intérêt à ne pas lâcher. Mon idée était de le garder attaché ainsi jusqu'au matin. Je ne voyais vraiment pas comment on pourrait le sortir de là sans l'aide d'un levier quelconque. Cela aurait été trop périlleux d'essayer toute seule. Je risquais de le perdre, et ça, il n'en était pas question.

Une fois le licol de fortune en place, l'autre extrémité de la longe assurée grâce à l'acacia, je m'appuyai contre son encolure pour souffler un peu. « Ça va faire une bonne histoire à raconter », lui dis-je. Il cilla de nouveau, ses prunelles veloutées par sa confiance sans bornes en moi. Je m'enveloppai dans la couverture en laine, toujours pressée contre lui pour me tenir chaud. Mais alors que je commençais à somnoler, un fracas dans les buissons, un grondement sourd me fit me redresser vivement. Une horde d'éléphants ayant senti notre odeur venait voir ce qui se passait. A présent, ils arpentaient la berge, certains tournant sur eux-mêmes, terrorisant Pégase. Qui me disait qu'ils n'allaient pas piétiner l'amorce de la passerelle et la réduire en miettes, nous précipitant dans le vide ? A l'instant où je me levais de toute ma hauteur, Pégase se mit à se débattre pour tenter de se dégager. Il ébaucha un mouvement de balancier en portant le poids de son corps d'avant en arrière. J'étais transie de peur, le voyant déjà passant au travers, mais il parvint à sortir une jambe, puis deux. Il se tendit des sabots à la queue vers le morceau de berge tout juste à sa portée, tirant avec lui la passerelle instable. C'était comme essayer de marcher sur un radeau bricolé à partir de cure-dents ou sur un tas de sucre brûlé, ou encore sur rien du tout.

Mais Pégase était bel et bien un héros. Ses antérieurs accrochèrent le bord du talus et il réussit à extirper ses postérieurs des bambous qui les emprisonnaient. Seulement, rien n'était encore gagné. Le poids de son corps l'entraînait vers l'arrière, il était épuisé. La marne argileuse de la rive s'effritait, je crus que c'était fichu. Les éléphants étaient toujours dans les parages. J'entendais le grand mâle pousser des barrissements en guise d'avertissement. Ces animaux ont une mauvaise vue, mais leur odorat est très développé, et ils nous sentaient.

Tout en encourageant Pégase de la voix, je m'emparai de la longe côté acacia et, pliée en deux, tirai de toutes mes forces en m'arc-boutant en arrière. Et enfin, ses quatre sabots reposèrent sur la berge. Les lattes avaient fait de longues estafilades sur son ventre et lacéré ses jambes. Nous avions beaucoup de chance, mais n'étions quand même pas encore tirés d'affaire. Les éléphants n'étaient qu'un des périls qui nous guettaient. Pégase dégageait une odeur de sang et nous étions tous les deux fatigués, et par conséquent des proies aisément détectables par les prédateurs qui rôdaient par là. Il ne nous restait plus qu'à continuer notre route.

Il était presque minuit lorsque nous arrivâmes à Solio. Les fidèles serviteurs somalis de Berkeley gardaient la maison ouverte jusqu'à ce que la famille ait trouvé un acquéreur. Ils me connaissaient et, malgré l'heure tardive, me souhaitèrent la bienvenue et trouvèrent un box sec pour Pégase.

Je nettoyai, désinfectai et pansai les plaies de mon cheval. Elles étaient moins profondes que je ne l'avais craint. Les lattes avaient entaillé sa chair, mais il n'y avait aucun signe d'infection, et il ne saignait pas. Il allait guérir sans problème... Dieu merci ! Mais où était Denys ? La pluie l'aurait-elle lui aussi retardé ? Je ne me posai pas trop de questions et, en espérant que tout irait bien, allai me coucher.

A mon réveil, je bus mon café et pris un petit déjeuner léger, sans cesser de dresser l'oreille, le cœur battant. Il était prévu que Denys voyage dans son bruyant camion. Je ne pouvais pas ne pas l'entendre arriver, et ensuite nous allions être seuls pendant six jours. Nous n'avions jamais eu autant de temps devant nous tous les deux. J'avais la tête qui tournait à la perspective de l'avoir auprès de moi, de pouvoir sentir son odeur, la caresse de ses mains, d'entendre son rire… Il me montrerait les lieux et les choses qu'il aimait, et nous allions savourer chaque instant. Si seulement il voulait bien arriver.

Après le déjeuner, un des *boys* kikuyu de Denys surgit au bout du chemin et courut en direction de la maison comme s'il était capable de courir éternellement. Mon cœur chavira : je savais ce que cette apparition signifiait.

— Bedar dit lui pas venir, *msabu*.

Il n'était même pas essoufflé, alors qu'il avait dû faire trente kilomètres au pas de course dans la journée, tout en montée, en plus. Ses pieds nus étaient caparaçonnés d'une épaisse couche de corne.

— Pas du tout ?

— Ils ont pas trouvé l'ivoire.

Denys était donc toujours au travail. Comme il était employé, il n'était pas libre d'aller et venir à sa guise. N'empêche, j'étais anéantie. Je regardai le valet de Berkeley donner à boire et à manger au *boy* puis celui-ci partir rejoindre Denys, en direction du nord, prenant le virage à petites foulées courageuses. Lorsque je le perdis de vue, je songeai que, si Pégase et moi étions tombés dans la rivière, nous serions morts pour rien. Je n'allais pas voir Denys. Nous allions être privés de ces quelques jours ensemble alors que j'avais pris tant de risques pour nous les réserver, pour être là. J'en étais malade.

Je refis mon sac et descendis au bord de la rivière sur la tombe de Berkeley. Plusieurs mois s'étaient écoulés, la butte de terre s'affaissait par endroits. Je me mis à ratisser avec mes mains et le bout de mes bottes, souhaitant par-dessus tout faire quelque chose pour lui, me sentir proche de lui de nouveau. Un couple d'étourneaux découpait comme aux ciseaux l'atmosphère au-dessus de ma tête en menant un dialogue complexe fait de pépiements. Je suivis des yeux les reflets irisés de leur plumage, les ailes vert émeraude, la gorge bleu métallique, le ventre orange cuivré. Les feuilles bougeaient sur leur passage. Sinon la forêt était immobile.

— Oh, Berkeley, je me suis mise dans un terrible pétrin cette fois. Que vais-je faire ?

Personne ne me répondit, même pas un gazouillis d'oiseau.

42

A son retour du Danemark, j'aurais voulu ne pas entendre parler de Karen, mais c'était demander l'impossible. La colonie était un petit monde friand d'en savoir toujours plus sur ce qui se tramait. Elle avait été souffrante et avait passé un certain temps alitée. La récolte de café n'avait pas été bonne cette année, ses dettes allaient grandissant. J'appris par ailleurs que Denys partait pour l'Europe mais, comme il ne m'avait pas prévenue directement, j'ignorais pour quelle raison. Vers la fin mars, je tombai sur Karen au Muthaiga Club. Elle y prenait le thé en compagnie de Blix. J'étais en fait ravie de les voir tous les deux. C'est ainsi dans la colonie. On a besoin de ses amis, même si les relations sont compliquées et si, au bout du compte, elles vous font souffrir.

— Beryl ! s'exclama Blix en me prenant affectueusement par les épaules. On ne parle plus en ville que de tes chevaux qui vont rafler tous les prix. Ce serait quelque chose, non ?

Karen et moi échangeâmes un baiser sur la joue, pas trop chaleureux. Elle était amaigrie, la peau du contour des yeux tirée, les joues creuses sous ses pommettes hautes.

— Denys est retourné à Londres, m'annonça-t-elle tout de suite, comme si son esprit ne pouvait se préoccuper de rien d'autre. Nous avons eu deux semaines à nous. Deux pauvres semaines après avoir été séparés onze mois. Et on s'attend à ce que je m'en contente. On s'attend à ce que je sois courageuse et aille de l'avant.

J'avais envie de lui crier : « Oui ! » Après tout, elle avait eu quinze jours seule à seul avec lui alors que moi, rien ! J'avais été privée de Denys. D'un autre côté, je compatissais à son chagrin, qui était aussi le mien. Il était reparti, il avait quitté le continent...

— Que va-t-il faire à Londres, cette fois-ci ?

— Son père est mourant. Ses frères et lui doivent trouver un acquéreur pour Haverholme. Le domaine est dans sa famille depuis plusieurs siècles. Cela va être un crève-cœur pour eux de s'en séparer.

Elle secoua la tête et des boucles légères dansèrent autour de son visage, ses cheveux plus rebelles que jamais.

— Je sais que je devrais seulement penser à la famille de Denys en une heure pareille, mais il me manque trop.

Blix toussa discrètement, mise en garde ou rappel.

— Tu en as ta claque d'entendre toujours la même chanson, mais que veux-tu que je fasse, enfin, Bror, tu peux me le dire ?

Il était évident qu'il n'allait pas croiser le fer s'il pouvait l'éviter.

— Si tu veux bien m'excuser, dit-il en repoussant sa chaise. J'ai aperçu un de mes amis là-bas...

Après le départ de Blix, Karen poussa un profond soupir.

380

— J'ai finalement accepté de lui accorder le divorce. Tu crois qu'il m'en serait reconnaissant ?

— Pourquoi maintenant ? Cela fait des années qu'il te le demande, non ?

— Je ne sais pas. J'ai eu mauvaise conscience de continuer à dépenser autant d'énergie pour le garder. Je voulais juste *quelqu'un*, tu comprends ? A une époque, je pensais que Denys allait m'épouser, mais je m'aperçois de plus en plus que c'est un leurre.

Je déglutis afin d'éviter à ma voix de trembler et de trahir mon trouble.

— La ferme sera-t-elle plus difficile à gérer si Blix n'est plus là ?

— Tu veux dire financièrement ?

Elle éclata d'un rire railleur.

— Bror s'arrange toujours pour dépenser deux fois ce qu'il tient dans son portefeuille. Après quoi, il vient me taper… comme si j'étais riche.

— Je suis désolée. Tu mérites mieux que ça.

— Je suppose que je pressentais ce qui m'attendait avec lui. On sait peut-être toujours…

Elle émit un petit claquement de langue, comme si elle avalait de l'air ou une vérité implacable.

— … Les sentiments n'ont jamais été le fort de Bror, et Denys n'est pas mieux. Mais que puis-je faire ? Sans lui, la vie ne vaut plus la peine d'être vécue. C'est comme ça.

Je me sentis blêmir à mesure qu'elle parlait. J'étais en train de perdre mon combat contre moi-même. Mes mains elles-mêmes avaient du mal à tenir ma tasse en équilibre.

— Il paraît toujours tellement heureux quand il est à la ferme.

— Pourquoi ne le serait-il pas ? Il vient seulement quand il le veut bien. Cela ne lui coûte jamais rien. Mes ennuis l'intéressent, mais ce ne sont pas les siens.

Elle soulevait la question de l'engagement – elle le voulait à elle toute seule, pour la vie, mais ne semblait pas se rendre compte que, du point de vue de Denys, ce serait un fil à la patte. Elle ne pouvait pas l'obliger à faire un serment. Il devait pouvoir venir à elle en toute liberté ou pas du tout. Après ce que j'avais enduré avec Jock, j'étais sur la même longueur d'onde là-dessus que Denys.

— Pourquoi t'obstines-tu ?

— Quand il est avec moi, vois-tu, je suis plus heureuse que je ne le suis jamais. Tout le reste devient supportable, quand il est là. Quand je traverse la pelouse et que j'entends la musique de son gramophone, ou quand j'entre dans la maison et vois son chapeau à la patère, mon cœur se remet à vivre. Le reste du temps, je dors.

— Tu m'as l'air d'être bien en vie, pourtant.

— Seulement parce que tu ne me connais pas vraiment. Pas comme me connaît Denys.

Tout en écoutant les belles et tristes paroles qu'égrenait Karen, j'aurais voulu la détester, elle, et ses fauteuils, et ses beaux tapis. Ses précieux lis blancs, sa poudre de riz et le khôl qui bordait théâtralement ses yeux. Elle avait tort de vouloir tenir Denys en laisse, mais tel n'était-il pas aussi mon désir ? A cet égard, nous étions plus proches que des sœurs, à la fois amies et rivales.

Avant de quitter l'hôtel, je cherchai Blix pour lui dire au revoir. Il était au bar.

— Comment vas-tu, pour de vrai ? me demanda-t-il d'un ton qui dénotait une perspicacité que je ne lui connaissais pas.

— Toujours debout...

Je redressai les épaules afin de lui montrer qu'il n'avait pas de souci à se faire pour moi.

— ... Tu sais, Cockie m'a sauvé la vie à Londres.

— C'est une fille merveilleuse.

— Merveilleuse, oui. Si tu ne l'épouses pas, c'est moi qui le ferai.

— Entendu !

Il rit, les yeux pétillants.

— Nous projetons de sauter le pas dès son retour. Si elle n'a pas recouvré la raison d'ici là...

Il rit de nouveau en me regardant par-dessus le bord de son verre.

— ... C'est moi qui vais être en blanc.

— Et le Dr Turvy ? Il sera invité, je suppose.

— Oui. Il m'a promis d'être le témoin de la mariée.

43

Je fis travailler Wrack fébrilement. Le St Ledger ayant lieu début août, il ne me restait plus que quelques mois pour l'amener au sommet de sa forme. Puis le pire se produisit. L'excellence des récentes performances de Wrack aurait dû pourtant donner confiance à son propriétaire, Ogilvie, seulement ses amis se mirent à lui murmurer à l'oreille. Comment pouvait-il penser qu'une jeune fille était apte à faire de son cheval un gagnant ? Entendu, pour les courses ordinaires à l'hippodrome de Nakuru, ça passait, mais pour le St Ledger ? Souhaitait-il vraiment prendre ce risque ?

C'est ainsi que moins de trois mois avant la course de ma vie je me retrouvai privée de cheval à entraîner. J'étais comme hors de moi. Je ne voyais plus rien, je n'arrivais même plus à penser. Pendant l'année où j'avais eu Wrack sous ma responsabilité, j'avais tout misé sur lui. Ses aptitudes, ses prouesses étaient miennes, ses moments de gloire étaient les miens, je contribuais à chaque accélération, à chaque passage à la corde... Lui parti, j'avais les mains vides. J'étais fichue.

— Qu'est-ce qu'on va faire ? me lamentai-je.

Nous étions assis sur des balles de foin tout là-haut dans les tribunes, au coucher du soleil, notre journée de travail derrière nous. Une nuit de velours approchait, tendre et venimeuse.

— On a quand même des chevaux qui nous restent, me rappela Ruta.

— Oui, dans des courses mineures. Je sais qu'ils se placeront, mais pour le seul prix qui compte vraiment ?

— Il faut réfléchir, dit-il, le visage tourné vers le crépuscule. Il y a beaucoup de choses que nous ignorons.

— Les autres propriétaires vont tous apprendre qu'Ogilvie m'a retiré Wrack. Et s'il gagne même sans nous, ils vont le féliciter et lui dire que sa décision était avisée.

Je soupirai et ruminai en jouant avec mes cheveux jusqu'au moment où il fut l'heure pour Ruta de descendre retrouver sa femme.

Seule avec les pulsations sonores des insectes et les bruits plus lointains des écuries, je songeai que si Denys s'était trouvé en Afrique, n'importe où sur le continent, j'aurais couru vers lui, rien que pour sentir ses bras autour de moi, afin de me sentir de nouveau entière, centrée, capable d'aller de l'avant, de trouver force et courage sur mon chemin. Mais il n'était pas là. Il était dans un inaccessible ailleurs.

Quelques jours plus tard, Ruta faisait travailler Melton Pie quand Eric Gooch entra dans l'écurie. Tout ce que je savais de ce propriétaire, c'était qu'il était d'une taille supérieure à la moyenne et affligé d'un toc qui l'obligeait à redresser sans cesse sa cravate. De cet homme nerveux, en revanche, je connaissais bien une des pouliches. Wise Child était la fille d'une des meilleures poulinières de mon père, Ask Papa. Comme Pégase, c'est moi qui l'avais aidée à venir au monde, un paquet mouillé et chaud, bourré de potentiel. Le sang qui coulait dans ses veines faisait d'elle une future favorite. Hélas, à l'âge de deux ans, elle était tombée entre les mains d'un entraîneur qui avait trop exigé d'elle. Ses tendons fragiles avaient souffert à la suite de galops sur un terrain trop dur. A présent, en dépit de son pedigree, elle pouvait à peine supporter le poids d'un cavalier.

— Au moyen de soins appropriés, elle retrouverait ses jambes, dit Eric.

— Peut-être, approuvai-je. Mais en douze semaines ?

— C'est une battante...

Il redressa sa cravate sous sa pomme d'Adam qui tressautait comiquement.

— ... Mon petit doigt me dit que vous sauriez quoi faire avec elle.

Il avait raison. Plusieurs années plus tôt, le cheval de D., Ringleader, souffrait du même genre de blessure. Je l'avais fait courir sur les berges meubles du lac d'Elmenteita et il était devenu un champion. Mais la différence, c'était qu'il n'y avait eu aucune urgence, et ma carrière n'avait pas été en jeu.

— Je ne voudrais pas vous faire de fausses promesses, lui dis-je. La vérité, c'est qu'elle risque de ne jamais arriver à la hauteur de son potentiel, et encore moins de se placer. Mais, bon, elle a quand même sa chance.

— Vous acceptez de la prendre, alors ?

— Je vais essayer. Je ne peux pas faire mieux.

Le lendemain, Wise Child entra dans nos vies avec ses beaux yeux doux, son esprit combatif et ses jambes qui se révélèrent en effet dans un état pitoyable. Elle avait été horriblement mal traitée et rattraper les dégâts allait nécessiter des soins assidus. Nous ne pouvions pas nous permettre de perdre un instant : le compte à rebours était lancé. Nous avions en tout douze semaines pour en faire une championne.

Comme à Elmenteita, les rives du lac Nakuru étaient argileuses, tendres et spongieuses à souhait. C'est là que nous menâmes Wise Child. Parfois c'était Ruta qui la montait, d'autres fois c'était moi ; elle marchait d'abord au pas puis prenait son canter puis le galop. Une immense houle de flamants roses effarouchés se soulevait sur notre passage avec un bruit de bois qui craque. Par dizaines de milliers, ces chatoyants échassiers décollaient dans un effroi unanime et se reposaient derrière nous avec des grognements nasillards... pour mieux s'envoler dès qu'ils nous voyaient revenir. Ils furent les seuls témoins de la transformation qui s'opéra comme par magie chez Wise Child tandis qu'elle devenait plus forte et plus sûre d'elle. Elle qui avait été blessée, presque brisée. On percevait toujours sa peur chaque matin lorsqu'elle testait le sol, à croire qu'elle s'attendait à marcher sur des lames de couteau. Mais elle avait un cœur de lion, le courage d'un guerrier. Dès qu'elle n'était plus sur ses gardes, sa confiance et sa bonne volonté transparaissaient : la célérité n'était qu'une de ses qualités.

— Ce muscle, disait Ruta lorsque dans le box il la pansait et qu'elle tenait tranquille son grand corps soyeux et compact. Ce muscle peut soulever des montagnes…

— Tu as raison, Ruta, et c'est ce qui m'effraye. Elle est en pleine forme. Elle ne sera jamais en meilleure condition, pourtant il suffirait d'un rien pour que ses tendons lâchent. Cela pourrait arriver le jour du grand prix. Ou demain.

Ruta continua son bichonnage, sa précieuse brosse laissant la robe baie merveilleusement lustrée.

— C'est vrai, mais Dieu est en elle. Son cœur est comme la lance… comme le léopard.

Je lui souris.

— Lequel dirais-tu ? La lance ou le léopard ? Tu sais, quelquefois, j'ai l'impression de t'entendre quand tu étais un petit garçon qui se vantait de pouvoir sauter plus haut que moi.

— Je peux encore sauter, Beru, répliqua-t-il en riant. Je suis un guerrier, même aujourd'hui.

— Tu es un guerrier, oui. T'ai-je dit dernièrement combien je suis heureuse que tu sois là ?

Ruta et moi, c'était une amitié qui allait durer toujours, jusqu'à la fin. Hélas, quel que soit le degré de loyauté, d'intervention divine ou de magie qui se mêla à l'entraînement de Wise Child, les défaillances humaines et la peur l'emportèrent. Trois jours avant le prix, Eric vint me parler. Sa femme nous avait vus ensemble un soir au club et – alors que nous discutions des chances de Wise Child – elle avait trouvé que nous avions l'air un peu trop intimes. Elle lui avait présenté un choix en manière d'ultimatum.

388

— C'est toi ou elle, me dit-il d'une voix éraillée en tirant des deux mains sur cette cravate que je lui aurais volontiers arrachée.

— Mais il n'y a rien entre nous ! Tu ne peux pas lui dire ça ?

— Elle n'écoutera pas. Pour moi, elle compte plus qu'un cheval...

— Ne fais pas ça ! Nous touchons presque au but. Retire-la-moi après la course, s'il le faut absolument.

Il fit non de la tête.

— Tu ne connais pas ma femme.

— Je serai grillée, Eric. Je me suis défoncée pour ton cheval. C'est ma course. Tu me dois bien ça, non ?

Il rougit jusqu'à la pointe de ses oreilles puis se sauva comme un lâche avec des murmures de contrition.

Sonny Bumpus entra peu après avec un palefrenier pour emmener Wise Child. J'étais catastrophée. J'avais déjà bénéficié des talents de jockey de Sonny, et puis nous étions de vieilles connaissances, depuis ces horribles années où l'on m'avait mise en pension à Nairobi : nous avions aligné nos pupitres pour jouer à la course d'obstacles. A présent, il était un des meilleurs cavaliers de la colonie. Et c'était lui qui venait me prendre Wise Child ! Sonny comme mon cheval passaient chez un autre entraîneur.

— Dis-moi pourquoi, Sonny ? Tu sais combien j'ai bossé.

— C'est une honte, Beryl. Si je pouvais, je te la laisserais. Je devais monter Wrack, mais il ne courra pas. Ce n'est pas définitif, mais pour cette fois il restera à l'écurie.

— Wrack ne court pas ?

— Non, pas pour le moment.

— Alors Wise Child est sûre de gagner. Merde, Sonny ! Je ne peux pas louper ça !

— Je ne sais pas quoi te dire, ma vieille. Gooch ne changera pas d'avis, déclara-t-il en serrant les dents si fort que les muscles de sa mâchoire tressaillirent. Mais je vais te dire une chose quand même, tout le monde sur la piste saura qui a fait le boulot. Tout ce que je ferai, moi, c'est la laisser galoper.

Après leur départ, je restai là, ahurie, à fixer le mur, le cœur battant la chamade. A certains moments de ma vie, j'avais mérité ce qui m'arrivait, je n'essayerais même pas de le nier. La femme d'Eric avait sans doute eu vent des ragots que l'on colportait à mon sujet. Alors que je ne lui avais même pas serré la main ! Je m'inquiétais seulement pour Wise Child, j'étais aux petits soins, je la chouchoutais, je l'aimais. A présent, on l'avait arrachée à mon écurie, à mes soins.

Personne ne pouvait m'approcher, même pas Ruta.

44

Ils sont à la ligne, dix chevaux qui frémissent et piaffent, leurs jockeys aussi légers que des plumes colorées. Ils sont prêts à partir, ils ont hâte et, lorsque le starter abaisse son drapeau, ils partent. Ruta est debout derrière moi dans le box de Delamere. Tous nos sens sont braqués sur Wise Child dont nous cherchons à interpréter le moindre tressaillement de croupe comme s'il s'agissait d'une mélodie. Chacun de ces chevaux est illustre. Chacun a son histoire et des muscles, un pedigree et une volonté magnifiques, des jambes impeccables et une queue en panache, mais aucun n'est comme elle. Aucun n'a sa force.

Sonny sait comment tirer le maximum de notre pouliche, mais il le fait petit à petit. Un battement à la fois. Il sent quand il faut la pousser ou la retenir, ou quand il doit l'inciter, centimètre par centimètre, à se glisser dans un entre-deux infinitésimal, dans l'attente... Elle fait un train rapide, soutenu et fluide, avec en réserve quelque chose d'autre, quelque chose d'indéfini... Mais cela suffira-t-il ?

La foule dans les tribunes se met debout, les cous se tendent, le regard saisit des bouts de soie colorés volant au-dessus de jambes de cheval en mouvement. Les cotes sont hautes ou insignifiantes, peu importe, l'argent passe en second, devient ludique, des coquillages en guise de pot au centre de la table de jeu. Les chevaux, non. Les chevaux sont des êtres vivants, Wise Child est plus énergique et vibrante de vie qu'elle ne l'a jamais été ou ne le sera jamais. Elle double un étalon noir, puis un alezan, puis une jument à la robe crème. Au sein du paquet se meuvent des ombres, une grâce animale soyeuse. Et au dernier virage, elle mène. D'abord par les naseaux, puis de toute la longueur de son corps. Puis de deux fois celle-ci.

Ruta pose sa main sur mon épaule. Mon estomac me remonte dans la gorge, dans les oreilles. Pas un son ne s'élève des milliers de gosiers, je n'entends rien. Quelque part, Eric Gooch regarde avec sa femme, tétanisé à la vue de son cheval en tête. Mais il ne voit pas ce que je vois. Personne ne s'en doute sauf Ruta, Sonny et moi. La façon dont Wise Child penche de côté à la corde. C'est à peine un accroc, un pas qui chancelle une fraction de seconde. Ses jambes la lâchent. Elles ont donné tout ce qu'elles avaient.

Le peloton se referme sur elle tandis que je fais un bond en arrière et me heurte à la poitrine de Ruta. Par toutes les fibres de mon corps, j'absorbe les battements réguliers de son cœur, la pulsation d'une lointaine *ngoma*, le martèlement du poing d'*arap* Maina sur la peau tendue de son bouclier, et c'est ainsi que je supporte la suite, alors que j'ai envie de pleurer et de crier, de me ruer vers elle, d'arrêter la course. Tout arrêter. Ne comprennent-ils pas qu'elle a investi tout ce qu'elle possède dans cette arène et que cela ne suffit pas ?

Puis, je ne sais comment, d'une position qui dépasse toute notion de bon sens ou de stratégie, elle attaque, comme détachée des défaillances et des merveilles d'un corps de cheval. C'est le courage uniquement qui prime au final. Le cran. Lorsqu'elle vole la barre, la foule ne se retient plus et d'une seule voix lance une énorme ovation. Même ceux qui ont perdu ont l'impression d'avoir gagné avec elle, car ce qu'elle leur a montré est plus qu'une simple victoire.

Les gens jettent en l'air leurs tickets bleus qui retombent en pluie sur le sol, ils se pressent contre les lices, s'agglutinent derrière la barrière d'arrivée. La fanfare attaque les premières mesures. Seuls Ruta et moi restons immobiles et figés. Notre pouliche a fait plus que remporter la victoire. Avec ses jambes, avec guère plus que son cœur, elle a battu le record du St Ledger.

45

Jusqu'à un âge vénérable, alors que sa carrière de jockey et l'Afrique étaient loin derrière lui, Sonny Bumpus garderait dans sa poche l'étui à cigarettes en argent que je lui avais offert avec le nom de Wise Child et la date de notre prix St Ledger gravés dessus. Il aimerait le sortir et en caresser du gras du pouce le métal chaud et brillant, disposé à raconter à qui voulait bien l'écouter l'histoire de la course de sa vie, et comment j'avais réussi à ramener à la santé Wise Child, un cheval lourdement handicapé, pour arracher une victoire légendaire.

Sonny fut un des braves. Non seulement il avait eu ce moment de grâce sur la piste, mais il m'avait également attribué la plus grande partie de la gloire de cet événement. Et même si Eric Gooch n'était pas revenu penaud me rendre Wise Child, ni me remercier d'ailleurs, la colonie dans son ensemble applaudit mon exploit. Par la suite, Ruta et moi, nous avons fait une belle moisson de prouesses en plaçant nos chevaux. Welsh Guard triompha à Eldoret ; Melton Pie remporta le Christmas Handicap et notre fidèle Pégase rafla la médaille d'or à trois gymkhanas.

En février, je commençai à faire travailler Dovedale, dont le propriétaire était Ben Birkbeck.

Lors de notre rendez-vous à l'hôtel de D. à Nakuru
– il fallait s'accorder sur un plan d'action –, il
m'accueillit avec à son bras nulle autre que Ginger
Mayer. Je n'avais fait que la croiser depuis la fameuse partie de chasse de Karen, mais elle me
parut ravissante et épanouie, ses cheveux d'un
roux flamboyant rabattus sur le côté et retenus par
une barrette sertie de diamants, la peau laiteuse.
Une grosse perle luisait à sa main gauche. Ben
et elle étaient apparemment fiancés. Elle n'avait
pas perdu de temps : le divorce de Ben et Cockie
avait été prononcé le mois précédent.

— Le mariage aura lieu ici, dans cet hôtel, me
précisa Ginger en pianotant du bout des doigts de
la main gauche son décolleté turquoise.

Je n'aurais pas dû être étonnée. La colonie était
un petit monde où les couples se faisaient et se
défaisaient avec les mêmes. Ginger épousait Ben,
quoi de plus logique ? Seulement je finissais par
perdre patience à force de regarder tourner la
roue de la fortune, les uns tombant, les autres se
relevant... Sauve qui peut ! J'avais eu ma part, et
j'étais épuisée. En fait, je ne me sentais pas très
bien. La sécheresse qui sévissait avait atteint ma
gorge et je ne pouvais plus avaler sans d'atroces
picotements. Mes oreilles étaient comme dans du
coton. Mes yeux me brûlaient.

— Tu devrais voir un médecin à Nairobi, insista
plus tard Ginger.

— Ce n'est pas la peine. Tout va rentrer dans
l'ordre avec les pluies.

— Tu travailles pour moi maintenant, dit-elle
en riant. Promets-moi de consulter.

Le temps que j'arrive à Nairobi, j'étais fiévreuse. Je grelottais et me demandais si le paludisme avait finalement eu gain de cause, ou le typhus, ou la fièvre bilieuse hémoglobinurique... Toutes ces horribles maladies qui étaient le fléau des Blancs au Kenya depuis cinquante ans. Le médecin recommandé par Ginger voulut me plonger dans un bain d'eau glacée. Il avait diagnostiqué une inflammation des amygdales et voulait m'opérer.

— Je n'aime pas les médecins, lui déclarai-je en remettant ma veste. Je refuse qu'on me saigne, merci beaucoup.

— L'infection ne va pas s'en aller comme ça. Vous risquez une septicémie. Vous n'allez pas risquer votre vie pour garder vos amygdales, si ?

Je rendis les armes. Lorsque le cône de papier imbibé d'éther se rapprocha de mes narines, je me débattis pour la forme. Tout se mit à tourner et je chutai au fond d'un trou noir. Lorsque je revins à moi, peu à peu comme à travers un épais brouillard, j'aperçus le visage familier de Denys. Eclairé à contre-jour à travers un volet à claire-voie, il était entouré d'une sorte d'aura.

— Tu es revenu, articulai-je d'une voix cassée.

Il palpa sa propre gorge avec une mimique m'enjoignant de ne pas essayer de parler.

— Ginger m'a fait jurer que je viendrais te voir. Je crois qu'elle avait peur que son toubib ne t'assassine.

Il sourit malicieusement avant de conclure :

— Content de voir qu'il n'en a rien fait.

Derrière lui, une bonne sœur coiffée d'une cornette était en train de faire la leçon à ma voisine de lit. Je priai le ciel qu'elle s'en aille et me laisse seule avec Denys. Je voulais lui demander où il en était, si je lui avais manqué et ce qui nous attendait tous les deux. Hélas, c'est à peine si je parvenais à avaler ma salive.

— Tania serait venue, mais elle a été souffrante. La ferme est au bord de la faillite, la pauvre est tellement déprimée que j'ai peur qu'elle ne fasse une bêtise.

Comme mes yeux s'arrondissaient, il précisa :

— Elle a déjà proféré des menaces. C'est comme ça que son père est mort, tu sais.

Il marqua une pause, pensif soudain. Ce n'était pas facile pour lui. Comme mon père, Denys n'était pas à l'aise quand il s'agissait d'exprimer ses sentiments. Et puis il y avait cette relation triangulaire complexe… Il n'avait pas envie de parler de Karen avec moi, et pourtant j'étais liée à lui comme à elle.

— Je me suis arrangé avec une voisine, Ingrid Lindstrom, pour qu'elle reste auprès d'elle quand j'ai un safari. Tania ne doit pas être laissée seule, et il ne faut surtout pas qu'elle s'inquiète.

Je parvins à chuchoter :

— Elle ne doit pas savoir, pour nous. Je comprends.

C'était vrai, en plus, je comprenais vraiment.

Il détourna les yeux, les fixant sur le mur où les ombres allongées des barreaux de mon lit évoquaient ceux d'une cellule de prison.

— Je ne sais jamais quoi te dire, Beryl.

— Tu es en train de me dire adieu.

— Au revoir plutôt.

397

Je fermai les yeux, la fatigue combinée aux calmants me donnant une furieuse envie de dormir. J'avais toujours su que Denys n'était pas pour moi... Denys n'était à personne. C'était un esprit trop libre pour être attrapé. Pour moi, cela ne faisait aucun doute. Malgré tout, je pensais que nous pourrions continuer comme avant à voler quelques moments perdus quand ceux-ci se présenteraient. Et quels merveilleux moments ! Manifestement, ce temps-là était terminé. Forcément.

— Beryl, l'entendis-je dire avant de sombrer.

Lorsque je me réveillai, la nuit était venue et il n'était plus là.

Ginger vint me chercher la semaine suivante et me ramena en auto à Nakuru afin de m'épargner le voyage en train. J'avais mal à la gorge, et la visite de Denys m'avait attristée, que dis-je, pelée à vif ! Qu'il fût marié ou non à Karen, ce qui les liait était à la fois trop compliqué et trop profond pour que l'un puisse se passer de l'autre. Il fallait que je trouve en moi la force de souhaiter leur bonheur. Car je les aimais tous les deux, en dépit du bon sens.

— Ce n'est pas encore la grande forme, hein ? me fit remarquer Ginger.

J'étais en effet une passagère silencieuse, occupée à regarder la route droit devant, serrant les dents quand on prenait un nid-de-poule.

— Je ne devrais pas me mêler de ce qui ne me regarde pas, poursuivit-elle prudemment. Denys est un chou, n'est-ce pas ?

Je l'observai du coin de l'œil, ne sachant pas ce qu'elle savait, et de quelle source elle tenait ses renseignements.

— Nous sommes bons amis, c'est vrai.

— Il se donne un mal de chien pour Tania, dit-elle, ses mains gantées de chevreau jaune pâle tenant fermement le volant. Mais je serais étonnée qu'il puisse lui rester fidèle.

Je découvrais une autre Ginger. Elle que je n'avais jamais entendue bavarder d'autre chose que de fanfreluches et de régimes amaigrissants, de fiançailles et de puddings… Cette conversation me convenait mieux.

— Beaucoup de gens sont comme ça, fis-je. Faut-il pour compter que l'amour soit unidirectionnel ?

— Tu es plus tolérante que moi.

— Comment cela ? Mais, Ben et toi, vous n'êtes pas des fiancés conventionnels, me semble-t-il.

Je sentis soudain des aiguilles me transpercer la trachée. Si seulement j'avais sous la main des glaçons ou de la crème glacée ! Et si cette fichue poussière voulait bien retomber !

— Désolée, ajoutai-je, c'était méchant. Je vous souhaite beaucoup de bonheur.

— Je ne suis pas vexée. Je l'ai attendu assez longtemps, j'ai cru qu'il ne serait jamais libre. Est-ce de la stupidité ou du courage ?

— Je n'en sais rien. Peut-être les deux.

46

Après son mariage avec Ben, Ginger se mit à recevoir à tour de bras à Mgunga, friande surtout de nouvelles têtes ou de visiteurs venus d'ailleurs. Elle organisait de grands dîners, toujours en robe de soie parfaitement coupée avec un collier de perles qui lui balayait les genoux. J'avais dans mon armoire quelques tenues de soirée qui prenaient la poussière, mais en général je portais un pantalon et une chemise d'homme en toile. Ce fut ainsi que je m'habillai un soir du mois de juin pour me rendre à un de ses dîners, en me disant que c'était étrange de retourner à Njoro en qualité de convive. Au volant de ma nouvelle auto, je remontai la route de la nostalgie. Rien n'avait changé, ou si peu, et pourtant rien n'était pareil.

Ils étaient deux frères, sir Charles et Mansfield Markham. Venus au Kenya en quête d'une villégiature pour leur mère, une femme très riche qui ne supportait plus les hivers froids et humides de Londres. Ils avaient trouvé une villa d'un confort relatif dans la vallée du Rongaï, non loin de Green Hills, et c'est là que Ginger les avait rencontrés. Une fois qu'elle les aurait présentés à tout le monde, ils partiraient en safari chasser l'éléphant sous la houlette de Blix.

Mansfield était âgé de vingt-deux ans, un jeune homme glabre et d'une exquise politesse. Une peau douce comme du beurre, des mains de la même eau, sans l'ombre d'une callosité. A table, je le surpris à m'observer tandis que son frère paraissait hypnotisé par le plat de steaks de gazelle. Je m'abstins de lui spécifier que les menus dans ce pays n'étaient guère variés, et qu'il avait des chances de ne manger que ça pendant des mois.

— On est originaires de Nottingham, comme Robin des Bois, m'informa Mansfield, caressant d'un doigt manucuré la lourde base de son verre à eau.

— Je ne vois pas votre épée.

— Je la cache, déclara-t-il dans un sourire, en découvrant de jolies dents. Ginger m'a dit que vous étiez entraîneur de chevaux de course. C'est inhabituel.

— Est-ce une façon polie de me dire que vous me trouvez masculine ?

— Euh, non...

Il rougit.

Après le dîner, je me retrouvai en face de lui autour d'un brandy dans le vaste salon bas de plafond. Il reprit la conversation où nous l'avions laissée.

— Je ne suis moi-même pas si masculin que ça, en fait. J'ai été un enfant fragile et j'ai passé trop de temps avec le jardinier à apprendre les noms latins des plantes. Mon sport, voyez-vous, c'est le jardinage. A Noël, ma mère m'offre des mouchoirs alors que Charles reçoit des fusils.

— Les mouchoirs, c'est utile.

— Oui, dit-il, les yeux pétillants. Mais peut-être pas au Kenya.

— Qu'est-ce que vous voudriez à la place ?

— Pour moi ? Je ne sais pas. Peut-être ce que vous voulez tous ici. C'est un pays merveilleux. On a la sensation qu'on ne peut y donner que le meilleur de soi-même.

— Je n'ai jamais souhaité vivre ailleurs. J'ai grandi de l'autre côté de la colline. Mon père avait un magnifique élevage de pur-sang. J'y étais très attachée.

— Que lui est-il arrivé ?

— Des ennuis d'argent. Mais ne parlons pas de ces choses, c'est trop déprimant.

— Mais ce sont les choses de la vie. C'est ainsi que je le vois.

Comme je me sentais à l'aise avec lui, je ne tardai pas à lui raconter comment un étalon enragé s'était jeté sur Wee MacGregor alors que j'étais dessus. Ils s'étaient battus comme si je n'existais pas. Comme si c'était une question de vie ou de mort. Puis, d'un seul coup, ils s'étaient calmés et écartés l'un de l'autre.

— Vous n'avez pas eu peur ?

— Evidemment... mais j'ai aussi trouvé ça fascinant. J'avais l'impression d'être aux premières loges pour assister à un événement intime qui en outre se produisait rarement. Les chevaux avaient oublié ma présence.

— Vous ressemblez plus à Robin des Bois que moi, n'est-ce pas ? me taquina-t-il après m'avoir écoutée attentivement.

Le lendemain, alors que les frères Markham étaient partis rejoindre Blix, je me rendis à Nairobi pour un séjour de quelques jours. J'avais réservé une chambre au club. Et quelle ne fut pas ma surprise, le premier soir, de trouver Mansfield au bar devant une bouteille de vin, le meilleur cru de la maison.

— Vous voilà, me dit-il, manifestement soulagé. Je croyais vous avoir manquée.

— Et moi je vous croyais sur la piste d'un éléphant.

— En effet. Mais à Kampi ya Moto, j'ai prié Blix de faire faire demi-tour à son camion. Il fallait absolument que je voie une certaine jeune personne.

— Vous avez lu ça dans un roman ?

— Pardon. Cela doit vous sembler présomptueux de ma part. Mais je pensais tout le temps à vous. Vous êtes libre à dîner ?

— Je devrais vous mentir et vous répondre que je suis prise. Ça vous apprendrait.

— Peut-être, répliqua-t-il en souriant. Ou alors je resterais jusqu'à demain et vous reposerais la question…

Ce Mansfield me plaisait bien, en dépit de son arrogance. Il choisit une table dans le coin le plus discret de la salle à manger. Les plats se succédèrent, il remplissait mon verre dès qu'il était à moitié vide, il se penchait pour allumer ma cigarette à peine avais-je esquissé le geste d'en prendre une. Tant de prévenance me rappelait Frank, moins le côté mal dégrossi.

— J'ai adoré vos anecdotes de l'autre soir. Je crois que j'aurais été un autre homme si j'avais grandi ici, comme vous.

— Que reprochez-vous aux hommes comme vous ?

— J'ai été trop gâté. On m'a surprotégé de manière absurde.

Je fis un signe d'approbation.

— Je me suis parfois dit que d'être aimé un peu moins que les autres vous forge le caractère plutôt que ne le gâche.

— Je ne conçois pas qu'on puisse ne pas vous aimer. Lorsque je m'installerai au Kenya, nous allons être de grands amis.

— Comment ? Vous allez vous installer, comme ça ?

— Pourquoi pas ? Cela fait des années que je suis à la dérive, ne sachant que faire de mon héritage. Je sais maintenant où jeter l'ancre.

Le mot « héritage » plana au-dessus de la table.

— L'argent n'a jamais été mon fort, lui dis-je. Je ne sais pas comment ça marche.

— Moi non plus. C'est peut-être pourquoi il me colle à la peau.

Je pris mon verre de brandy que je fis rouler entre mes paumes.

— Moi ce sont les ennuis qui me collent à la peau… mais je commence à me dire que ça m'a aussi façonnée.

— Vous allez m'obliger à le dire ?

— Quoi ?

— Que ça vous a drôlement joliment façonnée.

Après le dîner, il me suivit dans la véranda et alluma ma cigarette avec le pesant briquet en argent estampillé d'un cartouche avec ses initiales,

M. M. De toute évidence, c'était un des privilèges des Markham de Nottingham. Il avait grandi dans un milieu sensible aux arts, et à la culture. A ses manières parfaites s'ajoutait un air d'optimisme propre à ceux qui savent que, si les choses ne vont pas comme ils veulent, ils ont les moyens de les changer.

Alors qu'il se courbait légèrement pour allumer sa propre cigarette, je suivis distraitement le mouvement de ses mains, soudain frappée par la familiarité de ce geste. Puis la lumière se fit : il me rappelait Berkeley... cette intensité, cette minceur de beau ténébreux. Ils étaient taillés dans la même étoffe...

Il leva les yeux.

— Qu'y a-t-il ?

— Rien. Vous avez de belles mains.

— Ah bon ?

Il sourit.

La véranda était fermée par une verrière fraîche et noire. Des lucioles couraient sur le verre comme sur une surface liquide, flammèches palpitantes d'un désir pathétique.

— J'adore cet endroit, surtout la nuit. C'est un de mes refuges.

— J'ai une chambre, dit-il en fixant le bout rougeoyant de sa cigarette. Je n'en ai jamais eu d'aussi charmante. Un petit cottage avec une bibliothèque et une table de chevet montée sur des défenses d'éléphant. Voudriez-vous venir prendre un digestif ?

C'était le cottage de Denys qu'il me décrivait. Denys n'y venait plus jamais, mais à la pensée qu'un autre pouvait l'occuper, même pour une nuit, ma gorge se serra.

— C'est très gentil à vous, mais je crains d'avoir à vous répondre par la négative.

— Ah, je suis de nouveau présomptueux alors ?

— C'est possible... Bonne nuit.

Le lendemain dans l'après-midi, Markham se proposa de me ramener à Njoro.

— Les routes sont à peine carrossables, je vous préviens, ça va prendre la journée.

— Je me réjouis d'autant plus.

L'éclatement d'un pneu avec un bruit de détonation n'entama en rien sa bonne humeur. Manifestement, il n'avait jamais changé une roue de sa vie. Il me regarda faire, aussi sidéré de me voir sortir le pneu de secours du coffre que si je l'avais tiré de ma poche.

— Vous êtes une femme remarquable.

— Rien n'est plus facile.

Je cherchai en vain un chiffon puis me résignai à essuyer mes mains sur mon pantalon.

— Franchement, Beryl, je n'avais encore jamais rencontré une femme comme vous. Vous me donnez envie de faire une folie.

— Comme apprendre à changer un pneu, le taquinai-je.

— Comme vous acheter une ferme.

— Quoi ? C'est une blague.

— Pas le moins du monde. Nous devrions tous regagner ce que nous avons perdu, si cela est possible. De toute façon, elle ne serait pas qu'à vous. Ce genre de vie me plairait beaucoup.

— Nous venons de faire connaissance.

— Je vous ai dit que j'étais d'humeur à faire une folie. Mais, voyez-vous, je suis tout à fait sérieux. Je ne suis pas le genre de type qui tourne autour du pot.

Nous remontâmes dans la voiture et roulâmes en silence. Que penser de ce qu'il venait de me dire ? Je n'eus pas longtemps à attendre pour avoir la réponse.

— Je vous mets mal à l'aise.

— Ne vous méprenez pas. Je suis flattée.

— Mais ?

Sans lâcher la route des yeux, les mains sur le volant, il eut à mon adresse un sourire en coin.

— … Je sens venir une rebuffade…

— C'est que j'ai ma fierté ! J'ai beau avoir très envie d'une ferme comme Green Hills, je n'accepterai jamais un cadeau pareil de votre part ni de celle de personne d'autre d'ailleurs.

— J'ai ma fierté, moi aussi, et en plus je suis une tête de mule. Il me paraît évident que nous voulons tous les deux la même chose. Nous pourrions nous associer dans cette formidable entreprise. Nous formerions un tandem de gens également indépendants et *têtus*.

Je ne pus m'empêcher de sourire, mais m'abstins de tout commentaire jusqu'à ce que nous abordions la montée vers Kampi ya Moto. De notre ferme il ne restait que quelques dépendances délabrées et des clôtures à moitié effondrées, mais la vue de la colline était inchangée.

— Quel spectacle, c'est magique, dit-il en arrêtant la voiture et en coupant le moteur. Et tout ceci était à vous ?

407

A moi, oui, la ligne bleue des Aberdare se découpant contre le bleu plus pâle du ciel. A moi, les bords aiguisés du cratère de Menengaï, à moi les dentelles sombres de la forêt Mau bruissant de millions de vies. Même les ruines de l'ancienne maison de mon père ne parvenaient pas à me déprimer.

— Oui, tout ceci était à nous, lui répondis-je.

Soudain, Mansfield s'exclama :

— Oh, j'allais oublier !

Il tendit la main derrière lui et souleva un seau à glace qui était posé sur le plancher, bien calé contre le siège arrière. Le seau était à moitié plein d'eau tiède et la bouteille avait sûrement perdu toute fraîcheur.

— Il doit être infect, dit-il en faisant sauter le bouchon.

— Ce n'est pas grave. Un ami très cher m'a dit un jour que le champagne est obligatoire au Kenya. Peut-être êtes-vous fait pour ce pays, après tout.

— Vous voyez ?...

Il versa le liquide mousseux dans des verres à eau.

— ... On trinque à quoi ?

Je regardai par-dessus son épaule à travers la vitre le panorama à jamais gravé dans mon cœur.

— Je suis contente que vous ayez voulu venir. Cet endroit est pour moi inoubliable, même si lui m'oubliera peut-être un jour.

— Green Hills, c'est un si joli nom. Comment appellerons-nous notre ferme ?

— Vous allez me tanner jusqu'à ce que je cède, c'est ça ?

— Tout à fait.

Je le regardai. Il ressemblait tellement à Berkeley avec ses mains fines et sa coupe de cheveux parfaite. J'eus soudain très envie de l'embrasser.

Ses lèvres avaient la douceur d'une plume, sa langue un goût de champagne.

47

Fidèle à sa parole, Mansfield passa les mois suivants à entamer peu à peu mes doutes et mes réticences. La ferme était une chose – n'avais-je pas toujours rêvé de réinventer Green Hills ? –, mais je ne tardai pas à me rendre compte qu'il voulait m'épouser.

— Mon divorce vient à peine d'être prononcé. Tu crois que je suis assez folle pour me lancer de nouveau dans le mariage ?

— Ce sera différent, je t'assure, *nous sommes* différents !

Mansfield paraissait en effet être la perle rare. Il n'était ni comme Jock, ni comme Frank, ni comme Boy Long. En outre, il avait encaissé sans tiquer le récit de tous les épisodes de mon épineux passé. J'avais pris la résolution de ne rien lui cacher, même pas mon histoire avec Denys et Karen. Je me disais que sinon notre couple était voué à l'échec. J'avais quand même compris ça, après tous mes déboires.

— Tu es toujours amoureuse de Denys ? me demanda-t-il.

— Il a choisi Karen. Je n'y peux rien.

Une ombre passa sur le visage de Mansfield.

— Tu es sûr que tu veux lier ta vie à la mienne après ce que je viens de te dire ? J'ai le cœur agité, que veux-tu, et je ne peux pas te promettre que je vais m'appliquer aux trucs rasoir, comme la cuisine, etc.

— Ça, tu n'avais pas besoin de me le préciser.

Il me sourit avant d'ajouter :

— Je cherche quelqu'un qui ne serait pas seulement une amante, mais aussi une compagne. J'ai parfois souffert de ma solitude. Dis-moi, Beryl, est-ce que tu m'aimes un peu ?

— Mais oui, vraiment, je t'aime beaucoup.

— Moi aussi. Et c'est par là que nous allons commencer.

Les noces eurent lieu quatre mois après que Ginger nous eut présentés, en septembre 1927. Karen m'avait offert mon bouquet de mariée, lis et œillets blancs, mais ma robe, c'était moi qui l'avais choisie : en crêpe de Chine, très près du corps, avec des manches serrées et un bustier orné de franges argentées qui retombaient sur la jupe comme un filet d'étoiles. Je m'étais fait couper les cheveux « à la garçonne », une coiffure qui libérait ma nuque et me donnait une merveilleuse sensation de légèreté.

D. assuma le rôle de mon père et, en me conduisant à l'autel, essuya ses larmes sur ses manches. Après, il y eut un bon déjeuner au Muthaiga Club pendant lequel je m'efforçai de ne pas penser à Denys. Il était parti à Tsavo, en route pour l'Ouganda. Je lui avais envoyé une invitation par télégramme, restée sans réponse. La jalousie était-elle la cause de ce silence ? J'aurais bien voulu le croire. Mais il n'avait sans doute pas reçu mon message.

Je mis mes chevaux au repos prolongé, dis au revoir à Ruta, et nous voilà partis pour une lune de miel de plusieurs mois en Europe. A Rome, nous descendîmes au Hassler, place d'Espagne, un somptueux hôtel qui à mes yeux ressemblait plutôt à un palais du XIXᵉ. Notre lit, immense, était recouvert de velours doré, la baignoire était en marbre, et le parquet présentait le poli d'un miroir. Et moi je me disais : « Pince-moi, je rêve ! »

— Le George V à Paris est encore plus beau, m'assura Mansfield.

Et en me voyant bouche bée devant la vue sur la tour Eiffel et les Champs-Elysées, il me promit que je n'allais pas revenir du Claridge's à Londres. Il avait raison, bien sûr. D'abord, l'apparition de la Rolls-Royce de Mansfield au pied du grand hôtel provoqua la joie des grooms. La prévenance du personnel, le luisant des marbres, la profusion de bouquets et la soie des draperies conjurèrent les mauvais souvenirs de mon précédent séjour londonien, une époque où ma vie avait pris un mauvais tournant. Chaque fois que ma mémoire menaçait de me ramener en arrière, je me concentrais sur le spectacle offert par notre suite de malles Louis Vuitton.

A Paris, nous dégustâmes des escargots et une choucroute garnie piquée de brins de romarin. A Rome, nous nous régalâmes de spaghettis aux moules et à l'encre de seiche. Et pour les délices de nos méninges, il y avait l'opéra, les monuments et les musées. Chaque fois qu'une découverte me procurait une émotion forte, une petite voix me soufflait : « Denys devrait voir ça. » Je m'efforçais en vain de faire la sourde oreille. Je n'avais pas le droit d'entretenir de telles pensées, c'était non seulement déloyal, mais impossible. Denys avait choisi, j'avais pris mes propres décisions, et Mansfield était un type bien. J'avais pour lui le plus profond respect, je l'admirais et, même s'il ne m'inspirait pas un amour à me faire gravir des montagnes à cheval en pleine nuit, je l'aimais d'un cœur tranquille. Ce compagnon toujours à mon côté. Il me tenait la main, il m'embrassait, il me répétait :

« C'est un miracle que nous nous soyons trouvés. Je n'arrive pas à croire à mon bonheur. »

Mansfield était proche de sa mère, ce que j'avais du mal à comprendre, et pour cause ! Il tenait beaucoup à ce qu'elle m'apprécie et à ce que ma relation avec elle parte d'un bon pied.

— Il vaut mieux que tu répondes à son attente.

— Que veux-tu dire ?

— En Afrique, c'est différent. Quand nous aurons fini ici, nous pourrons y retourner et nous conduire comme bon nous semble. Mais mère et ses relations sont plutôt conservatrices.

Je croyais qu'il faisait allusion à leurs opinions politiques, jusqu'à ce qu'il me dépose devant la porte rouge de chez Elizabeth Arden et m'y abandonne sans autre forme de procès, me condamnant à une longue séance de mise en beauté. Quant à lui, il fila à Bond Street puis alla faire des emplettes chez Harrods... pendant que je me faisais pomponner à mort. On m'épila à la pince les sourcils afin de mieux les redessiner au khôl, et à la cire

413

la lèvre supérieure et les jambes. On laqua ma bouche d'une *encre* à lèvres cramoisie.

— Je ne vois pas en quoi tout ça va plaire à ta mère ? lui demandai-je, une fois rescapée du salon.

J'avais l'impression d'être peinturlurée et me retenais de cacher mon visage dans mes mains.

— C'est parfait. Tu es exquise. Elle ne va pas pouvoir te résister... Tu ne vois pas ?

— Ce qui m'inquiète, ce n'est pas qu'elle risque de ne pas me trouver à son goût, mais que ça compte tellement à tes yeux. Toute cette mise en scène...

— Ça va aller, tu verras.

Et nous voilà en route pour Swiftsden, le manoir où la mère de Mansfield résidait en compagnie de son deuxième mari, le colonel O'Hea. Ce dernier avait quinze ans de moins que son épouse et tapait sur les nerfs des deux fils Markham. C'était un homme potelé et taciturne, et elle était une femme potelée qui avait une opinion sur tout. Lorsque je voulus lui serrer la main, elle me présenta deux doigts.

— *Enchantée,* murmura-t-elle en français, alors qu'elle n'avait même pas l'air contente de me voir.

Elle cala ses formes pleines dans le meilleur fauteuil et entreprit de me démontrer l'excellence de ses lévriers lauréats de plusieurs championnats.

Lors de ce premier thé, je ne pus m'empêcher de me figurer l'accueil que m'aurait réservé la mère de Mansfield si je m'étais pointée comme je l'avais fait sur le paillasson de Cockie, sans manteau, les mains gercées et bleues de froid, les orteils congelés. A Paris et à Milan, Mansfield

414

m'avait emmenée chez les plus grands couturiers. Aujourd'hui, j'étais habillée convenablement. Bas de soie, étole en vison, jonc en diamant, celui-ci glissant sur mon avant-bras comme jadis son *kara* sur le bras de Bishon Singh. La générosité de Mansfield m'avait touchée, je m'étais dit qu'il m'achetait ces objets ravissants parce qu'ils étaient beaux, mais à présent, après le pensum Elizabeth Arden et ce que j'endurais ici, dans le salon boudoir de sa mère, je me demandais s'il n'avait pas fait cela uniquement pour elle.

Une fois que nous fûmes seuls dans notre chambre, je lui fis observer :

— Elle ne peut quand même pas me prendre pour une mondaine.

Il était assis au bord du lit, sur le couvre-lit en soie marron, et moi devant la coiffeuse où je brossais sans ménagement ma coiffure crantée avec une brosse à manche en argent.

— Pourquoi tous ces chichis ? Mes pauvres sourcils ne vont jamais repousser maintenant.

— Ne sois pas fâchée, mon amour. C'est juste pour la durée de cette visite, ensuite on remettra nos vieux vêtements et on ouvrira les bras à notre nouvelle vie.

— Je me sens comme si je commettais une imposture.

— Mais pas du tout, tu ne vois pas ? Il n'y a pas de déguisement qui tienne... Tu es foncièrement élégante.

— Et si je me mettais en pantalon ? Et si je me conduisais naturellement ? Tu crois qu'elle me jetterait dehors ?

— Un peu de patience, Beryl. Mère n'est pas une femme à la page comme toi.

Ce n'était pas la peine de se disputer, je promis à Mansfield que je ferais de mon mieux. Mais en fin de compte, la seule façon de me sortir vivante de ce séjour à Swiftsden fut de diviser pour régner. Mansfield s'occupa de sa mère, et le chauffeur mécanicien de moi. Il me conduisit à Londres pour de longues excursions au cours desquelles je visitai tous les sites touristiques : le London Bridge, Westminster Abbey et Big Ben. J'assistai à la relève de la garde devant Buckingham Palace, les sentinelles en uniforme rouge se déplaçant en glissant comme si elles étaient montées sur des roulettes. Ensuite, j'allai au cinéma voir *La Bataille de la Somme*. Ces images projetées qui donnaient l'illusion de la vie m'émerveillèrent comme tant de nouveautés à Londres, l'éclairage et les bouilloires électriques, la musique sur Oxford Street sortant d'un haut-parleur Magnavox. Le film n'en était pas moins terrible : ces hommes recroquevillés de peur dans la boue des tranchées me firent penser à *arap* Maina – j'espérais de tout mon cœur qu'il n'était pas mort ainsi. Ruta me manquait. J'aurais tellement aimé qu'il soit à mon côté dans cette salle obscure, quoique, évidemment, tout cela l'aurait dérouté, ou pire encore.

Quelques jours plus tard, Mansfield consentit à lâcher les basques de sa mère pour m'accompagner à Newmarket voir un étalon. Mansfield pensait qu'une injection de sang neuf serait bénéfique à notre future entreprise.

— Je veux qu'on soit de vrais associés, me dit-il. On achètera des terres où tu veux, et les meilleurs chevaux pour notre écurie. Tu m'initieras. Tu verras, je serai un bon élève.

Ces paroles me mirent du baume au cœur. D'emblée ce rêve de fonder un élevage de pur-sang nous avait soudés, mais à Swiftsden, sous le regard impérieux de sa génitrice, j'avais commencé à avoir des doutes. Son opinion avait l'air de tellement compter pour lui. En sa présence, il devenait une véritable chiffe molle, un pantin dont elle tirait les ficelles. A Newmarket, je le retrouvai : il me prit la main et la serra fort tandis que nous nous dirigions vers les écuries. Il aspirait à cette nouvelle vie au Kenya tout autant que moi à un nouveau Green Hills. Il était décidé à gagner son indépendance et à se tailler une place dans le monde, avec moi à ses côtés. Tant que cela n'était pas acquis, je n'avais d'autre choix que de lui faire confiance, de nous faire à tous les deux confiance.

Messenger Boy était un superbe étalon alezan aux crins dorés dont la robe portait un semis de taches blanches. Il avait l'air de briller d'un feu intérieur. Je n'avais jamais vu de cheval aussi grand, ni aussi beau. Sa mère, Fifinella, s'était révélée une championne au derby et au steeple-chase ; son père, Hurry On, avait battu tous les records aussi bien dans l'arène que comme reproducteur. Mais son entraîneur, Fred Darling, mit un bémol à notre enthousiasme.

— Il ne va pas vous faciliter la tâche, je mentirais en prétendant le contraire.

La vérité, c'était qu'il avait un jour envoyé Fred à l'hôpital. Peu après, il avait coincé un palefrenier dans son box et l'avait tué à coups de dents et de sabots effilés comme des lames de rasoir. Un meurtre pur et simple. Si Messenger Boy avait été un être humain, il aurait eu droit à la guillotine. En l'occurrence, il avait été banni des courses en Angleterre. Mais le Kenya pourrait lui accorder une seconde chance.

— Est-il possible de l'amadouer ? s'enquit Mansfield.

— Comment le savoir ? Je ne m'y risquerais pas, dit Fred.

— Et moi, je veux essayer, déclarai-je en contemplant l'éclat incarnat du soleil sur les naseaux dilatés de l'étalon.

— Tu n'as pas peur ? s'étonna Mansfield en prenant ma main.

— Si. Mais je ne supporte pas l'idée de le laisser ici enchaîné comme un chien...

En fait, Messenger Boy me rappelait le lion Paddy et la frontière ténue entre la nature sauvage et le monde civilisé.

— ... Il a encore un potentiel. C'est évident.

Mansfield serra très fort ma main – ce que nous venions d'apprendre l'avait stupéfié.

— Pourra-t-il gagner des derbys ?

Pour apaiser ses craintes, je répondis par une espièglerie.

— Si Ruta était ici, il dirait « ses jambes sont aussi puissantes que les jambes d'un léopard », ou bien « son cœur est comme un gnou ».

— Très bien, alors, combien vont coûter ces jambes de léopard ? lança Mansfield en sortant son carnet de chèques et en se tournant vers Fred Darling.

48

Denys et Mansfield ne s'étaient jamais rencontrés. Lorsque, à la fin mars, juste après notre retour d'Angleterre, par un bel après-midi ensoleillé, nous prîmes la route de Mbogani, j'avais le trac en me demandant ce qu'ils allaient bien penser l'un de l'autre. Nous avions rapporté de Londres notre Rolls jaune pâle flambant neuve. J'étais habillée par la maison Worth, et mon rang de perles venait de chez Asprey. C'était peut-être pervers de ma part, mais je voulais que Denys et Karen puissent tous les deux mesurer le chemin parcouru et me voir sous mon meilleur jour. Je n'étais plus une jeune fille, encore moins une enfant. Nous fûmes accueillis par Farah, le majordome de Karen.

— Ils sont sortis se promener, *msabu*, me dit-il affectueusement. Ils sont montés à Lamwia, sur leurs tombes.

— Ils sont toujours bien en vie, expliquai-je à Mansfield qui m'avait coulé un regard en coin. Ils sont seulement excessivement romantiques.

Mansfield ouvrit la portière arrière de la Rolls, libérant les trois chiens qui bondirent sur la pelouse. Un barzoï, un setter irlandais rouge et un chiot, un lévrier écossais, notre cadeau pour Karen. Les chiens sautaient en jappant autour de nous, fous de joie de pouvoir courir. Je n'arrêtais pas de jeter des coups d'œil du côté des collines. Karen et Denys étaient-ils en mesure de nous voir ? Quand allaient-ils redescendre ?

— Tu as une mine magnifique, me complimenta Denys un peu plus tard sous la véranda...

Ma belle robe avait eu le temps de se chiffonner, et je me sentais à présent un peu fatiguée, et surtout nerveuse. Il me donna un baiser rapide sur la joue.

— ... Mes félicitations.

Mansfield avait une tête de moins que lui, comme Berkeley. Je me surpris à espérer que Denys voie en Mansfield la même chose que moi, et aussi ce que Mansfield voyait en moi...

— On a visité la National Gallery, lui dis-je, rouge comme une pivoine. On a vu le ballet du Bolchoï à Rome.

Je brûlais de lui raconter nos aventures et de lui montrer combien j'avais changé, mais il restait distant, poliment indifférent.

— Epatant, fit-il à plusieurs reprises d'une voix égale alors que je pérorais. Tant mieux pour vous deux.

Finalement, il mit en marche le gramophone.

— Elle est délicieuse, dit Karen à propos de la jeune chienne aux yeux gris et au long museau niché dans une touffe de poils. Tu es adorable d'avoir pensé à moi, surtout que je suis bien seule depuis la mort de Minerve...

Elle nous raconta la triste histoire de sa jolie chouette qui, le mois précédent, avait volé dans les stores en bois et s'était empêtrée dans le système de tirage. Elle était morte étranglée par le cordon.

— … On ne devrait pas s'attacher autant aux bêtes, c'est dangereux.

— Je peux te dire que les bêtes ne sont pas trop intéressées par nous, lança Denys en se rasseyant.

— Bien sûr que si, riposta-t-elle en caressant la truffe soyeuse du lévrier. Minerve m'aimait beaucoup, comme mes chiens d'ailleurs.

— Quand ils entendent le gong du dîner, ils accourent. C'est du simple bon sens, pas de l'amour. Ni un gage de fidélité.

Karen se tourna vers nous et nous expliqua comme s'il n'était pas là :

— Ah, ces papillons noirs, quand ils le tiennent…

Pour changer de sujet, j'interrogeai Denys.

— Quelle est ta prochaine destination ?

— Rejaf. J'emmène des clients descendre le Nil.

— Comme c'est exotique, fit remarquer Mansfield en tirant une bouffée de son cigare. On se croirait dans un de ces films qui nous viennent de Hollywood…

— Les moustiques se chargeraient de vous détromper.

— J'ai toujours voulu voir le Nil, dis-je.

— Ce n'est pas un décor non plus, répliqua-t-il en se levant de nouveau pour disparaître cette fois à l'intérieur de la maison.

Karen me fixa avec un haussement de sourcils : *les papillons noirs*, me rappelait-elle. Mais j'avais l'impression d'avoir reçu une gifle. A bord du paquebot qui nous ramenait au Kenya, je m'étais si souvent imaginé cette rencontre, me demandant quelle serait l'atmosphère maintenant que ma situation avait évolué. J'étais mariée, je n'étais plus la même. Je voulais être heureuse et le lui faire savoir, mais il se conduisait si étrangement, il était tellement froid avec tout le monde. Rien ne se passait comme prévu.

— Vous allez acheter une propriété ? nous interrogea Karen d'une voix légèrement tendue.

— Oui, peut-être près d'Elburgon.

— Si loin au nord ?

— Le prix nous convient, et le jardin est magnifique. Mansfield est un amoureux des jardins.

— C'est exact...

Il sourit, se leva et se saisit de la carafe en cristal pour nous servir du brandy, l'air comme chez lui au milieu des objets ravissants de Karen.

— ... Je vais voir où en est Denys. Il a sans doute besoin d'un petit remontant.

Après son départ, Karen se tourna vers moi.

— Lady Markham, c'est ainsi que tu t'appelles maintenant... Que penses-tu de ton titre ?

Je perçus dans son regard une question muette : mon mariage avec Mansfield était-il sincère ? Mal à l'aise, je répondis par une pirouette :

— Cela me plaît. Sauf que personne ne m'a jamais appelée ainsi jusqu'à aujourd'hui.

— Tu as une mine splendide.

— Ce sont les perles, dis-je.

— Ce n'est pas la première fois que je te vois avec un collier de perles.

Elle se référait à ma liaison avec Frank Greswolde, non qu'elle aurait eu le mauvais goût de la mentionner. Elle voyait bien tout de même que je ne me faisais pas entretenir par Mansfield. Il n'avait rien d'un « sponsor », pour employer l'horrible terme dont se servait Cockie, c'était mon mari.

La chienne couchée aux pieds de Karen gémit doucement dans son sommeil en agitant ses pattes avant.

— On passe de si noirs marchés par amour, n'est-ce pas ? ajouta-t-elle.

Ah bon ? songeai-je alors que Karen posait une main apaisante sur le lévrier, à la manière d'une mère rassurant son enfant. Je lui répondis par un silence.

49

A près de deux cents kilomètres au nord de Nairobi, Elburgon bénéficiait d'une fraîcheur exquise le matin sous un ciel radieux traversé de nuages à la base plate et au sommet boursouflé. Après la pluie, des écharpes de brume se coulaient dans les vallons au bord des collines. Et moi qui me dirigeais à pied vers les écuries, je buvais des yeux ce paysage en me disant que, ça au moins, personne ne pouvait me le gâcher ni me l'enlever.

Melela, ainsi s'appelait notre propriété. La maison sur pilotis était noyée sous les bougainvillées bleues et les lianes de feu. A l'arrière, la barrière disparaissait sous les fleurs violettes des passiflores tandis que les belles-de-jour prenaient leurs aises sur la tonnelle et jusque sous la véranda. Partout où se posait mon regard, c'était une explosion de couleurs, et l'air avait l'odeur de la vie. Peu après notre emménagement, je fis installer une lourde cloche en laiton à l'entrée de l'écurie et, chaque jour avant l'aube, Ruta la faisait sonner afin de réveiller ceux de la ferme, comme autrefois Wainina à Green Hills. Ruta et les siens habitaient un cottage non loin de l'écurie, où il avait son bureau à côté du mien, même si en général on se retrouvait tous les deux à la même table, penchés sur le même registre.

— Et si on faisait venir Clutt du Cap, il pourrait travailler pour nous ? demandai-je un soir à Mansfield alors que nous venions de nous coucher.

Cette pensée me poursuivait depuis des semaines, et plus le temps passait, plus je sentais mon enthousiasme grandir. Les questions d'argent – et le déshonneur – avaient éloigné mon père de moi. A présent, j'étais en mesure de lui proposer un poste qui lui permettrait d'occuper de nouveau une place de prestige dans la colonie, une place digne de lui et de ses talents.

— Mais accepterait-il ?

— Je crois que oui. Si nous le lui demandons gentiment.

— Avec deux Clutterbuck dans une seule écurie, à mon avis, le reste du Kenya n'aura plus qu'à se tenir à carreau.

— Tu ne peux pas savoir combien cela me rend heureuse, j'ai l'impression que justice a été rendue.

J'envoyai un télégramme et, deux mois plus tard, je récupérai mon père. Il avait vieilli, le cheveu rare et grisonnant, le visage marqué. Mais rien qu'à poser les yeux sur lui, j'avais l'impression de guérir de quelque chose. J'étais tellement jeune au moment de son départ, accablée par mon mariage, et la perte terrible de la ferme. Près de huit années s'étaient écoulées, et j'avais eu plus de peines de cœur que je n'en pouvais compter, et conter ! Mais à quoi bon m'épancher dans son giron ? Tout ce que je voulais, c'était me tenir avec lui à la barrière du paddock pour regarder un étalon montrer de quoi il était capable au galop. Je voulais seulement travailler de conserve avec lui à un objectif commun. Etre de nouveau sa fille… oui, c'était assez.

Emma avait vieilli aussi, bien sûr, son caractère semblant non pas adouci mais plus calme. Elle ne me dérangeait plus comme autrefois. J'étais désormais la maîtresse de maison. Elle était notre invitée à Melela, alors qu'importait sa désapprobation à mon égard ? Son opinion m'était égale, je me fondais sur la mienne et celle de Mansfield.

Contre toute attente, Mansfield et elle devinrent bons amis. Ils aimaient tous les deux le jardinage. On les apercevait dehors, chacun la tête sous un chapeau conique, discutant mycorhizes et *Botrytis squamosa*. Pour ma part, je préférais respirer les effluves de l'écurie.

— Comment c'était au Cap alors ?

C'était un des premiers jours. Nous étions tous les deux à la barrière en train de regarder un des palefreniers monter une nouvelle acquisition, Clemency.

— Chaud.

Il épousseta ses bottes en plissant les yeux, ébloui par le soleil incandescent.

— Et il y avait une sacrée concurrence, ajouta-t-il. Les victoires n'étaient pas courantes.

— Si on ne vous avait pas demandé de venir, vous seriez restés là-bas ?

— Sans doute. Mais je suis content d'être ici. C'est splendide.

Comme toujours, mon père était avare de mots et rechignait à montrer ses sentiments. Mais je savais qu'il était fier de moi et du chemin que j'avais parcouru. Je le sentais alors que nous nous

tenions côte à côte, face à la vallée incroyablement verte.

— C'est le même paysage qu'à Njoro, lui dis-je.
Un peu plus au nord, mais sinon tout est pareil.

— Sans doute. Tu t'es bien débrouillée.

— Si on veut. Cela n'a pas toujours été aussi
facile.

— Je sais.

Dans ses yeux, je vis défiler les années de séparation, les décisions que nous avions prises, le
passé épineux sur lequel nous n'avions pas envie
de revenir, le tout bien emballé et roulé à l'écart
comme une lourde pierre. Il soupira :

— On se met au boulot ?

Bientôt, le nom de Mrs Beryl Markham commença
à se glisser dans les pages hippiques, aussi bien au
titre d'entraîneur que de propriétaire. Du jamais-
vu. Clutt et moi passions notre temps à élaborer des
plans, car nous projetions d'acheter la progéniture
des chevaux de l'ancienne ferme à Njoro, des pur-
sang dont il avait guidé les premiers galops. Quelle
merveilleuse sensation c'était de pouvoir récolter ce
qu'on avait semé. C'était tellement bien de nous
réunir le soir, Clutt, Ruta, Mansfield et moi, têtes
penchées sur le gros volume à couverture noire,
l'indispensable *Stud Book*, à rêver de grandeur, à
oser fouiller des yeux notre avenir à tous les quatre.

Chaque matin, avant le début de l'entraînement, je montais Messenger Boy. Je partais seule,
en dépit des craintes de Mansfield. Messenger Boy
n'était pas n'importe quel cheval. Il ne me faisait
pas encore confiance. C'était évident, il suffisait de

427

voir la façon dont il secouait la tête et fixait les garçons d'écurie qui avaient le culot de le toucher. Il était un roi, n'est-ce pas ? Nous n'étions que du menu fretin…

Un jour, j'avais à peine traversé le manège que Messenger Boy s'emballa. Je ne sais pas ce qu'il avait vu, mais je sentis une onde nerveuse remonter son dos au moment où il donna une ruade suivie d'un coup de cul. Même si j'avais été prise de court, je restai en selle, mais impossible de le calmer. Encore trois violents coups de cul ; je me cramponnai mais, quand il s'avisa de se frotter aux lattes de cèdre de la clôture, je fus bien obligée de m'éjecter. Une chance : j'atterris de l'autre côté de la barrière. Sinon, il m'aurait peut-être piétinée à mort, oh, sans même s'en apercevoir. Il fallut quatre palefreniers pour le rattraper et le maintenir. Je les laissai s'occuper de la suite et rentrai à la maison, le nez et le menton en sang. Ma hanche me faisait mal, je devais avoir un énorme bleu, mais je n'avais rien de cassé. C'était la réaction de Mansfield qui m'inquiétait.

— Mon Dieu, Beryl ! s'exclama-t-il en me voyant. Et s'il t'avait tuée ?

— On n'en était pas là. J'ai déjà fait des chutes de cheval. Tu peux me croire !

— Il est trop fougueux. Et s'il t'avait grièvement blessée ? Je sais que tu tiens absolument à être celle qui va le dresser, mais le jeu en vaut-il la chandelle ?

— Tu crois que j'en fais un point d'honneur par orgueil ?

— Je me trompe ?

— C'est ce que je fais de mieux. J'entrevois ce qu'il peut devenir et je sais comment m'y prendre pour l'amener jusque-là. Je n'ai pas l'intention de renoncer.

— Bon, d'accord, mais pourquoi est-ce toi qui dois le monter à tout prix ? Forme un des palefreniers, ou même Ruta.

— C'est mon boulot. Je m'en sortirai, Mansfield, tu verras.

Il sortit en claquant presque la porte. Et moi je retournai à l'écurie. Les palefreniers avaient enchaîné Messenger Boy entre deux gros piquets. Ils lui avaient passé un capuchon et harnaché la poitrine avec des sangles à la manière d'une camisole de force. Sous le capuchon, ses yeux fous avaient un regard meurtrier. « Tu ne me dresseras jamais », voilà ce qu'ils disaient.

J'aurais pu ordonner aux garçons d'écurie de le détacher mais, sous leurs regards inquiets, je m'en chargeai moi-même, veillant à ce que chacun de mes gestes soit plus doux et fluide que le précédent. Mon père s'abstint de tout commentaire, au même titre que Ruta. Tous les deux restèrent à distance tandis que je ramenais Messenger Boy à son box. Il frappait du pied et tirait sur la longe. Même une fois la porte du box refermée, il eut des mouvements menaçants à mon égard. Une arrogance haineuse. Mais je devinais que sous cette attitude il cachait sa peur et un désir de se protéger. Il refusait que je le force à changer, que je fasse de lui quelque chose qu'il n'était pas. Personne n'allait réussir à abattre sa volonté.

Soudain la voix de Mansfield me fit tressaillir :

— Tu vas encore monter ce cheval.

Il m'avait observée de la maison et était entré dans l'écurie sans que je l'entende.

— Demain. Aujourd'hui, il est encore en colère contre moi.

— Et toi, tu ne devrais pas être en colère contre lui ? Franchement, Beryl. On dirait que tu cherches les ennuis.

— Ce que tu dis est absurde. Je ne peux pas lui reprocher d'être ce qu'il est, par exemple !

— Et moi, là-dedans, mon sentiment compte pour rien ?

— Mais si. Je dois aller jusqu'au bout de son dressage. C'est ça, le métier, Mansfield. Une ferme, ce n'est pas seulement une histoire de pots de fleurs et de décoration intérieure.

Et le voilà de nouveau parti, furieux. Il me fallut plusieurs jours pour le convaincre que je n'étais pas obstinée, mais que, comme le cheval, je suivais ma pente naturelle et que rien ne m'arrêterait.

— Je ne me doutais pas que ce serait tellement dur de te regarder travailler, me confia-t-il. Et si nous avons des enfants un jour ? Tu n'en feras plus autant, hein ?

— Pourquoi pas ? Grandir dans une ferme m'a été bénéfique.

— Je suis peut-être plus conventionnel que je ne le pensais.

— Et encore plus têtu que tu ne me le disais.

Je l'embrassai, souhaitant faire la paix.

En mars, Mansfield et moi nous rendîmes à Nairobi et au Muthaiga Club, où le nom de Maia

Carberry était sur toutes les lèvres. Deux jours plus tôt, la ravissante épouse de J.-C. donnait une leçon de pilotage à un étudiant du nom de Dudley Cowie, quand leur avion était tombé en vrille à faible altitude, s'écrasant au bord de la Ngong Road, non loin de l'aérodrome de Nairobi à Dagoretti Corner. Le frère jumeau de Dudley, Mervyn, qui attendait son tour de voler, avait tout vu : le crash et l'explosion, la muraille de feu qui avait rendu les corps méconnaissables. Dudley avait été fauché à vingt-deux ans, Maia à vingt-quatre, et elle laissait une fille de deux ans, Juanita. J.-C. était auprès de l'enfant à la ferme des Carberry à Nyeri, refusant de parler à qui que ce soit. On disait qu'il ne quittait plus la chambre.

Denys et Karen étaient là, eux aussi, bouleversés. Ils se demandaient ce qu'ils pouvaient faire pour la famille.

— Pauvre petite, elle ne connaîtra pas sa mère, dit Karen en tirant d'un geste angoissé sur le châle en coton qui drapait ses épaules. Elle ne se souviendra même pas d'elle, n'est-ce pas ?

— Dans un sens, c'est ce qui pourrait lui arriver de mieux, de ne pas se rappeler, fit Denys d'un ton lugubre. En revanche, le pauvre J.-C...

— C'est étonnant qu'elle ait été tellement attirée par l'aviation alors qu'elle avait tant de responsabilités, tant de personnes qui comptaient sur elle, lança Mansfield.

Il me regardait fixement, comme si je pouvais me méprendre sur le sens de ses paroles. Mais je n'allais sûrement pas prendre la mouche par une journée aussi triste. Comme si nos petits différends étaient en cause...

— L'avion est peut-être plus sûr que l'auto, argua Denys. A mon avis, elle ne voyait pas où était le danger.

— Tu n'as jamais l'opinion de tout le monde, Denys, rétorqua Mansfield. Dis-moi, tu retournes bientôt sur le Nil ?

— Pas vraiment, répondit Denys.

— Vous ne connaissez pas la nouvelle, alors, intervint Karen. On est vraiment très au nord à Elburgon.

En fait, il se préparait une visite royale. Le prince de Galles, Edward, devait voyager au Kenya à la fin du mois de septembre, en compagnie de son frère Henry, le duc de Gloucester. Denys avait été désigné pour leur servir de guide de chasse.

— Un safari royal ? m'exclamai-je.

— Un fiasco royal, je dirais plutôt. Tu ne peux pas imaginer la complexité des préparatifs.

— C'est une occasion qui ne se représentera pas, rappela vivement Karen.

Elle retenait contre elle son châle écarlate tissé de motifs bleu roi à la façon d'un bouclier.

— Si tu n'as pas envie de le faire, fais nommer Bror à ta place, ajouta-t-elle.

Mansfield cueillit une peluche invisible sur son pantalon, manifestement encore tracassé par ce qui était arrivé à Maia Carberry. Denys boudait. Quant à Karen, je voyais bien qu'elle était contrariée. Je ne sus vraiment pourquoi qu'au moment où Mansfield et Denys se levèrent pour aller nous réserver une table au restaurant.

— C'est un événement historique et il refuse de le prendre au sérieux, dit-elle.

— Il n'a jamais aimé les pompes et les chichis, répliquai-je. Je parie qu'il y a déjà dix comités et sous-comités en train de tout prévoir jusqu'à la chaise percée.

— Il n'y a pas que le safari. C'est une chance exceptionnelle. Peut-être le plus grand événement mondain du siècle.

— Tu sais bien qu'il a peu de goût pour le monde.

Bien entendu, j'avais mal interprété le sens de ses paroles.

— Bror vient de se remarier. J'ai toujours redouté l'arrivée d'une autre baronne Blixen. Les divorcées ne seront pas les bienvenues à la Maison du Gouverneur pour les principales réjouissances. Tu vois pourquoi c'est exaspérant.

Elle se tordait les mains, les jointures toutes blanches.

— Tu veux que Denys te demande en mariage, énonçai-je d'une voix posée, comprenant enfin.

— Il refuse...

Elle partit d'un rire glacial, terrible.

— ... S'il ne le fait pas maintenant, pour cette circonstance, pour moi, il ne le fera jamais.

50

Au cours des mois qui suivirent, je m'appliquai à ne penser qu'aux chevaux, en particulier à Messenger Boy, qui paraissait moins réticent de jour en jour. Amadoué, ça, non, il ne l'était pas, mais ses yeux avaient un éclat moins meurtrier et je sentais parfois quelque chose de plus rond et de plus lisse dans son dos, quelque chose qui ressemblait presque à de l'indulgence. Il ne m'aimait toujours pas, il ne m'acceptait même pas, mais il commençait à voir ce que je voulais de lui, de sorte que bientôt il aurait peut-être envie de le faire pour lui-même.

Un matin, je venais de confier Messenger Boy à son palefrenier pour qu'il continue à le faire travailler à la longe quand je tombai sur Emma coiffée d'un chapeau aussi large qu'un parasol.

— Tu te sens bien ? me lança-t-elle avec un drôle d'air.

Typique d'Emma : elle ne m'avait même pas dit bonjour.

— Parfaitement bien, lui assurai-je.

La nuit suivante, alors que Mansfield était en ville pour affaires, je me sentis traversée par une onde de nausée et parvins tout juste à me lever avant d'être prise de vomissements. Au matin, Mansfield me trouva pliée en deux au-dessus de la chaise percée. J'étais trop faible pour tenir debout.

— Il faut consulter un médecin ?

— Non, j'ai mangé quelque chose qui ne m'a pas convenu, un point c'est tout. J'ai juste besoin de m'allonger.

Il me soutint jusqu'à mon lit, me mit des compresses fraîches sur le front et ferma les rideaux afin que je puisse me reposer. Après avoir déposé un tendre baiser dans le creux de ma main, il sortit de la chambre à reculons. Je fixai longtemps le mur. J'étais enceinte, forcément. Je me sentais exactement comme je m'étais sentie à Londres. Emma, la fine mouche, avait deviné la vérité avant que je ne me rende à l'évidence.

Je devais le dire à Mansfield mais, vu sa réaction à ma chute de cheval et à l'accident qui avait ôté la vie à Maia Carberry, j'étais terrifiée. Ma grossesse allait faire de lui une vraie mère poule. C'était clair. Et s'il n'allait pas vouloir seulement me surprotéger, mais me mettre les fers ? Que se passerait-il ?

J'étais perdue dans un vortex d'inquiétudes et de doutes. Mansfield comprit enfin. Il se saisit de mes mains et plongea son regard dans le mien.

— Tu es heureuse, ma chérie ?

— On débute à peine ici, tentai-je de lui expliquer. Il y a tant de choses à faire, rien ne roule encore tout seul, il faut préparer les chevaux…

— Cela serait vraiment si terrible si tu t'accordais un répit ? Quand tu seras prête, les chevaux seront toujours là.

Nous étions allongés sur le lit dans le noir. Son pyjama blanc semblait flotter et sautiller comme en lévitation.

— Je ne veux pas arrêter, Mansfield. S'il te plaît, ne me demande pas ça.

— Mais tu ne vas quand même pas continuer à monter à cheval... au moins pas jusqu'à la naissance. Il faut que tu te ménages.

— Je me ménage parfaitement bien. Si nous avons cet enfant, je ne vais pas cesser pour autant de travailler. Vivre autrement me serait impossible.

— Si nous avons cet enfant ? répéta-t-il en s'écartant de moi. Tu ne comptes pas...

Je voulus me rattraper.

— J'ai seulement peur du changement.

— Certaines choses vont changer, c'est certain. Il s'agit d'un enfant, Beryl. Un adorable petit garçon ou une petite fille qui dépendra entièrement de nous.

Il s'exprimait avec une intensité qui me parut inquiétante. Il voulait donc que je bazarde ma vie pour laisser la place à une autre... que toute mon existence tourne autour du ménage et des besoins de notre progéniture. Un sacrifice logique, admirable même, et dont certaines femmes se sortaient avec brio, mais moi je n'avais jamais eu envie de cette vie-là.

Après un long silence, il reprit :

— Tu apprendras à être une bonne mère. Ça s'apprend sur le tas.

— J'espère que tu as raison, lui dis-je en posant ma main à plat sur sa poitrine, palpant les boutons lisses du pyjama en coton et la couture si bien piquée qu'il n'y avait aucun risque que les fils se défissent.

51

La planète entière put suivre dans les journaux les étapes de la visite royale – l'entrée en gare du train à Nairobi au milieu des guirlandes de roses, des oriflammes de bienvenue, des drapeaux flottant au vent, des milliers de visages de toutes les races, des robes et des coiffes de cérémonie bleu canard, des fez, des toques, des pantoufles de velours. Notre nouveau gouverneur, sir Edward Grigg, fit un discours amplifié par un mégaphone avant que l'on s'empresse de conduire en toute discrétion les deux princes à la Maison du Gouverneur sur Nairobi's Hill, où les attendait la première des somptueuses réjouissances, entre soupers fins et grands bals triés sur le volet.

A deux cents kilomètres à la ronde, les femmes blanches avaient passé le mois précédent à peaufiner leur révérence et à se torturer les méninges en se demandant comment elles allaient bien pouvoir s'habiller. Ce fut à qui mettait en avant le plus de quartiers de noblesse : les *Honourables* et les *Baronets*, les premiers ou troisièmes *Earls* de Trucmuche déboulèrent dans leurs plus beaux atours. Pour ma part, j'étais enceinte de quatre mois et je n'avais que faire de ces falbalas – et je n'avais pas encore rendu ma grossesse officielle. Je me contentais de porter des corsages amples et, moi qui étais toujours en pantalon, de grandes jupes. Personnellement, j'avais envie de me montrer le moins possible. Mansfield, toutefois, tenait absolument à ce que nous soyons de toutes les festivités.

— On n'a qu'à leur dire, ma chérie. De toute façon ça finira par se savoir.

— Je sais, mais ça me paraît tellement... intime.

— Comment cela ? s'étonna-t-il en fronçant les sourcils. C'est une merveilleuse nouvelle que nous avons à annoncer.

— Tu n'as qu'à y aller, toi, lui dis-je. Je ne suis pas d'humeur.

— Tu ne peux pas te défiler. C'est un *honneur* d'être invité, Beryl.

— Je crois entendre Karen.

— Ah, vraiment ?

Il me glissa un drôle de regard.

— Et toi tu parles comme Finch Hatton ?

— Tu insinues quoi exactement ?

Je plantai mes yeux dans les siens.

— Rien, répondit-il d'un ton glacial.

Et il s'en fut.

En fin de compte, je l'accompagnai pour avoir la paix. Au premier dîner officiel, le prince Henry était assis à ma gauche. A l'autre bout de la table, j'apercevais le séduisant futur roi Edward VIII : Edward Albert Christian George Andrew Patrick David. David tout simplement, pour l'entourage. Son frère le duc de Gloucester se faisait appeler Harry. Tous les deux paraissaient décidés à bien s'amuser.

— Je vous ai vue chasser à courre l'année dernière dans le Leicestershire, me dit Harry alors que nous dégustions une soupe de citron glacée.

Lors de cette chasse qui remontait à notre séjour à Swiftsden chez la mère de Mansfield, nous n'avions pas été présentés. Il était plus grand et plus brun que son frère David, et seulement un tout petit peu moins beau.

— Vous êtes splendide à cheval, surtout en pantalon. Je pense que les femmes devraient toutes porter le pantalon.

— Coco Chanel se pâmerait si elle vous entendait, intervint l'extrêmement pomponnée lady Grigg.

Elle cherchait à s'immiscer dans la conversation. Harry l'ignora.

— Vous avez failli causer un scandale ce jour-là à Melton, me dit-il. Je me suis régalé.

Je ne pus m'empêcher de sourire.

— On aurait dit qu'ils n'avaient jamais vu de femme à califourchon sur une selle.

— L'air choqué de ces vieux corbeaux faisait un spectacle rafraîchissant. Ils se sont ravisés quand ils vous ont vue voler par-dessus les haies. Une ravissante cavalière avec une bonne assiette, ça vous cloue le bec.

Je le remerciai en riant. Lady Grigg tenta une nouvelle intrusion. Elle qui, en sa qualité d'épouse du gouverneur, prenait soin de toujours garder ses distances était suspendue à nos lèvres. J'avais l'impression qu'elle soupçonnait le prince de flirter avec moi. C'était peut-être le cas.

— Pourquoi ne vous accordez-vous pas une pause avant le safari ? Venez voir nos chevaux à Elburgon. Nous avons le meilleur élevage de reproducteurs du pays.

— C'est une idée épatante.

Il me sourit, goguenard, la moustache frétillante, et posa sur moi le regard clair de ses yeux gris.

— Si cela ne tenait qu'à moi, nous nous passerions de la chasse. Mais David veut se faire un lion. Quant à moi, je préférerais grimper sur la plus haute montagne pour admirer le paysage.

— Vous devriez le faire alors. Qui vous en empêcherait ?

— Vous croyez ça ? Ce n'est pas moi qui décide, vous savez. Je ne compte guère plus qu'un mannequin dans une vitrine.

— Vous êtes un prince.

— Je ne suis pas le premier dans l'ordre de succession, précisa-t-il en souriant. Ça m'arrange, je vous avoue. Le pauvre David, lui, a la tête sur le billot.

— Bon, vous n'aimez pas la chasse, mais au moins vous avez trouvé le guide qu'il vous faut.

— Finch Hatton. Oui. Un type formidable, n'est-ce pas ?

— Le meilleur.

Je coulai un regard du côté de Denys assis non loin du prince David, tous les deux flanqués d'admiratrices. Karen n'avait pas été invitée, comme elle s'en était d'emblée doutée. Ça allait barder pour Denys à son retour à Mbogani, quoique ce ne soit pas pour tout de suite. Il avait été si absorbé par les préparatifs du safari princier que je ne l'avais pas croisé depuis des mois, même entre deux portes.

Pour Denys comme pour moi, la vie était comme en suspens. Ce safari changerait forcément

440

beaucoup de choses. Du fait de sa nouvelle noto-riété, sa liberté qu'il chérissait tant serait restreinte. Je savais qu'une partie de lui, la meilleure, la plus pure, n'aspirait qu'à vivre simplement selon son propre code de conduite. Combien je me sentais en sympathie avec lui. Très bientôt, la rondeur de mon ventre se verrait et mes seins gonfleraient. Mon corps serait le premier à subir une transforma-tion, le reste suivrait, et cette perspective me jetait dans des abîmes de désespoir. J'aimais Mansfield, c'est vrai, mais j'avais aussi la sensation que j'avais embarqué à bord d'un train dont la destination n'était pas celle qui était prévue au départ.

Un quatuor à cordes attaqua une valse de Schubert.

— Dites-moi, vous dansez ? dis-je à Harry.

— Comme un fou.

— Merveilleux. Réservez-m'en une.

La semaine suivante, David et Harry montèrent à Melela comme je l'avais proposé et s'amusèrent à faire la course autour de la piste d'entraîne-ment. Ce n'était pas sérieux du tout. David, en dépit d'un physique râblé et athlétique, était un piètre cavalier. Il montait Cambrian, Harry était sur Clemency. Pendant les cinq premiers tours, les deux frères galopèrent à égalité sous les ovations de leur entourage. Cambrian était de loin le plus rapide ; à vrai dire, jusqu'à ce jour, il n'avait pas connu la défaite.

— Vous êtes gentille de ne pas me faire honte, me dit David alors que nous retournions au paddock, ses yeux bleus brillant d'un éclat charismatique.

Le long de la clôture, des jeunes femmes le mangeaient des yeux en prenant la pose, prêtes à tout pour obtenir son attention.

— Vous avez été épatant, répliquai-je en riant. Bon, l'étalon en tout cas.

— Et celui-ci ? s'enquit-il tandis que nous nous rapprochions de Messenger Boy. Quel splendide animal !

— Il a connu quelques déboires, mais on commence à en voir le bout. Voudriez-vous le voir courir ?

— Et comment.

Je priai un palefrenier de seller Messenger Boy pour moi, ne songeant pas seulement à impressionner favorablement le prince, mais aussi à démontrer à Mansfield que j'avais l'intention de continuer à m'occuper des chevaux comme avant. Peut-être était-ce de ma part de l'obstination, mais il ne me serait pas difficile de lui expliquer que David avait insisté pour voir l'étalon à l'œuvre.

A la fin de cette journée, une fois les derniers membres de l'entourage envolés, Mansfield me fit part de son mécontentement.

— Tu fais exprès de mettre en danger cet enfant, Beryl, et en plus tu te fiches publiquement de moi. Ce sont des play-boys, tous les deux, et tout le monde t'a vue flirter...

— C'est idiot ce que tu dis là. Je me suis seulement montrée amicale, et puis on sait que je suis mariée.

— Le mariage ne t'a pas toujours dissuadée...

Il aurait tout aussi bien pu m'avoir flanqué une gifle.

— Si tu es furieux au sujet du cheval, dis-le. Mais ne mêle pas le passé à ça !

— En effet, tu es exaspérante avec tes chevaux, mais tu n'as pas l'air de te rendre compte de ce que tu fais.

— Je ne sais pas de quoi tu parles.

— Ma mère ne rate jamais la page mondaine. Si jamais elle lisait quoi que ce soit à propos d'un scandale nous concernant, elle en mourrait. Tu sais combien elle est difficile.

— Alors pourquoi se mettre en quatre pour lui plaire ?

— Pourquoi délibérément alimenter les ragots ?

Quand il était en colère, il se mordillait la lèvre inférieure.

— … Ce que je pense, c'est que tu devrais rentrer en Angleterre jusqu'à la naissance. Tu seras plus en sécurité là-bas pour de multiples raisons.

— Comment ? Qu'est-ce que je ferais là-bas ?

— Prendre soin de toi, pour commencer. Etre ma femme.

— Tu me reproches de ne pas être assez attentive ?

— Tu fais ce que tu peux, je crois. Parfois, j'ai l'impression que tu attends encore Finch Hatton.

— Denys ? Qu'est-ce qui te fait dire ça ?

— Je ne sais pas. On dirait depuis quelque temps qu'on joue à une sorte de jeu.

Il me regarda sous le nez en insistant :

— Je me trompe, Beryl ?

— Tu te trompes, oui, répondis-je d'un ton ferme.

Un peu plus tard, cependant, je fus la proie d'un accès de culpabilité. Même si mon intention n'était pas de blesser Mansfield, j'avais bel et bien flirté avec les princes. Cela avait été plus fort que moi. C'était si bon de sourire et de faire sourire Harry, c'était si bon de sentir les yeux de David sur ma silhouette alors que je m'éloignais, consciente de ma démarche, consciente de mon corps. Un plaisir enfantin, futile, mais l'espace d'un instant j'avais retrouvé cette liberté de mouvement que je possédais il n'y avait pas si longtemps, à l'époque où j'étais encore aux commandes de ma vie.

Comment notre couple s'était-il fourvoyé aussi vite ? C'était un mystère pour moi. Tout avait si bien débuté entre nous. Nous avions été des alliés, des amis, même si tout n'était pas parfait. Mais à présent, cette grossesse était en train de nous séparer. Je n'avais aucune envie d'aller en Angleterre rien que pour le rassurer, mais quel choix avais-je ? Si notre mariage faisait naufrage, j'allais me retrouver seule avec un enfant ! Je risquais de perdre la ferme… Et ça, c'était hors de question. Que je le veuille ou non, il me faudrait céder.

52

Le départ du safari n'allait pas tarder. Denys, sans doute pour avoir la paix, s'était arrangé pour que Karen puisse donner un grand dîner régalien. Elle n'avait pas été conviée à la Maison du Gouverneur, mais les princes venaient à elle. Ils n'eurent pas à le regretter, car ils consommèrent un repas incomparable comprenant un si grand nombre de services et de mets exquis que je n'essayai même pas de compter. Il y avait entre autres un jambon poché dans du champagne servi avec de minuscules fraises pareilles à des bijoux, des graines de grenades dodues, une croustade de champignons avec une sauce aux truffes et à la crème. Lorsque Kamante, le cuisinier de Karen, fit son entrée au moment du dessert, un énorme baba au rhum à bout de bras, il avait l'air tellement fier que je crus qu'il allait s'envoler.

J'observai aussi Karen, convaincue qu'elle se délectait de cette soirée comme d'un moment de grâce, mais sous la poudre de riz et le khôl je lui trouvai une mine de papier mâché, elle paraissait éreintée. Il y avait eu des changements dans l'organisation du safari. Blix était désormais de la partie, en qualité de second de Denys. En réalité, ce n'était plus un safari, mais plusieurs, à commencer par une expédition en Ouganda, suivie par des chasses au Tanganyika. En outre, Cockie avait été invitée au titre d'épouse de Blix, et d'hôtesse chargée de veiller à ce que l'eau soit chaude pour le bain du soir de ces messieurs et à ce que le Dr Turvy envoie bien ses ordonnances afin que le gin ne vînt pas à manquer. Karen avait été laissée en plan, et elle était furieuse, comme je ne tardai pas à l'apprendre.

Le clou de la soirée fut une *ngoma* kikuyu, la plus grandiose que j'aie jamais vue. Plusieurs milliers de danseurs et danseuses appartenant à des tribus de tous les coins de la région avaient convergé sur la ferme de Karen avec leurs chefs pour créer un spectacle que les princes n'étaient pas près d'oublier. Les flammes d'un immense brasier en plein air léchaient la voûte céleste. Autour, des feux de taille plus modeste brillaient tels les rayons d'une roue autour d'un moyeu étincelant. Le battement rythmé des tambours semblable à une houle mélodieuse entraînait les danseurs et danseuses dans une chorégraphie remontant à la nuit des temps et d'une complexité défiant toute tentative de codification.

Je me rappelais les *ngoma* de mon enfance. Kibii et moi faisions le mur jusqu'à l'aube, fascinés et aussi troublés par ces sensations que la danse éveillait en nous et pour lesquelles nous n'avions pas encore de nom. Depuis, comme le serpent, je m'étais dépouillée plusieurs fois de ma peau. N'empêche, je reconnaîtrais Lakwet si elle sortait de l'ombre pour s'exposer aux lueurs du feu, mais elle, me reconnaîtrait-elle ?

Karen avait suspendu dans sa véranda deux lanternes de bateau rapportées autrefois du Danemark pour Berkeley et qui lui avaient été retournées à la mort de ce dernier. Dans une flaque de lumière, assistant de loin à la *ngoma* qui battait son plein sur la pelouse, Denys se tenait légèrement déhanché, l'épaule appuyée contre un pilier de pierre, une jambe pliée. Contre le pilier voisin, Mansfield était debout dans un autre halo lumineux. L'effet de symétrie était frappant. On aurait dit les gardiens de deux entrées ouvrant sur deux mondes différents. Une question soudain me titilla : et si le sort en avait décidé autrement, si Denys était mon mari et l'enfant que je portais le sien, mon état d'esprit serait-il le même ? Serais-je heureuse et confiante en l'avenir au lieu d'être abattue et inquiète ? Bien entendu, les dés étaient jetés, mon destin scellé, même si quelque part, dans le secret de mon cœur, j'attendais toujours que Denys m'aime, qu'il se détourne de Karen et me déclare à lui seul, mais qu'importait ? Cela n'arriverait jamais.

Je détournai mon regard des deux hommes pour le fixer sur les flammes cuivre et or, bleu électrique et blanc, soulevant des étincelles qui retombaient comme une pluie d'étoiles filantes.

Quelques jours plus tard, je me retrouvai à frapper à la porte de la hutte de Ruta et Kimaru. Leur cuisine sentait bon le citron, les épices et le ragoût. Asis avait à présent quatre ans, le front carré de son père ainsi que son assurance. Il se mettait debout à côté de la table sur la terre battue et sautait aussi haut que possible, si semblable à Kibii que j'en avais le cœur chaviré.

— Il fera un excellent *morane*, tu ne crois pas ? me demanda Kimaru.

— Il sera parfait, approuvai-je.

Je confessai à Ruta que j'allais bientôt avoir un enfant à moi.

— Oui, Beru, dit-il d'un ton dégagé.

Bien entendu, il était déjà au courant. J'avais été stupide de croire que je pouvais lui cacher quoi que ce soit.

— Et nos fils joueront ensemble comme nous autrefois, ajouta-t-il.

— Oui. Ils chasseront peut-être aussi. Nous nous rappelons tous les deux... enfin, moi.

— Un *morane* n'oublie jamais.

— Tu fais partie de ma famille, Ruta. Toi et Asis et Kimaru. J'espère que tu le sais.

Il opina avec dans ses yeux noirs une vie intense. J'avais l'impression qu'en les regardant de plus près j'aurais pu voir défiler toutes les belles journées de notre enfance. Un bref instant, ce bébé que je portais devint un cocon d'espoir. Ce qui m'attendait n'était pas facile mais, si Ruta était auprès de moi pour me rappeler qui j'étais vraiment, tout irait bien. Cela dit, il allait me falloir supporter l'Angleterre et la mère de Mansfield sans Ruta. Cependant, l'été venu, je rentrerais avec mon tout-petit. Melela serait le Green Hills de mon fils. Vu sous cet angle, l'avenir n'était plus aussi terrifiant.

— Qu'est-ce que dit ton père ? demanda Ruta.

— Il ne sait rien encore.

— Ah.

Puis il me répéta le proverbe swahili dont il s'était servi des années plus tôt pour me lancer un défi :

— Une nouveauté a son charme, même si c'est douloureux.

— Il paraît, répliquai-je.

Et sur ce, je le laissai à son dîner.

53

« Etre en couches », voilà une expression comique plus du tout en usage, mais qui demeure néanmoins lourde de sens. Eh bien, c'est ce que je fus à Swiftsden sous la coupe de la mère de Mansfield, qui me rendait la vie douce tout en me faisant vivre un enfer sur mesure. Je dormais dans une chambre ravissante, j'avais à mon service exclusif une femme de chambre, je n'avais pas à lever le petit doigt, même pour me servir une tasse de thé. Rien n'était trop beau pour le futur petit Markham. Mais il était bien entendu que je n'en étais pas une, une Markham, et on ne se privait pas de me le montrer, sans toutefois prononcer un mot.

J'embarquai à Mombasa seule, abandonnant à Ruta et à mon père la responsabilité des chevaux. Mansfield me rejoignit en janvier. Il était là pour la naissance, le 25 février 1928, un jour tellement froid que la tuyauterie du chauffage de la maternité d'Eaton Square donnait des coups de butoir et menaçait d'exploser sous l'effet du gel. Le givre blanchissait les fenêtres, me coupant du reste du monde. Je me surpris à fixer cet écran opaque en poussant de toutes mes forces. On m'avait fait respirer du gaz hilarant et prendre un calmant. C'était sans doute l'effet du mélange, mais je tremblais comme une feuille et j'avais l'impression que j'allais me casser en mille morceaux. Des ondes de douleur intenable me soulevaient. Mes genoux jouaient des castagnettes. Je me cramponnais aux draps humides de sueur.

Des heures plus tard, après un ultime et écœurant effort, mon corps lâcha Gervase. Je me redressai à moitié en me tordant le cou et eus le temps d'apercevoir un petit visage tout plissé et une minuscule poitrine couverte de liquides sanguinolents avant que les médecins l'emportent. J'étais toujours sous l'empire des drogues. Je ne savais pas ce qui m'arrivait. Les infirmières me répétaient de rester couchée.

Personne ne m'expliquait rien, ni pourquoi on m'avait enlevé mon bébé, ni même s'il était vivant. Je voulus me lever, je me débattis, je giflai une infirmière, tout ça pour recevoir une double dose de sédatifs. Lorsque je revins à moi, Mansfield était à mon chevet, le visage livide, les traits tirés. Le bébé avait un problème, me dit-il. Il était trop petit et, surtout, il n'était pas terminé. Il n'avait ni anus ni rectum.

— Quoi ? Comment ?

J'avais envie de vomir, je me sentais complètement groggy.

— Les médecins disent que ça se produit quelquefois...

Il se mordait la lèvre inférieure, où était en train de se former un bleu couleur lilas.

— ... Et si c'était d'avoir monté à cheval, Beryl ?

— C'est possible ? C'est ce que tu penses ?

— Mère dit que ça n'a pas dû arranger les choses.

Ses paroles carillonnaient à l'arrière de mon crâne.

— Qu'est-ce qu'ils peuvent faire ?

— Une intervention chirurgicale. S'il est assez costaud, il y en aura plusieurs. Mais pour l'instant il est faible. Trop petit. Il respire mal. Ils disent qu'il faut se préparer au pire.

Après le départ de Mansfield, je m'emmitouflai dans les draps et les couvertures, en vain ; je grelottais. Notre fils risquait de mourir. Je me sentais perdue, malade, impuissante.

Au temps où j'étais Lakwet, j'avais assisté au village kip à la naissance d'un enfant difforme. Il avait à la place d'une jambe un moignon tendu d'un maillage de chair rose à vif. Personne n'avait essayé de cacher cette tragédie à nous autres, les enfants. Le bébé allait vivre ou mourir, c'était à leur dieu de décider. Cette nuit-là, la mère plaça son petit devant la porte de sa hutte et dormit comme le reste de la tribu, sans répondre à ses pleurs, le principe étant que, si le bœuf ne l'écrasait pas, il vivrait. En l'occurrence, un prédateur, léopard ou hyène, qui rôdait par là l'emporta. Cela aussi, c'était la volonté divine.

Gervase survivrait-il à l'opération, à la nuit ? Un dieu me punissait-il en me l'enlevant, ou bien tout ce qui se passait ici-bas se jouait-il à coups de dés, sans raison ni intention autres que celles imposées par le hasard ? J'étais dans l'incertitude sur ce qu'il fallait croire et je n'avais jamais appris à prier. Comme je ne savais pas non plus m'incliner devant la fatalité, je fredonnai une vieille chanson africaine et patientai en m'agrippant à mon maigre courage… *Kali coma Simba sisi… Askari yoti ni udari* – « féroces comme des lions, nous autres soldats avons encore plus de courage ».

54

Gervase, par miracle, passa le cap périlleux de ces premiers jours. Les médecins lui attachèrent un étrange petit sac sur le ventre et le nourrirent par le nez grâce à de minces tubes souples. Il gagna une trentaine de grammes, puis perdit le double. Il eut la jaunisse et ils le couchèrent sous des lampes fortes. Ils le gardaient la plupart du temps loin de nous afin de le protéger des microbes. Je le vis seulement deux fois à la maternité et, à chaque fois, mon cœur chavira. Il avait l'air aussi frêle et sans défense qu'un pauvre petit oisillon brisé.

La veille de l'opération, Mansfield entra dans ma chambre, blême et soucieux.

— Je sais qu'il est encore trop tôt pour faire des projets mais, s'il s'en sort, je tiens à ce que Gervase aille à Swiftsden dès que les médecins le laisseront partir. Mère veillera à ce qu'il reçoive les meilleurs soins.

— Bien sûr, si les médecins sont d'accord.

Personnellement, je détestais Swiftsden, mais Gervase passait en premier.

— Et toi, quels sont tes plans ? poursuivit-il. A ta sortie de l'hôpital…

— Que veux-tu dire ? Je vais suivre Gervase, évidemment.

— Je pensais que tu souhaiterais rentrer.

— Un jour, oui. Quand nous pourrons rentrer tous ensemble. Qu'est-ce qu'il y a, Mansfield ?

Il me tourna le dos puis se mit à arpenter le parquet sombre devant la fenêtre. Dans la lumière qui filtrait à travers la couche de glace verdâtre tapissant les vitres, la peau de Mansfield prenait une lividité spectrale. Depuis que nous étions en Angleterre, il m'apparaissait sous un jour différent – un peu comme s'il était retourné à son enfance maladive, qu'il avait passée au lit à apprendre les noms des fleurs en latin.

— Je ne suis pas sûr que je t'accompagnerai au Kenya. Je me rends de plus en plus compte... combien nous sommes différents. Je me sens un peu sot...

— Sot de m'avoir épousée ? Je ne comprends pas. Nous avons construit quelque chose. Tu veux tout jeter aux orties, tout ça ?

— Je voulais une seconde chance, je te jure. Mais je jouais peut-être la comédie. Ou toi.

— La ferme est toute ma vie, et nous avons Gervase maintenant. Nous sommes liés à lui.

— Je sais, fit-il d'un ton las.

Il sortit dans le couloir discuter avec le médecin, laissant ce que nous avions dit – et pas dit – en suspens dans l'espace de la chambre comme une brume froide qui m'empêchait de respirer.

J'étais atterrée. Mansfield et moi n'avions pas toujours partagé la même vision des choses et ne pouvions prétendre former un couple idéal, mais nous avions des aspirations communes, et nous étions amis. A présent, voilà que cette amitié pâlissait comme le soleil en hiver. Ici, la saison était autre, autrement...

Alors que je me faisais ces réflexions, j'entendis des pas précipités dans le couloir. Mansfield sans doute, pressé de me transmettre ce qu'avait dit le médecin. Quelle ne fut pas ma stupéfaction de voir entrer le prince Harry.

— Vous n'étiez pas censé être en safari ? m'exclamai-je.

Son costume gris avait l'air d'avoir été dessiné sur lui. Tant d'élégance à cette maternité de Gerald Road, c'était du jamais-vu.

— Il y a eu un contretemps. Vous avez sans doute été trop occupée pour lire les journaux. Mon père a eu une infection pulmonaire. Il a été au plus mal, mais il va mieux maintenant. Et vous ? Je ne savais même pas que vous attendiez un enfant, et vous voilà dans le *Times*. Un faire-part annonçant la naissance d'un fils à Markham, Beryl, Gerald Road. Petite cachottière.

— Je voulais que personne ne le sache. Mon bébé...

Je sentis mon visage se décomposer. Je n'allais quand même pas pleurer devant une tête couronnée ! Et si ça aussi finissait dans les colonnes du *Times* ?

— Je suis désolé. Je suis au courant. Que puis-je faire ?

— Si vous voulez vraiment m'aider, vous pouvez veiller à ce qu'il soit opéré par le meilleur chirurgien. Quelqu'un en qui on peut avoir entièrement confiance. Il est si petit. Vous l'avez vu ?

Harry me fit signe que non. A l'instant même, deux infirmières entrèrent, prétendument pour changer les serviettes. Manifestement, dévorées de curiosité, elles cherchaient plutôt à voir de plus près le prince Harry.

— Je me charge du chirurgien, dit-il, ignorant la présence des deux donzelles. Et surtout, n'hésitez pas à me passer un coup de fil si vous avez besoin de quoi que ce soit, vraiment.

— Merci. Je suis très inquiète.

— Bien sûr, c'est normal.

Il me serra fort la main, puis se pencha et posa ses lèvres sur l'intérieur de mon poignet. Un geste gentil et prévenant, sans plus, mais les infirmières sursautèrent. Leurs coiffes penchèrent vers nous comme des fleurs, ou des porte-voix.

55

En dépit de sa faiblesse, Gervase possédait le cœur d'un *morane*, le cœur d'un jeune guerrier. Il survécut à cette première intervention. C'était au milieu du mois de mars. Après, il était un peu plus complet. Ils lui avaient perforé un orifice anal là où il n'y avait eu que de la peau lisse. Le mois suivant, on lui fabriqua un rectum à partir de tissus de son côlon, puis il y eut une troisième intervention, pour réunir le tout, comme ce jeu des points à relier que l'on propose aux enfants. A chaque fois, nous nous demandions s'il allait se réveiller de l'anesthésie. Et puis il y avait les risques d'infection, et d'hémorragie, sans parler du choc opératoire.

Les médecins avaient proscrit Swiftsden pour le moment. Il resta à l'hôpital. Mansfield et moi nous installâmes au Grosvenor, dans des suites séparées. Nous repoussions l'heure des explications. En fait, c'était à peine si nous nous adressions la parole.

Un jour, Ginger Birkbeck vint me rendre visite à l'hôtel. Ben et elle étaient à Londres parce qu'elle devait se faire ôter une tumeur bénigne dans une partie du corps qu'elle était trop pudique pour nommer. De toute façon, elle préférait ne pas parler de ça... mais plutôt de Harry.

— Les cancans vont bon train, me dit-elle. Il paraît que tu as choisi le Grosvenor pour sa situation géographique : l'hôtel est en face de Buckingham Palace. Le prince se servirait d'un passage secret dans les sous-sols pour venir te retrouver dans ta chambre.

— C'est ridicule. Nous sommes bons amis, un point c'est tout, il a toujours été adorable avec moi.

— Peut-être, mais fais attention quand même. Ce n'est pas à prendre à la légère. Ta réputation n'est pas exactement sans tache… désolée d'avoir à te le rappeler. Les chroniqueurs mondains sautent rapidement aux conclusions.

— Eh bien, qu'ils sautent donc, je m'en fiche.

— Alors, c'est vrai, tu as une liaison avec Harry ?

— Qu'il y ait ou non quelque chose entre nous ne regarde personne, si ?

J'arpentais l'épais tapis où les verts et les rouges détonnaient, mélange de Noël et de Sotheby's. Mon Dieu que j'étais fatiguée.

Ginger, qui était assise sur mon canapé, écarquilla les yeux.

— Tu ne veux rien dire, alors ?

— Tu ne vois donc pas ? Puisque je te dis que peu importe. De toute façon, si je démens la rumeur, personne ne me croira.

— Beryl, tu pourrais tout perdre. Tu as pensé à ça ?

Je fermai les yeux, puis les rouvris.

— Je t'avoue que, si je pouvais me retrouver comme avant, seule… eh bien, cela ne me déplairait pas tant que ça.

— Je suis là pour t'aider. Je veux ce qu'il y a de mieux pour toi.

— Tu peux me croire ou pas, mais moi aussi.

Une série de coups frappés à la porte précéda l'entrée de Harry. Il avait une nouvelle coupe de cheveux qui lui allait merveilleusement et le pli de son pantalon semblait taillé au rasoir. Son eau de Cologne avait la senteur fraîche des pins.

— Bonjour ! Tout va bien ? Où en est le petit Gervase ?

— Il prend des forces.

— Magnifique, vraiment épatant.

Il vint rapidement vers moi pour me serrer dans ses bras et piqua un baiser sur mon front. Je vis les joues de Ginger devenir vermillon.

Enfin, en juillet, les chirurgiens s'accordèrent pour laisser sortir Gervase. Il irait bien entendu à Swiftsden. Tout en sachant que c'était un sujet de discorde, je mis sur le tapis la question de notre retour au Kenya.

— Il ne survivrait pas au voyage, me déclara Mansfield dans l'espace glacial de la somptueuse bibliothèque de son frère Charles sur Connaught Square.

— Je ne te parle pas d'un départ tout de suite, naturellement. Mais l'année prochaine ?

— Je ne retournerai pas là-bas, vu le tour qu'ont pris les événements. Et Gervase aura une meilleure vie ici.

— Comment peux-tu décider ainsi de nous déraciner sans envisager une autre solution ?

— Fais ce que tu veux, dit-il platement. Je pense seulement à Gervase. Ici il bénéficiera des soins constants d'infirmières, de nounous, et de chirurgiens de premier ordre. Il va rester fragile. Tu as entendu le docteur.

— Oui, si tu veux savoir, je l'ai entendu, j'ai entendu tout ce que les médecins avaient à nous dire, répliquai-je en le défiant du regard. Sais-tu que la malformation dont souffre Gervase peut arriver à n'importe qui ? Que cela n'a rien à voir avec le fait que j'aie monté à cheval et tout ça ?

Un muscle de sa mâchoire tressauta et il détourna les yeux.

— Qu'importe, maintenant, n'est-ce pas ?

— En effet.

J'avais passé des semaines torturée par les remords, persuadée que mon obstination était responsable du malheur de Gervase. Mais tout bien considéré, ces reproches mutuels ne menaient à rien. En ce qui le concernait, Mansfield continuerait à me combattre avec tous les moyens du bord. Sa mère ne m'avait jamais aimée. Elle n'aurait de cesse de m'exclure de la vie de son fils, d'autant que Mansfield se montrait désormais tellement froid et distant à mon égard. Ce n'était plus une porte qui nous séparait, mais un mur, et Gervase se trouvait de son côté à lui.

— C'est mon enfant aussi. Comment se fait-il que je n'aie aucun droit sur lui, même pas mon mot à dire ?

Il haussa les épaules. Les lèvres pincées, il me répondit :

— Tu as tout fait pour en arriver là. Et maintenant on raconte que c'est l'enfant du duc.

— Enfin, c'est absurde. Je suis tombée enceinte en juin. Harry n'a débarqué au Kenya qu'en octobre.

— Harry ? David ? La rumeur ne fait pas la différence. Franchement, Beryl. Un prince n'était pas assez pour toi ? Il fallait que tu te les fasses tous les deux ?

Ma main me démangeait, mais je n'avais pas la force de le gifler.

— Ces ragots me dégoûtent.

— Alors publie un démenti.

— Il n'y a aucune raison, surtout vis-à-vis de toi ! Et puis qu'est-ce que ça peut faire, ce que les gens pensent ? Qu'ils aillent tous au diable.

La dispute se poursuivit sur ce mode, faisant sûrement les délices du personnel de l'hôtel qui écoutait aux portes, prêt à courir livrer un scoop au *Tatler*. Mansfield voulait me forcer la main pour que je me fende d'une déclaration au *Times*. Sa mère était dans tous ses états à cause du « scandale ».

— Comprends-la, c'est une affaire d'honneur, m'implora Mansfield. Les convenances, c'est cela qui prime ici.

— J'en ai tellement ma claque d'avoir à me conformer à ces satanées convenances, c'est à vous donner envie de crever. Je veux rentrer chez moi !

— Ne joue pas avec le feu, Beryl. Je peux demander le divorce et t'accuser d'adultère avec le duc. Tu perdras jusqu'au dernier penny de ce que tu pensais pouvoir me soutirer. Et tu perdras aussi Gervase.

461

— Peux-tu me jurer que tu ne cherches pas à me priver de mon fils de toute façon, quoi qu'il arrive ?

Il me regarda, mutique, impassible. Un bruit de vaisselle qui s'entrechoque nous parvint du couloir : un chariot de thé qui passait. J'étais au bord des larmes. J'avais l'impression d'avoir déjà vécu de nombreuses fois cette scène. Les paroles étaient différentes, mais l'accusation toujours la même, pour les mêmes horribles crimes, pour être une femme, pour oser penser que je pouvais être libre. Mais désormais, je n'étais plus seule en cause.

— Vas-y, sors l'artillerie lourde ! Fais ton méchant !

Les événements qui en dérivèrent suscitèrent des chuchotis, lesquels au fil des ans, comme par le jeu du téléphone arabe, finirent par raconter une histoire totalement différente de l'originale. On a murmuré que Markham avait forcé la porte de Buckingham Palace en brandissant un paquet de lettres d'amour de la main du duc. On a dit que sa mère était allée pleurer dans la tribune royale à Ascot. On a murmuré que les avocats de la reine Mary furent tirés du lit à l'aube, ou était-ce sir Ulick Alexander, le gardien de la bourse privée ? On a chuchoté que la vieille dame était scandalisée, terrifiée, outrée, menaçante. Un prince de la famille royale cité dans une affaire de divorce pour faute, du jamais-vu… La reine était disposée à payer ce qu'il fallait pour que cela ne se reproduise jamais. Dix mille, ou trente mille, ou cinquante mille livres en capital, qui généreraient une rente

462

annuelle pour le restant de mes jours… si je voulais bien débarrasser le plancher !

Rumeurs et conjectures acquirent une vie propre, et rien de ce qui s'est dit n'a pu me surprendre. De toute façon, j'étais anéantie. Gervase partit pour Swiftsden, comme prévu, et son état s'améliora. Le processus de guérison était enclenché. Il babillait dans son ravissant berceau, charmé par sa propre voix. Peut-être se souviendrait-il de moi penchée sur lui, caressant le petit triangle de chair sous son menton. Il avait les yeux de Mansfield. Je cherchai des traits de ressemblance avec moi sans en trouver aucun mais, ce que nous avions en commun, c'était notre volonté de vivre à tout prix.

Je revins régulièrement à Swiftsden, mes visites systématiquement chaperonnées par la mère de Mansfield et diverses nounous, comme si on avait peur que je ne l'enlève et ne me sauve avec lui en Afrique. En effet, j'y avais songé, j'aurais tant aimé qu'il voie les couleurs du Kenya – les herbes fauves des hauts plateaux et la cime bleutée du Kilimandjaro – et aussi, et surtout, qu'il apprenne à mieux me connaître. Mais je me résignai à lui raconter comment c'était à Njoro, mes souvenirs de Kibii, de Buller et de Wee MacGregor ; la nuit léopard ; la nuit éléphant ; le ciel plat qui n'en finit pas… Quand je le quittais, je lui disais à chaque fois : « Un jour, nous irons là-bas. Je te montrerai tout ça. »

56

J'ai prolongé mon séjour en Angleterre jusqu'à la fin de 1929 et suis devenue une habituée de l'Aéro-Club à Piccadilly. J'éprouvais un sentiment d'apaisement à regarder les avions pareils à de scintillantes aiguilles d'argent tirant des fils dans le bleu du ciel au-dessus de l'aérodrome de Shellbeach. C'est là que, par une belle journée d'octobre, j'aperçus Denys. Vêtu d'un blouson d'aviateur, un foulard noué autour du cou, il traversait la terrasse du café, près d'un des hangars. Il venait vers moi. Je n'en croyais pas mes yeux. Est-ce que je n'étais pas en train de rêver ? L'instant d'après, nous voilà courant l'un vers l'autre comme deux personnes qui se rencontrent par hasard dans un désert à l'autre bout du monde.

— Mon Dieu, que c'est bon de te voir ! Que fais-tu ici ?

Je me saisis de sa main et ne la lâchai plus.

— J'accumule les heures de vol. L'annulation du safari, ce « fiasco royal », m'aura au moins rapporté de quoi m'acheter l'avion que je convoitais. Un magnifique Gipsy Moth jaune d'or. Si nous sommes tous les deux encore entiers dans six mois, je le ferai expédier à Mombasa.

Après la mort tragique de Maia, sa témérité m'étonnait, mais voilà, c'était lui tout craché.

— Quelles superbes machines, dis-je en suivant des yeux les acrobaties aériennes d'un De Havilland qui finit par se redresser. Elles sont la grâce incarnée.

— Tu es passée sous les fourches caudines, je suppose.

— Tu n'as jamais aimé Mansfield, n'est-ce pas ? Ça se voyait à ton attitude, si distante.

— Je ne voulais qu'une chose : ton bonheur. Je n'ai jamais voulu que ça. Mais l'épouser, lui, j'étais sidéré. Tu sais, je ne pensais pas qu'un esprit libre comme toi se laisserait jamais enfermer. De ce point de vue, on est pareils, tous les deux.

— C'est peut-être justement pour ça que ça n'a pas marché ? De toute façon, c'est fini. J'ignore ce qu'il adviendra de la ferme et de mes chevaux. Je ne sais même pas ce que j'ai envie de sauver du naufrage.

— Tu devrais apprendre à piloter.

— Moi ? Pourquoi pas ? A-t-on la même impression d'espace là-haut que vu d'en bas ?

— C'est encore mieux.

— C'est le paradis alors. Gardes-en un bout pour moi.

Pendant ces brèves semaines, avant mon départ pour le Kenya, qu'il pleuve ou qu'il vente, Denys et moi nous retrouvâmes tous les midis au restaurant de l'aérodrome. J'étais toujours autant attirée par lui, mais je mettais mon désir en sourdine. Cela aurait été mal tant que Gervase n'était pas tiré d'affaire et que mon mariage n'était pas encore totalement en miettes. Denys était mon ami, et

465

j'avais sacrément besoin de soutien. Il me relatait avec force détails ce qui lui arrivait aux commandes de son avion, et moi j'étais tout ouïe, trop contente de penser à autre chose.

— Ce que tu me décris, c'est la liberté à l'état pur, lui dis-je. Enfin, si l'on parvient à ne pas tenir compte des risques.

— On a toujours un peu la peur au ventre, c'est sûr, mais ça rend les choses encore plus grisantes.

J'opinai, ne comprenant que trop bien. Enfant déjà, je m'imposais des épreuves et me lançais des défis à moi-même. Cette petite fille-là, je l'avais parfois oubliée, c'est vrai, mais là, le visage levé vers le ciel d'un bleu limpide comme vers une fenêtre, je la sentais reprendre possession de mon cœur, de mes nerfs. J'allais voler, moi aussi, peut-être. C'était la raison qui présidait à nos réunions, à Denys et à moi, au bord du tarmac, et ce qui expliquait pourquoi je commençais à reprendre espoir. Un avenir ailé m'attendait et cela me paraissait tellement logique, c'était tellement naturel. Je commençais à me remettre. Grâce à Denys aussi. Le fait même de l'avoir à mon côté m'aidait à me remémorer qui j'avais été à une époque plus clémente, un être fort et sûr de lui, prêt à aller de l'avant, à faire face, sans peur.

Un jour, je lui demandai :

— Nous as-tu jamais imaginés ensemble ? Un temps ou un lieu... un monde, je dirais, où nous serions tous les deux ? Sans déchirement pour personne, et sans vouloir plus que l'autre est capable de donner ?

Un sourire monta lentement à ses lèvres. Je me noyais dans ses yeux noisette.

— Et ce lieu-ci ? Ici et maintenant ?

Il prit ma main. Nous restâmes ainsi, assis l'un près de l'autre, pendant quelques précieuses minutes, tandis qu'au-dessus de nos têtes un Gipsy Moth argenté s'illuminait comme un feu follet, virait sur l'aile et disparaissait derrière un nuage.

57

Fin mars 1930, je pris le bateau et rentrai chez moi. Je fis un saut à Melela, afin de voir mon père et Ruta et nos chevaux. Je n'avais pas imaginé que ce serait si dur de leur raconter ce qui était arrivé à Gervase, à mon tout-petit que j'avais été obligée de laisser en Angleterre, et qu'ils ne verraient peut-être jamais. Mon père menaça de poursuivre Mansfield en justice, comme si nous pouvions faire quoi que ce soit à cette distance. Ruta ne dit rien, mais je sentais qu'il était horriblement triste pour moi. Il devina tout de suite que quelque chose de fondamental avait changé en moi.

— Je n'ai pas le cœur à penser aux courses en ce moment, lui avouai-je. Rien n'est plus comme avant. Je n'ai pas envie de monter en selle, ni de sentir les odeurs du paddock. Je vais apprendre à voler…

— Je vois…

Il marqua une longue pause avant de reprendre :

— Et où nous irons pour voler ?

En entendant ce « nous », je fondis.

— Nairobi te convient ?

Nous déménageâmes au Muthaiga Club, où je me réservai l'usage de l'ancien cottage de Denys. Ruta loua une maison dans le quartier indigène tout proche. A la vue d'Asis courant à côté de sa mère ou grimpant dans les bras de Ruta, une douleur terrible me transperçait : je songeais à Gervase et à combien il me manquait. Gervase allait mieux, même s'il demeurait fragile, Mansfield m'envoyait régulièrement de ses nouvelles, ainsi qu'une modeste pension. Alors qu'il avait brandi agressivement des menaces de divorce, il faisait à présent traîner les choses, mais ça m'était égal. Il entamerait les démarches nécessaires en temps voulu, je ne rongeais pas mon frein comme au temps où j'avais hâte de laisser derrière moi les ruines de mon mariage avec Jock. J'étais une maman, mais je ne pouvais serrer mon enfant dans mes bras. La notion de liberté n'avait plus le même sens pour moi. La vie n'avait plus le même sens.

Un jour, Karen vint me voir au cottage à l'heure de l'apéritif. Quelle ne fut pas ma stupéfaction d'apprendre qu'elle aussi s'était trouvée en Angleterre, juste après le ramdam avec les Markham et la famille royale.

— Au moins on ne s'ennuie pas avec toi, me dit-elle.

Je lui avais parlé de Mansfield et de Gervase, tout en gardant pour moi les détails les plus douloureux.

— Je ne suis pas la seule par qui le scandale arrive à la cour en passant par les officines de ces messieurs les journalistes de Fleet Street. Il y aura bientôt une autre candidate, j'en suis sûre, et tout le monde oubliera jusqu'à mon existence.

— Je ne ferais pas ce pari.

Elle soupira et trempa ses lèvres dans son cocktail, soudain méditative.

469

— Pendant ton absence, j'ai eu une invasion de locustes à la ferme, puis du gel. La récolte était fichue. C'est la raison pour laquelle je suis allée à Londres, pour voir si Denys pouvait trouver un moyen de me sortir de l'endettement.

— Et il y en avait un ?

— Non, répondit-elle d'une voix paisible. Mais il m'a promis un baptême de l'air à son retour. Les princes reviennent chasser, mais tu es sûrement déjà au courant.

— David tient coûte que coûte à se faire un lion.

— Bien sûr, dit-elle d'un ton empreint d'amertume.

— Ce n'est pas si terrible. Tu sais combien Denys rêvait d'avoir un avion à lui.

— Oui. Et maintenant les clients se bousculent pour qu'il les emmène en safari. Je devrais être contente pour lui, n'est-ce pas ? Pourtant je crains que cela ne soit notre perte.

Ses yeux cernés de khôl firent peser sur moi un regard impénétrable. Je ne me doutais pas qu'elle était en train de me faire une confidence : Denys et elle étaient au bord de la rupture. Pour ma part, je ne voyais pas en quoi me concernait la fin de leur histoire, même si, dans la réalité, j'allais être frappée de plein fouet.

Denys débarqua quelques mois après cette conversation et s'attela aussitôt à la préparation d'un nouveau safari royal. Je ne le vis pas tout de suite, mais appris par Cockie qu'il projetait de quitter les monts Ngong et de revenir à Nairobi.

— Tania lui a rendu sa bague, m'annonça Cockie alors que nous déjeunions ensemble. Apparemment, ils se séparent d'un commun accord, mais cela ne veut pas dire pour autant que ça ne lui brise pas le cœur.

— A ton avis, quel a été l'élément décisif ?

— Elle voulait plus qu'il n'était en mesure de donner.

— Ce n'est la faute de personne, alors. Ils ont tous les deux fait tout ce qu'ils ont pu, non ?

Je marquai une pause qui se prolongea par un long silence tandis que je cherchais les mots pour exprimer mes sentiments ambivalents. Je repris :

— On peut seulement aller jusqu'à la limite de ses capacités, jamais au-delà. La vie m'a appris ça, au moins. Donner plus, c'est donner trop. On n'est plus bon à... personne !

— Il faudra peut-être qu'elle vende la ferme, tu sais. Après tout ce qu'elle a fait pour la garder, toute cette bagarre. Nul ne niera qu'elle a été très courageuse.

— Elle a eu le courage d'un guerrier, approuvai-je.

C'était vrai. Pendant près de vingt ans, Karen n'avait pas ménagé sa peine, se battant contre les moulins, hypothéquant tout ce qu'elle avait, tellement attachée à sa terre qu'elle refusait de la perdre, et pourtant la voilà qui en serait bientôt privée. Les monts Ngong – le Kenya – sans elle, c'était inimaginable.

— La seule bonne chose, ajoutai-je, c'est que maintenant Blix t'appartient. Tous ces efforts que tu as faits pour l'avoir... ça valait le coup ?

471

— Je ne sais pas, répondit-elle en faisant tourner sur son doigt sa bague ornée d'un diamant carré jaune qui étincelait comme un petit soleil. De toute façon, ce n'est pas la peine d'y penser, je n'aurais pas pu faire autrement. Il est mon cœur. Tu comprends ce que je veux dire ?

— Oui. Je crois que oui.

Quelques jours plus tard, je lisais le soir dans mon lit, quand Denys vint frapper plusieurs coups à la porte du cottage. Je sus immédiatement que c'était lui. Cela faisait des semaines, des années peut-être, que je l'attendais. Mais, cette fois, je savais qu'il viendrait.

J'enfilai en toute hâte ma robe de chambre, allumai une autre lampe et nous servis à chacun une généreuse dose de scotch. Même fatigué et mal rasé, le bras entaillé d'une vilaine éraflure, il était à mes yeux beau comme un dieu. Nous restâmes assis longtemps sans parler, toute parole aurait de toute façon été creuse. Je me fiai plutôt à sa respiration. Le mouvement de sa poitrine avec chaque inspiration, chaque expiration, les craquements du fauteuil sous son poids, ses doigts effilés autour de la base de son verre à whisky.

— Ça va, ton avion ? finis-je par lancer.

— Il est parfait. Je ne m'attendais pas à aimer ça à ce point. En plus, c'est bon pour les affaires. La dernière fois que j'ai volé, j'ai repéré trois hordes d'éléphants, quatre grands mâles. Pour trouver ça, il m'aurait fallu des semaines, des centaines de kilomètres en camion.

— Comment cela ? Tu les localises du haut du ciel et ensuite tu envoies un télégramme au camp de base ?

Il confirma d'un hochement de tête.

— Pas mal, non ?

— Pas mal.

Je souris.

Nous voilà de nouveau silencieux, tendant l'oreille au chant des insectes dans l'herbe et dans les branches du jacaranda. Puis je laissai tomber :

— J'ai entendu dire que Karen va peut-être être obligée de vendre sa ferme.

— Pour le moment, elle voit tout en noir. Je suis inquiet, mais elle m'a prié de ne pas venir la voir. C'est vrai, si on ne fait pas attention, on risque de perdre jusqu'à nos plus merveilleux souvenirs.

Je posai mon verre et m'agenouillai devant lui. Je pris ses mains dans les miennes.

— J'ai un immense respect pour elle, dis-je. Elle est la plus remarquable des femmes.

— C'est vrai.

Il me dévisagea avec précaution, presque solennellement. J'avais l'impression d'être un antique parchemin qu'il tentait de déchiffrer. Une ombre obscurcissait le bas de sa figure, mais ses yeux brillaient d'une lueur douce couleur d'ambre qui me rappelait le vin de falerne de Berkeley... et les lions dans les hautes herbes.

— Tu m'apprendras à piloter ton avion ?

— Ce serait une trop grande responsabilité... Ta vie entre mes mains. Alors que je suis presque encore novice moi-même.

473

Il se garda bien de parler de sa propre vie, ou de Maia Carberry, de la carcasse de son avion fumant sur la Ngong Road, si brûlante que les secouristes n'essayaient même pas de tirer de là les dépouilles, celle de Maia et celle de Dudley. Le contraire m'eût étonnée.

— Je vais voler de toute façon.

— Bien, dit-il, je serai de retour dans trois mois. On volera ensemble et tu me montreras tout ce que tu as appris. On pourra pousser jusqu'à la côte ou faire un safari tous les deux. Finalement, on n'a jamais eu nos six jours en amoureux, hein ?

Je me rappelai... Pégase, les éléphants, la passerelle brisée, le marathon du *boy* de Denys qui avait couru pieds nus plus de trente kilomètres pour me briser le cœur.

— Non, on ne les a jamais eus.

58

Beaucoup d'eau avait coulé sous les ponts dans la vie de Tom Campbell Black depuis le jour de notre rencontre au bord de la route à Molo. Il avait acquis l'avion de ses rêves et était devenu le directeur et le premier pilote de la Wilson Airways, une compagnie aérienne flambant neuve dont le siège était à Nairobi et qui transportait des passagers et du courrier. Il avait en outre récemment fait la une des journaux pour avoir volé à la rescousse d'un célèbre as allemand de la Première Guerre mondiale, Ernst Udet, dont l'appareil s'était écrasé dans le désert. Tom ne fut pas étonné de me voir, ni par la demande que je lui fis : je souhaitais qu'il me donne des leçons de pilotage.

— J'ai toujours su que tu allais voler, c'était écrit dans les étoiles.

— Je vois. C'est pour ça alors que tu fais ces grands discours sur l'aviation, la liberté et les nuages... en prêchant le détachement ? A cause de moi ?

— Evidemment. Quoi, je n'ai pas l'air d'un mystique ?

— Du moment que tu acceptes de me former, répliquai-je en riant, tu peux faire ton mystérieux autant que tu veux.

Mes premières leçons commencèrent le matin de bonne heure au-dessus de Nairobi paisiblement endormi. L'aérodrome était aussi rudimentaire que l'avait été la ville trente ans plus tôt, un peu de tôle et de verre et d'espérance posés au bord de nulle part.

Tom n'avait jamais eu d'élève, mais peu importait. Pour piloter, il fallait avant tout se fier à son instinct et à son intuition, en tenant compte quand même de quelques règles indispensables, dont cette recommandation :

— Regarde bien le compas de ton avion. Il t'arrivera parfois de ne plus savoir à quoi te fier. L'horizon, à condition que tu puisses le voir, ne te dira rien du tout. Ce sera un horizon mensonger. Il ne te restera plus que cette aiguille, dit-il en la montrant du doigt d'un geste théâtral. Elle seule t'indiquera la direction à prendre. Mais pas où tu te trouves. Tu dois juste la croire et tu finiras par t'y retrouver.

L'avion était muni d'une double commande reliée à l'instructeur. J'apprenais à lire les instruments et à sentir le palonnier en comptant sur Tom pour rattraper mes erreurs de pilotage. Au début, nous communiquions par un système d'interphone, mais Tom ne tarda pas à l'abandonner.

— Tu dois détecter par toi-même tes fautes, me dit-il. Je pourrais continuer à te corriger, mais ça ne t'apprendra rien.

Il avait raison. La manette des gaz, l'angle du manche, le patin de queue, les volets, les gouvernes, chacun de ces éléments me transmettait des indications que je devais maîtriser – il m'arrivait d'ailleurs souvent de mal les interpréter. Le Moth devenait brusquement lourd et perdait de l'altitude, plongeant à une vitesse excessive vers la végétation et les pierres blanchies par le soleil, embarqué dans un courant descendant imprévisible à l'abord des montagnes. L'hélice se mettait soudain à hoqueter, ou la météo à changer d'un seul coup sans crier gare. On risquait alors d'atterrir dans des sansevières qui transformeraient en charpie le revêtement de la voilure, ou de déraper et de casser le train d'atterrissage, ou encore d'accrocher des racines invisibles, de toucher des mottes de terre, de s'enfoncer dans un nid-de-poule, de briser les entretoises, et de ne plus pouvoir décoller, si ce n'est pire. On avait beau s'entraîner au maximum, savoir déchiffrer les signes de danger, on pouvait quand même se planter.

— Je veux mon brevet de pilote, déclarai-je à Denys à son retour à Nairobi. Je deviendrai la seule aviatrice professionnelle d'Afrique.

— Rien que ça ! répliqua-t-il en riant. Tu as déjà été la première femme entraîneur d'Afrique, non ?

— Peut-être. Mais il s'agit ici d'autre chose. Quand tu es là-haut, il n'y a que toi et ce que tu as dans le ventre. A chaque vol, c'est une nouvelle gageure.

Je me tus quelques instants, prenant lentement conscience de ce que cela impliquait.

— Après ce qui s'est passé avec Gervase et Mansfield, je ne savais plus qui j'étais. J'avais perdu le nord...

— Tu reverras ton fils bientôt, dit-il doucement. Mansfield ne pourra pas te tenir à l'écart éternellement.

— Je ne le lui permettrai pas. Jamais je n'abandonnerai Gervase comme ma mère l'a fait avec moi. Je ne pourrais pas.

— Ça aide quand on a mal, hein ? D'éprouver la résistance de quelque chose de solide...

— C'est vrai.

— Et tu es prudente, n'est-ce pas ? Tu me promets ?

— Je te promets. Ruta a par miracle sauté le pas. Il adore l'avion autant que moi et est en passe de devenir un mécanicien de premier ordre.

Le soleil s'était couché. J'allumai la lampe-tempête. Denys sortit un livre de son sac puis s'allongea dans un fauteuil en croisant ses longues jambes. Il me fit la lecture à haute voix. Recroquevillée contre lui dans la chaude lumière de la lampe, j'étais aux anges. Pendant dix ans, j'avais rêvé de ce moment... et il était exactement tel que je l'avais imaginé. « Est-il vraiment là ? Et moi, suis-je là ? » Denys continua à lire de sa voix mélodieuse cependant qu'un de ces grands papillons de nuit qu'en anglais on appelle *leopard moth* se prenait dans les rideaux. Le papillon cessa un instant de se débattre puis, soudain, s'aperçut qu'il était libre.

59

Denys se trouvant entre deux safaris, une fenêtre, oh, une toute petite fenêtre, s'ouvrit dans son emploi du temps. Nous fîmes une escapade dans le Sud et la réserve massaï, le but de notre voyage étant la rivière Mara, en compagnie d'une équipe d'Africains, comprenant entre autres le second de Denys, Billea, et un *boy* kikuyu, Kamau. Une sécheresse inimaginable sévissait mais, en traversant la région des lacs, nous vîmes d'innombrables animaux – des buffles, des rhinocéros, des lions aux poils longs, des gazelles de toutes sortes. La vie foisonnait sur les flancs dorés des montagnes et dans les plaines chatoyantes.

Denys n'était totalement lui-même que dans la nature sauvage. A travers des jumelles aux verres crasseux, il évaluait la beauté de cornes de grand koudou ou le poids d'une paire de défenses encore accrochées à leur propriétaire légitime. Il tirait toujours dans le mille et était capable de dépouiller un animal avec une célérité et une précision qui ne répandaient pas une goutte de sang. Mais il n'avait pas forcément besoin de se servir de son fusil, si ce n'était pas nécessaire, il préférait l'usage de l'appareil photo. C'était sa nouvelle marotte. Il pensait que la photographie avait le pouvoir de créer un nouveau sport, équivalent à l'ancien : le safari-photo. Les chasseurs pourraient rapporter chez eux des trophées sans priver la terre africaine de sa faune.

Sur le terrain, Denys révélait d'autres facettes de sa personnalité. Il avait un sens de l'orientation hors pair, et une façon de regarder le monde en sachant que celui-ci ne serait plus jamais le même. Personne ne percevait mieux que lui le caractère éphémère de toute chose. Il n'avait pas son pareil pour prendre la vie comme elle venait, à bras-le-corps, sans réticence ni peur, sans tenter de retenir quoi que ce soit ni de lui imprimer sa marque. Cette sagesse-là, je la possédais déjà au temps où j'étais la petite Lakwet, mais sa présence à mes côtés m'aidait à me la remettre en mémoire, et à en ressentir de nouveau pleinement les effets.

Il nous fallut une journée entière pour traverser un désert de sel recouvert d'une croûte qui se brisait sous nos pas en soulevant des nuages de poudre blanche. J'en étais couverte jusqu'aux genoux, la matière crayeuse s'insinuant aussi dans les plis de mes doigts serrant la bandoulière de mon fusil, dans mon décolleté, dans ma bouche même. Impossible de s'en défendre. En fait, on ne pouvait se prémunir contre rien, c'était comme ça, et c'était ce que j'aimais en Afrique. Ce besoin qu'elle avait de pénétrer à l'intérieur des êtres. Et une fois qu'elle vous possédait, elle ne vous lâchait plus.

Denys était heureux et d'humeur joyeuse, malgré la bouteille de gin que je l'avais aidé à descendre la veille au soir. C'était un mystère pour

moi, cette capacité phénoménale à tenir l'alcool.
Son sang devait être sacrément épais, car il charriait assez de globules infectés par le paludisme
pour tuer un bœuf, et pourtant il n'avait jamais
de fièvre, il n'était jamais malade. Le soleil pesait
comme une enclume sur le sommet de ma tête,
sur mes épaules et sur mon cou, d'où s'écoulait
un ruisseau permanent de sueur qui trempait mon
col. Mes vêtements amples séchaient à mesure,
ma transpiration laissant sur l'étoffe des anneaux
blancs de sel. Le bruit rauque de ma respiration
résonnait à mes oreilles. Nous avions une distance à parcourir. Au diable la fatigue ! Les porteurs ouvraient la marche et, quand ma vue se
brouillait, les minces bâtons que dessinaient leurs
silhouettes sur l'immensité blanche de la plaine
faisaient comme des figures géométriques. Leurs
jambes devenaient des segments, des traits aigus,
le tout pouvant s'inscrire dans une équation de
la persévérance.

Juste après midi, nous fîmes une halte dans
l'ombre toute relative d'un grand baobab. Un gros
arbre râblé dont le tronc en lambeaux semblait
animé d'un mouvement ondulatoire, comme s'il
portait une espèce de jupe, ou comme s'il avait
de drôles d'ailes. Aux branches pendaient de pâles
fruits beigeasses, régal des babouins. Plusieurs
étaient assis sur une branche au-dessus de nos têtes
et on les entendait casser en deux leurs cosses en
faisant des bruits secs, un concert de maracas. Une
pluie de pulpe poudreuse blanchâtre tombait autour de nous dans l'herbe rase et jaune, ainsi que

des graines recrachées, sans oublier les excréments à l'odeur nauséabonde.

— On n'a qu'à repartir, dit Denys en voyant ma grimace. Ou alors on fait un carton...

Il plaisantait bien sûr. Je répliquai sur le même ton :

— Pas pour moi. Je suis capable de me coucher dans leurs crottes et de m'endormir la tête sur l'herbe.

Il rit.

— Toute cette marche, ça vous change un homme, non ? On a la peau plus dure après ces efforts.

— J'avais déjà la peau plutôt dure.

— Oui, je l'ai su tout de suite dès que je t'ai vue.

Je le dévisageai, me demandant ce qu'il avait perçu d'autre lors de notre première rencontre – s'il avait comme moi eu l'impression qu'on se connaissait, ou remarqué un signe qui ne trompait pas, quelque chose indiquant que nous étions faits pour nous entendre.

— Tu savais que nous finirions par venir ici ensemble ?

— Sous cet arbre épouvantail ? Je n'en suis pas sûr, dit-il alors que de la poudre poisseuse continuait à pleuvoir de la couronne du baobab. Mais je suis content d'être ici avec toi.

Le soir venu, nous avions atteint la rivière et installé notre bivouac. Nous mangeâmes la viande du jeune koudou abattu et dépecé par Denys le matin même, puis nous dégustâmes notre café en contemplant les flammes qui se tordaient et se brisaient à travers un voile de fumée violacé.

— Tania a chassé deux lions un jour à coups de fouet, dit-il. Blix et elle s'étaient chargés de conduire un troupeau. Il était parti tirer quelque chose pour leur dîner quand il s'est produit un violent fracas parmi les bêtes. Les porteurs ont décampé comme des souris, et il ne restait plus que la pauvre Tania pour faire face aux fauves déjà grimpés sur le dos de leur proie. Incroyable mais vrai, les fusils étaient rangés dans les malles.

— Elle les a chassés avec son fouet ? C'était vraiment courageux de sa part.

— Oui, elle a encore plus de courage que tu ne crois.

Nous avions récemment pris soin de ne pas trop évoquer Karen, car, la ferme étant vendue, de toute évidence elle était sur le départ.

— Une raison de plus pour l'aimer, avançai-je.

— Et l'admirer.

— Encore plus, à mon avis.

— Je n'aurais jamais été un bon mari pour elle. Et elle devait le savoir quelque part.

— C'est drôle, même quand on sait que quelque chose est impossible, on est quand même capable de se battre pour l'avoir. A-t-elle réussi à sauver les bœufs ?

— Un seul. L'autre, ils en ont mangé un morceau le soir quand Blix est rentré bredouille.

— Tout s'est bien arrangé pour tout le monde alors.

— Cette fois-là, tout à fait.

Au loin retentirent les cris aigus des hyènes, leur « rire », disent certains, quoique ces appels m'aient toujours paru lugubres. Devant nous, la fumée se mit à monter en une colonne tourbillonnante, comme si elle aussi souhaitait lancer un appel, à l'horizon peut-être, ou aux étoiles qui commençaient à se mouvoir dans le ciel.

— Ce ne doit pas être une si mauvaise vie que ça, la vie d'un lion, suggéra Denys. Il a toute l'Afrique en guise de buffet. Il prend ce qu'il veut, quand il le veut, sans trop se fatiguer.

— Mais il a aussi une femme, n'est-ce pas ? le taquinai-je.

— Une femme à la fois, précisa-t-il.

Pendant que notre feu se transformait en un brasier fumant qui menaçait de nous griller les orteils, à ma demande, il me récita du Walt Whitman. Il adressa ces vers à moi et aux étoiles. De plus en plus immobile, je songeais à la lutte que j'avais menée et à tous les efforts que je déployais depuis des années, à l'instar de Karen, tout cela pour un résultat catastrophique. Les ouvreurs de nouveaux chemins et ceux qui ont perdu le leur se ressemblent, m'avait un jour déclaré Denys, et finissent souvent par échouer au même endroit, ayant chacun gagné en sagesse.

Soudain, Denys, sans bouger le reste de son corps, tendit le bras et me prit la main. Avec une lenteur à la fois torturante et délicieuse, il redessina la forme de mes doigts, suivant les plis de chaque phalange, caressant les callosités témoins de mon travail acharné. Je pensais à Karen et à son fouet. Elle était incroyablement forte et courageuse sous ses foulards et sa poudre de riz, ses verres en cristal et son chintz. Nous nous étions fait souffrir, tous les trois, beaucoup. Nous nous étions fait souffrir nous-mêmes aussi. Et pourtant il se produisait parfois des choses extraordinaires. Jamais je ne les oublierais.

Nous restâmes ainsi des heures, je crois, assez longtemps en tout cas pour que je me sente ancrée dans la poussière crayeuse. Il lui avait fallu des millions d'années pour être produite par l'érosion de la montagne, par la transformation perpétuelle des roches. La nature possédait une plus grande connaissance du monde que nous et nous surpassait en aptitude à vivre la réalité de l'instant. L'acacia n'était retenu ni par le chagrin ni par la peur. Les constellations, et le croissant de lune là-haut, ne se battaient ni ne s'effaçaient. Tout était à la fois passager et sans fin. Ce moment avec Denys s'estomperait, et durerait toujours.

— A quoi penses-tu ? dit-il.

— Je pense qu'avec toi je suis devenue une autre…

Je sentis ses lèvres dans mon cou, son souffle contre ma peau.

— … C'est pour ça que la poésie existe, ajoutai-je à voix tellement basse que je n'étais pas certaine qu'il m'eût entendue. Pour des nuits comme celle-ci.

60

La vue du ravissant mobilier de Karen sur la pelouse, et de ses livres dans des caisses, me rendit malade au-delà de ce que j'aurais pu imaginer. Elle vendait, ou donnait, presque tout. Et moi, je revivais une scène enfouie dans les replis de ma mémoire : Green Hills s'en allant petit bout par petit bout, comme là, alors que je regardais sans pouvoir rien y faire. Maintenant que sa propriété était sur le point de passer dans des mains étrangères, Karen s'employait à trouver une solution pour maintenir sur place ses *squatters* kikuyu, afin de leur garantir un lopin de terre qui ne puisse pas leur être enlevé. En attendant, elle tournait autour de ses précieux objets en se tordant les mains et en fumant.

— Te voilà, toi aussi, me dit-elle. Tant de visites d'adieu, je n'ai plus une seule larme.

Sa robe blanche flottait autour d'elle, son chapeau de paille avait été jeté sur une chaise. Soudain, elle me parut très jeune.

— Je pourrais pleurer, lui dis-je, il ne faudrait pas me pousser beaucoup.

— Sais-tu qu'ils vont faire une *ngoma* en mon honneur ? répliqua-t-elle en chassant de la main un peu de fumée bleutée. Ça va être quelque chose, non ? Il n'y aura pas de dîner, hélas, tu te rappelles celui que j'avais préparé pour la visite des princes ? Toutes mes affaires sont emballées.

— Ce sera quand même merveilleux, tu verras. Ils veulent te rendre hommage. Tu as fait une forte impression, ils ne sont pas près de t'oublier.

— En ce moment, je rêve du Danemark, je fais ce rêve absurde : alors que je me tiens *à la proue* d'un énorme navire, l'Afrique *rapetisse* au loin.

— J'espère que tu pourras revenir un jour.

— Qui a le privilège de déchiffrer l'avenir, dans ce qu'il a de bon comme dans ce qu'il a de mauvais ? En tout cas, je peux te dire que je ne pensais pas devoir un jour partir ! C'est sans doute la signification de mon rêve. Je ne quitte pas l'Afrique, c'est elle qui tout doucement me quitte.

Une boule se forma dans ma gorge. Sa table-meule de moulin avait été tirée au bord de la véranda. Dans mon imaginaire, cette table était le cœur de Mbogani. Le plateau en vieux granite tacheté et grêlé avait accueilli une multitude de petits verres de brandy et de tasses de thé, toute sa vaisselle, Sèvres et Limoges, les grands pieds de Denys, ses livres... et ses mains. A cette table elle s'est assise des milliers de fois, allumant une cigarette, secouant l'allumette, le regard à mi-distance, rassemblant ses esprits. Elle resserre son châle sur ses épaules et s'apprête à prendre la parole...

C'était étrange d'être ici avec Karen sur les terres de sa ferme en déliquescence, après tout ce qui s'était passé, tout ce qui nous avait rapprochées et tout ce qui nous avait séparées. Mais à la réflexion, ç'aurait été encore plus étrange de ne pas être venue.

Nous nous installâmes dans des fauteuils bas en rotin, les yeux sur les cinq collines noueuses du Ngong.

— Il paraît que tu apprends à piloter un avion, me dit Karen.

— C'est ce qui m'a sauvée. Voler me rend heureuse. Je suis presque rétablie.

— Tu as vingt-huit ans ?

Je fis oui de la tête.

— L'âge que j'avais quand j'ai embarqué pour le Kenya afin d'épouser Bror. La roue tourne, ce n'est pas un vain mot. Ce qui arrive, nous ne l'aurions jamais prédit, même pas subodoré. Et pourtant, ces choses nous changent pour toujours...

Elle caressa l'herbe du plat de la main d'un geste léger et silencieux.

— ... J'ai toujours voulu avoir des ailes, tu sais... peut-être plus que n'importe quoi. Le jour où Denys m'a fait faire mon baptême de l'air, nous avons survolé à basse altitude mes collines, puis les berges du lac Nakuru, où des milliers de zèbres se sont enfuis dans l'ombre de l'avion.

— N'est-ce pas que cela vous procure un sentiment de liberté inégalé ?

— Oui, et une lucidité aussi. Je me suis dit : Voilà, mes yeux se dessillent. Je vois. De cette altitude, des choses qui jusque-là avaient été cachées se dévoilent. Même les plus terribles recèlent une beauté, une forme...

Elle attrapa mon regard de ses prunelles noires.

— ... Tu sais, Beryl, tu ne posséderas jamais vraiment Denys. Pas plus que moi. Il n'appartiendra jamais à personne.

Mon cœur chavira.

— Oh, Karen...

Je cherchai en vain mes mots, ils étaient hors d'atteinte.

— J'ai sans doute su depuis le début que tu étais amoureuse de lui, mais pendant longtemps j'ai refusé de l'admettre. C'est peut-être ce qui t'est arrivé, à toi aussi.

C'était affreux de l'entendre déchirer le voile des années, et pourtant nécessaire. « Nous devons nous dire la vérité, songeai-je. Nous avons gagné ce droit à défaut d'autre chose. »

— Je n'ai jamais eu l'intention de te prendre quoi que ce soit.

— Tu ne m'as rien pris. Non, ce sont les dieux qui me punissent de m'être montrée trop avide...

Elle leva les yeux vers les collines puis les promena sur ses possessions étalées sur la pelouse.

— ... Un pareil bonheur se paye, et pourtant je ne regrette rien, pas un seul instant, même si cela pouvait m'éviter de souffrir.

— Tu es la femme la plus forte que je connaisse, lui dis-je. Tu vas me manquer, beaucoup.

Je me penchai pour l'embrasser sur la joue, à l'endroit où son fard commençait à être brouillé par ses larmes.

61

La vie, comme elle tourne !

Denys devait venir me chercher et nous devions descendre en avion sur la côte jusqu'à Takaungu. Au retour, nous projetions, aux environs de Voï, de mettre à l'épreuve sa théorie sur le repérage des hordes d'éléphants depuis le ciel et de câbler leur localisation à une partie de chasse amie. On était début mai. J'ai annoncé à Ruta que je partais, puis je suis allée à la recherche de Tom, que je trouvai dans le hangar de la Wilson Airways en train de griffonner des chiffres dans son carnet de vol.

— Tu oublies la leçon de demain ? me dit-il.

— On ne peut pas reporter ?

Il me dévisagea puis détourna les yeux vers la porte du hangar et les nuages qui couraient dans le bleu pastel du ciel.

— N'y va pas, d'accord ?

— Qu'est-ce qu'il y a ? Tu as un de tes mystérieux pressentiments ?

— Peut-être. Il y aura d'autres occasions, non ?

Je n'avais pas envie de renoncer à cette virée aérienne avec Denys à cause de vagues prémonitions, mais Tom était un instructeur formidable et je lui faisais confiance. En outre, il ne me demandait jamais rien. De sorte que je rentrai au cottage du Muthaiga en laissant Denys s'envoler pour Voï.

J'ai appris par la suite qu'il avait aussi proposé à Karen de venir avec lui, mais ce matin-là il décolla avec pour unique passager son *boy* kikuyu, Kamau. Ils partirent par un temps magnifique. Plusieurs jours de vol furent nécessaires pour atteindre les collines Mbolo, au pied desquelles habitait son ami Vernon Cole. Ce fonctionnaire de l'administration coloniale avait un fils, John, petit garçon que Denys fascina, et une jeune femme, Hilda, enceinte de leur deuxième enfant. Ils offrirent à Denys un copieux dîner. Denys leur parla avec enthousiasme des éléphants qu'il avait repérés de son avion, exactement comme prévu. « Ils étaient là, là, sous mon nez, à l'aise, déambulant le long de la rivière. Ce qui me prenait des semaines, je l'ai eu en quelques instants. Quelques instants seulement. »

Le lendemain à l'aube, Denys et Kamau reprirent la route du ciel, cette fois à destination de Nairobi. Hilda leur donna un cageot d'oranges kenyanes à la peau épaisse. Kamau le tenait sur ses genoux. L'hélice s'anima, le moteur du Moth se mit en branle, habilement contrôlé par les doigts de Denys sur la manette des gaz, et le biplan prit rapidement de l'altitude. Il fit deux fois le tour du terrain avant de s'éloigner.

Dans le cottage de Denys, je dormais à poings fermés. Un sommeil sans rêves. Un coup frappé à ma porte me réveilla. C'était Ruta.

— Tu as eu des nouvelles de Bedar ?

— Non, dis-je d'une voix ensommeillée. Pourquoi, je devrais ?

— Je sais pas.

Mais il avait deviné quelque chose. Pressenti, tout comme Tom.

Après un dernier coup d'ailes jaune étincelant en guise d'au revoir, le biplan disparut. Denys avait baptisé son avion *Nzige*, « locuste ». La merveilleuse machine, aussi légère que l'air, agile et déterminée, aurait pu voler éternellement, comme Denys. Mais à moins de deux kilomètres au nord, l'avion se mit à perdre de l'altitude. Un des câbles de commande avait sauté, ou l'appareil avait été entraîné dans une colonne d'air descendant. Peut-être avait-il commis une erreur de pilotage, impossible de savoir laquelle. Tout ce qu'on a jamais su, c'est qu'il s'est écrasé sur le sol rocheux au pied des collines de Mwakangale. Il a explosé en touchant terre et s'est instantanément transformé en brasier. Se guidant sur le panache de fumée, les Cole se précipitèrent. Denys et son *boy* étaient morts, le Gipsy Moth réduit à un tas de débris fumant. Quelques oranges avaient roulé sur le sol calciné et un mince recueil éjecté au moment de l'impact gisait ouvert, pages frémissantes dans la nuée de cendres.

Sous le choc, Hilda Cole tomba à genoux. Une douleur fulgurante la plia en deux. Un peu plus tard dans l'après-midi, elle perdit son bébé. C'est ainsi que trois âmes s'envolèrent ce jour-là à Voï. Aucune n'était la mienne.

62

Karen fit enterrer Denys sur les terres de la ferme, comme il l'aurait souhaité, au lieu-dit Lamwia, une terrasse naturelle sur la ligne de crête des monts Ngong. Derrière Karen qui marchait en tête, les porteurs parvinrent au sommet de la pente abrupte en trébuchant sous le poids du cercueil. Quand ils l'abaissèrent dans la terre, Karen se tint devant les autres, tout au bord du trou béant comme une plaie rouge. Quant à moi, j'étais totalement engourdie, incapable de dire un mot à qui que ce soit, même à elle.

Il n'aurait pas dû faire aussi beau. A nos pieds, le flanc de la montagne dévalait en ondulations cuivrées jusqu'à la plaine traversée par la ligne claire de la route, semblable à une corde qui aurait été lancée du haut des nuages, ou à un serpent cheminant vers le Kilimandjaro. Autour de la tombe de Denys, les hautes herbes verdoyaient, vivantes. S'y glissaient deux formes noires : les ombres d'ailes qui planaient au-dessus de nos têtes en décrivant des cercles de plus en plus grands.

Les gens étaient venus de Nairobi, de Gilgil, d'Eldoret, de Naivasha – des Somali et des Kikuyu, des fermiers blancs des hautes terres, des chasseurs et des porteurs, des voyageurs et des poètes. Tous avaient trouvé en Denys quelque chose à aimer et à admirer. Lui qui avait toujours été fidèle à sa véritable nature, honorable à la façon dont l'étaient ces deux aigles, ou l'herbe autour de nous.

Pendant la brève cérémonie, Karen laissa sa tête tomber sur sa poitrine et j'eus envie de la prendre dans mes bras. J'étais la seule personne à mesurer l'étendue de sa perte, elle était la seule susceptible de comprendre de quoi était fait mon chagrin. Sauf qu'il s'était produit un retournement de situation. Les dieux lui avaient peut-être volé Denys mais, maintenant qu'il était mort, elle reprenait possession de lui. Nul n'aurait songé à mettre en doute la force de leurs liens, ni qu'elle l'avait aimé, ni qu'il avait été au centre de sa vie. Un jour, elle le coucherait sous sa plume et son écriture scellerait à jamais leur amour. De ces pages-là, je serais absente.

Je ne pensais pas pouvoir pleurer davantage. Comme Karen, j'avais versé assez de larmes pour toute une vie. Pourtant mon chagrin ce jour-là trouva moyen de s'ouvrir plus largement. Une fois le service terminé, laissant les autres descendre la pente vers Mbogani, je ramassai sur la tombe de Denys une poignée de terre poudreuse aussi rouge que le sang, aussi vieille que le monde. Je refermai mes doigts sur le petit tas de poussière fraîche puis rouvris la main. Après tout, peu m'importait que dans son deuil Karen se montre possessive, ou qu'elle l'ait aimé de cette manière. Mon amour pour lui n'atteignait pas non plus la perfection. Je l'avais enfin compris. Nous avions toutes les deux essayé de toucher le soleil, et nous étions tombées de haut, précipitées sur terre, avec dans la bouche un goût de cire fondue et de malheur. Denys n'était pas à elle, ni à moi.

Denys n'avait été et ne serait jamais à personne.

Après cette journée, je retournai au cottage, à cette petite maison qui avait été la sienne et où je logeais à ce moment-là. La vue de ses livres me bouleversa. Je n'acceptais pas sa disparition, ce si bel esprit... Jamais plus je n'entendrais son rire, jamais plus je ne toucherais ses mains fortes ni ne caresserais les petites rides autour de ses yeux. Après ce plongeon du haut du ciel, il ne restait de lui... plus rien. Et il avait emporté avec lui mon cœur. Le récupérerais-je un jour ?

Je ne sais comment, alors que j'étais perdue dans le brouillard, mes pas me ramenèrent d'eux-mêmes à Elburgon, à Melela. Mon père parut étonné de me voir, mais s'abstint de me poser ces effroyables questions auxquelles, de toutes les manières, je n'aurais pas été en mesure de répondre. Je voulais seulement être seule avec mes chevaux. Cette solitude était comme un baume sur mon cœur – j'en avais déjà fait l'expérience plus d'une fois. Je passai là des semaines, levée avant l'aube et chevauchant à la fraîche pour mieux méditer. Les couleurs du pays renouvelaient leur enchantement. Des rubans de brume s'étiraient entre les cimes des grands cèdres, les lignes déchiquetées de l'escarpement se succédaient à l'infini. Pourtant quelque chose manquait. En dépit de toute cette beauté, le paysage de Melela semblait me narguer. Tant de rêves s'y rattachaient. J'avais cru que si nous parvenions avec Mansfield à y reconstruire Green Hills, à

495

réécrire l'histoire, eh bien, une partie de moi renaî-trait, forte comme elle ne l'avait jamais vraiment été depuis mon enfance, au temps où je chassais avec *arap* Maina, où je courais avec Kibii dans les hautes herbes fauves, où je me glissais le soir en catimini par la fenêtre de ma hutte, Buller sur les talons. Seuls dans la nuit, nous vivions sans peur.

Hélas, tout ce que Mansfield et moi avions réussi, c'était à nous humilier mutuellement, à nous forer des trous dans le cœur. Gervase aurait aussi bien pu respirer sur une autre planète. Rien que de penser à lui m'était insupportable, et maintenant Denys… Un deuil sous le sceau funèbre d'un deuil précédent, une ombre obscurcissant une ombre, un abîme s'ouvrant sur un abîme, et avec ça quel recours ?

Mon père s'inquiétait pour moi, je le voyais bien, mais je restai inconsolée jusqu'au jour où un bruit de moteur familier fit vibrer l'air de nos collines. Apparut alors soudainement le Moth de Tom, pi-quant droit vers la ferme dans un ciel d'un bleu très pur, sans un nuage. Sur notre piste d'entraî-nement il se posa, aussi léger qu'une plume.

— Comment ça va ? me lança-t-il en escaladant l'aile du Moth après avoir coupé le moteur.

— Comme ça.

Je me sentis flancher, je n'avais pas la force de prononcer un mot. Mais je n'eus pas besoin de par-ler. Tom me tendit un casque d'aviateur et je me coulai dans le cockpit, reconnaissante au vacarme du moteur qui démarrait dans des hoquets, aux vibra-tions de mon minuscule siège, aux secousses de la carlingue tandis que nous prenions de la vitesse. Nous montâmes en rugissant par-dessus les collines. Le paysage bascula sur le côté, puis roula au loin en contrebas. Mon esprit peu à peu s'éclaircit pour la première fois depuis des semaines. Un air froid me soufflait à la figure et remplissait mes poumons. C'était tellement plus facile de respirer là-haut. Même avec le fracas constant de l'hélice et du vent, il régnait une impression de calme, cette paix à laquelle j'avais en vain aspiré. Je me rappelai le jour où un petit indigène m'avait demandé si on voyait Dieu quand on faisait de l'avion. Tom avait été là. Nous avions ri et secoué la tête.

« Tu devrais peut-être aller plus haut alors », avait dit l'enfant.

Tom prolongea notre vol, traçant un large cercle au-dessus de la vallée, du côté de Njoro vers l'est et de Molo vers le nord. Le bord de l'aile étincelait, pareil à une baguette magique en argent. Sa vue faisait sourdre en moi les eaux gazouillantes de l'espoir, une possibilité de rédemption. Ce n'était pas Dieu que je voyais à cette altitude, mais ma vallée du Rift. Celle-ci s'étendait aux quatre points cardinaux telle la cartographie de ma propre vie. Là-bas, les collines de Karen, le chatoiement de Nakuru, les fractures de l'escarpement. Oiseaux au ventre blanc et poussière rouge. Tout ce qui avait constitué ma vie défilait sous moi, y compris mes secrets et les traces de mes blessures – les endroits où j'avais appris à chasser, à sauter, à galoper comme le vent ; l'endroit où un gentil lion avait dévoré un bout de ma personne ; où *arap* Maina s'était courbé pour me désigner une empreinte en forme de trèfle à quatre feuilles. « Dis-moi ce que tu vois, Lakwet ? »

Cette vallée était plus que mon chez-moi. Elle battait en moi comme mon propre cœur.

Tom attendit que nous n'ayons presque plus de carburant pour retourner à Melela. Il resta dîner et, comme il devait repartir à l'aube, se retira de bonne heure pour la nuit tandis que mon père et moi continuions à savourer notre café noir et délicieusement amer. Le salon était plongé dans un silence total – il n'y avait qu'une lumière rasante s'étalant sur le mur et la sensation qu'une chose importante était sur le point d'arriver.

— Je retourne à Nairobi, lui annonçai-je, rompant notre mutisme. Je vais partir demain matin avec Tom. Je vais reprendre les leçons de pilotage.

— J'aimerais comprendre, dit mon père.

Manifestement, il était étonné et, même si j'ignorais s'il voulait parler de mon goût pour l'aviation ou de mon désir de quitter Melela, je répliquai :

— Tu devrais monter avec Tom un jour. Tu comprendrais peut-être.

Il avait sur les genoux son précieux *Stud Book* à couverture noire, sa bible. Il en caressa quelques instants la tranche puis me dit :

— Je sais où est ma place.

— Moi aussi.

Dès que je m'entendis prononcer ces paroles, je sus que la vérité venait de sortir de ma bouche.

— Qu'est-ce qu'on va faire avec les chevaux ?

— Je ne suis pas sûre. N'oublie pas qu'il faudra aussi compter avec Mansfield. Des années peuvent s'écouler avant que le divorce soit prononcé. Mais

498

quel que soit le cas de figure, je tiens à gagner ma vie. J'ai besoin d'être sûre de pouvoir me débrouiller seule.

— Et l'avion est la solution ?

Il n'y croyait pas du tout, évidemment.

— Peut-être. À en croire Tom, un jour les avions emmèneront des passagers autour du monde, comme les paquebots aujourd'hui. Cela me plairait de participer à cette aventure. Ou de transporter du courrier et des colis... Denys voulait faire des repérages pour les chasseurs du haut du ciel.

C'était la première fois que je prononçais son nom depuis les funérailles. Ma gorge se serra, me brûla, mais les deux chères syllabes avaient sonné tout naturellement dans la pièce. C'était à cause de Denys que j'avais eu envie d'apprendre à piloter.

— C'est horriblement dangereux. Je n'ai pas besoin de te le dire...

Il contempla son café d'un air songeur.

— ... Mais tu n'as jamais eu peur de rien, n'est-ce pas ?

— Si, répondis-je d'une voix étouffée par une bouffée d'émotion inattendue. J'ai été terrifiée... Mais cela ne m'a jamais arrêtée.

Il était tard. Nous étions tous les deux trop fatigués pour poursuivre cette discussion. Je piquai un baiser sur son front et lui souhaitai bonne nuit. Mais en me glissant entre mes draps, fourbue et épuisée comme je l'étais, je me rendis compte qu'un regain d'énergie me galvanisait. Cela faisait des années que je n'avais eu la tête aussi claire. À Melela, je n'étais pas tranquille. La ferme finirait un triste jour par disparaître, comme jadis Green Hills. Pégase mourrait comme Buller était mort ; Buller, Pégase : mes premiers héros. Mon père s'étiolerait petit à petit ou s'en irait d'un seul coup. Qui sait combien de bouleversements m'attendaient au tournant ? J'y ferais face comme je l'avais fait en ce jour lointain où ma mère était montée à bord de ce train pour se volatiliser en fumée. La tribu m'avait entourée, elle m'avait baptisée de mon vrai nom, pourtant Lakwet n'était au fond que ça, un nom. Car c'était moi qui avais fait d'elle ce qu'elle était devenue, à partir d'un cœur brisé. J'avais appris à aimer la nature au lieu de la craindre. J'avais appris l'ivresse de la chasse. J'avais appris à foncer tête baissée dans le monde, même – et surtout – quand ça faisait mal.

A présent, je me tenais à l'abord d'un autre grand virage, peut-être le plus important. Ce ciel qui m'avait pris Denys me réservait pourtant bien des joies, au gré du jeu des puissances naturelles, cette association de forces qui donnerait un sens à ma vie et me rendrait à moi-même. Une liberté prenant son essor, une grâce inimaginable, l'une et l'autre solidement amarrées au péril, à la peur. Piloter un avion exigeait plus de courage et de foi que je n'en possédais. Il faudrait que je m'y investisse tout entière, travailler d'arrache-pied et faire preuve d'une certaine folie pour réussir, et pour y consacrer ma vie. Mais ma résolution était prise.

Le lendemain matin, je me réveillai avant Tom. Je fis ma valise et l'attendis dans le noir. Quand il me vit, il me sourit, saisissant sur-le-champ ce que j'avais décidé et ce qui se préparait.

A Nairobi, j'accumulai les heures de vol comme si j'étais possédée par un démon, guettant jalousement les moments où Tom était disponible. Quatre semaines presque jour pour jour après l'accident de Denys, Tom et moi nous posions comme une fleur sur le terrain de l'aérodrome à l'issue d'un bref vol. Le Moth roula sur la piste en soulevant des nuages de poussière rouge. Une fois à l'arrêt, au lieu de couper le moteur, Tom se mit debout sur l'aile et cria pour se faire entendre malgré le vacarme de l'hélice.

— Tu veux prendre les commandes toute seule, Beryl ?

— Maintenant ?

Il opina.

— Tu montes à quatre cents mètres et tu redescends tout de suite... tout en douceur.

Tout en douceur... Il aurait fallu dire cela à mon cœur. Serais-je capable d'appliquer tout ce que Tom m'avait enseigné au cours des derniers mois ? Allais-je parvenir à calmer mes pensées qui fusaient dans tous les sens, assaillies par des visions de tout ce qui risquait de se détraquer ? Un seul incident avait suffi à rafler la vie de Denys, un incident qui demeurait une énigme.

Je mis une sourdine à mes craintes et levai les pouces en réponse à Tom. Ruta sortit du hangar et se tint à côté de Tom. Je leur adressai à tous les deux un grand signe de la main puis fis rouler le Moth jusqu'au bout de l'étroite piste et tournai son nez face au vent chaud de la plaine.

« N'oublie pas de mettre les gaz à fond, entendis-je Tom dire dans ma tête. Il te faut de la vitesse par cette chaleur, sinon tu vas décrocher. » Ruta leva la main une fois. *Kwaheri.* Au revoir.

Poussant le moteur à fond, la gorge serrée, toutes les fibres de mon corps frémissantes, j'attendis le dernier moment avant de tirer le manche. Le Moth grimpa sec au-dessus du terrain en oscillant puis se redressa, trouvant le vent et son propre centre de gravité. Derrière moi je sentais la présence de Tom et de Ruta, et aussi celle de Denys. Devant moi se déployait un monde qui s'ouvrait à mesure sous la pression de mes ailes puissantes.

J'étais en vol.

Epilogue

Jamais je ne saurai de combien de mètres j'ai échappé à la puissance destructrice des vagues de l'Atlantique puisque mon moteur se met à cafouiller avant de tourner brusquement. Le bruit épouvantable me sort en sursaut de ma torpeur avec l'impression d'avoir dormi une éternité – peut-être est-ce le cas d'ailleurs. Je tire en force sur le manche et le nez du Gull s'incline vers le haut, les commandes répondent, enfin ! L'avion grimpe tel un fauve s'agrippant des crocs et des griffes à la paroi de la tempête, et moi je remonte avec lui, péniblement, du fond d'un gouffre intérieur noyé de brume, d'un aveuglement confus.

La machine se stabilise à l'horizontale et seulement alors mes mains cessent de trembler ; je me permets enfin de penser et me demande combien de temps le moteur a bien pu rester silencieux, et si j'étais vraiment près de lâcher la bride, de me laisser tomber comme une pierre lorsque j'ai senti le plancher s'ouvrir sous mes pieds. Cette pulsion-là a toujours fait partie de moi, en revanche j'ai toujours possédé une sorte de compas intérieur. Il y a des choses que l'on ne découvre que si on touche le fond. Le rêve d'avoir des ailes, et le pouvoir effectif de voler. Un océan qui vaut la peine d'être traversé dans la nuit, un kilomètre après l'autre. L'immensité du ciel. Et les souffrances qui sont le prix à payer pour ces merveilles, comme me l'a dit un jour Karen, les coups qu'on se prend quand on vit pour de vrai.

Je fonce pendant des heures dans un noir rideau de pluie, suivant le bord de la longue nuit, épuisée jusqu'au délire, mais aussi plus éveillée que je ne l'ai jamais été. Au loin soudain, les lueurs spectrales d'une aurore... à moins que ce ne soient les prémices de la terre ferme ? Mon pare-brise est couvert d'une fine couche de glace, le brouillard dehors est mouvant. Pourtant je sais que je ne suis pas le jouet de mon imagination. Car bientôt la ouate gris-noir se transforme en eau, puis l'eau en vagues limpides, puis la silhouette des falaises se dresse devant moi à la manière de nuages à plateaux. J'ai atteint les rives nord-américaines, le golfe du Saint-Laurent ou Terre-Neuve. La forme grise scintillante se précise de minute en minute : ma destination.

Sydney, aux environs du cap Breton. C'est là que je compte faire escale pour me ravitailler en carburant, et de là je m'envolerai vers le sud, au-dessus de la terre cette fois, le Nouveau-Brunswick et la pointe du Maine... jusqu'à New York. Je suis à seulement quatre-vingts kilomètres de la côte quand mon moteur se met de nouveau à avoir des ratés et s'arrête. Mon dernier réservoir étant aux trois quarts plein, il y a sans doute une poche d'air. Comme la première fois, je tourne le robinet, mais le moteur se contente de répondre par des ronflements asthmatiques et des hoquets d'agonisant. Je perds de l'altitude, et mes espoirs plongent avec la machine. Près de cinq mille kilomètres dans les ténèbres et la compagnie permanente de la mort, tout cela pour quoi ? Alors que je suis si près du but ! Une pensée terrible, décourageante. Je manipule frénétiquement le robinet, les doigts en sang. L'altimètre tourbillonne, je m'efforce de redresser le nez de l'appareil qui penche sur le côté, hélice immobile, pare-brise opaque reflétant tel un miroir impitoyable les premiers rayons du soleil.

Je tiens ainsi une quinzaine de minutes, moteur crachotant, planant comme un oiseau blessé en direction d'une mince bande de terre. Des rochers boueux, une tourbière semblable à du pudding carbonisé. Je fais une ultime tentative de redressement, mon train heurte le sol, s'y enfonce, le nez de l'avion bascule en avant, et moi avec. Mon front heurte la vitre, j'ai du sang dans les yeux. Je ne suis qu'à trois cents mètres du rivage, loin de New York, certes, mais j'ai quand même réussi.

Je suis tellement fatiguée que je peux à peine bouger. Je pousse la portière qui pèse une tonne et je fais basculer mes jambes à l'extérieur. La tourbe aspire avidement mes chaussures, et je m'enfonce, aveuglée par mon propre sang. Je m'écroule à quatre pattes, comme si, après toutes ces heures dans les nuages, j'étais obligée de réapprendre à marcher. Comme si je devais redécouvrir où je vais, et où – et c'est demander l'impossible – j'ai été.

Notes de l'auteure

Après son premier vol en solo, en juin 1931, Beryl Markham fut la première femme à obtenir un brevet de pilote professionnel. Sans abandonner pour autant l'entraînement de chevaux de course et les derbys, elle devint pilote de brousse, chargée de localiser les hordes d'éléphants du haut du ciel pour le compte de Bror Blixen lors de nombreux safaris, réalisant ainsi le rêve de Denys.

En 1936, en vingt et une heures de vol, elle battit un record promis à figurer dans les annales de l'aviation : la première traversée est-ouest de l'Atlantique par une aviatrice. Sa prouesse fit la une de tous les journaux aux Etats-Unis. A sa descente d'avion sur le tarmac de Floyd Bennett Field à New York, elle fut ovationnée par une foule de cinq mille personnes. A son retour en Angleterre, toutefois, elle ne bénéficia d'aucune réception officielle. Une horrible nouvelle l'attendait : son ami et instructeur, Tom Campbell Black, avait été tué lors d'un accident d'avion pendant son absence.

Toute sa vie Beryl fut nimbée d'un parfum de scandale. En 1942, elle publia ses mémoires, *Vers l'ouest avec la nuit*. Le livre se vendit moyennement, même si certains pensaient qu'il méritait mieux, dont Ernest Hemingway qui dans une lettre adressée à son éditeur, Maxwell Perkins, écrit :

« Avez-vous lu le livre de Beryl Markham... elle l'a si bien écrit, si merveilleusement bien, que j'ai eu honte de moi dans ma peau d'écrivain... c'est un sacré bon bouquin. »

Hemingway fit la connaissance de Beryl à l'occasion d'un safari au Kenya en 1934, alors qu'il était accompagné de sa deuxième femme, Pauline Pfeiffer. On raconte qu'il aurait été éconduit par l'aviatrice. Près de cinquante ans plus tard, le fils aîné d'Ernest, Jack, montra une partie de la correspondance de son père avec un de ses amis, le restaurateur George Gutekunst, comprenant la description de *Vers l'ouest avec la nuit*. Gutekunst, après avoir cherché et lu le livre de Beryl Markham, convainquit un petit éditeur californien de le rééditer. Contre toute attente, il devint un best-seller, un succès inespéré qui permit à Beryl, alors âgée de quatre-vingts ans et vivant dans la pauvreté en Afrique, de passer le restant de ses jours dans un confort matériel relatif et même de jouir d'un certain renom.

Médisances et calomnies se sont depuis attaquées à la réputation du livre, comme d'ailleurs à celle de son auteure. On a dit qu'elle ne l'avait pas écrit elle-même, que c'était l'œuvre de son troisième mari, Raoul Schumacher, un *ghostwriter* (« nègre ») de Hollywood. Ce scepticisme de la part du public ne m'étonne pas outre mesure. Beryl n'aimait guère parler d'elle. Vers la fin de sa vie, des gens qui croyaient pourtant bien la connaître avaient été stupéfaits d'apprendre qu'elle avait été pilote et entraîneur de chevaux de course, et était capable d'écrire autre chose que des cartes postales. La vérité, c'est que Beryl avait présenté à son éditeur une grande partie du livre (dix-huit chapitres sur vingt-quatre) avant sa rencontre avec Raoul.

Alors que son récit autobiographique a pour cadre le même lieu, se déroule à la même époque et met en scène les mêmes personnages, il n'a pas trouvé le même écho auprès du public que *La Ferme africaine* de Karen Blixen, mais je suis convaincue qu'il attend son heure. Dès les premières lignes, *Vers l'ouest avec la nuit* s'est emparé de mon imagination. J'ai d'emblée été charmée par les descriptions que fait Beryl de son enfance en Afrique, du Kenya au temps des colonies à travers les saisons, et de ses extraordinaires aventures. Mais ce qui m'a le plus frappée, c'est l'esprit qui se cache derrière les mots. Il fallait du cran et un sacré culot pour franchir les frontières entre les sexes comme elle l'a fait, surtout à une époque où des exploits pareils étaient chose impensable. Je n'étais jamais tombée sur une femme de sa trempe – une femme qui vivait sa vie selon ses propres règles et non celles de la société, et cela malgré le prix qu'elle a dû payer. Elle aurait pu figurer dans la prose musclée de Hemingway si celui-ci avait su camper des femmes puissantes aussi bien que ses virils héros.

Beryl Markham était sans aucun doute une femme compliquée – une énigme, une libertine, une non-conformiste. Un sphinx. Mais curieusement, alors que je m'immergeais dans son personnage et me plongeais dans son univers, elle me devint plus familière et proche d'une certaine manière que ne l'avait été Hadley Hemingway dans mon roman

Madame Hemingway. Beryl et moi avons en commun un détail biographique de taille : ma mère à moi, comme la sienne, s'est éclipsée de mon existence quand j'avais quatre ans pour revenir quand j'en ai eu vingt. Le jour où j'ai découvert ce lien entre nous, j'ai été profondément émue. Je cheminai dès lors plus en confiance sur les sentiers sillonnés par Beryl, et compris mieux les raisons de ses difficiles choix. Qu'elle n'ait pas pu garder son fils, par exemple, c'est pour moi un crève-cœur. Même si elle n'a jamais été proche de Gervase, resté en Angleterre avec la mère de Mansfield, il a paraît-il hérité de sa volonté et de son stoïcisme. Il était fier de son esprit aventureux et de ses prouesses, et éprouvait pour elle plus d'affection que pour son père, encore plus distant et indisponible.

L'amitié de Ruta la suivit jusqu'à la fin de sa vie. Après une enfance partagée, ils avaient grandi dans un respect et une confiance mutuels. En dépit d'un temps de séparation dans les années 1930, lors du séjour en Angleterre de Beryl, après la Seconde Guerre mondiale, elle réussit à le retrouver et ils restèrent ensuite toujours en contact. Même si Beryl ne laissa jamais échapper ses secrets, ses amis et confidents s'accordent à penser que, après Ruta et son père, Denys Finch Hatton fut sans doute le seul homme qu'elle ait jamais vraiment aimé. Elle est morte à Nairobi en 1986, à l'âge de quatre-vingt-trois ans, presque à la veille du cinquantième anniversaire de son vol en solo transatlantique, peut-être en songeant au moment où elle a grimpé dans son Gull, une flasque de brandy glissée dans sa combinaison de vol.

« *Twende tu* », dit-elle en swahili en attachant son casque.

« Je m'en vais. »

Paula McLain
Cleveland, Ohio

Remerciements

Un livre est le fruit d'un travail collectif intense. J'ai beau m'appliquer à mon bureau, isolée du reste du monde, je suis loin d'être seule. Ils sont si nombreux, les gens merveilleux à être intervenus dans la fabrication de *L'Aviatrice*. Même si je les ai tous remerciés de vive voix en chemin, ils méritent que je leur manifeste officiellement et humblement ma gratitude. A commencer par mon agent, Julie Barer, qui est tout simplement la meilleure. Elle a du cœur, du cran et son instinct ne la trompe jamais. Ma première et plus importante lectrice, elle est aussi une amie très chère. Sans elle, je ne sais pas ce que je ferais. Susanna Porter est le genre d'éditrice dont rêvent les écrivains. Elle a lu (et relu !) les innombrables versions de mon livre sans cesser un instant d'y croire. Chacune de ces pages est redevable à la justesse de son jugement et à son acharnement au travail.

Je n'aurais pas pu trouver plus agréable maison d'édition que Ballantine Books et Penguin Random House. Je me suis appuyée sur leur compétence infaillible. Merci du fond du cœur à la merveilleuse Libby McGuire, ainsi qu'à Kim Hovey, Jennifer Hershey, Susan Corcoran, Jennifer Garza, Theresa Zoro, Quinne Rogers, Deborah Foley, Paolo Pepe, Benjamin Dryer, Steve Messina, Kristin Fassler,

Toby Ernst, Anna Bauer, Mark Maguire, Carolyn Meers, Lisa Barnes et, bien sûr, à l'indispensable Priyanka Kirshnan. Merci à Sue Betz, qui a extrêmement consciencieusement veillé à la préparation de copie, à Dana Blanchette pour sa talentueuse mise en pages et à Robbin Schiff pour la superbe illustration de couverture. Je suis reconnaissante à Gina Centrello, qui a mis son poids dans la balance à une heure essentielle, et aux représentants pour leur défense passionnée des livres et la qualité de leur expertise, qui ont permis de déposer celui-ci entre les mains des libraires et des lecteurs.

Je suis en outre redevable à toute l'équipe de Barer Literary : Gemma Purdy, Anna Geller et William Boggess. Un grand merci aussi à Ursula Doyle, Susan de Soissons et David Bamford de chez Virago ; Caspian Dennis de chez Abner Stein ; Lynn Henry, Kristin Cochrane et Sharon Klein de chez Doubleday Canada et Penguin Ramdom House Canada.

Que soit remerciée la MacDowell Colony pour m'avoir généreusement reçue en résidence et offert la possibilité de passer le temps qu'il fallait à un moment crucial. Les notes de Steve Reed sur l'aviation m'ont été d'une aide précieuse et c'est lui qui à l'origine m'a fait lire *Vers l'ouest avec la nuit*. Même s'il préférerait sans doute quelques dollars ou un vieux biplan, il devra se contenter de l'expression de mon éternelle gratitude ! Auprès de Stacey Giere de Maple Crest Farm, j'ai puisé de quoi animer le petit monde des écuries et des courses de chevaux. Je lui suis infiniment reconnaissante du temps qu'elle m'a consacré.

514

Merci du fond du cœur à l'équipe de Micato Safaris. Grâce à elle, mon voyage au Kenya restera à jamais inoubliable et magique : Felix, Jane et Dennis Pinto ; Melissa Hordych ; Marty Von Neudegg ; Liz Wheeler ; Jessica Brida. Merci aux Fairmont Hotels & Resorts, et en particulier à Mike Taylor et Alka Winter, ainsi qu'à tous ceux qui m'ont aimablement reçue au Kenya : le Norfolk Hotel, le Muthaiga Country Club, la Segera Retreat, la famille Craig de Lewa Wilderness Lodge, le Mount Kenya Safari Club, Andrew et Bruce Nightingale de Kembu Cottages à Njoro, le Soysambu Conservancy et le Sleeping Warrior Tented Camp Lodge, enfin le Fairmont Mara Safari Club.

Brian Groh fut mon guide dans ma découverte de l'Afrique ; grâce à lui j'ai pu mettre mes pas dans ceux de Beryl Markham. Il a aussi été un de mes premiers lecteurs. Je le remercie de ses commentaires et de son amitié de tant d'années. Merci à tous mes autres lecteurs dont je ne saurais mesurer l'apport, Lori Keene, David French, Jim Harms, Malena Morling et Greg D'Alessio. Que soient aussi remerciés tous mes bons amis pour leur soutien moral et affectif : Sharon Day et Mr Chuck, Brad Bedortha, la phénoménale famille O'Hara, Becky Gaylord, Lynda Montgomery, Denise Machado et John Sargent, Heather Greene et Karen Rosenberg. Merci à Chris Pavone de m'avoir empêchée de faire une bêtise. Un très grand merci aux East Side Writers – Terry Dubow, Sarah Willis, Toni Thayer, Charlie Oberndorf, Karen Sandstrom, Neal Chandler et Justin Glanville – pour ne m'avoir jamais lâchée.

Toute mon affection et toute ma reconnaissance vont à Terry Sullivan pour nous avoir fait confiance, à mon roman et à moi-même, pour les merveilleux dîners et pour son art de rendre la vie légère et amusante ! Enfin, je tiens à remercier ma mère, Rita Hinken ; mes enfants formidables, Beckett, Fiona et Connor, qui ont permis à l'écriture de manger un temps qui leur revenait de droit ; et mes sœurs, que j'aime de tout mon cœur.

Un mot sur mes sources

Ecrire un roman dont les protagonistes sont des personnes ayant existé, c'est un peu comme sauter en parachute. Toutes sortes de mobiles m'ont incitée à me lancer dans le vide à la poursuite de mon sujet : la curiosité, mon imagination, un lien ineffable de sympathie avec mes personnages et, je l'avoue, un goût étrange pour la sensation de chute. Cela dit, la recherche documentaire me sert de parachute. Les sources concrètes sont les points d'arrimage qui me permettent de faire avancer mon projet narratif. La compilation de ces matériaux m'indique ce que je dois savoir avant d'aborder le travail de création romanesque – et pour cette raison je suis éternellement reconnaissante aux ouvrages qui suivent. *Vers l'ouest avec la nuit,* le récit autobiographique de Beryl, m'a beaucoup appris sur sa vie extraordinaire. Sa lecture a fait jaillir en moi la petite flamme qui a allumé mon désir d'écrire le roman que vous avez entre les mains. D'autres ouvrages se sont révélés des sources précieuses : *The Splendid Outcast,* aussi de Beryl Markham ; *La Ferme africaine* et *Ombres sur la prairie,* de Karen Blixen ; *African Hunter* du baron Bror von Blixen-Finecke ; *Straight On Till Morning : The Life of Beryl Markham,* de Mary S. Lovell ; *The Lives of Beryl Markham,* d'Errol Trzebinski ; *Beryl*

Markham : Never Turn Back, de Catherine Gourley ; *Too Close to the Sun : The Audacious Life and Times of Denys Finch Hatton,* de Sara Wheeler ; *Karen Blixen,* de Judith Thurman (Robert Laffont, 2000) ; *Lettres d'Afrique, 1914-1931,* de Karen Blixen (Gallimard, 1985).

D'autres textes m'ont par ailleurs permis de me représenter le Kenya au temps des colonies et la vie qu'y menaient les Britanniques. *The Flame Trees of Thika* et *Nine Faces of Kenya : Portrait of a Nation,* d'Elspeth Huxley ; *The Bolter,* de Frances Osborne ; *The Ghosts of Happy Valley,* de Juliet Barnes ; *The Tree Where Man Was Born,* de Peter Matthiessen ; *Les nuits de Zanzibar : contes swahili,* d'Edward Steere (éditions Karthala et Nouvelle, 1999) ; *Kenya : A Country in the Making, 1880-1940,* de Nigel Pavitt.

Composition et mise en pages : FACOMPO, LISIEUX

Achevé d'imprimer par N.I.I.A.G.
en janvier 2016
pour le compte de France Loisirs, Paris

Numéro d'éditeur : 83988
Dépôt légal : février 2016
Imprimé en Italie